淳安
历史

的
32
张面孔

他对淳安先贤的长久凝视，使时光深处漫漶的淳安历史，逐渐清晰起来，且有了质感，有了生气，有了风云激荡……

鲍艺敏 著

中国言实出版社

图书在版编目（CIP）数据

淳安历史的 32 张面孔／鲍艺敏著. －－北京：中国
言实出版社，2023.1

ISBN 978－7－5171－4362－8

Ⅰ. ①淳… Ⅱ. ①鲍… Ⅲ. ①散文集－中国－当代
Ⅳ. ①I267

中国国家版本馆 CIP 数据核字（2023）第 005838 号

淳安历史的 32 张面孔

责任编辑：史会美
责任校对：王建玲

出版发行　中国言实出版社
　　　　　　地　　址：北京市朝阳区北苑路 180 号加利大厦 5 号楼 105 室
　　　　　　邮　　编：100101
　　　　　　编辑部：北京市海淀区花园路 6 号院 B 座 6 层
　　　　　　邮　　编：100088
　　　　　　电　　话：010－64924853（总编室）　　010－64924716（发行部）
　　　　　　网　　址：www.zgyscbs.cn　电子邮箱：zgyscbs@263.net

经　　销：新华书店
印　　刷：北京荣泰印刷有限公司
版　　次：2023 年 4 月第 1 版　2023 年 4 月第 1 次印刷
规　　格：710 毫米×1000 毫米　1/16　20 印张
字　　数：248 千字

定　　价：78.00 元
书　　号：ISBN 978－7－5171－4362－8

《淳安历史的32张面孔》编纂委员会

主　　任：郑志光

副 主 任：徐夏冰

委　　员：邵全胜　余运德　邵红卫

主　　编：邵红卫

编　　委：王顺民　黄筱康

设　　计：方家明

自　序

一个个高贵的身影从我面前走过

《淳安历史的32张面孔》与大家见面了。里面收录了我近年所写的三十二位淳安历史人物。

淳安建县已逾一千八百年，在这漫长的历史长河中，有两类人物可谓影响深远。一类是对历史发展进程具有直接作用或产生重大影响的，如方腊、杨桂枝等人。一类是对淳安文脉具有疏通或引领作用的。所谓文脉是用文字传播思想、传递文化、传承文明。他们是文化的启蒙者，是文化的创造者，是文化的引领者，是文化的践行者。

《淳安县志》收录了民国之前的百十来号淳安人，有的脉络清晰，家学传承有序；有的一鳞半爪，生平著述无遗；有的踪迹不明，隐逸史海无考。我大致梳理了一遍，汉代的方储，是淳安方姓始祖方纮之孙，汉章帝、汉和帝时在京为官，他类似于诸葛亮、刘伯温诸谋士，观天文地理，测阴阳五行，难以一下讲透，我们还是绕过去吧。

绕过了汉代，无论如何绕不过盛唐。既然绕不过去，那就从皇甫父子说起。

皇甫湜是中唐时期一个传奇般的人物，幸好有了他，淳安文坛才不寂寞。他恃才傲物、特立独行，是一个有性情的名士形象。他与韩愈、白居易、李翱、李贺、柳宗元、贾岛等都是朋友,他甚至说白居易的文章是"下里巴人",他自己才是"阳春白雪"。他酒后挥笔而就的那篇"重修福先寺"碑文,就连文坛领袖裴度也是连看三遍才始明白,惊呼"奇文",并且甘心付出天价稿酬,每个字三匹绢,碑文共计三千二百五十四字,得绢九千七百六十二匹,至今怕也无人超越。他惊世骇俗,率性放达,活得很纯粹,在他身上我看到一个"真"字,看到了一种文化自信。

其子皇甫松是晚唐花间派的领军人物,著作有诗词、赋、小说等,而尤以词最为著称,客观地说,他的词作影响了百年以后的婉约派代表人物柳永,在文学史上占有一席之地,得到王国维等人的高度评价。

有宋一代,我觉得钱时是真正意义上的理学家,长期以来被我们所忽视。当我读到他的《融堂书解》一书时,有一种"目击而道存"的感觉。同时期像方逢辰、詹仪之等人,我没有在他们存世作品中找到这种认同感,虽有些发散性的论述,谈不上系统性,更别说开宗立派,构筑严密的理论体系。理学说到底是一门"功夫学",讲究践行和修为,好比你去登山,山腰的风景与山顶的风景是不一样的,人家站在峰顶"一览众山小",你身处半山腰只能是"云锁雾绕辨不真"。

有人翻过目录或许心存疑虑:宋代詹骙不是淳熙状元吗?为什么没有入选呢?大众对状元热衷度高,总是津津乐道,戏剧中极力搬演,家谱上也是大肆渲染,多具脸谱化倾向。就目前为止,詹骙的籍贯存有争议,况且,我没有看到他的存世著述,对其文字的品位和思想性,不得而知。我个人倾向于透文见人,如此,更真实可信,文字可以传递出一个人的生存状态、思想层级、情感趣味。历来伟大的文学作品都是与苦难相伴而生的,并非应酬和应奉催生的。后人从你的文字中读出门道,体悟真谛,自然从心里尊你一声老师,获得认同。像郑板桥那方印章"青藤门下走狗",终身服膺,甘列门墙。

淳安文化也好,文脉也罢,核心因素是人物,是人物在历史上的活动轨迹,一个个人物的活动轨迹构成了一个个文化现象。在选择人物方面,一是看现有资料是否充实,二是看该人物对淳安文脉的影响力。你在某时某阶段,或许风头无两、盛极一时,但若干年后,绝少有人提及。有人恰恰相反,在世时沉寂少闻,去世后被人追捧,原因何在?或浪里淘沙,或披沙拣金,取舍不由人为,时间是最好的试金石。

明清是淳安文脉的高光时期,明代尤甚。淳安历史上官至一品的就有三位,他们是胡拱辰、商辂、徐贯。且均集中在明英宗到明孝宗这几十年时间。"达则兼济天下,穷则独善其身",他们用自己的文化人格,书写着淳安历史的文化之魂。

古代社会"学而优则仕",读书人是社会的主流。而书中我选择了一位底层人物——阿寄,他是徐家的老仆。在阿寄身上完美诠释了士大夫眼里的道德标准——"忠孝廉耻勇",以至于《明史》《浙江通志》《严州府志》等正史均为其立传。冯梦龙更是将其改编为小说,收录在《醒世恒言》中,广为流传。

阿寄的故事借助文字传播开去,必然关乎教化,就像如今的道德楷模一样,具有榜样的力量,在底层社会产生巨大的震撼力,无形而深远;主流社会也乐意助推他们的道德事例。从阿寄经商还可以折射出明代中叶锦沙村(威坪蜀阜村)资本主义萌芽,雇佣关系确立,商业贸易活跃,水陆交通繁华,以及禁奴体制的瓦解。

从唐到宋,从明到清,再到民国,一个个高贵的身影从我面前走过,沉默不语,待我审视。他们有人曾经高居庙堂之上,有人则身处江湖之远,但无一例外,他们都对淳安文化产生过深远影响,关注他们、解读他们,其实就是关注、解读我们自己,因为我们的文化基因里有他们的序列,通过习得,可以融入我们的精神血脉中。

山河大地与人文历史，不可分割，互为表里。淳安地理产生淳安人物，它蕴含着逻辑的某种必然性，恰如古人所说"一方水土养一方人"，人物的性格与生养他的这片土地息息相关。

我从事文物工作，平时对一些考古发掘多有了解关注，考古可以准确测量出土文物的质地、器形、大小、重量，可以测量出来，但却很难"测量"出古人。美国考古学家宾福德据此建立"模板"学说，他认为考古不能只靠归纳，还要靠演绎，从上往下把那些理论演绎下去。

历史人物亦然，掌握了他的资料，不等于掌握了这个人。只有透过他生长的环境、他留存的文字、他活动的轨迹，才能演绎出他真实的人生。在《淳安历史的32张面孔》材料收集和写作的过程中，我通过这种演绎得出一个个结论，若每个人用一个字来概括，我觉得胡拱辰为"忍"，商辂为"恕"，徐贯为"狠"。

"忍"通常表现为克制力强，做事不刻意为之，却往往能踏罡步斗，暗合天意。为人处世态度谦和、举止文雅，典型的"温良恭俭让"。

"恕"是以仁爱之心去待人，不计较别人的过失，能宽恕体恤别人。处世风格如春风拂面，润物无声。

"狠"则容易把自己置于风口浪尖，矛盾焦点，压力山大，动力也更大。行事风格干脆利落，快刀斩乱麻，不留余地，不拖泥带水。

我想这样的演绎，符合人物身份，符合性格特征，符合命运归宿，读者也觉得是那么回事，具备认可度。历史还是那段历史，人物还是那些人物，材料还是那堆材料，因为方法和视角不同，演绎的结果自然就不同。

是为自序。

鲍艺敏
壬寅暮春于千岛湖

目录 DIRECTORY

不羁之才皇甫湜

幸好有皇甫湜，盛唐时期淳安的文坛才不寂寞。不独淳安，即便立身群星璀璨的中唐，他一点也不逊色。

他率性放达，特立独行，恃才傲物，桀骜不驯。他活得很纯粹，是一个性情中的名士，从他身上，我看到了一个"真"字，明白了什么叫文化自信。

让我们走近中唐，走近皇甫湜，走近大师。

皇甫湜（777—835），字持正，睦州新安（今淳安）人，中唐著名诗人，古文运动的追随者。进入中唐时期，随着李白、杜甫的相继离世，韩愈、白居易、皇甫湜、李翱、李贺等人继踵文坛；中唐文风兴盛不衰，依旧是那么疾风劲厉、惊世骇俗。

皇甫湜出身于书香门第，受传统的儒家思想熏陶，热衷于追求功名、安邦定国、救济苍生。为了实现抱负，未及弱冠他便走出家门，漫游各地。这时期，他不屑于走科举入仕的道路，对自己的才能充满信心，希图靠某个有力人物的荐举而入卿拜相。皇甫湜曾在《唐故著作佐郎顾况集序》中回忆自己第一次拜见顾况时的情形："以童子见君于扬州孝感寺。君披黄衫，白绢鞱头，眸子了然，炯炯清立，望之真如白圭振鹭也。即接欢然，以我为扬雄、孟子……"

贞元十二年（796）四月前后，扬州孝感寺内，一个初出茅庐的乡间少年,带着自己的诗文,独自一人去拜谒著作佐郎顾况。此时的顾况"不能慕顺,为众所排",贬谪途中,在孝感寺小住。皇甫湜或许也游历到了扬州,听到顾况的行程,便决计拜见自己心中的偶像,他只想得到一个求证。

顾况打量着站在面前这个十八九岁的少年,气貌刚质,眼无惧色,锋芒逼人,与自己年轻时候有几分相像,当下便有些喜欢。一经交谈,便觉他言辞犀利、气势雄奇,恍如扬雄、孟子出世。

顾况是何许人也?是曾慧眼辨识还不曾出名的白居易的人。白居易于贞元三年(787)赴长安参加科举考试,刚到京城,便拿着自己所写的诗歌去拜见著作佐郎顾况。顾况看到诗稿上"白居易"三个字,便笑说道:"此地米价正贵,居住不易啊!"边说边打开诗稿,待看到第一首诗:"离离原上草,一岁一枯荣。野火烧不尽,春风吹又生。"不由得赞叹着说:"能写出这样的诗句,居住下来就容易多了。"后来,顾况经常向别人夸赞白居易的诗才,白居易的诗名从此传开了。

顾况为人怪诞,洒脱不羁,文风亦一如其人,意境奇特,骏发踔厉。给少年皇甫湜留下深刻印象,此后他的人生轨迹或多或少追随着他的影子。

皇甫湜自得到顾况的奖掖,信心爆棚,随后赶赴长安科考,想要一举中第。未曾料天不遂人愿,功名无望。落榜后他在京城等地结识了独孤申叔、刘敦质等朋友,遍游了中原大地,顺便南归睦州老家小住。其《东还赋》云:"归去来兮,将息我以倦游……朝吾既去夫帝乡,越嵩华而并河。经淮水兮凌大江,抵扬州之寄家。"

初出茅庐的皇甫湜,面对现实不得不低垂高傲的头颅。此后,他又远游岭南,郁郁苦闷,不甚得意;不久改投江西观察使李巽幕下,作《上江西李大夫书》,但满腔热情换来的只是李巽的轻慢。他坐了冷板凳。心高气傲的皇甫湜如何受得了这等待遇,收拾行装,打道回府。《让风》有诗云:"昨以南昌,迄于建康,悠悠三千,厥路何长……今由建康,抵于我家。"这次回家一待就是数年，直到贞元十九年(803)，皇甫湜再度进京，得以结识韩愈而名扬京师。那年血气方刚的他二十六岁。

韩愈这一年由国子监四门博士晋升为监察御史，他性格直爽坦率，"鲠言无所忌"，敢说大家不敢说的话，从不畏惧或回避什么，操行坚定纯正，却不善于处理一般性事务。这些脾性与皇甫湜都非常相似，况且两人关于文学方面见解契合，有反对骈文贵族化的倾向。韩愈为此提倡古文运动，主张"以文载道"，创立一种新的文体，其标准是"惟古于词必己出"和"文从字顺各识职"。皇甫湜立即被韩愈的主张所吸引，后来他与李翱都成为这场古文运动的主力军。他在《题浯溪石》一诗中，对韩愈推崇备至："退之全而神，上与千载对。"

韩愈虽年长皇甫湜九岁，却大有相见恨晚之意。他身兼功名，处处提携皇甫湜，逢人便说："从吾游者，李翱、张籍其尤也，而不及持正(皇甫湜)。"视他为自己衣钵的承继者。无怪乎在韩愈病逝的长庆四年(824)，特意写信给皇甫湜，嘱托他替自己作墓志。十二月丙子，韩愈病逝，次年正月，皇甫湜作《韩文公墓志铭》《韩文公神道碑》。

皇甫湜在长安期间，除了顾况、韩愈、独孤申叔、刘敦质之外，还结识了白居易、李翱、柳宗元、贾岛、牛僧孺等人。唐末王定保所撰《唐摭言》，记述了大量唐代文人名士的遗闻佚事，多记正史所不详述者，其中就有关于韩愈和皇甫湜为牛僧孺延誉之事的记载："(牛僧孺)先以所业谒韩愈、皇甫员外……二公访之，因大署其门曰：'韩愈、皇甫湜同访几官先辈，不遇。'翌日，自遗阙而下，观者如堵，咸投刺先谒之。由是，僧孺之名，大振天下。"

牛僧孺曾是唐穆宗、唐文宗时的宰相，考取功名前也去拜谒皇甫湜，希冀得到他的认同。当时有一种说法："韩文公、皇甫湜，贞元中名价籍甚，亦一代龙门也。"可见当时皇甫员外的名望之高。

皇甫湜尽管已名满京华，却仍想售于帝王家，取得功名。不意次年暂停贡举，皇甫湜只得离开长安转投荆南节度使裴均幕下；裴均人品不佳，喜欢侍奉权贵，为宦官窦文场养子。以皇甫湜这样傲岸不屈，正直孤高的性格，做了裴均的幕僚，其结局是可想而知的。

也是皇天佑人，三年后的元和元年(806)，皇甫湜三十岁，终于如愿考中进士，与韦处厚、李绅等同榜。元和三年(808)，参加由皇帝亲自主持的"贤良方正直言极谏"科考试，与牛僧孺、李宗闵直陈时政，受到主考官赏识，得上第。因他三人策文中均有言辞抨击宦官，触动了宦官集团利益。恰巧此时，裴均回朝欲谋一京官，遂利用皇甫湜等人策文来做文章，相关人员均遭贬谪。关键时刻，白居易挺身而出，作《制科人状》为皇甫湜等人辩诬，但未起到实质作用。皇甫湜被黜为陆浑(今河南嵩县)县尉，离开了长安。

此间，他与韩愈、李贺等多有诗词唱和；韩愈的《寄皇甫湜》读来尤为感人："敲门惊昼睡，问报睦州史。手把一封书，上有皇甫字。拆书放床头，涕与泪垂泗。昏昏还就枕，惘惘梦相值。悲哉无奇术，安得生两翅？"情动于中而发之于外。

元和五年(810)，年方二十岁的李贺来长安举进士，被流俗攻讦，谓李贺父名"晋肃""晋""进"嫌名，人曰应避家讳，不得应举。皇甫湜不惧人言，"质之律、稽之典"，竭力为李贺辩护。为此，李贺把皇甫湜引为知交。李贺向有"鬼才"之称，早先也是皇甫湜的铁杆粉丝，他曾高度赞颂皇甫湜："云是东京才子，文章巨公。"

皇甫湜素有青云之志，现实中屡受挫折，情绪低落，整日借酒浇愁。李贺写诗为之解嘲，有《官不来题皇甫先辈厅记》为证："官不来，官庭秋，老桐错干青龙愁。书司曹佐走如牛，叠声问佐官来否？官不来，门幽幽。"

皇甫湜官卑不调，苦闷困顿，后经辗转，"出使黔中""也困公安(湖北公安县)",皆因其不愿阿谀逢迎、特立独行的个性使然。仕途坎坷的他还常因"乘酒使气",触犯同僚,而求分司东都。到了洛阳,皇甫湜时常与白居易交往,因他官俸微薄,窘迫非常,入冬以后竟到了"门前没车迹,烟囱不冒烟"的境地。

百无聊赖的日子里,他似乎清醒了些,作《醉赋》一篇以期反省:"予尝为沉湎所困,因作《醉赋》,寄任山尹君。君嗜此物,亦以警之尔。"困守东都,终于因一个人的到来有了转机。大和八年(834),晋国公裴度留守东都,召皇甫湜为留守府幕僚。

裴度历仕唐穆宗、唐敬宗、唐文宗三朝,数度出镇拜相,他有政治家的眼光,对文士多有提携,为世人敬重。次年,裴度重修洛阳的福先寺,想请白居易作一篇碑文,信都已经写好了。作为幕僚的皇甫湜闻讯大怒,上门指责裴度说:"白居易乃下里巴人,我才是阳春白雪。你何必舍近我皇甫湜,而远取白居易。请从此辞!"皇甫湜平日就不拘礼节,桀骜不驯。裴度见属下在自己面前发火,也不与之计较,反觉自己有点失礼,委婉向他道歉说,"像先生这样的大手笔,我怕请不动您啊",于是恳请皇甫湜来作这篇碑文。

皇甫湜更不推辞,即请斗酒,酣饮之下,援笔立就,总计三千余字。正可谓"皇甫斗酒文三千,太白遗风诵佳话"。裴度取过一看,不明其意,其文辞奇谲,用典艰深,他连着看了三遍,方始看懂内容,惊呼道:"真乃高人也!"

于是,吩咐手下以"宝车名马,缯彩器玩,千余缗酬之。"皇甫湜瞥了一眼小校呈上的礼单,不但不领情,反而大怒,说裴度看不起他,"何相待之薄也?"嫌礼物太薄,自己的文才高雅,文思奇崛,要求"每字三匹绢,更减五分钱不得"。裴度听了小校的回报,大度地说:"不羁之才,值这个价。"让手下按照皇甫湜要求速去办理。碑文数下来共计三千二百五十四字,得绢九千七百六十二匹,如此高额的稿酬旷古未闻。当时运送丝绢的车辆,从留守府衙到皇甫湜居住的正郎里，一辆紧挨着一辆，望不到尽头，轰动了整个洛阳城，市民争相围观，以为奇谈佳话。

皇甫湜自视甚高，一般不轻易出手。他曾对裴度差遣的小校说："某之文，非常流之文也。曾与顾况为集序外，未尝造次许人。"皇甫湜只给顾况的诗集写过序，这次他主动请缨，一方面是自己生活困顿，连锅都揭不开。另一方面是感念裴度知遇之恩。但一码是一码，感恩归感恩，身价不能掉。我们不难理解他开出如此天价稿酬的动因，实质是为心目中文人孤标和清高的形象，不如此不能彰显其要义，不如此不能彰显其分量。

裴度自己也是个文人，《全唐文》存其文两卷，《四库全书》也有诗文收录。他的文学主张与皇甫湜正相反，反对文辞奇诡，倡导"不诡其词而词自丽"。以他的学识和眼光，与其说认可了皇甫湜开出的天价，不如说认可了他们心目中一个孤标、清高的文士形象。

中唐时期的古文运动，不是空穴来风，文章的变革，需要有大无畏者去推动，筚路蓝缕，以启山林。皇甫湜在阐述韩愈反对因袭、主张独创的理论时说："夫意新则异于常，异于常则怪矣；词高则出于众，出于众则奇矣。"绝不人云亦云，敢于创新。基于此，便不难理解他说白居易为"下里巴人"的意思，不存在人身攻击，纯粹是文学主张不同而已。

皇甫湜耿直不作，天性使然，有才气不被重用，郁郁不得其志，清高孤傲是浸透骨子里的；虽寄人篱下，又不想贱卖自己，于是就有了这种极端方式并享受其中："毫无愧色，欣然受之。"

这乃是大唐气象，大唐的风度和风骨，兼收并蓄，包容一切。皇甫湜的狂傲与裴度的大气，相得益彰，他们互相成全，彼此默契。他们的官阶差了好几个品级，却不妨碍他们平等地以文对话，崇尚才华，致敬学问。李白"杨国忠捧砚，高力士脱靴"的故事，正是唐朝政治清明、经济繁荣、百姓富足、文化自信的表现，共同构建了一个大唐盛世。

《太平广记》是宋代李昉等人所撰的纪实小说，里面关于皇甫湜的记载我们无法详加考证。其中一段描写皇甫湜急躁的脾气，非常有趣，想来也符合他睚眦必报的性情。

有一天，皇甫湜被蜂蜇了手指，下急躁怒。他让家中仆夫及邻里的小孩，将树上的蜂巢取下来装在畚箕里，并出高价买下来。不一会儿，所有的蜂子都飞聚到他家庭院中。于是，他又让家人仆夫将蜂捉住，再用砧板、杵臼砸烂捣碎，将它们的汁液用布绞取出来，以解蜇手之恨。

然风云突变，黑云翻墨，一场横祸倏忽而至，冥冥之中似有定数。

次年，即大和九年（835），唐文宗"甘露之变"后，皇甫湜在文坛的声音便戛然而止，一切归于沉寂，从此再无任何关于他的行实记载，享年五十九岁。白居易惊闻噩耗，在《哭皇甫七郎中湜》悼云："志业过玄晏，词华似祢衡。多才非福禄，薄命是聪明。不得人间寿，还留身后名。《涉江》文一首，便可敌公卿。"白居易似乎也在暗示着什么，"不得人间寿"，难道是遭遇了什么飞来横祸，死于非命？

"甘露之变"是文宗皇帝与宦官仇士良之间的一场宫廷争斗，许多朝廷重臣被宦官杀死，家人因受牵连而遭灭门，在这次事变后受株连被杀的达千余人。桀骜不驯的皇甫湜不会趋炎附势，依附宦官，他成为宫廷斗争的牺牲品恰在情理之中。一个文坛教主一般的人物，一个啸傲孤直的标杆轰然倒下，中唐时期的文坛突然陨落了一个皇甫湜，显然也会落寞孤寂、暗淡许多。

据载，皇甫湜死后归葬县南三十里。

现存诗文四十五篇，有《皇甫持正文集》传世。文章体裁涵盖杂著、论序、制策、书、记、碑铭等，内容丰富，特色鲜明。其生平事迹见载于《新唐书》卷一七六中《韩愈传》附《皇甫湜传》，《唐阙史》卷四及《因话录》《唐摭言》《太平广记》等文献。遗憾的是，那篇天价"福先寺碑文"和白居易诗中所说《涉江》一文，均亡佚不见，就连碑石也人间蒸发了，许是老天不愿意这样的奇文久留凡间吧。

斯人远去遗本色，是真名士自风流。

花间派词人皇甫松

皇甫松,字子奇,自号檀栾子,睦州新安(今淳安)人。皇甫湜之子,宰相牛僧孺的表甥。皇甫松屡屡不第,后期隐居不出,死后得唐昭宗追赠为进士。其生卒年不详。

《花间集》记载的诸词人中,俱称官衔,而独称他为"皇甫先辈"。先辈是唐人对进士的称呼,说明他一生并未入仕。皇甫松的著作有诗词、赋、小说等,而尤以词最为著称,他是晚唐花间派的领军人物。

幼年皇甫松有一个严厉的父亲——皇甫湜。父亲的教育甚至超出了"棍棒底下出孝子"的大众版本,堪称奇葩。据《唐语林》卷六载:"一日命其子录诗,一字误,诟跃呼杖,未至,啮其臂血流。"因为抄录诗词写错了一个字,父亲等不及棍棒到手,一口咬住儿子的手臂,直至出血方才罢休,不,是罢嘴。

皇甫松的性格具有两面性,一方面,敬重自己的家世,其父皇甫湜乃文坛奇才,古文大家,官至工部郎中,一生著作颇丰,皇甫松曾在《自纪》诗中叹言:"吾家世道德,旨意匡文明。家集四百卷,独立天地经。"(姚铉编《唐文粹》卷十五上)诗中他以家族传统为豪,以道德文章来标举,以匡正文明作旨归。另一方面,他性格既狂傲又懦弱,既想出仕又欲归隐,始终处于矛盾之中。如他在《大隐赋·序》曰:"栾子,进不能强仕以图荣,退不能力耕以自给。上不能放身云壑，下不能投迹尘埃。似智似愚，人莫之识也；如狂如懦，物不可知焉。酒泛中山，适逢千日；萍漂上国，迫逾十年。遨游不出于醉乡，居处身同于愚俗。"

此外，父亲皇甫湜宦海沉浮，失意苦闷，常常借酒浇愁，曾作《醉赋》以自省："予尝为沉湎所困，因作醉赋。"父亲嗜酒的习性也影响了儿子皇甫松，在其诗词歌赋中也多有涉及酒的话题，甚至写了酒令专著《醉乡日月》。这是一部关于唐代酒令文化的著述，里面详细记载了唐代通行的各种酒令和行酒的规则，一定程度上反映了唐代社会生活风尚，以及饮酒文化的盛行。

《唐摭言》载："（皇甫）松，丞相奇章公表甥，然公不荐。因襄阳大水，遂为《大水辩》，极言诽谤。"皇甫松与牛僧孺是表亲关系，当年其父皇甫湜对牛僧孺有提携知遇之恩。按理说牛僧孺应该举荐皇甫松才是，但不知何故，牛僧孺自长庆三年（823）任户部侍郎，同中书门下平章事，后担任宰相一职，登上了权力的顶峰，前前后后，长达十余年时间，并不曾举荐过皇甫松。皇甫松求牛僧孺举荐受挫后，写了《大水辩》，指责牛僧孺，以此发泄自己的不满，但他依然没有放弃科场。

唐代康骈在《剧谈录》中载："自大中咸通之后，每岁试春官者千余人。其间章句有闻，蜚蜚不绝。如皇甫松以文章著美……厄于一第。"可想而知，才气和傲气兼具的皇甫松，求仕之路竟然止步于科场，会有多郁闷难遣，遂寻访郭隗台古迹，联想昔日燕昭王之事，置千金于台上，广招四方贤良，心中激奋之情，喷涌而出，随即赋《登郭隗台》诗一首：

燕相谋在兹，积金黄巍巍。

上者欲何颜，使我千载悲。

此孤寂郁闷,怀才不遇之境况,与陈子昂的"念天地之悠悠,独怆然而涕下",何其相似。

晚唐时期的皇甫松与中唐时期的父亲发出了同一个疑问:生命的意义到底在哪里?千百遍的追问,千百回也绕不过去。从小呕心沥血,发奋苦读,只为了利济苍生、一展宏图,所谓"学成文武艺,货与帝王家"。可咋就这么难呢?

何以解忧?唯有杜康。皇甫松在泥泞艰难的科考路上苦苦挣扎,反反复复爬起又跌倒,他由奋激转而消沉,转而寻求个体生命价值,转而沉湎于诗酒与女色。如《抛球乐》词,全然是醉里看花:

红拨一声飘,轻裘坠越绡。带翻金孔雀,香满绣蜂腰。少少抛分数,花枝正索饶。

金蹙花球小,真珠绣带垂。几回冲蜡烛,千度入香怀。上客终须醉,觥杯且乱排。

酒筵上歌舞伎乐,抛起绣球,传着花枝,饮着美酒,妆容游戏之场景呼之欲出。

父亲皇甫湜文章追求"意新""词工",他也是这样要求儿子的。严苛责罚下的皇甫松不负父望,词曲精妙,意新气清,可惜这般文思和才华,恣意挥霍在那酒筵歌舞中,随着曲尽酒阑飘零风尘,与功名无缘,与济世相悖,与初衷相违。严厉的父亲已然逝去,叛逆的个性缺了管束,犹如脱了缰绳的野马,任尔纵横驰骋。

晚唐的官场上少了一个皇甫松,词坛上却平添了一个大家。有了皇甫松的加入,唐朝词的艺术性也得到了很大提升,词体文学呈现蓬勃发展的趋势。杜牧、段成式、张希复都曾填过词,但作品比较平庸,这种现象,到了皇甫松、司空图的出现，才有了明显的改观。《花间集》录有皇甫松词作十二首，《全唐诗》共收有十八首，除了《采莲子》《抛球乐》《浪淘沙》《怨回纥》《杨柳枝》诸词为五七言外，其余都为长短句，有《天仙子》《摘得新》《梦江南》。另有《大隐赋》《续牛羊日历》《醉乡日月》等。

皇甫松的词大多清新、活泼、隽永，较少淫靡格调，在花间派词人中是难得的。花间派词人共有十八家，词作五百首。五代后蜀赵崇将这些作品编为《花间集》十卷，它是我国最早的一部词集。这十八家除温庭筠、皇甫松是晚唐词人外，其他皆为五代人，而且大部分是西蜀词人。该集将温庭筠、皇甫松列入卷首，表明他两人乃是花间词派的源流所在，有开山立派之功。温庭筠比皇甫松早逝，也是屡试未第，一生坎坷，终身潦倒。

在词风格调上论，五代词人词句浓艳，多写淫靡奢侈的生活，女人的姿色风情、浓艳香软。相比之下，皇甫松的作品则清新秀雅许多。李冰若《栩庄漫记》评曰："子奇词不多见，而秀雅在骨，初日芙蓉春月柳，庶几与韦相同工。至其词浅意深，饶有寄托处，尤非温尉所能企及，鹿太保差近之矣。"确为公允之论。

如《摘得新》一词：

酌一卮，须教玉笛吹，锦筵红蜡烛，莫来迟。繁红一夜经风雨，是空枝。
摘得新，枝枝叶叶春。管弦兼美酒，最关人。平生都得几十度，展香茵。

此词调为教坊曲，乃皇甫松首创。文句清丽，在景物描写中，寄寓着人生的感慨，花无长红，人生苦短，莫要辜负眼前的良辰美景。顺世沉浮，与时消息，强求偏执于事无补。

清词论家况周颐在《蕙风词话》中说："词以含蓄为佳，亦有不妨说尽者。皇甫子奇《摘得新》云：'繁红一夜经风雨'……语淡而沉痛欲绝。"皇甫松妙用短暂的春景，映照人生恒久的悲哀，"好花堪折直须折，莫待花落空折枝。"人生如白驹过隙，得意之时须尽欢。

皇甫松曾说过："吾将居常待终而已矣……苟求仁而得仁，又何荣而何欲？世事纷纷，生涯促促，亦何为乎鬏金，亦何为乎泣玉！悠哉已矣，胡不顺时而从俗耶。"（李昉等编《文苑英华》卷九十九）好一个顺时从俗，从此混迹勾栏，放浪形骸。皇甫松的词一旦配上乐，便能歌舞弹唱，浮生若梦，归宿缥缈；舞女们唱尽人生悲欢，皇甫松阅尽人间春色，才子佳人，夫复何求？皇甫松用自己的行为替《摘得新》一词做了注脚，里面饱含悲凉无奈，令人痛彻心扉。与他早期《自纪》后半段吟唱的："寄言青松姿，岂羡朱槿荣。昭昭大化光，共此遗芳馨。"那种凌云壮志、傲然独立之气势，简直判若两人。

花间派之前的诗词，出现"酒"的频率也很多，譬如曹操的"对酒当歌，人生几何？"画面中，"酒"作为道具，是用来配战马、配宝剑、配弓矢、配盔甲，出征壮行的；是拓土开疆、建功立业、开国定都、庆功伟业的。即便同朝代诗人王翰的"葡萄美酒夜光杯"，也是在马背上痛饮的，画面中，我们看到的是号角、战鼓、刁斗与毡帐，甚至还能闻到空气中飘散着的腥膻之味。皇甫松诗中之酒，搭配的是红唇美女，是金孔雀、绣蜂腰，是香艳的脂粉气。

皇甫松用自己精湛的古文功底玩词曲、玩流行，玩出了一个流派——花间派，不知是幸抑或不幸？作为开山鼻祖，皇甫松影响了百年以后的婉约派代表人物柳永。柳永的词大多赠给了歌女，也是用来配乐弹唱的，夜夜笙歌。他四次应试不第，满腹的才华官场不取，只得献给欢场。好在晚年，仁宗开了恩科，授睦州团练推官，比起皇甫松算是幸运，终归是入了正途。

王国维先生从《花间集》《尊前集》《全唐诗》中辑得《檀栾子词》二十二首，为我们研究皇甫松的艺术成就提供了佐证。尤其对皇甫松《梦江南》

一词评价很高,说它"情味深长,在乐天(白居易)、梦得(刘禹锡)之上也"(《人间词话》)。

比如《采莲子》(其二):

> 船动湖光滟滟秋,贪看年少信船流。
>
> 无端隔水抛莲子,遥被人知半日羞。

读罢掩卷,口舌留香。湖光依然在我们眼前荡漾,水波映照秋色,采莲船中有一位少女,被对岸一位英俊少年所吸引,正目不转睛、出神凝视间,船儿悠悠、随流而动,泛起微微波澜,采莲少女浑然不觉,痴情萌态跃然纸上。这少女憧憬与渴求着她的爱情,并鼓起勇气跃跃欲试。

湖水滟滟起波,少女内心也泛起了波澜,她大胆抓起一把莲子,向对岸的帅小伙抛掷过去。这个动作把江南水乡勇敢求爱的女子惟妙惟肖地刻画出来。喜欢就是喜欢,不藏着掖着。

皇甫松不愧是词作高手,他的高妙之处在于,故意避开了对岸小伙子的反应,是喜是恼且不去说,转而把笔墨探触到采莲女的内心世界中。此刻,采莲女正低着头、红着脸,羞赧窘迫了半天哩。原来,刚才抛莲子的戏谑之举被人远远地看到了,她正为自己的冒失心生悔意,为何不等没人时再抛呢?平白惹人取笑。"无端"两字极为精准,是少女下意识的一种心理状态,把初恋少女纯情可爱的一面展露无遗。

他的词作清新隽永,音韵天成,既有文人诗词的含蓄委婉、洗练纯净的特点,又有民间歌词中大胆直率又朴实的风格。符合钟嵘《诗品》所赞美的"即目"和"直寻"相近。钟嵘赞美那些不用典故、直抒胸臆的"即目""直寻"之作是最好的抒情诗。实况实境,直堪入画。《采莲子》就是这样一幅江南水乡的风情画。

再如《梦江南》：

兰烬落，屏上暗红蕉。闲梦江南梅熟日，夜船吹笛雨潇潇，人语驿边桥。
楼上寝，残月下帘旌。梦见秣陵惆怅事，桃花柳絮满江城，双髻坐吹笙。

这首小令是《梦江南》二首，亦颇富有诗情画意，是一首难得的佳作。所谓"诗有天机，待时而发"。全词借梦中所见所闻的动人境界，描绘了江南水乡梅雨季节的风光，寄托了作者思念故乡的缱绻之情。全篇达到了情景交融的艺术境地，作者把自己的感触，全部隐藏到具体的景物背后，含而不露，词中没有直抒自己如何思念江南故乡，而是通过白描的手法，勾勒出江南暮春雨夜一幅幅动人的画面，如"夜船吹笛""桃花柳絮"，有颜色有声音，作者的怀乡之情若隐若现寄托在字里行间，平和淡远，悠然绵长，读来情深意切，真实感人。

虽说皇甫松流传下来的诗词数量不多，但品位和质量皆属上乘之作，一举奠定了皇甫松作为晚唐花间派词人在文学史上的地位。

略觉遗憾的是，在皇甫松之后，皇甫一脉在淳安似乎找寻不到踪迹，不但宋元明清的进士名录中没有，就是前几年编纂出版的《淳安姓氏》一书，里面三百多个姓氏中，诸葛、欧阳、上官、申屠这些复姓人数虽少，却未绝迹。其父皇甫湜自称安定人。安定朝那是皇甫湜的郡望，在今甘肃省平凉市泾川县一带，皇甫氏是安定的著姓。他们南迁睦州具体时间虽不可考，但据我掌握的资料推测，应在唐代贞观年间，皇甫松的曾祖父辈上定居淳安的。

"圣公"方腊

走进淳安博物馆"历史厅"，观众往往驻足停留在一块天然的鹅卵石面前，好奇打量一番。它呈不规整的椭圆形，四面皆刻有文字。灯光柔和地投射在刻石上，它肌理清晰，光滑呈褐色，阴刻的楷书铭文遍布四周，字口大小参差，深浅不一。这便是国家一级文物"方腊起义刻石"。

随着展台缓缓地转动，观众可以识读上面的铭文："庚子十月初九日，睦州青溪县万年乡方十三作逆，名腊，妻姓邵。至十二月出洞，初五烧人家屋，打到杭州，便打秀州，城不开。丑年三月，天兵捉焉。四月七日，辛太尉入洞，收下入京，改为严州淳安县。丰源院僧用琴记。"

此刻，观众心里一定有了疑惑，鹅卵石的硬度不低，为什么一个叫"用琴"的和尚，会费这么大劲儿，刻石记录这样一件俗事呢？

时间回到九百多年前，北宋宣和二年（1120）春，青溪（今淳安）知县陈光，此刻正催促衙役征用民夫，上山采挖花石，以完成苏杭"应奉局"指派的官差。青溪山清水秀，山中盛产奇花异石，特别是境内东南山脉，有两种石头更是远近闻名，一种是茶园石，用于亭台牌坊，起楼造园，坚固美观，无比适用。再有隔壁赋溪玳瑁岭一带，高山深处，藏着各种千姿百态的奇石，突兀峥嵘，怪石嶙峋，有像石笋、石柱、石峰的，更有似石猴、石狮、石象的，鬼斧神工，惟妙惟肖，有园林假山的天然造型。

政和七年(1117),宋徽宗欲在汴京东北方向造一座万岁山"艮岳"。山周延绵十余里,园林宏伟,遍植奇花异木,云蒸霞蔚,仿佛蓬莱仙境一般。为了搜罗这些珍品,特设了苏杭"应奉局",宰相蔡京推荐朱勔负责此事。朱勔在江浙一带尽力搜罗,青溪县首当其冲,成为重灾区。

凡是"应奉局"看上的奇石异木,不论是高山绝壑,还是深水激流,不计民力也要搬运出来。运送花石的船只,每十船编为一纲,所经州县,途中如有遇阻,遇桥拆桥,遇房拆房,甚至凿城垣以过者。搞得民怨沸腾,苦不堪言,有人迫不得已,选择逃离家园。

青溪县上年频受水旱之灾,粮食歉收,民多饥色。况稻禾未熟,正是青黄不接的季节,百姓食不果腹,采挖花石是个体力活,稍有不慎便倒毙不起。知县陈光不管百姓死活,如有不从,轻者拷打,重者入狱。

万年乡邦源里碣村(今洞源村),方腊正式拜汪公老佛为师。说起方腊这位师傅,一言以蔽之:神龙见首不见尾。有人说他是陇西人,有人说是中原人,还有人说是越国公汪华的后裔。汪公老佛云游四方,布道传教,借以寻访豪杰之士。他到了万年乡地界,偶遇方腊,见他龙行虎步,竟有王者之气,暗吃一惊,晓得是个成大事的人。遂与之结交,宣讲教义。方腊虽半信半疑,听上去却十分受用,心生向往之意,遂加入。

宣和二年(1120)十月,小雪节气,山里变得寒凉肃杀,帮源里正方有常一家的漆园,显得异常冷清。方腊为避人眼目,选择此处作为联络点,准备举事起义。方有常二儿子方熊偶然发现了这个秘密,告诉了他当里正的老爸。"这还了得?"老爸赶紧派他去县衙告发。方腊见机事已泄,遂带领议事者一干人等,截杀方有常一家老小,只有季子方庚一人越墙逃脱。

消息走失,事关生死。与其坐以待毙,不如铤而走险。汪公老佛掐指一算,"九宫飞星犯北方,天灾人祸躲不了"。太岁庚子年,既然不太平,我们今日举事也算顺应天意。于是,方腊便在漆园召集了上千人,进行誓师大

会。方腊站于高坡地,大声说道:

> 今赋役繁重,官吏侵渔……独吾民终岁勤劳,妻子冻馁,求一日饱食不可得……东南之民苦于剥削久矣,近岁花石之扰,尤所弗堪。诸君若能仗义而起,四方必闻风响应,旬日之间,万众可集……十年之间,终当混一矣!

方腊极具煽动性的一席话,喊出了老百姓的心声。青溪境内百姓但闻轻徭薄赋,立马揭竿而起。一时间,天风激荡,波涛云涌,起义队伍迅速聚集数万人。

真是应了那句话:"民不畏死,奈何以死惧之?"

李埴《皇宋十朝纲要》卷十八《徽宗纪》载:"宣和二年(庚子年),十月,丙子(初九日),睦州青溪妖贼方腊反,据帮源洞,四出焚掠,聚众几万人。"《宋史纪事本末》卷五四《方腊之乱》载:"徽宗宣和二年(1120)冬,睦州青溪民方腊作乱。"《桂林方氏宗谱》及杨仲良《续通鉴长篇纪事本末》等记载,方腊别称方赖、方瘌,又名方十三,青溪帮源洞(今洞源村)人。

方腊在帮源洞揭竿起义后,于十一月初一日即建元"永乐",自号"圣公",立子亳为太子,任方肥为丞相,汪公老佛为军师。"置官吏将帅,以巾饰为别,自红巾而上凡六等",起义军在镇压了当地劣绅及地主武装后,随即遭到了两浙路都监蔡遵、颜坦的征讨。宣和二年十一月二十八日(1120年12月20日),蔡遵、颜坦率官军五千人逼近万年乡,在距万年乡东南二十里地的息坑埋锅造饭,不料方腊军师汪公老佛,早已预设伏兵,张网以待。此役全歼了蔡、颜官军,史称"息坑大捷"。

次日,起义军乘势而进,一鼓作气占领了青溪县城,处决了县尉翁开。十二月初二日,又乘胜攻占了第一座州城——睦州,并占据遂安、寿昌、分水、桐庐等县。随即挥师向西，攻下歙州。镇守将军是号称"病关索"的宋军东南第三将郭师中，也不敌方腊义军，郭师中与部众三千余人尽数战死。

歙州一役，起义军士气大振，举兵向东攻克富阳、新城（今新登），直逼杭州。杭州是两浙路首府，又是"造作局"所在地，"花石纲"的指挥中枢。起义军一个个恨得牙根痒痒，攻打起来格外卖力。十二月二十九日，杭州城被攻陷，首先在城外开化寺六和塔附近打掉了宋军的据点，烧毁开化寺，使之片瓦无存。两浙路最高军事长官制置使陈建，以及廉访使赵约都做了义军的刀下鬼。

起义军所到之处，犹如风卷残云一般。

这就是石刻所记"至十二月出洞"的具体含义。

"初五烧人家屋。"这是石刻纪实较为关键的一句话，它也是石刻之所以存世的主要原因。据《严州图经》及《淳安县志》载："丰源院在县东北安乐乡，五代贞明二年（916）建。"丰源即今文昌镇王家源村这条山源，距青溪县城约六十里，与分水县（现属桐庐县）的塔岭为界，是起义军进攻分水、桐庐的必经之路。

因方腊起义军"不事神佛""尤憎释氏"（庄季裕《鸡肋篇》），因此，"逢庙即烧"（《桂林方氏宗谱·方庚传》）。我们查阅了有关地方志也证实了这一点。如建德市的甬顺庙，富阳区的净明寺、妙智寺，於潜的治平寺，东阳的禅林院，浦江的惠香教寺、明德教寺等均被烧毁。此外，如淳安的县学、桐庐县学、青田县儒学、丽水县府学先师庙、石门县学官、黄岩县文庙、歙州学官、衢州学府等孔舍儒学，还有一些道观，凡在义军声威所及之处的，均被捣毁。

丰源院自然是难以幸免的。作为一个脱离世俗尘缘的僧人——用琴，如果不是危及其基本的生存，很难想象他会涉足时务，去刻石纪实而让它遗存人世。

失控的洪流不受制约,必然泛滥。一时间,苏州的石生,湖州归安县(今吴兴县)的陆行儿,婺州兰溪市的朱言、吴邦,永康市方岩山的陈十四,处州(今丽水)缙云县的陈箍桶,台州仙居县的吕师囊,越州(今绍兴)剡县的仇道人,衢州的郑魔王等,纷纷结集徒众响应,起义队伍像滚雪球一般,不断壮大。

江南告急,警报入京。起义军摧枯拉朽的气势,让汴京城内的徽宗寝食不安。他连忙下诏罢止苏杭"造作局"和"应奉局",罢免朱勔父子官职,以此来缓和矛盾,消除紧张的局面,好让百姓感受他的"皇恩浩荡"。另派童贯任江、淮、荆、浙路宣抚使,谭稹为两浙路制置使,率领京畿禁军及秦、晋二地蕃、汉兵计十五万人,前往杭州、歙州和睦州镇压。

方腊占领杭州后,于宣和三年(1121)正月,兵分南北两路,继续进军。南路,向婺州(今金华)、衢州、处州(今丽水)等地推进;北路,方腊指派方七佛率领六万士众挥戈北伐,一路攻克宣州(今安徽宣城)宁国,围困广德(今安徽广德)军。另一路起义军于宣和三年正月十九日(1121年2月8日),攻下崇德县(今桐乡崇福镇),便打秀州。方腊进攻秀州的目的,是为了北上夺取金陵作准备,实现划江而守的战略目标。

可惜计划赶不上变化。秀州(今嘉兴)的前统军王子武"职战",知州宋昭年"职守",于是出现了这样的场面:"(秀州守军)长兵在前,短兵在后,弓矢分左右翼,夹射遂启门,鼓噪而出;太守复率百姓登城,摇鼓发威以助之……贼大骇,奔溃,追奔数十里,斩首五千级……"(《嘉兴府志》卷三十一)。加之,童贯所部王禀的宋军前来救援秀州,前后夹击,使方腊义军秀州之战失利,"攻城不开"。

秀州失利,杭州也就失去了屏障。宣和三年二月十八日(1121年3月8日)杭州失守,使方腊起义军的形势发生了急剧的逆转。三月初一日,方腊虽然亲率义军企图夺回杭州城,与宋军王禀等部激战于城外,但因力量对比悬殊而失利,不得不朝原进军路线败退。王禀等则乘胜追击,这就是刻石中的"丑年三月,天兵捉焉"。丑年,即宣和三年(1121)辛丑年三月,方腊起义军开始败退,"天兵"追捉方腊起义军。这里的"捉焉",并非在三月即捉住了方腊,因三月廿二日至三月廿七日,富阳、新城、桐庐、睦州再相继失陷,直至四月十九日,王禀等部才攻陷青溪县城。四月廿四日,宋朝官兵汇集帮源洞,血战帮源。"四月七日,辛太尉入洞,收下入京。"

据《宋史·韩世忠传》及《淳安县志》载:"四月,童贯合兵击方腊于帮源洞,腊等尚二十万,与官军力战而败,深居崖屋为窟,诸将莫知入,王渊裨将韩世忠,潜行溪谷间,问野妇得径,即挺身仗戈直捣其穴,格杀数千人,擒腊以出。辛兴忠(辛太尉)领兵截洞口,掠为己功,并取腊妻、子及伪相方肥等五十二人(一为三十九人)于洞石穴中……"当时,韩世忠只是一名裨将,这项功劳被记在了"兵截洞口"的忠州防御使辛兴忠账上。方腊等首领被捕以后,不久就被送往杭州"宣抚司"。同年七月,被童贯"槛送"京师开封去邀功。宣和三年八月廿四日(1121年10月7日),方腊等在开封被腰斩于市。

方腊被俘后,五月,睦州青溪县即改为严州淳安县。万年乡亦改为威平乡。这就是"丰源院僧人用琴记"刻石关于方腊起义全过程的纪实。刻石记载的关于方腊首义和被俘的时间、地点以及义军攻打赵宋王朝州、县的路线,都与史书、志书、宗谱所记载的相吻合。

丰源院和尚用琴是这段历史的亲历者、目击者,又是寺院被烧的受害者,他刻石以记文,是完全可以理解的。而且是刻记在一块天然鹅卵石上,文字通俗,内容具体,没有蓄意造作的成分,可以作为考证方腊起义这段历史的实物史料。

方腊自号"圣公",改元"永乐",提出了人"不分贵贱,平等均富"的口号纲领,以及"轻徭薄赋"的治国理念,得到民众的拥护和支持。在不到半年的时间里,连续攻克浙江、安徽、江苏、江西境内六州五十二县,占据东南半壁江山,他俯瞰中原,欲与朝廷分庭抗礼,划江而治。

这难道是一介草莽具有的胸襟和气度?方腊起义虽于宣和三年(1121)失败,却加速了北宋王朝的衰亡,仅仅过了五年,宋高宗迁都于杭州,建立南宋王朝。

淳安历史上,有陈硕真反唐,接着是方腊反宋。陈硕真反唐并不顺应历史潮流,初唐时期政治清明,唐高宗李治承继了父亲唐太宗"贞观之治"的盛世,老百姓的生存环境有了很大改善,生产力水平得到迅速恢复和发展,皇帝本人也崇尚节俭,并不奢侈荒废,反唐缺乏足够的社会基础。与陈硕真相比,方腊反宋更在情理之中。宋徽宗为了一座万岁山,遍及江南搜罗奇石异卉,朱勔更是借机强取豪夺,弄得人心惶惶、民怨四起。当时的淳安就是"花石纲"的重灾区。如此劳民伤财,不得人心,合该是北宋王朝的气数将尽。

方腊起义确实顺应了历史发展,在他之前和之后的农民起义,矛盾的焦点无一例外,集中在朝廷与民众间,引燃的具体事件千差万别,方腊恰时恰地引燃了"花石纲"这根导火索,顿时形成了燎原之势。在这样的背景下起兵反宋,可见方腊是有战略眼光的,也符合皇朝更替的周期性规律。

瀛山达人詹仪之

1169年冬,时南宋乾道五年,通往郭村瀛山书院的官道上,一辆马车急速驰过,纷纷扬扬的尘灰散尽,竟飘逸着一缕书香墨韵,轮蹄碾过的黄土印痕,望去像极了鸟虫篆文。村民正疑惑间,马车在拐角处詹府门前缓缓停了下来,但见车上下来一个儒雅的读书人,四十岁模样,风神俊貌,遗世独立。

他,便是理学巨擘朱熹。

朱熹与詹家、与瀛山、与书院,自此结下深厚的情缘,始终割舍不断。

詹氏家族地位显赫,皆有功名,平时迎来送往的图景,不免让人想起刘禹锡的诗句:"谈笑有鸿儒,往来无白丁。"村民眼中的詹家,是那样的高不可及。詹仪之的父亲詹楲,有兄弟五人,依序为詹林、詹至、詹厚、詹桎、詹楲,都是进士出身,号称"五子登科",且同朝为官,放眼整个遂安县城,当是首屈一指。村民不用猜便知,来客定然是奔詹府去的。

此时,詹府主家的是詹仪之。

史载"公方占家食",这一年,说他恰巧赋闲在家。

詹仪之,字体仁,号虚舟,南宋郭村人。绍兴二十一年(1151)举进士,累官吏部侍郎,集英殿修撰,知静江军府事,兼广南西路经略安抚使(相当于明清时期的总督,人称帅司),赐紫金鱼袋。秩满进敷文阁待制,官至二品。

其祖父詹安,太学生,授迪功郎,与程门四先生之一的谢良佐友善。为方便宗族子弟读书,他曾在瀛山构筑书院。据明万历壬子本《遂安县志》载:"瀛山书院,在县西北四十里。宋熙宁间,邑人詹安辟建于山之冈,凿方塘于麓,其孙仪之与朱晦翁往来论学于此。"

仪之幼承庭训,尤好理学,有志于学问。

朱熹此番前来就是与之探讨"格致"之学。

何谓"格致"之学?朱熹的解释较直白:"格,至也;物,犹事也。穷至事物之理,欲其极处无不到也。"(《大学章句》)又说:"致,推极也;知,犹识也。推极吾之知识,欲其所知无不尽也。"(《大学章句》)格物就是至物,通过对事物的接触、感知和观察,达到对事物本然之"理"的认识,进而穷尽事物全体之"理"。

此刻,瀛山书院"丽泽所",朱熹下榻处。但见朱熹双眉微蹙,在狭小的屋内来回走动,心中涌动着:太极、阴阳、理气、知行、正心、诚意、格物、致知……要将它们组织、糅合、条理、序化,有步骤,利践行。

他这次意欲将"格致"学系统化来。

窗外天空低垂,彤云密布。

"先生在吗?"詹仪之手提书匣,上山看望朱熹来了。他带来的是谢良佐先生的遗稿。此时,天空飘飘洒洒下起了鹅毛大雪。朱熹忙开门相迎,瑞雪扑面而来,朱熹不禁打一个寒战,他接过詹仪之手中的书匣,顺手置于案头,便索性伴着詹仪之信步闲庭,观赏起雪景来了。

詹仪之望着满庭乱舞的雪花,兴之所至,当即口占唐诗一绝道:"北阙彤云掩曙霞,东风吹雪舞山家。琼章定少千人和,银树长芳六出花。"

朱熹听罢,不动声色,撩起长袍张罗了一些雪花,顾谓仪之道:"詹兄方才说'银树长芳六出花',不知雪花为何是六出的?"

仪之见问,若有所思,道:"天公造物,自然之妙也。"

朱熹微微颔首，自言自语道："天下之事，皆谓之物；天下之物，莫不有理；物之有理，格而后知之。"

朱熹边说边将长袍上的雪花，指示给仪之道："雪花有六出，也有五出、四出，此乃空中气流冲击碰撞所致。只要我等用力勤，则事物之表里精粗无不到也。"

仪之拱手相道："先生见教极是，于细微处见精神。然詹某尚有一事未明，'理'是在事物之先固有的，还是在事物之后才有的呢？若说在事物之先便有此'理'，则事物岂非多余？若说在事物之后才有这'理'，则辨之何益？"

朱熹沉吟片刻，断然道："'理'与事物本无先后，'理'非别为一物，它存在事物之中，若无事物，则'理'亦无挂搭处。"

詹仪之听闻，豁然贯通，随即口吟一联赠送朱熹："紫阳学问当千古，白鹿规模又一天。"

这是詹仪之与朱熹的初次论道，句句藏匿机锋。

三年后，也就是乾道九年（1173），詹仪之出任信州知府前夕，再次邀请朱熹来瀛山书院讲学。朱熹欣然前往，时值春夏之交，万物复苏，生机盎然。

朱熹讲学以启发为主，而非灌输记问之学。学生可以和老师意见相左，甚至激烈辩论，互相碰撞启发，这便是教学相长。詹仪之时而参与教学，时而参与辩论。瀛山耸秀叠翠，学术空气浓厚，一时远近学子云集，草木沾香，声名远播。

朱熹在书院讲学之暇，常与詹仪之往来徘徊于登瀛桥、得源亭和方塘之间。

方塘不大，半亩有余，水极清澈，平静如镜。塘中小荷已露出尖尖的头角，驳坎上柳枝摇曳。詹仪之情绪极佳，他忽有所动，手指方塘，顾谓先生道："你看这天光云影，山峦翠岚，在荷叶间穿梭、变幻、游走，俱在方塘之中一一呈现，敢问先生，此中之'理'何在？"

朱熹顺着詹仪之手指方向望去，顿时心有所触，他想起了昨晚再度披阅上蔡先生（谢良佐）遗稿，内中有这样一句话："天下之物，有生意是为仁。"生意就是生气，就是活的生机、活的灵魂，周而复始，流转不息。朱熹面对方塘，犹如面对着一面镜子，照见万物也照见自己的内心，似银瓶泻地一片清辉，他灵光乍现，当即诗兴涌动：

半亩方塘一鉴开，天光云影共徘徊。

问渠那得清如许，惟有源头活水来。

沉吟片刻，道："不妨就叫《咏方塘》吧。"

詹仪之连声赞道："妙、妙、妙。尤其末句'惟有源头活水来'，可谓以一'理'喻万'理'，尽得'格致'风流啊。"

好一首《咏方塘》，从此成为脍炙人口的著名诗篇，也是朱熹"格物致知"理学思想的精华所在，他巧妙、有机地活用了上蔡先生的"生意"说，且将方塘水和源头活水这两者联系在一起，从极寻常的自然现象中悟出带普遍意义的生活哲理，可谓放之四海而皆准。

此后，詹仪之出任信州（今上饶）知府。

作为地方行政长官，他明理思辨，关心学问之道，为此，他组织了一场"世纪之辩"：辩论时间在淳熙二年（1175）；辩论地点在江西铅山鹅湖寺；他邀请了朱熹、张栻、吕祖谦、陆九龄、陆九渊作为辩论双方人员；以朱熹为首的理学，命题是"格物致知"，以陆九渊为首的心学，命题是"心外无物"。辩论双方针锋相对，且都是学派创始人，史称"鹅湖之会"。

这场顶级的学术交锋，对当时的思想界和后世学人产生了积极而深远的影响。

詹仪之组织"鹅湖之会"后，与朱熹有相当一段时间没有谋面，各忙各的。詹仪之位居官场，身不由己，三年后他出任广西转运使，治所在静江（今广西桂林），此时的静江知府是张栻。朱熹则在各地讲学，两人主要是通过书信保持联系，继续探讨"格致"之学。通过《答詹体仁》——朱熹回复詹仪之的来信，我们可以看到当时学者的通病："湘中学者之病诚如来教，然今时学者大抵亦多如此。其言而不行者固失之，又有一种只说践履而不务穷理，亦非小病。"（《朱文公文集》卷三十八）

朱熹给詹仪之的书信，据我所知，大略有《答仪之书》《答詹帅书》《与詹帅书》《上仪之书》《与詹体仁书》等。

我们今天非常有幸，能够看到朱熹《与詹体仁书》真迹。

《与詹体仁书》这封书信，因为首句有"春雨复寒"字句，按惯例名之"春雨帖"。

这封书信是詹氏墨宝之一，现藏于北京故宫博物院。书信内容如下：

熹窃以春雨复寒，伏惟知府经略殿撰侍郎丈。阃制威严，神物拥护，台候动止万福！熹区区托庇，幸粗推选。但祠禄已满，再请未报，前此延之。诸人报云，势或可得，未知竟如何？居闲本有食不足之患，而意外之费复尔百出不可支。吾亲旧有躬耕淮南者，乡人多往从之，亦欲妄意为此。然尚未有买田雇夫之资，方此借贷。万一就绪，二三年间或可免此煎迫耳。衰病作辍，亦复不常，此旬月间，方粗无所恼，绝不敢用力观书。但时阅旧编，间有新益。如《大学》格物一条，比方通畅无疑，前此犹不免是强说。故虽屡改更，终不稳当。旦夕别写求教，前本告商省阅，有纰漏处，痛加辨诘，复以示下为幸也。桂人蒋令过门相访，云尝上疏论广西盐法，见其副封，甚有本末。渠归必请见，因附以此。匆遽不暇详悉。未有侍教之日，临风惘然。切乞以时,为国自重,有以慰善类之望,千万至祷!

右谨具呈

二月廿七日宣教郎直徽猷阁朱熹劄子

朱熹给詹仪之写这封信的时间是淳熙十二年(1185)二月廿七日。朱熹时年五十六岁,詹仪之六十三岁。

书信抬头称詹仪之为"知府经略殿撰侍郎",此时詹仪之任职的全称应是"吏部侍郎、集英殿修撰、知静江府兼广西经略安抚使",所以朱熹省称为"知府经略殿撰侍郎"。

朱熹这里所说的"祠禄已满"是什么意思呢?这是宋代特有的一种现象,谓之"祠禄官"。一般由年老的大臣充任,他们可以不理政事,而俸禄照常领取,以示优礼。这样的"祠禄官"需要有人荐举,也有一定的名额。詹仪之作为经略安抚使是有权举荐的,所以他举荐了朱熹。但不知何故,朱熹落选了,他的生活陷入拮据困顿,以至于有"食不足之患",连吃饭都成了问题,到了靠借贷度日的境况。尽管生活窘迫如此,朱熹治学未敢懈怠,他"时阅旧编,间有新益",对原先写的文章再作修订,又有了新的认识和收获。

从字里行间可以看出,朱熹把詹仪之当作知交。本来像这种吃了上顿没下顿的事情,读书人是难以启齿的。有人会提出疑问,朱熹落款不是写"宣教郎直徽猷阁"的官名吗?

"徽猷阁"原本是宋徽宗时建造的,用来收藏哲宗御制、御集的,政和六年(1116)九月,增置直徽猷阁。南宋时期延用,只是个贴职,无职守、无所掌,为从七品官。宣教郎乃迪功郎的别称,官阶更低,是朱熹最初入仕时被授予的,相当于八品官。可见,此时的朱熹正处在闲居期间,没有俸禄就失去了经济来源。

为弄清詹仪之的行踪，我查阅了《桂林市志》，上面有他在桂林期间题刻的摩崖石刻。后又在桂海碑林博物馆廖先生处得到证实，詹仪之题刻的摩崖石刻竟多达13处。其中位于隐山北牖洞的摩崖石刻题记内容如下：

淳熙戊戌(1178)岁六月丙戌，廖重能置酒，约詹体仁、张敬夫(张栻)登千山观，泛舟西湖，荷花锤未盛开，水光清净，自足消暑。视北牖洞之前有胜地，体仁欲为小亭名以"招隐"。敬夫北归有日，不及观斯亭之经始，独预书"招隐"二字以贻之。

可见，至少在淳熙五年(1178)六月，詹仪之已经在广西转运使任上，隐山招隐亭也是由他主持修建的；九年后，他还在灵剑江修建了寻源桥。此外，桂林叠彩山风洞、普陀山弹子岩、象鼻山水月洞等处，也都有他的题诗、题名、题记的刻石。他宦游桂林的时间与史书记载基本吻合。

据《景定严州续志》记载："除公吏部侍郎，知静江府，因任六年，官鬻弊革。"他出任静江知府兼经略安抚使的时间是淳熙十年(1183)四月(《南宋经抚年表》)，到他因广西盐法事被革职，离开桂林的时间是淳熙十六年(1189)正月，与《景定严州续志》所载的"因任六年"相符。

淳熙十六年二月，詹仪之因"广西盐法"被革职，退归故里。

广西盐法自绍兴年间实行客钞(私商卖)，三十余年未变。范成大于乾道七年(1171)出知静江，改为官般，即由官府设转般仓于适中地，转盐就商，或待官卖。因为食盐关乎民生，私商为了赚钱，或囤积居奇，或待价而沽；官卖也好不到哪里去，少数官员垄断卖盐权，从中渔利，老百姓苦不堪言。所以，范成大之后一时私卖，一时官卖，更易不定。

詹仪之帅广西后，大多数时间实行私卖，中间一段时间也实行官卖。据《景定严州续志》记载："代者飞语中公，有袁州行。"《宋元学案·丽泽学案》也说:"(詹仪之)累官吏部侍郎,知静江府,已而以蜚言谪袁州。"代者是谁?流言蜚语又说了些什么?代者即新任广南西路经略安抚使应孟明,他向孝宗皇帝上奏状告詹仪之:"盐钞抑勒民户,流毒一方,欲得复旧以解愁怨。"

淳熙十六年(1189)正月,詹仪之以"罔上害民"之罪,责授安远(今北京城西南)军节度行军司马,袁州(今江西宜春)安置。此间,二月初二日,正值孝宗禅位于光宗,"光宗登极,念公故宫僚,许自便。既归而殁,公论惜之。"詹仪之虽被贬官,但他并未赴任,归家不久即病逝。

詹仪之死有冤屈。广西盐法实行客钞,其实是孝宗皇帝准许的,淳熙十年(1183),诏广盐实行钞法,罢官般官卖。淳熙十一年(1184)四月,"诏广西经略詹仪之,运判胡廷直,开具到现行盐钞,已为详细,可恪意奉行"。(《续资治通鉴》卷一四九)"如是,则一路二十五州,无不均被圣泽。折苗科敷之弊,可以永革,而民力裕。"(《续资治通鉴》卷一四九)

詹仪之这些政绩恰成为他以后被贬官革职的罪状。

是年七月,仪之回到家乡郭村,不久病逝。

次年,朱熹来到瀛山致奠,写有《祭詹侍郎文》:

维绍熙元年(1190),岁次庚戌,七月癸丑,朔十有一日,癸亥具位,朱熹谨致奠于近故经略阁学侍郎詹公之灵。呜呼!世之学者众矣。其所以为学者,类不过出入乎口耳之间。求其笃志力行,以期入乎圣贤之域者,则鲜矣!惟公粹美之资,得于天禀,孜孜学问,乐善不倦,其尊闻行知之效,见于日用之间者,在家在邦,随事可纪。盖一本于中和,而行之以慈恕,信乎所谓,志于仁而无恶者矣!晚登从班,出镇南服,急于救弊,以绥其民,故不暇计百全之利,而其害有出于意虑之外者。上虽不获已于积毁之言,然暂谪而亟还之,则既有以知公之无罪矣!众亦咸谓商度、财利、钩校、米盐,本非所以烦儒学老成之士，莫不冀公之复起，而有以卒究其所学之蕴也。不谓归未及门，而遽以病告税驾，未几而遂至于不起。此则有志于学者所以叹息流涕而遗恨于无穷也。熹辱知惟旧蒙念亦深闻讣，逾年一奠，莫致其为愧负，盖不胜言缄词寓哀，尚祈鉴享。呜呼哀哉！

祭文情真意挚，读罢潸然泪下。在他眼里，詹仪之资质美、禀赋高，追求学问之道，"孜孜学问，乐善不倦"，为人则"本于中和，行以慈恕"，即便如此，仍然遭到流言蜚语的攻击，以至获罪。朱熹接下来这段话算是替詹仪之鸣不平："晚登从班，出镇南服，急于救弊，以绥其民，故不暇计百全之利，而其害有出于意虑之外者。上虽不获已于积毁之言，然暂谪而亟还之，则既有以知公之无罪矣！"

朱熹在祭文里讲得比较委婉，詹仪之为了安抚百姓，急于救弊，无暇顾及自身的周全，却遭到流言的恶意中伤，其实皇上知道詹仪之无罪，之所以革他的职也是权宜之计，是迫于"积毁之言"。

朱熹来到瀛山写下这篇祭文，是在绍熙元年（1190）七月，距离詹仪之去世正好一周年。

记得1994年，我在《可爱的杭州·淳安卷》里，写过詹仪之的文章，标题是《日以问学的詹仪之》。写这篇文章的时候，查阅了许多资料，只知他的卒年而不知其生年，故对此我始终存疑。

去年我写了一篇关于瀛山、关于汪建功老师为恢复书院奔走呼吁的文章，题目是《一座千年书院的背影》。汪老师后来找到我，说我读懂了他，走进了他的内心。从汪老师的眼神中我看到了他对我的信任，为此我感动不已。在一次通话中我向他提出了心中久存的疑惑。詹仪之墓志铭里有记载呀，汪老师回说，家里有《詹氏宗谱》的复印件。

次日，我按约登门造访。

汪老师拿出《东源詹氏宗谱》，看谱头重修序款是民国十五年(1926)版本，早期序款有宋政和版的，其次明洪武戊辰(1388)、永乐甲辰(1424)、宣德壬子(1432)、万历甲寅(1614)，以至清乾隆等款，家谱传承有序。其卷九《墓志》有《阁学侍郎詹公墓志》：

公以宣和五年(1123)六月辛丑生，用考致仕，恩补将仕郎，登绍兴二十一年(1151)进士第，历舒州宿松簿、绍兴府余姚县丞，知湖州乌程、常州宜兴二县，入御史台为主簿。出知台州，移信州(今上饶)，提点广南东路刑狱，就改转运判官，又易广西路转运判官，提点荆湖南路刑狱。召拜吏部郎中，枢密院检详文字，由起居舍人兼太子侍讲，迁起居郎，权吏部尚书，兼太子左谕德，遂为吏部右侍郎。以集英殿修撰，知静江军府事，兼经略安抚使，赐紫金鱼袋。秩满进敷文阁待制……淳熙十六年(1189)七月丙寅，终于正寝，享年六十七岁。

正所谓踏破铁鞋无觅处，得来全不费工夫。墓志铭有詹仪之明确的生年——1123年，以此推算，享年六十七岁。

接着再浏览下去：

葬于县西新安乡芹下源，元配余氏，继配叶氏，俱先公卒，追封新安郡夫人。子男三人，尊祖，修职郎，衢州龙游县尉；怀祖，承直郎，南康府(江西庐山)通判；彭祖，文林郎，绍兴府诸暨县知县。女五，长适进士杨九功，次适进士余朴功，三适乡贡进士吴硕中，四适修职郎温州乐清县知县陈铭，五适宣教郎荆湖北路常平司干办公事周环。

落款为"孙男登仕郎孝本等立石"。孝本是尊祖的儿子，他对自己祖父的生平记载当是值得信赖的。

詹仪之原配夫人余氏、继配夫人叶氏早于夫君去世。三个儿子都有功名在身;五个女儿也均嫁给了门当户对的好人家。这是一个根深叶茂的官宦之家。

根据"葬于县西新安乡芹下源"这句话,我推知他葬于现在的浪川乡新桥村。经了解,詹仪之墓位于新桥村后山。二十世纪八十年代初,村民开辟茶园时意外发现了该墓葬,由于当年文物保护意识淡薄,村民没有报告县文物部门,而是自行挖掘,平整了土地,随葬品也遭到严重破坏,事后县文管会只征集到三条铁鱼,现藏淳安博物馆。

詹仪之虽然距离我们八百余年,但瀛山有他的余绪,书院是他的归宿。他与明代的方应时一并列入了乡贤祠。

邑人余凤鸣,清道光乙未(1835)恩科举人,曾任湖南衡阳、通道、桂阳等县知县。他曾在《瀛山书院詹先生祠记》中说:

> 先生沉潜圣学,南宋时读书邑西瀛山之双桂堂。下凿方塘活水一渠,清浅可爱,朱子就而商补传之义。半亩方塘之句,由此咏焉。阙后有《与詹侍郎书》,有《答詹侍郎书》,有《答詹帅书》。反复以"格物致知"之理,《论语》《孟子》之旨,《太极》《西铭》之解相商榷。至《祭侍郎文》,则曰尊闻行知之效,见于日用。直以中和慈恕,志仁无恶相许。夫人品为朱子所推重,其为圣贤之徒可知。学问于朱子相考稽,其能阐明圣道又可知……自宋而元而明,道学衰而先生之双桂堂以废。邑侯宛陵周少峰先生倡复旧迹,堂仍旧名,增格致堂于其前,颜曰"瀛山书院",而祠于其后,以祀朱子,配先生于左侧。

詹仪之道德垂范后世,配祀朱文公祠是实至名归,复建的瀛山书院也应给他留有一席之地。行文至此,我顿觉一身轻松,既为詹仪之,也为自己20多年久存的旧案有了一个确证。

我觉得文章观点和视角是否新颖独特,读者诸君自有评判,但若一篇文章能解决至少一个具体问题,就犹如在浩瀚的史海中,通过点滴钩稽,对某个人物或事件,进行精准定位,找到属于他们自己的历史坐标,这对于笔者来说则是莫大的鼓舞。

如若要给詹仪之一个准确的定位,我觉得用"瀛山达人"正合适。达者,通达无碍也,无论为官、为学还是为人,他都当得起这个名号。

恭圣仁烈皇太后杨桂枝

她一生都在书写传奇。

她从一介平民蝶变为大宋皇后、皇太后。

她集权势与才艺于一身。她融胆识和智慧于一体。她用行动完美诠释了什么叫"巾帼不让须眉"。

她便是谥称"恭圣仁烈皇太后"的杨桂枝。

时间回到858年前，南宋绍兴三十二年（1162），南宋第一位皇帝高宗让位于养子赵昚，是为孝宗，开启了政治清明、百姓安康的"乾淳之治"。也正是这一年的二月十二日子时，淳安潦家源山坞（今里商乡皇后坪村）一户农家小屋，诞生了一个女婴，那夜清亮的啼哭声，响彻整个山坞，不独惊扰了这个小小的山村。此后这个女人更是震动了南宋，影响着中国历史发展的进程。

话说是夜掌灯时分，杨纪早早请了稳婆来家，妻子张氏今日临盆。晚饭后妻子肚子隐隐作痛，杨纪不敢怠慢，却又插不上手，坐在堂前候着动静。也不知过了多久，恍恍惚惚看见一个白发老头进得门来，手里拿着一枝丹桂，递交给自己。杨纪犹觉诧异，丹桂并非属于这个季节，鼻子里扑进一股丹桂香气。他心想种在庭院也好，于是起身来到门外，但见满院紫气氤氲，不禁有些看呆了⋯⋯

"生了,生了,是个女娃。"

杨纪猛然被叫声惊醒,耳边传来阵阵啼哭之声,穿云裂帛,好生清亮。他忙起身随稳婆来到屋内,但见母女平安,皆大欢喜。

这一年杨纪三十八岁,此前原配刘氏已为他生了四子一女,长子次山、次子岐山、三子望山、四子冯山。大女儿名叫兰枝。杨纪望着眼前的女婴,想起刚才那个梦境,忽有所感,故对张氏说,小女就叫桂枝吧。

桂枝自幼性幽含雅、温婉聪慧,很讨四邻喜欢。杨纪也把小女视若掌上明珠,在家督责几个儿子读书时,常让桂枝伴随左右,说也奇怪,杨桂枝小小年纪竟对诗赋韵文表现出浓厚兴趣,缠着阿爸问这问那。杨纪寻思桂枝若是男儿身,将来定是往功名路上奔的,远超过她四个阿哥。

母亲张氏觉得女孩子家舞文弄墨,终究不是长久之计,不如让她去学些琴艺歌技的才艺,也好贴补家用。杨纪认为张氏说得有道理,便在桂枝十岁那年,将她送到妻子在临安府的一个人称"张夫人"的远房亲戚处,在其开设的民间教坊学艺。

临安府的这位张夫人可是这一行的头魁,非浪得虚名,收徒也是有讲究的,有"五看一亮"的规矩。"五看"即是:一看台面,看你的扮相、样貌和台风;二看骨骼,骨骼清奇者,单看背影都能吸引人;三看灵巧,看你的机灵劲儿,能否与观众沟通互动;四看人品,须品行端正,不可惹是生非;五看资质,包括本人的天资和家庭的背景,非良善人家的孩子不取。"一亮"就是亮嗓清唱几声,嗓子是爹妈给的,后天很难练成。一开嗓就知道你是不是吃这碗饭的料,如果是这块料,加上训练,功夫很快就能上身,否则终身也是半吊子,上不了台面。

这么一套程序下来,张夫人对杨桂枝甚是满意,脸上依旧平静,慢悠悠说道:"留下吧,以后我就是你的养母了。"

杨桂枝从此迈入教坊,在养母近乎苛刻的督导之下,她开始在行内崭露头角。

南宋定都杭州之后，宫廷教坊已经名存实亡。赵升的《朝野类要》记载："今虽有教坊之名，隶属修内司教乐所。然遇大宴等，每差衙前乐权充之；不足，则又和雇市人。近年衙前乐已无教坊旧人，多是市井歧路之辈。"

《梦粱录》也有类似记载："向自绍兴以后，教坊人员已罢。凡禁庭宣唤，径令衙前乐充条内司教乐所人员承应。"卷二十载："绍兴年间，废教坊职名，如遇大朝会、圣节，御前排当及驾前引奏乐，并拨临安府衙前乐人，属修内司教乐所集定姓名，以奉御前供应。"由此可见，南宋宫廷不再豢养固定的乐工以专事教坊的演出事务，改为向临安府或者民间宣唤。

孝宗皇帝更是出了名的节俭，不肯用乐。但居在慈福宫的吴太后喜欢听曲。吴太后是高宗的皇后，高宗禅位之后，吴太后被尊号寿圣明慈太上皇后。太后欲听曲，也只让内侍传临安府乐人进宫演唱，而临安府拿得出手的乐人并不多，常延请张夫人的教坊充任，张夫人不敢丝毫怠慢，亲自入宫献唱，颇得太后欢心，故每有赏赐。

这一日，吴太后在后宫闲坐，忽顾左右说："都大半年了，记得张家，今安在啊？"内侍回道："听说病了，有个女儿颇是水灵聪慧，样样活儿不输于张家哩。"吴太后来了兴趣，道："是嘛，便唤了来唱一曲罢。"

机会是留给有准备的人的。所谓"理应明宣，术宜秘传"，杨桂枝这几年在养母调教下，不但人出落得花容月貌、艳压群芳，技艺更是闻声即悟、按节能歌。杭州城内的王公贵胄皆争相追逐，以一睹桂枝芳容为幸事。

而张夫人深谙奇货可居的道理，等闲场所轻易不让桂枝露面，吊足了看客们的胃口，要的就是个一鸣惊人的效果。这不，机会说来便来了。

张夫人在病榻前，唤过桂枝嘱咐道："平日教你的宫廷礼仪，合当派上用处了，你的唱功早不输我，此番入宫，太后跟前好生用心，以后就看你的造化喽。"

杨桂枝不禁有些伤感,垂下两行清泪,泣道:"母亲身子骨要紧,费心将养着,桂枝都牢记下了。"

鸾车佩铃一路驶向深宫,内侍引着桂枝往慈福宫逶迤而来。但见她轻启莲步,娉娉婷婷,楚楚的身材尤招惹人眼目。桂枝面对宫苑美景,并不东张西望,而是不紧不慢跟在内侍后头。到了宫闱,内侍先让桂枝候着,自行入内请旨去了。

太后吩咐:"宣。"

桂枝被引到吴太后跟前,头也不敢抬起,先伏身拜倒下去,连声叩道:"民女杨桂枝恭请太后慈安。"太后略一抬手道:"起来。今年多大了?"桂枝起身回禀:"民女今年十三岁了。"口齿清晰,音色清亮。

吴太后点点头,"嗯"了一声,随即觑得杨桂枝一眼,道:"模样好生俊俏,不知唱得可好?"

桂枝见问,一点不显生分,目视太后回礼道:"民女这便献丑了。"边说边准备妥当,遂轻启雏喉,执板清唱了一段《曲子词》,融乐、辞、唱一体,声字清圆,忽而如黄莺出谷,忽而似敲冰戛玉,悦耳婉转,余音绕梁……

太后一时竟听呆了,许久方回过神来,叹道:"模样好,唱功更胜张家一筹,不用回去了。"回顾左右:"领这孩儿去德寿宫乐部吧。"

史书上称杨桂枝"善通经史,能小王书",加上模样可人、聪慧伶俐,"举动无不当后意",一时间竟成了吴太后身边的红人。除了唱曲,桂枝平日有事没事还常和吴太后闲聊,还会把与太后一起的日常生活,写成《宫词》拿给太后看,讨得太后欢心。宫词是古代一种诗体,主要描写宫廷生活,以七言绝句居多。

这一日恰是上元节,禅位的高宗摆驾慈福宫,与吴太后一起宴饮赏梅,节庆观灯。家宴不能无乐,不能不唱曲,太后早早唤得桂枝前来。桂枝见太上皇和皇太后推杯换盏,兴致甚高,机会难得,自然十分卖力,席间把柳苏晏词轮番献唱,时而低婉,时而激越,随着情绪起伏,那声音继而也时如竹籁,时如玉振,变幻莫端。把一干人等听得如醉如痴、如梦牵魂。太上皇眯着醉眼,问太后道:"太后哪里寻得这等才色的女子?只顾自己消受。"吴太后伴嗔道:"这孩儿确是本宫选取,却不敢藏私,去岁就送德寿宫乐部了。"德寿宫便是太上皇的退居之所,孝宗为此上尊号"光尧寿圣太上皇"。一时弄得太上皇无话可说,摆摆手道:"罢了,罢了。太后喜欢就自个儿留着吧,朕已不胜酒力,先行回宫去了。"

众人恭送太上皇起驾回宫。

桂枝掩不住有点小兴奋,让内侍取过笔墨,即兴赋诗一首,呈与太后看。太后就着灯下阅去,一笔隽秀的王体小楷,诗词也应景,写的是:

元宵时雨赏宫梅,恭请光尧寿圣来。

醉里君王扶上辇,銮舆半仗点灯回。

太后不觉惊讶道:"你还有多少才艺是本宫不晓得的?这诗文书法都是跟何人所学?好生了得!"

桂枝跪禀道:"是民女养母张夫人处学得。"

"不要一口一个民女,从今往后本宫就叫你桂儿吧。起来说话。"太后一面吩咐桂枝,一面收回视线又叹道,"这手字体清雅得很,本宫也是不及的。"

桂枝起身回道:"琴棋书画皆乃小技,于道未尊,不值太后谬赞。像太上皇、太后和皇上这样,把天地作棋盘,万民作棋子,奉天行道,造福百姓,方为人中龙凤哩!"

太后听了杨桂枝这一番话,不禁愕然道:"你小小年纪胸中竟藏着这般丘壑,已然难得。只可惜了是个女儿身。"吩咐左右,"以后让桂儿留在本宫,随时听用。"

这里边还有一个小插曲,可见吴太后有多喜欢杨桂枝。一次,吴太后在沐浴,宫女们因为嫉妒杨桂枝,存了心要整治她一番,故意撺掇她说:"桂儿快来看,这是太后的衣服,多漂亮呀,要是我们桂儿穿在身上,一定像仙女一样美哩。"少女杨桂枝爱美,自然也喜欢漂亮衣服,经不起宫女们几次三番怂恿,果真穿上太后的衣服炫美一番,惹得宫女艳羡嫉恨不已。待吴太后沐浴更衣,宫女就告了杨桂枝一状,说她偷穿了太后衣服,在宫里走来走去,是僭越行为,大逆不道。吴太后听了非但没有责罚杨桂枝,反而把告状的宫女训斥一通:"瞧瞧,就你们这些小心眼,保不齐人家桂儿将来就穿这样的衣服,拥有本宫这样的地位也未可知!"一番话说得宫女们咋舌而退。

杨桂枝从此待在吴太后身边,一晃就是二十年。

绍熙五年(1194)六月戊戌,孝宗去世,光宗因病不能出宫,有御笔批出:"处理朝政多年,想退下来赋闲。"知枢密院事赵汝愚奏请:"臣等乞请立皇子嘉王为太子,以安人心。"得到旨意:"皇子嘉王可以即皇帝位。"不料嘉王赵扩听闻却坚决推辞,道:"万万使不得,恐怕担上不孝的名声。"

赵汝愚神情肃穆道:"国不可一日无君,现在中外恐慌,万一发生变故,将置太上皇于何地?"

赵扩一时间六神无主,情急之下,他想到了太皇太后,于是匆匆赶往慈福宫,借问安的由头,欲得到太皇太后一个准信。

时值仲夏,宫苑中百花盛开,姹紫嫣红,杨桂枝除了书法有精进外,绘画技法幸得画院待诏马远亲授,也是工写相兼,得心应手,画啥像啥。这不,太皇太后正在后宫观赏杨桂枝的《百花图卷》哩,这会儿正画着蜀葵图,见她有题画诗曰:"花神呈秀群芳右,朱炜储祥变叶新。"

太皇太后面对此画,忽而伤感道:"昨日一花开,今日一花开。今日花正好,昨日花已老。始知人老不如花,可惜落花君莫扫……"口中的诗尚未吟完,但见内侍匆促禀报:"太子求见太皇太后。"

"快宣。"

太后方于榻间坐定,太子赵扩已到了跟前,先说了一些问安的话,随后说出自己的担忧。太皇太后正色道:"太子所虑那是小孝,自古说:'小孝孝于庭闱,大孝孝于天下。'天子应当以安定社稷,稳定国家为孝,你不必多虑,择日即位吧!"

赵扩听罢,一颗心方始定了下来。此时他才注意到太后身边有个风姿绰约的小美人,立刻被其迷人的韵致吸引住,目不转睛地盯着她看。杨桂枝何其机灵,岂不知太子目光中的含义?她情愫暗生,脸颊顿时飞上红晕,娇羞地埋下头去,心跳不止。太后也已觉察到这两人的异样,眼里看破,嘴上不去说破,只叫太子速去准备登基大典。

太子赵扩自从慈福宫辞别后,整日里郁郁寡欢、魂牵梦绕,心心念念的只有杨桂枝那娇羞的样貌,至于自己如何被人扶进白色帷帐,披上黄袍,坐登大宝,接受百官立班朝贺,如何向天地、宗庙、社稷祭告,改明年为庆元元年(1195)等一干事情,都未免记忆模糊。慈福宫的近侍私下常议论,说宁宗皇帝真懂孝道,最近经常跑去问太皇太后安。

太后听在耳里,也看在眼里,记在心里,只不说在嘴上。她虽然有意撮合,但也顾忌桂儿的出身,好在宁宗即位之初,自己已经同意册立了北宋名臣韩琦六世孙女韩氏为皇后。心想:"看这新皇帝痴情桂儿,桂儿也心仪皇帝,两人眉目传情,何不成全这对鸳鸯?"

庆元乙卯年(1195)二月,太后在慈福宫摆设家宴,乘酒酣耳热之际,太后拉过桂儿的手,郑重其事地对宁宗嘱咐道:"新君莅国,凡事当以国体为重,本宫已是八十岁的人了,不劳皇帝事事挂念,今日便把桂儿交于你,望看在我的面子,今后好生待她。"

时宁宗二十七岁,杨桂枝三十三岁了。这对彼此相思已久的鸳鸯喜出望外,双双拜谢过太皇太后,辞别回宫。宁宗等不及,次月便进封桂枝为平乐郡夫人,此后,这对姐弟恋恩爱有加,几乎年年进封。据《宋史·后妃传》记载:"三年四月,进封婕好。五年,进婉仪。六年,进贵妃。"

说来也巧,杨桂枝刚晋封为贵妃,不久韩皇后病重驾崩,谥号"恭淑"。中宫一时未有归属。朝中议论纷纷,形成了两派阵营,有说立杨贵妃的,有说立曹美人的。韩皇后是宰相韩侂胄的侄孙女,她一死韩侂胄便在宫中失去了靠山,他欲在宫中继续擅权,心中十分忌惮杨贵妃。他总觉得杨贵妃没有那么简单,无形之中有双眼睛在背后盯着朝臣,令他非常不爽。而曹美人性格柔弱恭顺,与世无争,自己完全可以掌控,最为放心。礼部侍郎史弥远与韩侂胄素来面和心不和,只要韩侂胄反对的他就支持。两路人马都在暗中较劲。

杨桂枝洞悉情势,心想皇上倚重韩侂胄,史弥远的力量还是单薄了些。皇上的性格她是知道的,厚道温和,决断迟疑,要是让皇上自己挑选,准保左右为难。他既喜欢曹美人,也深爱着自己。而自己的命运不能掌握在别人手里,现在正是关键时候。她心中已然有了主意。

史载:"杨性机警,颇涉猎书史,知古今事。"在这一场皇后争夺之战中,善通经史、知晓古今的杨贵妃自然懂得"将欲取之,必先予之"的道理。

这一日,杨贵妃登门看望曹美人,她拉着曹美人的手说道:"你我姐妹,平素相处不错,皇上欲立中宫,不外乎你我两人之间选取,我们不妨各自摆设酒宴,邀请皇上临幸,觇望圣意,如何?"曹美人听了频频点头,觉得是个好主意。

杨贵妃大度地说道:"你是妹妹,就先设宴吧。"

曹美人心中窃喜,嘴上还是推辞了一番,按约在宫中摆下酒宴,早早让人去请宁宗赴宴。不知什么缘故,天色向晚,才见皇上銮驾缓缓驶来,曹美人望眼欲穿，当下接入，请帝上坐，自己侧面相陪，这边酒还没过三巡，那边忽见宫女来报："贵妃娘娘来了。"

曹美人心中一惊，暗暗叫苦，虽有百般不乐意，还得起身相引，延席入座。杨贵妃目视宁宗道："陛下待我们两姐妹不能分出厚薄，可要一碗水端平，曹美人处已经赏光，是该转幸妾身处了吧？"

一旁的曹美人急得涨红了脸，搁下玉箸，忙起身阻拦，想要皇上多饮几杯。宁宗面有难色，举着酒盅放也不是，喝也不是。杨贵妃灵机一动，笑盈盈道："妹妹莫要着急，且放宽了心，陛下到妾身处一转，又可再回到妹妹这里。"

宁宗顿然释怀，连声应道："正是，正是。"遂起身挈杨贵妃便走。俟皇上到了自己宫中，岂有再放走的道理？杨贵妃捡点酒肴，挨着皇上入席，又是唱词又是行酒令，长夜未央，银缸绿酒，贵妃娇媚欲滴，宁宗醉意渐浓。一个是如花解语，一个是玉山半颓。宁宗乘着酒兴，正欲帮贵妃宽衣解带，杨贵妃左推右挡，意欲让皇上立自己为皇后。

宁宗咕哝道："朕便立你为皇后。"贵妃喜道："君无戏言，皇上须立个字据才好。"笔墨俱是现成，宁宗遂提笔写下一行字："贵妃杨氏可立为皇后。"贵妃依偎宁宗身边，仍然不依，拉着宁宗的手，娇滴滴道："皇上再写一张罢。"宁宗复又写了一纸交于贵妃。

杨贵妃马上将宁宗御笔交给近侍，如此这般，仔细嘱咐一番，随后把宁宗拥入帐中，龙凤呈祥去了。

次日早朝，百官列班，但见一官员急匆匆上殿而来，从袖中取出御笔，高声宣布杨贵妃为皇后。韩侂胄与一众官员惊掉了下巴，取过诏书验看，的的确确是御笔无疑。看官，昨晚杨贵妃为何要宁宗书写两纸？原来她心思缜密，考虑周详，最担心韩侂胄反对，以致封诏驳还，所以一纸照常例颁发，一纸遣人秘送其兄杨次山处，让他宣示朝堂，双管齐下，免生变数。韩侂胄至此方知大局已定，无法变更，只得听任百官准备册后典礼，择吉日举行。

杨次山入宫有必要交代一下。据《宋史》载："次山……补右学生（太学生），后受职官中，次山遂沾恩得官，积阶至武德郎。后为贵妃，累迁带御器械、知阁门事。"杨后册立，又有升迁，此乃后话。

杨皇后一径册立，即大赦天下，百官多半也有封赏加秩，韩侂胄竟然被晋封为太师，这倒是令他没有想到的。心中更是对杨皇后刮目相看，认为这个女人绝非等闲之辈。

时间到了开禧元年（1205），韩侂胄加封平章军国事，开始总揽军政大权，他有了出兵伐金、北定中原的想法，下令各军做好行军的准备。他任命旧日僚属苏师旦为枢密院都承旨，指挥军事；邓友龙为两淮宣抚使，程松为四川宣抚使，吴曦为副使；北伐的主力分布在江淮、四川两翼。

不料吴曦已在四川暗通金朝，做了里应外合的内奸。他派遣门客去金军，密约献出关外阶、成、和、凤四州，换取金朝承诺，让他来当蜀王。金人指令吴曦在金兵临江时，按兵不动，使金兵无西顾之忧。吴曦一一照办，面对金军，吴曦下令撤退，宋军溃败，金军入城陷关，如入无人之地。西线有了吴曦做内应，金军部署兵力集中东线作战，溃郭倬于宿州，击李爽于寿州，败皇甫斌于唐州。

次年六月，韩侂胄为了封堵悠悠众口，罢免了军事指挥官苏师旦、邓友龙，任命丘崈为两淮宣抚使。丘崈上任伊始，便放弃泗州，退军盱眙。金军抓住机会，分兵九道出击，形势顿时逆转，由宋军北伐变为金军南侵，一时间光化、枣阳、江陵、信阳、襄阳、随州、滁州、真州都被金军占领。到了年底，金军秘密派人联络丘崈，示意讲和。

西线吴曦叛变，东线丘崈主和，主张北伐的韩侂胄陷入了空前的政治危机当中，朝中责骂之声不断，韩侂胄孤立无援，就连宁宗也不再信任他。

韩侂胄主战北伐，想要收复中原，一时竟在宋朝成了如秦桧一样的奸臣，遭人唾骂。史学家蔡东藩有评语可谓一语中的："(秦)桧主和，侂胄主战，其立意不同，其为私也则同。(秦)桧欲劫制庸主，故主和；侂胄欲震动庸主，故主战。(秦)桧之世，可战而和者也；侂胄之时，不可战而战者也。"

杨皇后的机会来了，韩侂胄命悬一线。

韩侂胄的感觉没有错，背后盯着他的那双眼睛，始终不曾离开过他。开禧三年(1207)，韩侂胄决意再度整兵出战，他起用辛弃疾代替苏师旦来指挥军事，命令下达不久，十月三日，辛弃疾就因病而逝。朝中主和的大臣议论纷纷，推举史弥远弹劾韩侂胄。史弥远心里也不踏实，一时举棋不定，他想到了杨皇后，于是入宫来见。

杨皇后宽慰道："此事莫急，须找个稳妥人先面奏圣上，视圣意如何再弹劾不迟。"杨皇后乃召入太子赵询，如此这般吩咐一番，让他去面禀父皇。

赵询俟宁宗退朝，当面禀陈道："侂胄仓促用兵，不顾百姓安危，已是败绩连连，今欲再启兵端，恐危社稷！"

宁宗漫不经心道："朕自有分寸，你且回去罢！"

赵询谏言，杨皇后尚在一旁，见宁宗犹豫不决，遂从旁进言道："侂胄奸邪众人皆知，只怕他权势遮天，不敢明言罢了，如今陛下又听任他起兵，闹得中外汹汹，群臣恨不能啖其肉、寝其皮，陛下犯不着替他担责。"

宁宗嗫嗫嚅嚅道："待朕查明，再行罢黜。"

杨皇后道："侂胄在满朝文武中皆安插了亲信，陛下深居九重，如何能够查实？此事不得再犹疑，唯有懿亲方可用心去查。"宁宗方始点头答应。

杨皇后见自己的话起了作用，但以她对宁宗的了解，这个作用只是暂时的，因为宁宗总决断迟疑，她怕韩侂胄耳目遍布，夜长梦多，事不宜迟，遣人连夜召入史弥远商议。

杨皇后密语史弥远道："有两件事你速去办理，一是联络朝臣，准备奏章连名弹劾侂胄；二是反水侂胄亲信，让他们认明情势，好自为之！"

史弥远得旨退归，马上联络礼部尚书卫泾、副枢密钱象祖、著作郎王居安、右司郎官张镃、参政李璧等往来谋划。

俗话说，没有不透风的墙。韩侂胄亲信早已将侦报的疑情禀告于侂胄。侂胄将信将疑，没有十分当真。

这一日，韩侂胄来到都堂，迎面碰到李璧，漫不经心问道："听闻有人想要改变目前局势，参政可晓得这回事？"

事发突然，李璧毫无思想准备，见侂胄当面问起不禁面红耳赤，吞吞吐吐答道："不曾晓得……"俟韩侂胄离去，李璧慌忙将此事报知史弥远。

弥远大惊失色，又去与张镃商议。张镃一咬牙道："索性一不做二不休，杀了侂胄万事皆休。"

史弥远听罢踌躇再三，事关重大不敢独断，交代张镃道："待我讨得懿旨，你们再下手不迟。"于是急速入宫，面禀皇后。

杨皇后见机事泄密，不免沉吟道："侂胄手握重兵，一旦他先发制人，宫廷必生大乱，届时，尔等命不保夕矣。礼有经权，事有缓急。今日之事，也只能如此了。"言罢，起身去了屏风后，不一时交了一道密旨给史弥远，嘱他速去办理。

史弥远不敢耽误，连忙出宫，找到禁军统帅夏震，说手上有一桩奇功让他去办，问敢不敢做？夏震满脸狐疑，待史弥远说出原委，夏震依然不信。直至史弥远袖出密旨，夏震方道："君命在此，震理当效死！"夏震领命而去，统领禁军三百人，埋伏在韩侂胄上朝的必经之处，俟机诛奸。

时十一月初三，韩侂胄和平常一样坐着轿舆去上朝，当走到六部桥时，前头突然冒出一队人，拦住了轿舆的去路。只见为首者挥手喝道："圣上有旨，太师已罢平章军国事，立即退出去！"韩侂胄诧异道："圣上若果真有旨，我为何不知？"

夏震更不待言，令部卒一拥而上，围了轿舆竟往玉津园来，到了园内，将侂胄一把拖出，喝令跪接圣旨。夏震宣诏曰："韩侂胄久任国柄，轻启兵端，使南北生灵，枉罹凶害，着罢平章军国事……"

语音未落，一部卒取出铜锤，猛向韩侂胄头颅敲去，顿时倒毙。傍晚时分，杨皇后得报侂胄已死，遂告宁宗道："陛下，侂胄被禁军砸死在玉津园里了。"

宁宗摇摇头道："这没影子的话，朕如何信得。"直到三天后，朝堂上始终没见到韩侂胄，宁宗方始相信皇后所言不虚，至此，乃下诏历数韩侂胄之罪，颁示中外，并抄没家产，查得各样珍宝、乘舆御服等不计其数。

有罚必有赏，按部就班来。另授钱象祖为右丞相，兼枢密使，卫泾、雷孝友参知政事，史弥远同知枢密院事，杨次山晋封开府仪同三司，赐玉带；夏震升任福州观察使。改第二年为嘉定元年。

杨皇后治理后宫也是井然有序，一丝不乱。人们都说皇后会用典，这个"典"，既是法典，又是文典，是文章典故的意思。指明了夸杨皇后胸有学识，才能服众。

平心而论，宁宗皇帝的智商较为平庸，对于政事很少表达自己的意见，凡是大臣的奏章，一律批"可"，弄得群臣无所适从，有时候明明意见相左，截然不同的两份奏疏，得到的批复却是一模一样的"可"字。好在杨皇后足智多谋，给了宁宗不少建议，久而久之他竟有些依赖皇后，杨皇后不愿给人留下"后宫干政"的口舌，不到万不得已自己并不出面。

宁宗即位之初，大臣黄裳和朱熹都曾向皇帝建言："政出中书，万事坐理，此正得人君好要之道。"这是在提醒宁宗防范出现一人独断、群臣拱默的局面。从后期宁宗的表现看，大体上接受了士大夫的建议，加上宁宗本人理政能力不足，皇帝亲揽权纲、一人独断现象似乎没有出现，但却导致了韩侂胄这样的权相独断专擅之弊。皇权弱则相权强，这种局面并没有因为韩侂胄之死而有大的改观。

空缺的位置总有人去替补，何况是丞相之位。嘉定元年(1208)十月，史弥远在恰当的时机和背景下担任了右丞相，从此开启了他长达二十余年的擅权之路，可谓"一侂胄死，一侂胄生"。其中的一个标志性事件，便是敢于擅易太子。

嘉定十三年(1220)，太子赵询病逝，年仅二十八岁。宁宗无嗣，另立皇弟沂王之子赵贵和为储君，赐名赵竑，授任宁武军节度使，封祁国公。赵竑平日喜欢弹琴，史弥远投其所好，选送了一个擅长弹琴且容貌姣好的美女给他，作为安插在赵竑身边的耳目。

赵竑浑然不觉，反视其为知音，有什么心里话也常对她诉说。

一次，赵竑指着墙上一幅地图对她说："这是最南边的琼州、崖州，日后我若得志，一定要将史弥远流放到这些地方去。"平日里还给史弥远起了一个外号，叫"新恩"。美女不解，问"新恩是何意?"赵竑愤愤地说："就是新州和恩州。"意思要把史弥远贬谪到这两个地方去。新州指广南东路，即现在广东新兴一带；恩州是今广东恩平一带，常为官员贬谪之所。又尝言："弥远当决配八千里。"

史弥远得知美女的密报，内心惊惶不已，太子这样看待自己，日后太子即位，自己哪里还能有好果子吃。他一面让美女继续监视太子，一面在思虑着如何处置太子。

一场宫廷政变正在悄然无息地酝酿。

嘉定十七年(1224)九月，宁宗病重，史弥远假借探望之机，历数皇子赵竑之过，说他玩物丧志，不堪重托，又转白宁宗，说沂王嗣子有个叫贵诚的，今年十九岁，凝重端庄，品学醇厚，言谈得体，绝非凡品，意思是让宁宗易储。宁宗昏昏沉沉看着史弥远，未置可否。

史弥远见此光景，心中顿时凉了半截，退归宅第，立马遣人到沂王府，找到贵诚转达易储意。来人道："此丞相之意,今日将心腹语相告,望能明示,好去回复丞相。"

贵诚初闻易储事惊诧不已,旋即镇定下来,拱手相道:"烦请转告丞相,兹事体大,需待禀过绍兴老母。"

贵诚果然言谈得体,既不答应也不拒绝,而是留有回旋余地。史弥远得到这个回复,心里便有了底,觉得自己没有看错人,这分明是默许。既然这样还等什么呢?他立即入宫来见宁宗。

一进宫便见太医们神情肃穆,一片忙碌。他觉得气氛不对。内侍也慌乱了,有些语无伦次地说皇上病沉,已经不能说话了。

事不宜迟,史弥远从福宁殿退归,心里已然有了决定,富贵险中求,拍案定乾坤,不能错失眼前这个良机。他假传圣旨,诏立贵诚为皇太子,赐名昀,授武泰军节度使,封成国公。

不出旬日,时九月十八日,宁宗驾崩。

帝星陨落,注定是个不眠之夜。

戌时,天地昏黄,万物朦胧。右丞相府,史弥远焦躁不安,在屋里来回走动着。他想自己假传圣旨,废了济王赵竑,重新立了赵昀为太子,此事皇后并不知晓,若得不到杨皇后的允诺和首肯,那是万万行不通的,弄不好自己将死无葬身之地。今日之事,如之奈何?

情急之下,他想到了一个人,那便是国舅杨次山,也只有他的话皇后会听。一会儿顾自摇摇头,自言自语道:"可惜故去五年了。"咦,何不让他两个儿子出面呢?史弥远灵光一现,连忙遣人去请皇后的两个侄儿杨谷和杨石。

亥时,定昏。夜定人不定。

杨谷、杨石先后乘舆来到右丞相府,史弥远上去迎着,来不及寒暄,将前因后果大略告知,也顾不得什么丞相脸面,近乎哀求道:"两位贤侄,此去面见皇后娘娘,务将废立之事入白,讨得皇后一个允准的口信,弥远拜谢了!"

杨谷、杨石紧忙扶起史弥远,口里应着,拱手别去。

子时,夜深。杨皇后得报杨谷、杨石求见,心中顿生疑惑,待听完两人禀明事由,不禁惊愕道:"太子竑乃先帝所立,岂可更易?史弥远胆大妄为,擅自废立,去,告诉他不可!"

史弥远闻报,立觉后背发凉,冷汗直淌。但他定了定神,直觉皇后并不喜欢赵竑,平日言谈举止也有点讨厌太子。于是他认定皇后迟早会松口。他转而向杨谷、杨石一揖到底,道:"此事急迫,还有几个时辰新君就要登大宝,劳动两位贤侄,急速禀明娘娘,拜托,拜托!"

宫漏夜残,烛影月蚀。杨谷、杨石走后,杨皇后睡意全无,她在想史弥远的用意,自从韩侂胄死后,史弥远把持朝政,权倾朝野,现在竟连太子都敢擅自废立,今夜摆明了是在试探本宫态度,如若放任下去,岂能把本宫放在眼里?是该杀一杀他的威风了,再熬他一熬。

丑时,鸡鸣。这一夜,从宫里到丞相府,杨谷、杨石来来回回折腾跑,全身衣服湿透,又热又累。这已经是第六趟来回了,此刻灰头土脸又折返丞相府,苦不堪言道:"罢了,罢了。娘娘终究不肯松口,丞相还是另请高明吧。"

史弥远听罢,浑身瘫软,一屁股跌坐在地,泣声道:"贤侄再去求求娘娘,天明,新君即将登位,怕来不及了。"

这一夜,史弥远被折磨得几乎虚脱,他算是彻底被太后收服了,这个女人让他刻骨铭心、终生难忘,至此方领教了杨皇后的厉害,他起身拉着杨谷、杨石的手,绝望地乞道:"快去告诉娘娘,弥远的命都在娘娘手里攥着哩!"

寅时,平旦。杨皇后在后宫坐等,她了解史弥远,也知道杨谷、杨石还会再来,更明白其中的利害关系,若处理不好定会酿成大祸,届时将朝野震动,局面再无法挽回。正思虑间,近侍来报:"杨谷、杨石求见。"杨皇后道:"宣。"

杨谷、杨石见了皇后,都一起拜倒下去,泣道:"朝廷内外都已赞成,如果皇后坚决不同意,到时候必生祸变,亦恐波及杨家,怕是有灭门之灾啊!"

杨皇后沉吟再三,决定打破僵局,她慢悠悠道:"你们要立的那个人在哪里?"

"已在宫外候着。"杨谷、杨石据实相禀,原来史弥远早已悄悄把赵昀接来,在宫外候着,听闻消息,连忙让赵昀觐见杨皇后。赵昀伏身拜倒下去,杨皇后道:"起来我看看。"赵昀走上前去,杨皇后抚其背道:"你现在就是我的儿子了。"

这句话算是给赵昀吃了颗定心丸,皇后认了他这个儿子,自己继承皇位便合理合法,可堵住悠悠众口。

赵昀随后被人引到宁宗的灵柩前,以皇子身份举哀致奠,待吉时登基。殿上烛炬齐明,百官鱼贯而入,排班而列,传宣官宣即位诏,百官齐声拜贺,礼毕又有遗诏颁出,授皇子竑开府仪同三司,进封济阳郡王,判宁国府,尊杨后为皇太后,垂帘听政。

赵昀稳稳坐上江山,是为理宗,改第二年为宝庆元年。

皇太后心里明白,所谓的垂帘听政其实是理宗和大臣们对她的尊重和信任,看似"听政",实则为新皇帝撑个场面,向大臣们摆明一个态度,有皇太后亲自坐镇,像史弥远这样的权臣就不得不在朝堂上有所收敛。自己已经是六十三岁的人了,不能违背太祖留下的"后宫不得干政"之遗训。

宝庆元年(1225)四月七日,太后手书"多病,自今免垂帘听政",懿旨正式宣布撤帘,赢得朝野一片赞誉。

据《宋史·后妃传》记载："宝庆二年(1226)十一月戊寅,加尊号'寿明'。绍定元年(1228)正月丙子,又加上'慈睿'二字,四年(1231)正月,太后过七十大寿,理宗率领百官到慈明殿朝贺,加尊号寿明仁福慈睿皇太后。十二月辛巳,太后身体不适,理宗下诏祷祭天地、宗庙、社稷、宫观,大赦天下。五年(1232)十二月壬午,太后驾崩于慈明殿,享年七十一岁,谥号恭圣仁烈。"

理学名家钱时

他是淳安本土真正意义上的理学家。

他生活在一个理学家辈出的年代，是"心学"的嫡传正脉。《宋史》有其传，不载生卒年。《文学家大词典》有传曰："生卒年均不详，约宋宁宗庆元末前后在世。"

他就是钱时。

传统儒学发展到宋代，产生了一种新的哲学流派——理学。奠基者是号称"北宋五子"的周敦颐、邵雍、张载、程颢、程颐。在我看来，"北宋五子"的出现绝不是偶然。如黄宗羲在《宋儒学案》中所说："孔子而后，汉儒只有传经之学，性道微言之绝久矣。"这种时候，需要有人站出来提振信心，重兴儒学。"北宋五子"的出现可谓是顺势而为。他们提出了如无极、太极、元气、阴阳、五行、象数、性命、善恶等一系列理学命题，试图重新审视和解读客观世界，拯救世道人心。

钱时出生于南宋时期，理学已在全国盛行。

钱时，字子是，号融堂，淳安蜀阜（今威坪镇）人。他幼年即奇伟不群，不同于世俗儒生之见，对于参加科举考试并不感兴趣，只喜欢研究理学道义。单从举止看，他是个特立独行的人。

据说钱时豁然悟道后，如醉醒梦觉，心融神化。三年后，他出门求证，拜谒慈湖杨简(陆九渊弟子,人称"甬上四先生")。杨简与钱时的晤面,很是戏剧,打杨简第一眼望见钱时,便觉"目击而道存,一言与之契合"。这场面与禅宗的参悟很是相像,师徒之间不需要喋喋不休的交谈,机锋互参,一言便契合。杨简不禁大赞"严陵钱子是人品甚高",遂书"融堂"二字相赠。

后来,钱时作为杨简的得意弟子,顺利在学界扬名立万。江东提刑袁甫,深知其人品才学,特设象山书院,邀钱时为主讲席。钱时一时声名大噪,从者如云,儒林推重,争相礼聘延请,莅讲于新安、绍兴等郡学,他成了学界红人。

袁甫何许人也?袁甫,嘉定甲戌(1214)科状元,绍定三年(1230)兼任江东提点刑狱,后移司鄱阳,讲学学宫,创建贵溪象山书院。象山书院与长沙岳麓书院、金华丽泽书院、庐山白鹿洞书院齐名,号称南宋四大书院。袁甫还有另外一重身份,他也是杨简的弟子。试想,如果不是真心服膺钱时,认可钱时的理学体系,他怎会邀请钱时当这个主讲人?

宋代书院林立,学派丛生,这样百花齐放的局面,是有一定社会基础的。皇帝对文人历来宽容优厚,文人著书立说、批评朝政、妄议国事,不会担心惹祸上身。宋太祖曾立下以文治国、不杀上书言事之人的誓约,等于给了文人一道免死金牌。文人因言获罪,最多就是贬官、撤职,有的等风头过去,又会官复原职。

钱时在象山书院首开讲坛,标新立异,其学说发明心性,议论宏伟精辟,听闻者耳目一新,大获裨益,为他赢得了良好的口碑。由于钱时的出色表现,右丞相乔行简把他推荐给理宗皇帝,称赞钱时:"夙负才识,尤通世务,田里之休戚利病,当世之是非得失,莫不详究而熟知之,不但通诗书,守陈言而已!"

嘉熙元年(1237),理宗召见布衣钱时,特赐进士出身,授馆阁秘书校勘。又召其为史馆检阅,修国史宏编。诏令严州守臣抄录钱时著作,奉上御览,皇帝也被他的学术吸引。接着他出佐浙东仓幕,不久以国史宏编未毕求去,后被授江东帅属归里。

钱时其学发明心性,辨析义理,参错事物,如他著作所说"本心虚明,纯然无间者"(《融堂四书管见》卷三)。他还说:"圣人之心,澄然如太空,如止水,未尝纤毫微动。"(《融堂书解》卷十七)钱时学说直指本心,明心见性,闻者如醍醐灌顶,皆有所得,有如禅宗的顿悟。

钱时说的这个"本心",就是"一"。他曾说:"何谓一?曰由乎心,不明乎心而欲逐项正救,难矣。"(《融堂四书管见》卷八)

本心乃初心,是指没有被外界蒙蔽、污染之心,它与天地万物共生,澄然虚明,洞照一切。所以他说:"天即吾心也,地即吾心也。"又说:"天地万物与我浑然一体,圣人身任化育之责,凡一草一木,一鸟一兽即我也,非外物也。"(《融堂四书管见》卷十一)

在钱时看来,万物皆一体,天人皆合一。这便是心学的高明之处,一事不向外求,专注关照本心。这与朱熹的"格物致知"大相径庭。朱熹在《朱子语类·卷十五》中说:"眼前凡所应接底都是物。事事都有个极致之理,便要知得到。若知不到,便都没分明。"朱熹认为事事都有理,事事都要去"格",以此达到"致知"的目的。

在钱时看来这些都是枝枝叶叶的学问,不是根上的学问。万事万物如何能够穷究?"理"本来就在人的心中,何须外求?"心即理也。"万物之理"非智探力索可强也,一旦感悟,心通内明,乃自得耳。"(《融堂四书管见》卷五)

而欲达到"心通内明"和"自得耳"是有一定的途径的,这个途径便是"敬"与"诚",这是钱时理学体系中的方法论。他认为内心持敬本心无弊,物我一体。又说:"习俗虽异,本心则同。忠信笃敬,感无不通。见其参前,见其倚衡,则是无时而非忠信笃敬也。举天地万物万变万化,皆我忠信笃敬

之妙也。"(《融堂四书管见》卷八)

内心持敬，才能够感通天地，与万物融为一体，举天地万物万变万化，纤毫毕现，奥秘尽窥，简直妙不可言。

诚则是不自欺。他在《融堂四书管见》卷十三中说："诚者，己分当然之事，岂为人而诚哉？有一毫为人之心，即非诚矣。故诚乃自成，而其道乃自道也，非有假于外也，我固有之也……仁者，不失其本心之谓。苟诚矣，则纯明融一，无所弊亏而已，成矣，故曰仁。成己固所以成物也。"由诚还可以唤醒本心之"仁"，从而达到无欲无求，"纯明融一"的境界。

明代学者程敏政在其《篁墩文集》中评论："融堂钱氏，实得慈湖之传，上宗陆子，其言渊以悫，其行硕以颙，真可谓百世范矣。"黄宗羲也认为象山后学，"严陵一支，自钱融堂为盛"，并称钱时为"豪杰之士"。黄宗羲的评语不是随便下的，"豪杰之士"实指思想上的伟人、行动上的英雄。

除讲学外，钱时一生著述亦丰，有《周易释传》《尚书演义》《学诗管见》《春秋大旨》《四书管见》《两汉笔记》《蜀阜集》《冠昏记》《百行冠冕集》《融堂书解》等十余部著作传世。其文阐释经义，发明心性，在陆象山、张栻、杨简等理学名家学说上，每有己见，屡有心得。这些独特的理学阐述系统性地见于《融堂四书管见》《融堂书解》等著作中。

关于钱时的生卒年，1985年淳安县文管会在威坪镇蔗川村发现了钱时的墓记。

碑文中有这样一段记载："先生既没七十有八年矣……至治元年，少府郑公来莅兹邑……邑命泛扫兆域，祭以特牲，伐石砻级，树以双表……邑之学士大夫咸谓少府表彰先贤为盛事，请书于石而属暾记之……暾虽末学庸陋，亦尝读先生之书以自淑者，故不敢让而记之。"吴暾，蜀阜人，元泰定二年(1325)进士，写这篇墓记的时间是"至治二年壬戌(1322)拾月望也"。以上碑文，不仅反映了墓记立石的缘由和经过，更重要的是根据"先生既没七十有八年矣"这句话,可以准确推算出钱时的卒年,即宋理宗淳祐四年(1244)。

我们随即查阅了《钱氏宗谱》,找到相关记载:钱时晚年归居家乡蜀阜,建有一楼,名"经史阁",阁成不久即病故,寿七十岁。据此可推知钱时出生之年,乃宋孝宗淳熙元年(1174),弥补了史书中钱时传记之不足。

既然推知了钱时的生卒年为1174—1244年,接下来,就有必要对地方史志中长期存在的某些谬误和讹传加以澄清。钱时在蜀阜创办"融堂书院"的时间是宋理宗嘉熙年间(1237—1240),据《融堂先生行实》记载:"右丞相乔行简荐举理宗,嘉熙元年丁酉以布衣召见……帝大悦,特赐进士出身,授秘阁校勘,修国史宏编。后又辞求去,退居蜀阜玉屏街北山之岗,创融堂书院,日与群徒讲道,为世大儒。"乔行简(1156—1241),东阳人,是婺州学派创始人吕祖谦的弟子,他欣赏钱时的学识人品,不但向理宗荐举,还亲笔题写了"融堂书院"四字相赠。

我在查阅钱时资料时,有说他自从创办融堂书院之后,名震东南,四方贤士,辐辏而至,连朱文公(朱熹)都"屡挈诸徒,枉车访蜀阜,深合道契",并留下"朱文公街"(见徐树林《威坪》一百一十六页)。朱熹生于宋高宗建炎四年(1130),卒于宋宁宗庆元六年(1200)。钱时创办"融堂书院"之际,朱熹已去世近四十年了,不可能"屡挈诸徒,枉车访蜀阜"。朱熹去世那一年,钱时二十六岁,之前他们有无交集,是否"深合道契",现已不得而知,但以钱时"幼年即奇伟不群,年少好学"而论,他理学体系成型过程中,是有充分理由寻访当世高人契合的,朱熹无疑是最佳人选;况且乔行简的老师吕祖谦也是朱熹的好友。当然这种可能性需要史料的佐证。

钱时是一位学者,其理学思想属于陆象山心学一脉。象山传诸杨简,杨简再传诸钱时。钱时在《孝悌说》中曾说:"良知良能,我所自有,何待他人讲说。"他在《广塾规约序》中说:"尧、舜、禹、汤、文、武、周公、孔子之良心,人皆同之。"与象山在《杂说》中所谓的"千万世之前有圣人出焉,同此心,同此理也。"犹如一辙,承接了象山和慈湖的余脉。但他对于心体的"虚明澄然",又用"空"来加以诠释:"空则心本洞然,万里昭徹,无纤毫凝滞也。方屡空所以庶几至于圣,则空空矣。命即此道也,逆此曰方命,复此曰即命,达此曰知命。有意理财务、植己私,安能受命乎?私意揣度,纵惑屡中,非明睿所照也,空则自明睿。"(《融堂书解》卷六)

在他看来,人之本性就是空,只有把自己完全置于空,达到澄然虚明、洞然无滞的状态,才能与天地万物契合。自然法则与道德原则一样,亦皆由我们的本心衍生而出,认识外界事物依靠本心,提高道德修养也依靠本心。

理学家从来都不是空谈心性义理的酸腐学究,他们要找回自己的本性,探求人之为人的终极意义,唤醒生命力量,启迪社会良知。钱时正是这样一位理学家,他非常关心民间疾苦。在其《蜀阜存稿》中就有多首哀叹民生之艰的诗篇。如《山翁岭》:

岁云暮色雪塞门,白发山翁病且贫。
鹑衣百结皮冻裂,旦暮拔雪寻草根。
催租暴卒打门户,妻子惊恐翁怖惧。
尽道长官如母慈,如何赤子投饥虎!

字字句句泣血带泪,贫病交加的老人,风雪中寻草根果腹,还遇上了凶残如虎的官差上门催租。钱时深切同情百姓的遭遇,替天下苍生鸣不平。

钱时出仕之初,恰逢浙东大饥,饿殍满壑,更有赴江自溺者。民之艰危如此。钱时直笔上疏:"陛下为民父母,推饥溺犹己之念,未闻何以处此;然陛下深居广内,日享八珍,民之利病,无由亲见,言者未敢以实,故犹未切于圣虑也。"

作为一个理学家，不是高居于象牙塔内，而是心忧天下，呼吁皇上拯救大宋子民于水火之中，不该深居高堂大屋，每天享受山珍海味，无视百姓的疾苦。如此犯颜直谏，为民请命，担负起社会责任，真正体现了一个理学家知行合一、学用一致。

"石峡三贤"方逢辰

　　淳安历史上共有三位状元,南宋时期占了两位,他们分别是遂安瀛山书院的詹骙、淳安石峡书院的方逢辰。这与书院文化教育密不可分。书院的性质虽属私学,却为中国官场培养输送了一大批栋梁之材。书院看似管理松散,却有明确的学规,课程安排有序,松紧适度,与官学比,书院教学生态更具活力、更有弹性、更加灵活;学术氛围更独立、更自由。书院的"山长"具有绝对的权威。

　　我于去年出版的《是真名士自风流》一书中,写了十六位淳安历史名人,没有把方逢辰收录进去,这基于两方面原因:一是方逢辰一脉世系图谱传承有序,大体清晰,无需再去考证;二是有关他的介绍文章已经足够,无需再去赘述。若果如此,如何给方逢辰定位呢?

　　最佳点是从书院入手。

　　方逢辰重视教育,他曾说:"今天下人心陷溺甚矣,急起而救之,责在学校。"(《全宋文》)他是这么说的,也是这么做的。

　　方逢辰(1221—1291),原名梦魁,逢辰二字是理宗皇帝钦点状元后赐的,于是他便以"君锡"为字。方逢辰与黄蜕、何梦桂三人肄业于石峡书院,南宋淳祐七年(1247),黄蜕廷试第二名,俗称榜眼;方逢辰跑去祝贺,留诗戏言道:"状元留后举,榜眼探先锋。"意思说你这榜眼先去探探路,状元还是留待给我吧。虽然没有挑明了说，黄蜕还是听出了弦外之音，这才是方逢辰的性格。他打趣着回道："欲将状元留地位，先将榜眼破天荒。"黄蜕心想书院创办七十余年，从未有进入一甲序列的考生，那就让我先来破了这天荒，才好把状元位置留出给你。

托黄蜕吉言，三年后(1250)方逢辰果然考中状元，这一年他恰好三十岁。严州知府赵汝历在府衙正街为方逢辰建造"状元坊"，牌坊背面题"甲第魁首"四字，荣耀尊显。事隔十五年(1265)后，何梦桂又中一甲第三名探花。一时间，石峡书院名声大噪。

方逢辰初入官场只补了一个无关紧要的"承事郎"，属正八品，后迁金书平江军节度判官厅公事。平江军相当于今天的苏州市政府秘书长一类的职务。宝祐元年(1253)，召为秘书省正字，宝祐三年(1255)，方逢辰上疏理宗，指斥宦官与奸佞擅弄威福，言辞偏于激烈，理宗大为不悦，方逢辰只得告病求去。次年，程元凤升任右丞相兼枢密使，他极力推荐方逢辰，遭到朝中大臣反对，理由是说他"交游学舍"。

"交游学舍"竟然成了一项罪名，这里的"学舍"应指书院一类的私学，方逢辰接受各地书院的邀请，去讲学授徒，传播理学思想，这是官方禁止的。

开庆元年(1259)，召为著作郎，次年是景定元年，兼权尚书左郎官，不久又因上书言事，得罪权相贾似道而罢官。方逢辰索性应聘婺州学堂，开坛授徒，盛况空前，从游者达数百人之多。景定二年(1261)，复出任婺州知府，不久又罢。再出任嘉兴知府，屁股还没坐热，又到瑞州(今江西高安)任知府，不等届满又被罢官。景定总共不到五年，方逢辰在此期间起起复复折腾了三回。

咸淳元年(1265)，度宗即位，方逢辰被召为司封郎官兼直舍人院，实录院检讨官，寻迁秘书少监、起居舍人。其后历任秘阁修撰，咸淳三年

(1267)，出为江东提刑，徙江西转运副使。咸淳五年(1269)，权兵部侍郎。咸淳七年(1271)，迁吏部侍郎……累官至户部尚书，丁母忧去国，从此绝意仕途，归隐石峡书院著书讲学，终老一生。

宋亡之时，方逢辰五十九岁，正是暮秋时节。元世祖忽必烈下旨征召他，派出的使臣级别不低，是御史中丞崔彧，国家最高监察机构负责人。既然是皇帝征召，直接拒绝驳回多有不便，不妨委婉一点，赋诗言志。于是他作了《被召不赴》：

> 万里皇华遣使辂，姓名曾覆御前瓯。
> 燕台礼重金为屋，严濑风高玉作钩。
> 丹凤喜从天上落，白驹须向谷中求。
> 敲门不醒希夷睡，休怪山云着意留。

万里之外皇帝派遣使者，来征召于我。无奈我归意已决，心如止水，哪怕是用燕昭王招贤纳士所筑的黄金台，以及黄金打造的屋子，自己也丝毫不为所动，愿学那东汉名士严子陵，隐居垂钓于严陵濑，云山苍苍，江水泱泱，先生之风，山高水长。

白色的骏马本应有远大的志向，不应该萦于空谷之中。这里的"丹凤"和"白驹"比喻贤者和隐士，但因生不逢时，迫于环境，就连白驹也只能"向谷中求"。想当年隐士陈抟，曾受周世宗召见，高卧不醒，坚不出仕，怪只怪山林白云着意要挽留于他。

如今，山林白云着意挽留于我，这一留便是终身的约定。崔彧是文臣也是直言敢谏之人，他对方逢辰心存敬意，既然话说到这个份上，再劝已然多余。与白云有个约定够浪漫的，崔彧不禁心生羡慕。

石峡书院无疑是最好的去处。

去年"5·18"国际博物馆日,淳安博物馆为胡建民的水下古城摄影,成功举办了一个展览,六十余幅照片的文字说明由我撰写,当我看到他传送过来石峡书院的照片时,不由得有些激动。其中竖式石匾"理学名家"四字,楷体阴刻,乃度宗皇帝御笔,尤其引人注目,匾额制作精良,四周云龙纹罩边,贵气雍容。由皇帝赐匾"理学名家",想来方逢辰当年名头一定不小。

　　但据我看来,淳安历史上能称理学家的只有钱时一人。方逢辰的理学思想,承继的是朱熹学派,"以格物致知为本,以笃行为修己之要",讲求"正心诚意",推崇二程(程颢、程颐)、周子(周敦颐)与朱熹。从他目前遗存的著述看,他的理学并未形成体系,不足以开宗立派、以启山林,对后世学术产生深远影响,只零星见于其散论文中,如《赣州兴国先贤祠堂记》曰:

　　周子将教人以穷理之所自来,不得不探天地之根、极万物之源以为言,故名曰太极。又以其形形而实无形也,故曰无极而太极。二程子将教人以体理之所实在,则不得不就日月事物切近者为言,故曰道不离器,器不离道。

　　这是《易经·系辞》关于"道"与"器"关系的论述:"形而下者谓之器,形而上者谓之道。"器为道之体,道为器之用;体用一源,如影随形,所以说"道不离器,器不离道"。二程与朱熹用"体理"来表述,实质一也。

　　明清之际思想家、史学家黄宗羲,在《宋元学案》中认为方逢辰"盖淳安之学皆宗陆氏,而先生独为别派一也"。我们在方逢辰的文章中确实可以看出,讲究"理"与"气"结合,在官场中更是一身浩然正气,不与内竖、权相沆瀣一气,敢于直言时政,导致"七起七落",但在理学上绝非"独为别派一也"。

　　其次,我也不认可黄宗羲所谓"盖淳安之学皆宗陆氏"的说法,窃以为,淳安学者其实大多数是宗朱氏的"理学",朱熹几次三番到瀛山书院讲学,私淑弟子云集,"理学"成为一门显学,起到了很好的引领示范作用。陆九渊并没有来过淳安,南宋时期,"心学"传播还属于初始阶段,许多学者仍然将它归于"理学"的范畴。钱时作为淳安"心学"的代表人物,他只是陆氏的再传弟子,著书立说,开坛授徒,取得学界广泛的认可,也都需要一个过程。

我曾写过一篇文章,标题是"理学名家钱时",有人微信上留言说,文章若叫"心学名家"更好。这个建议提得好,我先前就有过考虑,历史问题往往如此,同一现象站在不同时代、不同角度去看,得出的结论是不一样的。当时的"心学"远未成气候,大众的认可度和辨识度不高,把"心学"(二陆)、"象数"(邵雍)、"元气"(张载)、"太极"(张栻)等其他学派皆归于"理学",这是可以理解的。朝中大臣甚至有斥之异端邪说,指摘为"伪学"的,这些都不足为奇,新生思潮从来是伴随骂声而诞生的。

话说回来,如果"淳安之学皆宗陆氏",那么,直到明代王阳明弟子王畿莅临瀛山书院,也大可不必借《重修瀛山书院记》一文,隐晦地表达"心学"意欲主讲瀛山书院,充分利用其弟子周恪(时任遂安县令)和其兄周怡(太常少卿)的便利条件,力促书院由朱熹的理学转向阳明心学,占领文化思想高地,尽可能地争取热衷者、信奉者和追随者,比如像方应时这样的,从瀛山书院走出来的高才生。

书院作为一个文化阵地和学者讲会的平台,历来成为各派学者眼里的重要资源,不辞辛劳、辗转游学,传播各自学术主张,可谓你方唱罢我登台。这从一个侧面也反映了当时的一种社会思潮和文化现象:自我意识的觉醒,文化表达的张扬,炽热、活泼、宽松、自由。

先祖的遗风流韵悠悠绵长,始终在方逢辰的血液里徜徉。不成理学家,必为教育家。

方逢辰在《青溪县修学记》讲述了兴学的重要性。淳祐辛亥(1251),石孝闻为令尹,志于修建学校,立志"以礼义救人心之溺",并带头捐赠俸禄,同乡也相于筹措,终于宝祐二年(1254)竣工。方逢辰称赞石孝闻此举"固足以见尹无仇民之政",一改青溪县多年以来,官吏以赋税为功,"守迫之令,令迫之民",以至于"弱者买吏为安,强者伍吏为市"的局面,鼓励官员积极兴学。

另在至元乙丑(1285),受邀作《常州路重修儒学记》一文,方逢辰在书中认为三代以来,"学校废,教法衰,人之道不立,天下遂为纷纷争战之场",教育崩坏是导致国家体系、人伦纲常崩坏的主因,此后,之所以斯文未丧,皆因孔孟之教不废:"后之学孔、孟者,其以四书为根本,以六经为律令,格物致知以穷此理,诚意正心以体此理……庶不负天之未丧斯文之意。"在方逢辰看来,兴学办教育不但可以知礼义、守斯文,而且可以固人心、稳社稷。

"人生而群,不可无教",这个理念来自父亲。

方逢辰父亲名叫方镕,字伯治。据嘉靖、光绪版《淳安县志·儒林》载:"少以辞章名两魁,郡试后,弃举业,尽心圣贤知行之学。日训诸子,所讲明必以穷理尽性为先,至于应事接物,则以持敬实践为功。后授宣教郎,秘书省检阅文字转奉直大夫,两淮制置司参谋官。"

方逢辰是家中老大,二弟方逢振,字君玉,景定三年(1262)进士,历国史实录院检阅文字,迁大府寺簿。宋亡退隐于家,讲学于石峡书院,人称山房先生。三弟叫方逢源。

方逢辰妻子名叫邵满,据方逢辰《恭人邵氏墓志铭》载:"方逢辰之妻,乃吾母夫人之姪也,名满,生于嘉定癸未十六年(1223)六月十日,以淳祐辛丑(1241)归于我……男三人:国孙、梦孙、鄱孙;女三人:省女、福女、子女。"可惜邵满三十四岁就去世了;方逢辰在墓志铭中称赞妻子"秉心塞渊",说她持家用心,踏实深远。

另据《蛟峰先生阡表》载:"(方逢辰)再娶朱氏,子男三人,长梁太学生,次栋,次杰。女三人,长(德纯)适修职郎无为军无为县主簿徐敏中,次(德恭)适武学生项雄飞,次(德温)适邵元廷。"

朱氏所生长子名叫方梁,于至元戊寅(1338)出任石峡书院山长。据牟巘《重修石峡书院记》载:"至元戊寅,浙西按察佥事夹谷之奇聿至严陵,以书院中更多故,渐至颓废,命公之子梁为山长,任其经理。"

儿子接替书院山长之位,乃是顺理成章。这样他就可以腾出更多时间著书立说。三元宰相商辂曾在《蛟峰方先生文集序》里说:"兹先生裔孙渊应贡来京,偕其姪兵科给事中辅,持先生遗文见示,俾为之序。噫!先生之文如秋霜烈日,类其为人,览者当有自得。奚俟予言,特以用世之志有未尽遂,人固无能知者。"

商辂说的这个"裔孙",是方逢辰五世孙方渊,搜集整理了方逢辰散失的文章,辑为《蛟峰方先生文集》八卷,亲自到京城请商辂写篇序言。商辂对此评价颇高,谓之"文如秋霜烈日",跟他的为人一样,正气凛然,豪健奇挺。

商辂在其文集序言中指出:"其职业止于修撰而已,先生所著有《孝经章句》《易外传图说》《尚书、中庸、大学释传》《名物蒙求》诸书,是皆文集所未载者。"

归隐期间方逢辰也是以诗词寄怀,现存诗歌数量不多,总共四十二首,收录于《全宋诗》。

序言还提道:"(方逢辰)低回于群僚中位,不副其名,而才弗竟其施,遂使致君泽民之术,徒见于书疏文字之间。"好一个"致君泽民",我们在他的诗文中确能真切感受得到。

宝祐三年(1255),方逢辰因直言上书得罪理宗挂冠回籍,是年冬十月去访朋友卢珏。卢珏,字登父,号可庵,淳安人。曾中乡举第一,入元不仕。在家乡建有一楼,名"天边风露楼",方逢辰有诗《题卢可庵天边风露楼》:

龙泉三尺倚天横,浊气滔滔我独清。

一柱高台仙掌起,愿推一滴活苍生。

诗中表达一种高蹈之情,与屈原放逐沅江时的心气是相通的:众人皆醉我独醒,不与流俗共沉浮。"愿推一滴活苍生",此语与杨朱"拔一毛而利天下吾不为也"恰恰相反。杨朱是极端的利己主义者,哪怕拔一根毫毛能利济苍生,他也不愿意去做。方逢辰"致君泽民"的初心不改,只要是对天下有利,哪怕有一滴仙露也愿意推济苍生。

方逢辰性格刚正劲节,不同流俗,上得罪皇帝,下得罪权相,我查阅《宋史》未见有其传记,正遗憾之间,偶然看到明代学者杨廉的《跋富山十景诗集后》,内中叹曰:"(杨)廉早岁得蛟峰集读之,如获海外奇宝,尝爱其燕台礼重为金屋,严濑风高玉作钩之句,然亦未尝不慨叹《宋史》不为之立传也。"(《杨文恪公文集》)这样的遗憾看来不止少数。

《宋史》是官方的,自古以来,百姓心中有杆秤,不入官史无关紧要,就像方逢辰评价他妻子"秉心塞渊",只要踏实深远就足够了,后人会铭记在心。据光绪版《淳安县志·方舆志》载:"至大二年(1309),达鲁花赤爱祖丁重修堂斋及祠,又别二祠,东祠以奉先生(方逢辰),以先生之弟山房先生(方逢振)配。西祠以奉黄警斋(黄蜕)、何潜斋(何梦桂)二先生。"

"达则兼济天下,穷则独善其身。"这是孟子所谓贤者的标准。"石峡三贤"自此以超逸的情怀传递着文化的信息。

师道尊严,香火奉祀,必要的仪式感不可或缺,三十年后,石峡书院又特为方逢辰建立塑像,元徐持敬《立蛟峰先生塑像记》载:"至顺三年(1332)冬十月朔,故侍读尚书蛟峰先生方公塑像成,诸生徐持敬以下四十二人乃舍菜以告曰:'先生以幅巾深衣像,待缘如爵。谕者每谓宋三百年,而此郡山川之灵,磅礴块圠,仅先生一人出状元高科者,盖天下无与为比。此足为先生荣。然未知先生刚直之气,不附时相。归刜书院,一以教学为事,直与白鹿洞同一气象。'"

由此可见,徐持敬也是石峡书院的弟子,他率领其弟子四十二人,行古代"释菜礼",向先师(方逢辰)祭奠。徐持敬说他"刚直之气,不附时相",我非常赞同。但说他"归刜书院",回来创办书院,与事实并不相符。我个人倾向于书院创办于淳熙初年,方氏一族倾心教育不遗余力,捐田捐资确有据可考。

贤者,谓德行与才能兼备也,得志时能让天下人受益,哪怕不得志也要约束自己,加强道德修养。单是考中进士未必可以称贤,历史上的贪官污吏大多是进士出身,后世留有骂名的也不在少数。方逢辰贤从何来?

方逢辰之贤源于其文化品格,教化育人是立德,书院传承是立功,著书立说是立言,此谓之"三不朽"。方逢辰的"七起七落"与其文化品格息息相关。他是一位官员,更是一位学者,一位文化人。文化人的一个重要标签,就是不会被浮云遮眼、欲念加身,不会随波逐流、与世沉浮。这是一种态度、一种坚守、一种自信、一种精神、一种力量,更是一种融入骨子里的高贵。

遗民诗人何梦桂

对于何梦桂,对于文昌村,我并不陌生。2011年,该村的何氏宗祠是在我主持下进行全面维修的。

记得当时文昌村好几个老人,组团跑到我办公室来,要求对何氏宗祠进行修缮,说再不维修眼看要倒塌,可惜了祖宗留下的东西。其间提到了何梦桂,提到了祠堂里的匾额。一位老者一边说着,一边颤巍巍从口袋里掏出一页纸,上面写着六七块匾额的内容,我依稀记得有"世袭牧亭侯""东晋世家""状元及第"等字样。感觉何氏很有来历,答应老人尽早给领导汇报,尽早到现场勘察,尽早把项目定下来。

所幸何氏宗祠如愿完成了修缮,村里借机新修了宗谱,为崇德敬祖、敦睦宗谊,次年的圆谱活动就在祠堂里举行。他们还邀请了何氏一族在外地的代表,济济一堂。村里为表示对我工作的肯定,托人给我送了一套"何氏宗谱"。

近日闲情,站在书架前检阅,最醒目的是金黄色装帧的一套宗谱,取阅翻看,赫然是《文昌何氏宗谱》,黄锦盒套,卷分上、中、下三册。信手这么一翻,在旧序里竟发现了三元宰相商辂写的《何氏重新宗谱序》,不觉眼前一亮。此序作于明代景泰年间,估计是重修族谱之时,商辂受邀所作,内云:"……谱有可稽者,曰牧亭侯腾(公),再传之东晋,吏部侍郎文建公太康中罢官,由(临安)于潜徙居今淳安之文昌,子孙遂定家焉。自唐而宋,代有闻人。咸淳中,潜斋先生以进士高第,显名当时,著书立言,光启后嗣。于是,文昌之何,闻望益著,有以哉!"落款:"景泰三年(1452)壬申夏六月朔。"

商辂说的潜斋先生,便是何梦桂。

追本溯源,按图索骥,我又找到了明版的《文昌何氏宗谱》,查阅了关于何梦桂的所有记载。

何梦桂(1229—1303),字岩叟,号潜斋。初名应祈,字申甫。瓘长子。为人孝友,度量宽宏,天资颖悟,过目成诵。自幼从学于名师夏讷斋,深受教益。与同邑方蛟峰(逢辰)、黄警斋(蜕)两先生肄业于石峡书院,又与陈止斋、方可斋诸名儒往来讲论,造诣超出流辈。宋度宗咸淳乙丑(1265),以易经廷试第三名探花,赐状元及第。与侄景文同榜,御赐彩联云:"一门登两第,百里足三元。"又云:"子拜丹墀亲未老,叔登金榜侄同年。"

短短一段话里包含了六层意思:一是梦桂为家中的长子;二是他拜师夏讷斋先生;三是与方逢辰、黄蜕一同求学于石峡书院;四是与陈止斋、方可斋诸名儒交往;五是以易经廷试中第三名探花;六是与侄儿何景文同榜中进士。

何梦桂父亲何瓘,字公器,自幼岐嶷,资性不凡,以明经举,拜官翰林检阅,职掌点校书籍。娶王氏为妻,卒后合葬于十三都天乐观前湖山。有三个儿子,长子梦桂,次子梦材(从小过继给伯父何凤),三子应祖。

梦桂自幼师从于夏讷斋先生。从零碎的史料记载判断,夏先生应该是位隐士高人,他自称"本心翁"。何瓘请他作为儿子的塾师也在情理之中。夏先生还曾执掌石峡书院,像方逢辰、黄蜕等人也是夏先生的门人。

据夏先生另一个门人陈达叟描述,夏先生还是一个吃货,他不但精研《易经》,对美食也有自己的独创,生活非常有情趣,格调还很高雅:"本心翁斋居宴坐,玩先天易,对博山炉,纸帐梅花,石鼎茶叶,自奉泊如也。客从方外来,竟日清言,各有饥色,呼山童供蔬馔。客尝之,谓无人间烟火气。问食谱,予口授二十品,每品赞十六字,与味道腴者共之。"(陈达叟编《本心斋蔬食谱》)

意思是本心翁这个老头淡泊名利、闲居在家,专心研习《易经》里的先天卦象,面对着博山香炉里的缕缕青烟,纸质屏风上绘着梅花图案,石鼎里还烹煮着香茶,优雅自在,淡泊安闲。有个出家人专程来拜访他,两人说经论禅,清谈了一整天,都觉得有些饿了。本心翁嘱咐家仆去烧几个家常蔬菜,用来招待出家人。客人吃了以后,赞不绝口,夸赞这些菜美味得仿佛不属于人间,并向本心翁请教做菜的秘诀。本心翁毫无保留,口授了二十道食谱,每道食谱还另加了十六个字的评语。

本心翁绝非浪得虚名,他精研《易经》,虽身处红尘,却心游物外,逸趣自生,不但懂得烹饪方法,还能优雅地将烧菜过程用文辞表达出来,可谓一菜一尘缘,一念一清净,精致而博学,果然活出了本心。

梦桂跟着这样一位老师,对他人生成长是大有裨益的。他与方逢辰、黄蜕一同求学于石峡书院,其间还在夏讷斋执掌书院教学。三人中黄蜕最先中举,于理宗淳祐七年(1247),丁未科廷试第二名,俗称榜眼。时方逢辰与何梦桂没有参加考试。方逢辰跑去祝贺黄蜕,说"状元留后举,榜眼探先锋",黄蜕遂以"欲与状元留地位,先将榜眼破天荒"来巧妙应答。不想一语中的,三年后的庚戌科,方逢辰果然在廷试中钦点状元。

当然黄蜕和方逢辰都不曾想到,十五年后,石峡书院又走出了一名探花。

度宗咸淳元年(1265)乙丑科,何梦桂赴杭城参加省试,一举夺得魁首,同年秋试再传喜讯,度宗临轩策士,亲擢廷试第三名。正是:"春风得意马蹄疾,一日看遍杭城花。"

石峡书院从此名声大噪。

后人有诗描写石峡书院:"峡里泉声咽,跳珠溅客裳。徘徊先哲地,漱石有书香。"就连冲刷岩石的泉水都带有书香味,好不令人神往。

我的同学胡建明是潜水爱好者,曾协助中央电视台对水下古城进行探索直播,前两年他在龙山岛附近又找到了石峡书院遗址,并把照片从微信上发给了我。我凝视着由清末状元、近代实业家南通张謇题署的"石峡书院"四个字,恍若看到了张謇挥臂题榜的情状,闻到了他泼墨书写时透溢而出的墨香。

何梦桂中探花后,初为台州军判官,历官太常博士,咸淳十年(1274)任监察御史。曾任大理寺卿。引疾去,筑室富昌(后改名文昌)小西源。

梦桂在朝为官时间不长,满打满算也不足十年。他找了一个身体有病的理由,回到了文昌老家。此时,南宋王朝气数将尽,距离赵家王朝谢幕的"崖山之战"不足五年。

元至元中,御史程文海推荐,授江西儒学提举,屡召不赴。著书自娱,终老家中。学者称之为潜斋先生。所著有《易衍》《中庸致用》诸书,其《潜斋文集》十一卷,收入《四库全书》《四库总目》并传于世。

何梦桂现存诗词约有三百四十首,内容丰富,特色鲜明。作为宋末元初的文学家,他在遗民诗人中较有影响力。遗民是指改朝换代后不肯出仕为官的臣民。只有当"宗国沦亡"时,即汉族王权被外夷截断——如宋朝和明朝灭亡后的元初与清初——才真正有了"遗民"的概念,具体在诗词中,则呈现出苍凉悲壮的文化特征。

遗民诗人是一个群体,是一群"行洁""志哀""迹奇",于风刀霜剑的险恶环境中栖身野草,以歌吟寄其幽隐郁结,枕戈泣血之志的悲怆诗人。

何梦桂与方逢辰、谢翱、林景熙等心志相通,他们交游密切,来往频繁,虽隐逸山林,却心系国民。悲苦之时,只能通过诗歌来表达忧时伤世之感。

在宋亡后，元世祖曾诏御史中丞崔或起用方逢辰，遭到逢辰拒绝。归隐期间也是以诗词寄怀。他现存诗歌数量不多，大概几十首，如前篇分享的《被召不赴》，还有如《题何潜斋安乐窝》一诗，方逢辰把何梦桂引为知音。

何梦桂也有《贺蛟峰先生入宅》诗：

富贵朱门盖里间，先生斸石此山居。
一区自足子云宅，三径何妨靖节庐。
万壑风云生几席，四山花木入庭除。
乾淳岂少高官爵，自是寒泉要著书。

有钱的富贵人家在乡里盖起了高堂深屋，大门漆成朱红色，尽显富丽堂皇。而蛟峰先生却在山间挖石筑居，环顾陋室，"有宅一区"，房子虽小天地宽，"四书五经"往里装。蛟峰先生淡泊自足得很，把自己的陋室比作扬雄的子云宅，又似陶渊明的靖节庐，如《归去来辞》云："三径就荒，松竹犹存。"靖节庐虽是个茅屋，却自有与别处不同的情趣，依然能"采菊东篱下，悠然见南山"。深山万壑，风云变幻，好像生于几案与枕席之间，四山八面的花草佳木，映入庭院阶石之间，仿佛为自己所植。伴着清冽的泉水，看书著述，何其快哉！

另有《贺蛟峰先生熟睡吟》等，说明两人无话不谈，关系亲密。

幕苍天，席大地，睡去不知人世事。觉来榻上总埃尘，口不能言睡中义。古今万事昼夜同，万八千年只一寐。荣辱事，真梦里，黄粱一枕邯郸市。

北窗谩说晋朝臣，周公不见吾衰矣。日高丈五闭柴门，不知身世华胥氏。不毡不被老希夷，山上白云霞流水。得失事，真梦里，鹿焦翻覆终成戏。

人言夜半息如雷，我纵行行还美睡。

梦桂与谢翱惺惺相惜，友谊深厚。谢翱（1249—1295），字皋羽，号晞发子。生逢宋元易代的乱世，虽一介布衣，但在国家兴亡之际，毅然投笔从戎，散尽家财，追随文天祥。他慕屈原，怀郢都，读《离骚》，与屈原品行相像，"其至洁，其行廉，有沉湘蹈海之风。"（储罐《晞发集引》）

谢诗效法屈骚，何梦桂对杜诗和屈骚多有继承，与谢翱诗词唱和多有勉励之意。他了解谢翱所思所想，故剖析了他的内心："驾言发，将以浮游于世诟之外，濯之洧盘，晞之阳阿，适矣。抑知夫终朝采绿而余发之曲局否乎？'首如飞蓬，高木谁容。'其与《卫》国风之诗固命之矣；知我谓我心忧，不知者谓被发行歌者同一调也……折琼枝，结佩攘，吾非斯人之徒与而谁与？"（李修生《全元文》）

在诗学主张上，何梦桂倡导诗歌应有感而发，平淡自然，在创作方法上，推崇咏物抒怀，比兴寄托。而作为遗民诗人，精神的漂泊最是侵蚀人的意志，由孤独的个体生命发出的声音，唤醒了一群人隐秘内心的磁场共振，人生的疆场已不在官场，转而驻守于自己的内心，思考生命，领悟诗词，求索文学。作为遗民诗人的何梦桂，心里装有太多的疑惑，他不去问天，也不去问地，而是去问自己。面对着茫茫夜空、银汉迢迢，他既是询问者又是解答者，抒发忧愤，有沉郁悲凉之状。如《夜坐有感》：

银汉无声玉漏沉，楼高风露入衣襟。
洞龙睡熟云归岫，枝鹊啼干月满林。
瓮里故书前尘梦，匣中孤剑少年心。
征鸿目断阑干角，吹尽参差到夜深。

夜深人静之际,银河横空之时,玉漏报时会发出低沉的响声。我睡意全无,伫立于高楼之上,风露不知何时打湿了我的衣襟。山川破碎,大好江山早已换了主人,遗民失去了归属感,只得隐姓埋名,如同云归深山。我的泪水已然流尽,只能以干枯的双眼,空对那满林的月光。闭门读书的生涯变成了前世的尘梦,深锁匣中的孤剑正象征着我少年时的壮心。倚着栏杆的一角,遥望征鸿渐飞渐远,可心中的忧伤却找不到出口排解,且用这幽怨的箫声来打发这漫漫长夜吧。

　　低沉婉转是这首诗的基调,特别适合何梦桂深沉的山河之情,对故国的眷恋。诗中运用大量比兴的艺术手法,如写"龙睡熟""云归岫""枝鹊啼""月满林",以喻君亡臣隐、誓不仕于夷族之气节。写读书为学乃前身尘梦,写剑卧匣中但壮志未酬,借以抒发自己的愤激之情,但这一切都与夜色联系在一起。

　　作者独坐于茫茫长夜,浮想联翩,沉郁深远之感浑化于一片幽暗、孤寂的气氛之中,联系山河破碎、无奈归隐山林的情景,是不难理解的。诗风沉郁,颇得老杜横鹜逸出之神,具有很强的艺术感染力。

　　何梦桂骨子里有一种"宁为玉碎,不为瓦全"的高蹈之情,《拟古》一诗可作为印证:

木落不离根,菊槁不离枝。

人怀父母心,岂愿生别离。

皇路謇幽蔽,民用婴百罹。

南枝栖越鸟,忍逐北风飞。

北风藐万里,分死无回期。

骨朽化为尘,魂魄将南归。

在这里他用"不离根""不离枝""越鸟""南归"这些具体的意象,表明不忘本之意,哪怕是南来的越鸟都选择栖息在树的南面枝头上。表面上是写思念故乡,其实是暗喻国运灰暗幽蔽之际,作为宋王朝的臣子怎么会在夷族的朝堂上奔走效忠呢?

何梦桂除了写诗,还填词。《全宋词》收有他的词作四十七首,其词也是一咏三叹,余韵悠长。如《摸鱼儿·记年时人人何处》:

记年时、人人何处,长亭曾共杯酒。酒阑归去行人远,折不尽长亭柳。渐白首。待把酒送君,恰又清明后。青条似旧,问江北江南,离愁如我,还更有人否。

留不住,强把蔬盘渝韭。行舟又报潮候。风急岸花飞尽也,一曲啼红满袖。春波皱。青草外、人间此恨年年有。留连握手。数人世相逢,百年欢笑,能得几回又。

忆别与怀人题材是诗词中最常见的,也是舒缓调理情绪的必要渠道。上篇着意写长亭送别。把酒送君,长亭折柳,离愁如我,更有何人!下篇写留君不住,舟行渐远。人世相逢,能有几度!通篇情辞凄婉,令人不胜感慨。

归隐家乡的他没有真正地闲着,除了精研易学之外,他还关心教育。大德三年(1299),魁星楼在县令线荣的倡导下,竣工落成。何梦桂欣然为之记文,写下《淳安县学魁星楼记》:"魁星楼,盖取北斗第一星名也。魁居斗一为天枢。枢所以旋斗杓而行乎周天也。志天文者谓斗璇玑四星皆为魁,号不同,而其为魁首义一也。"可惜,魁星楼命运多舛,毁于战乱兵燹,"……魁星楼之不为徒名也。至元丙子(1276),寇毁官舍,民庐俱烬……而楼久化为荆榛瓦砾矣。大元以武功定天下,固未遑事科目……线君荣来尹兹邑,实重学事……越两年,政明讼简,吏肃民恬,爰始规画,首辍己俸以倡……经营于大德戊戌（1298）之某月，落成于己亥（1299）之某月……登斯楼也，举觞相庆，且幸斯文之有所托也。"何梦桂笔下这个线荣，字子华，大德二年（1298）任淳安县尹（县令），他尊学兴教，首捐俸禄重建魁星楼，无怪乎何梦桂叹之曰："兹盖尹君作楼存名之微意也！"

落款"大德三年（1299）冬长至日（冬至日）记"。

魁星楼在此后的明、清两代都进行过数次维修，商辂、孟士模等人也都曾撰文纪述。

何梦桂的生卒年当无异议，生于理宗绍定二年（1229）己丑十月十二日，卒于元成宗大德七年（1303）癸卯三月初一日，享年七十五岁。葬栅源郎佩山（一说狼狈山）。娶太平方氏为妻，诰封恭人，又封匡国夫人。其妻生于理宗宝庆三年（1227）丁亥闰五月初三日，卒于元世祖至元二十九年（1292）壬辰七月二十三日，享年六十六岁。有两个儿子，长子熹之，次子煮之。

何梦桂不但配享朱文公祠，还崇祀乡贤祠，又奉祀石峡书院，可谓集一生荣耀于身后。

富山先生方一夔

"我自何方来,又往何处去?"

这不是天问,而是自问。几乎每个人都曾向自己提出过类似的问题,好奇自己的来历,热衷于寻根问祖,如同一棵大树,开枝散叶,无论枝叶如何茂盛,扎向大地的根,却始终只有一处。

早些年撰写《可爱的杭州·淳安卷》,我在书中遴选了十五位淳安历史人物。我查阅家乘谱牒,从一个个家族中找寻他们迁淳本源,梳理世系图谱。其中一节写到方一夔,小标题是《一生授徒讲学的方一夔》。如今通读了他的《富山遗稿》诗集,对方一夔又有了全新的认知。其中《杂兴》一首不失为自传体诗:

予家世居富山久矣,世有隐德。老坡所谓韦布三百年,惟有阴功不知数。盖类是也。因作此以记其实,且以勉族氏子弟云:

自有乾坤有此山,嘉名久矣落人间。

吐吞云雾景千变,森秀松楠翠四环。

肯并贵溪争显达,应同愚谷耐坚顽。

山人尽得清吟趣,芳杜香荪不厚颜。

我的家世世代代在富山，正如苏东坡《石芝》一诗所说："我家韦布三百年，只有阴功不知数。"韦带布衣的寒素之士，却积攒了许多的阴德。故此，有了这样的神仙居地：自有乾坤，便有富山，如此嘉名，久在人间。吞吐云雾，景色万千，松楠佳木，环翠四周。对自己的家乡——富山，不吝溢美之词。

　　他的诗总萦绕于心，难以忘怀。

　　方一夔（1253—1314），又名方夔，字时佐，淳安富山人，生卒年无异议。富山方姓自纮公二十九世孙静乐先生次子鄑，自上贵寺分迁于此。一夔祖父名燦，字日新。生于宋孝宗时，配鲁氏。有子二，长子应雷，次子应霆。

　　这里说的静乐先生，名叫方昊，唐末时避乱弃官，隐居青溪（今浙江淳安）常乐乡上贵里，因家居富山下，世称静乐公派。昊公长子名祁，徙邑治东郭之高坊，后分高坊、石峡、茶园之派；次子名鄑，择居富山，此富山方姓之由来。

　　据《方氏家乘》记载："进士讳应霆，字荣甫，燦公次子，有行实。生宋宁宗时，元配卢氏，继配应氏，卒葬前岭弓箭形。子二，长一夔，次一鹗。"

　　宗谱关于方一夔记载："生宋宝祐元年（1253），卒葬本都八保马鸣弯。配葛氏，卒而祔之。子四，长二十，次甘五，三甘七，四三十。"

　　看到这里，我不禁心生疑虑，长子叫二十，四子叫三十，为什么次子和三子偏偏要叫甘五、甘七呢？会不会是"廿五、廿七"之误呢？"廿五、廿七"不是更符合常理吗？是笔误还是校对遗漏呢？

　　为弄清事实真相，我想到了宗谱的主编方才先生，手头这套《方氏家乘》也是他送给我的。我随即拨通了老方的电话，向他提出了心中的疑问。老方在电话里听完我的叙述，当即回复说是叫"廿五、廿七"哩，宗谱上"甘五、甘七"应是排版有误，或是校对不严谨造成的。

　　我心想这便对了。

放下电话,我心里暗自佩服老方的记忆力,心道这"老秀才"都快奔八十了,记忆力一点没减退,写过的东西都在心里装着呢。

相比而言,这方面恰是我的短板。自己写的历史人物,对于他们的生平与生卒年,虽经反复考证而成,若干年后当有人询问我时,往往还是记不太清楚。生活中也碰到过这样的尴尬事,有时晚上一起吃饭的新朋友,还频频碰过杯的,第二天路上迎面碰到,竟然想不起名字,搜肠刮肚也续不上片。

好在我自诩也有一点长处。虽然记忆力不佳,但却能从纷纭繁杂的事物中抓住症结所在,瞅出端倪,理出头绪,整合思路,形诸文字。对于历史人物,我会把他们放到时代背景中去考量,尽可能还原历史真相,追踪蛛丝马迹,比对同侪时贤,找寻性格成因,于混沌中窥探有序。此亦可谓失之东隅,收之桑榆吧。

从宗谱世系上推,方一夔是状元方逢辰之侄,逢辰是理宗淳祐十年(1250)的状元,属于石峡一派,与方一夔富山派,同宗不同支。

方一夔著述传世不多,只有《富山遗稿》十卷,入《四库全书》。原县政协文史委主任余利归,花大量心血整理成册,为研究者提供了翔实的资料,我深知查阅古籍之艰辛,故借此机会向他表达谢忱。

明朝三元宰相商辂曾为《富山遗稿》写了序言,序曰:

《富山遗稿》,淳安方先生一夔公所著诗也。先生生宋元间,天资颖悟,志学恳笃,尝从游潜斋何先生,究心义理之学。仕既勿显,因退而筑室富山之麓,授徒讲学,学者称之为富山先生。今所遗诗多五七言古体,纡徐浑厚,弗事雕琢。要其学有源委,然亦足以观先生冲雅之操矣。昔欧阳文忠公谓诗人多穷,非诗能穷人,殆穷而后工。世以为名言。先生惟弗大用,故事业无所见,有蕴于中皆于诗发之,岂非穷而后工者耶?先生五世孙文杰,汇辑将镂梓以传，属予一言，未及答，适文杰之子中，领乡荐来京，复介宗人兵科给事中廷臣促予言，敬为书。此先生诗，予友周弘璧言之备矣，览者当有得也。

《富山遗稿》收录方一夔诗歌四百八十六首。内容主要有"咏史""咏物""感兴""杂兴"等，不外乎托古咏今，托物寄怀之作。

从方一夔简短的行状来看，他经历过较大的心路起伏，从屡试不第，到退隐富山，不能简单说他是对科考失去了信心，"朝为田舍郎，暮登天子堂"，是多少读书人的梦想。无奈山河改变了颜色，蒙古人坐了江山。天风激荡，城池废弛，满目疮痍，现世的寥落赶不上内心的痛楚，方一夔四肢似被抽去了筋骨，空荡荡不能自已，不知何往。他茫然四顾，五内俱焚，只能面对着静寂的山谷仰天长啸。这一脚刹车踩得有点急，正是血气方刚的时候，过起隐居的生活，不应该是自觉自愿，而应该是被迫选择。

再者说，元代的科举考试时断时续，每科录取人数又少，最少时只有五十人，相比宋代少了许多。且元代科举考试中汉人备受歧视，分"右榜"和"左榜"。蒙古人、色目人合为右榜，汉人和南人（南方的汉人）合为左榜。考试内容上，左榜比右榜难许多，考试程式上，左榜比右榜多考一场。如果蒙古人、色目人愿试左榜科目，授官又要比汉人、南人高上一等。读书人与其自取其辱，不如干脆放弃科举之路。

有时候，放下不失为是另一种选择。

方一夔从此开启了授徒讲学之路，山间的课堂、书院的讲坛，时常可见一个年轻的身影，清癯而睿智，精炼而老成，人称富山先生。

一个文化人处在改朝换代的历史嬗变时期，也只有两种选择，要么出仕为官，谋个一官半职，要么讲学著述，终老林泉一生，除此，没有第三种选择。他与洪震老、吴曒、夏溥、徐夔叟、翁民瞻、余炎叟六先生友善，编他们七个人的倡和诗为《七子韵语集》。胡长孺曾给诗集很高的评价：

> 山里曳裾丝履盛，里门会弁碧毡寒。
> 曹刘千古风流在，未必淳安劣建安。

胡长孺乃婺州永康人氏，咸淳中，铨试第一名。授迪功郎，监重庆府酒务，拜福宁州倅。宋亡，退栖永康山中。至元二十五年(1288)，下诏求贤，有司强之，拜集贤修撰。与宰相议不合，改扬州教授。延祐元年(1314)，转两浙都转运盐使司，长山场盐司丞。以病辞，后不复仕。隐杭州虎林山以终。门人私谥纯节先生。所著有《瓦缶编》《南昌集》《宁海漫抄》《颜乐斋稿》并行于世。

鲁山赵与东(宝祐进士)亦有诗赞《七子韵语集》：

> 潇洒千峰郡，清新七子诗。

方一夔的诗词不事雕琢，清新自然，无怪乎商辂说："足以观先生冲雅之操矣。"这种"冲雅之操"，并非贵胄子弟故作，而是投身自然，摒弃奇丽，回归个体，隐忍抑锐。一夔自号知非子，由此可见他对唐代诗人司空图的追慕。

接下来让我们一起来欣赏《富山遗稿》的部分诗作，以此走近方一夔，走进他的内心世界……

《古意四首·其四》：

> 予读书之室，先从兄时南尝扁以"绿猗"，今二十余年矣。感叹存殁，遂成长篇。

峨峨高山东，迢迢青溪曲。采藕撷薜荔，结构蜗牛屋。
中有读书堂，堂外万修竹。错出泉石间，翛然隔尘俗。
劲刚逢干节，空洞夷齐腹。长钓横江鲸，翠立摩天鹄。
借问主人谁，彼美清如玉。瓶罂空四壁，简册富万轴。
小篆揭新扁，高步踵前躅。鲜龙忽变化，遗歌焉忍续。
岁晚坐相向，此君幸予辱。荣悴纷变态，风雨寒旸燠。
春来枝叶蕃，苍琅森在目。势且干青云，肯顾凡草木。
怜渠痛洒扫，日哦三四幅。吾诗试评品，千古配淇澳。

诗题有点长，说的是：已去世的堂兄在的时候，我曾在书室的南面挂着一块匾额，题为"绿猗"，时间过去二十余年了，如今感叹生死，就写了这长篇诗作。

方一夔引用屈原的"采薜荔兮水中，搴芙蓉兮木末"，说自己采摘薜荔和杜蘅，用来建造蜗牛一般的小屋，房子虽小却很高雅，堂外遍植修篁，赏心悦目。身处泉石之间，无拘无束，自由自在，好不惬意。作者写这些景致的意蕴并不在于对象本身，而是在于所唤醒的某种心情。托物言志，情景交融，可以起到拨动人们心弦的作用。

接下来用了两个典故，关龙逢、比干犯颜直谏，被夏桀和商纣处死，以及伯夷、叔齐不食周黍，双双饿死在首阳山。作者引喻设譬，申发了特定场景中的领悟和感受，以此启发读者的联想，表明主人的高尚品德。

"长钓横江鲸，翠立摩天鹄。"前一句出自苏轼《留别蹇道士拱辰》："愿持空手去，独控横江鲸。"后一句出自王粲《从军》诗："寒蝉在树鸣，鹳鹄摩天游。"问问看这个主人是谁，竟如此洁清如玉，虽家徒四壁，但却有藏书万卷。

"吾诗试评品，千古配淇澳。"画龙点睛之笔埋在最后，这是全诗的魂魄所寄,语出《诗经·卫风》:"瞻彼淇澳,菉竹猗猗。"用绿竹暗喻书屋主人德操高尚。恰如王国维所说:"昔人论诗词,有景语、情语之别。不知一切景语皆情语也。"方一夔写景也是为了抒发情感所需。

再如他的《夜作评史·史记》:

迁史驰驱纵复横,不烦绳削自天成。
后来纵欲修良史,法度森严敢变更。

方一夔想用一首七言绝句来评品《史记》,可谓难之又难。《史记》首创自传体编史,被称为"二十四史"之首,司马迁用他那如椽巨笔,纵横捭阖驾驭自如,仿佛中国的历史都装在他的心中。

他也有关于友情的诗作,如《别洪复翁》:

十载与君友,何曾异悲欢。忧寒夜同袍,念饥日同餐。
晚节各大缪,浊世多波澜。我争东山墩,君赴金沙滩。
云萍不相接,我穷君长叹。出门重入门,转觉营生难。
故人赠尺书,招我来东安。水云三百里,飞鸿集江盘。
君如跨海鹏,发轫骞修翰。咫尺视万里,归泝天池湍。
梅花点飞雪,相将理征鞍。新诗月几首,愿寄青琅玕。

诗中可见他与洪复翁深厚的友情,"十载与君友,何曾异悲欢。忧寒夜同袍,念饥日同餐"。方一夔与洪复翁志趣相投,同悲苦共欢乐,一晃十年过去了,在寒冷的夜晚,因担忧对方,恨不得与之同袍而睡;白天又担忧对方饥饿,恨不得与之同餐而食。友情深挚,甚于兄弟情谊。

洪复翁何许人也?洪复翁,名洪震老,字复翁,淳安光昌(今左口)塘边村人。私淑杨简之学。延祐年间荐入上都,因上丞相书,陈时事,耿直不讳。寻弃去,隐居不仕,讲道授徒,人称石峰先生。长于诗,有《观光集》。《寰宇通志》记载了延祐二年(1315)进士三十三名,其中严州府只有洪震老一人中进士。

《富山遗稿》中方一夔与洪复翁诗词唱和较多,除《别洪复翁》,还有《寄洪复翁》《大水寄洪复翁》《次韵洪复翁辞沃氏招馆》《次韵洪复翁食蕨》《岩峰寄洪复翁》《题洪复翁诗卷后二首》《有怀洪复翁入郡城纳金课》等诗。与方一夔交往的六个人里面,至少有三位是淳安人,分别是洪震老、吴暾和夏溥。

吴暾,淳安蜀阜(今威坪)人,字朝阳。八岁能诗文,留心性理之学。元泰定二年(1325)进士。初官番阳,升镇平尹,兼知军事,后转峡州路经历,不久,解印绶去,授徒讲学以终。吴暾为官清正,所到之地皆有政绩。在为学上,他与宋梦鼎、鲁渊、张复并称"春秋四家",弟子中著名的有郑玉(号师山)、方道叡等;他还曾为理学家钱时撰写《融堂先生钱公墓记》,另有《吴修撰集》传世。

夏溥,字大之(一作大志),淳安人。精于《易》《春秋》之学,为文雄深简古,其诗自成一家,时称"夏体"。郑玉曾经自言得夏溥启发之功。至治三年(1323)领乡荐,授安定书院山长。

宗谱记载方一夔"壮与何梦桂诸老游",此言不虚,我们在诗集中找到了他写给何梦桂的诗,《寄呈何潜斋小有洞天》:

> 小有古洞天,仙峰戴灵鳌。
>
> 何人失守卫,飞去随波涛。
>
> 竭来文昌宫,还作贵人牢。
>
> 贵人旧散仙,稍厌官府劳。

怅然念人世，谪居领岩崿。

饥食柏树子，渴饮松枝醪。

涕唾视勋业，习气余诗骚。

我亦慕仙者，何时脱羁绁。

终携绿玉杖，东去访卢敖。

何梦桂比方一夔大了二十四岁，此时的他早已退隐文昌小西源，犹如洞天仙府，不食人间烟火。"东去访卢敖"句，用卢敖来映衬何梦桂。卢敖曾为秦始皇寻求古仙人羡门、高誓及芝奇长生仙药。后见秦始皇专横失道，遂隐遁故山（今诸城市区），故山后改名卢山。

在方一夔眼里，何梦桂就像卢敖一样的散仙，不事权贵，遁迹修仙，啸傲山林，徜徉丘壑。自己也追慕这样的生活，"饥食柏树子，渴饮松枝醪"，超凡入圣，飘逸绝尘。有如芝兰生幽谷，无人而自芳。

方一夔隐而不仕，并没有一味地去吟咏清风明月，他依然关心国事，现存他的诗篇里，时常可见慷慨激昂、热血衷肠之作。如《闵忠·吊文天祥》：

弱冠知名动紫宸，两朝际遇荷恩深。

身先赴义人争死，天不成功泪满襟。

自郑有谋归华氏，舍湘无地托王琳。

鞠躬待死无余事，不负朝廷不负心。

文天祥是南宋名臣、抗元名将，与陆秀夫、张世杰并称"宋末三杰"。被俘后严词拒降，赋《正气歌》。元世祖忽必烈亲自劝降，并许愿中书宰相之职。文天祥宁死不屈，不为官职所动。至元二十年（1283）在大都柴市被害，年仅四十八岁。方一夔在诗中对文天祥作了热情的讴歌，怀吊英雄，感慨深沉。而他在《诛奸·刺贾似道》一诗中，则对权相贾似道作了无情的鞭挞：

握兵结眷冕旒前，牢落英雄二十年。
虎殿寿觞人痛哭，鸩堂私语众喧传。
尔身不恤无埋地，此耻奚容共戴天。
不有四明倡清议，至今蛟龙卧山渊。

贾似道为贾贵妃的弟弟，嘉熙二年（1238）登进士，他得到理宗的重用是自然的，且彼此以师臣相称。后度宗即位，升任太师，平章军国重事。从"鄂州之战"（1258—1259），可以看出贾似道是颇有军事才能的。忽必烈率十万精锐的蒙古兵，花了数月时间，始终攻不下鄂州（今湖北武昌），而守将正是贾似道。

在宋朝灭亡后，忽必烈曾问宋朝的降将："尔等何降之易耶？"那些降将回答说："宋有强臣贾似道擅国柄，每优礼文士，而独轻武官。臣等积久不平，心离体解，所以望风送款也！"元世祖说："正如所言，则似道轻汝也固宜！"这些武将的托词和理由在元世祖看来显得很可笑。

同样一个历史人物，在后人的笔下，往往出现两种截然不同的评价，有时候着实让人无从研判与定论。我想借用《论语·泰伯》里的一句话："不在其位，不谋其政。"而反之亦然，"若谋其政，必担其责！"大宋王朝的覆灭，虽然不是贾似道可以挽回的，但身为丞相他确实难辞其咎。

咸淳九年（1273），襄阳沦陷。德祐元年（1275），贾似道率兵十三万出战元军于丁家州，大败而走，逃奔扬州。群臣请诛，为平息众怒，遂贬为高州团练副使，循州安置。贾似道行至漳州木棉庵，被监押使臣会稽县尉郑虎臣所杀。

方一夔从一个文人的角度，表明了自己的立场。作为遗民诗人，家国情怀终究挥之不去，一辈子魂牵梦绕。屈指算来，他二十七岁那年，国家就陷于夷族的统治，汉人连"三等公民"都算不上。蒙古人崇尚强大，马背上的民族靠的是征战杀伐，果敢勇猛，尚武之风，从小就植根于他们的内心。遭受不公平待遇的汉人需要宣泄，而贾似道，一个典型的蒙古将军，作为历史进程中实际的负责人，自然难逃在文学上被讥讽的命运。

方一夔自视甚高，他吟诗作赋，寄情山水。至元十五年(1278)，浙西廉访佥事夹谷之奇听闻方一夔清名，亲自到富山登门拜访。方一夔避而不见，"逾垣避之"，翻墙逃走了。由此可见他不愿羁束、超尘脱俗的一颗坚心，也是"洗耳怀高洁"的志向所致。

喜欢他的那首《咏芭蕉》诗：

剥尽皮毛见本真，此中无古亦无今。

等闲窗外东风软，露出先天一片心。

比起方象瑛的《健松斋集》、方桑如的《集虚斋集》《富山遗稿》，方一夔的诗显得自然活泼、童趣浪漫。如果说方象瑛的诗文艰涩孤雅，方桑如的复古深奥，那么方一夔呢？活脱脱一个不羁之人，一任天真，一洒笔花，明心见性。有人说，"所谓天真，不过是越过成熟，选择真心"。其实不然，天真不是选择来的，而是他自然流露出的童心、真心、初心。读他的诗，容易让人勾想起邵雍的《山村咏怀》："一去二三里，烟村四五家。亭台六七座，八九十枝花。"就像老百姓唠家常，直白易懂，朗朗上口，与冷僻孤傲毫不沾边，与佶屈聱牙分道扬镳。

我阅读有个习惯，坐定之前先点燃一支沉香，待香味弥漫，再翻阅所读之书。一路浏览案头上的《富山遗稿》，恍若跟着方一夔一起走进了富山，徜徉于林谷,藤萝薜荔,绿罩满山,涧石流泉,叮咚在耳。口鼻间呼吸的都是新鲜的山野空气,醒脑醉人,生活里那些牵肠琐碎,释然一空,顿时让人见出一个真实的富山先生,脑海中瞬时浮现出一幅实时画面,好似在村前屋后的树头枝底看到的桃李,清新拂面。

这便是咏物抒怀之真章,又恰好"露出先天一片心"。

"白衣太史"徐尊生

太史，一般是指史官，纂修国史之人。白衣太史，是说一个既无功名也无官职的人从事这一职业，在我看来，绝对属于"高大上"的工作。

对于一个新的王朝来说，要想长治久安、国运昌盛，就要以人为鉴、以史为鉴，不能重蹈前朝的覆辙，更不能让前朝的历史从自己手中断裂，史官将暗昧的史前传说，考订敲实，成为敞敞亮亮的信史，成为照耀中华文明时空的灯塔。我们今天的主人公徐尊生便是这样一位"白衣太史"。

对于一介文人来说，能够参与国史的纂修，无疑是件值得庆幸之事。朱元璋建国之初，百废待兴，所以不拘一格降人才，只要有真才实学，不论在朝在野，不论有无功名，皆可荐举录用。徐尊生在五十岁那年被歙县友人鲍尚絅举荐，开始被征召入京，纂修元史。

历史上，但凡圣贤高士、才子佳人的出生，都会披上一层神秘的光环。据《尊生公本始传》记载："公母初梦金星坠地，变成老人，衣冠异常，谓曰：'我少微主人也，帝命我带金玉到母家。'忽见金光闪烁射人，母惊醒而娠生公于厚屏村。"徐尊生天资聪明，他十岁经子悉通，十五岁穷究诸史，为文不尚浮躁，务谈道学、敷经济。可谓少年老成。

为了追寻他的家族源流，我查阅了《厚屏福派徐氏宗谱》，内有"徐徵君大年先生传"，据载"徐尊生，字大年，号赘民，老曰赘叟。生于延祐六年

(1319)七月六日。幼极颖悟,长而淹博,善著述,时誉藉藉"。往上追溯,徐尊生"曾祖应庚,字梦白,祖父梅叟,号春亭,父亲直之,字仲儒,数世皆耆儒,而厄于宋元之际。不乐仕进,号其所居之地曰考槃(今威坪镇厚屏村)"。考槃村群山拱秀,诸水澄清。这里蓄盘谷之高风,蕴辋川之雅致,更有考槃八景为证:屏山松翠、凤岗晚照、长潭秋月、虎石生威、墅坂春耕、笔架三峰、鸡石献奇、神山效灵。

徐尊生出身于书香门第,家学渊源,不需要为柴米油盐操心。祖父是国子监太学生,父亲为郡庠生,曾参与纂修《青溪志》,所以称之为"数世皆耆儒"。

与他一同纂修国史的一共有十六个人,我查了一下,他们分别是汪克宽、胡翰、宋僖、陶凯、陈基、赵埙、曾鲁、赵汸、张文海、徐尊生、黄篪、傅恕、王锜、傅著、谢徽、高启。其中除了汪克宽、宋僖、陶凯、赵埙曾在元朝参加乡试中过举之外,其他的都是隐逸之士,没有功名在身。

从掌握资料来看,徐尊生至少是参加过一次科举考试的。在《尊生公本始传》里,有这样一段记载:"公之高叔祖镕公,从学钱融堂,祖梅叟公,又从学融堂之子诚甫,皆得融堂家藏著述之遗书。公取以印证所学,先后同揆,心精孚会,益以自淑,而渊源有自。方二十七岁时,与钱敬之游严陵,登钓台观子陵遗迹,喟然叹曰:'此千古高人也。'乃与钱子归,俱以高尚为事,不复应试。"

徐尊生祖上是理学名家钱融堂的学生,世代交游,情谊深厚。徐尊生二十七岁那年,与钱敬之同游严陵,观钓台严子陵遗迹,触发人生之感悟:既然富贵功名皆有命数,何必区区仆仆,不如效仿严子陵,泛舟桐江钓烟雨,林泉高致秋水长。从此,他决计不再参加科举考试。

这次严陵之行,钓台遗迹给他震撼不小。徐尊生开始隐逸山林,读书交游。足迹遍布歙、婺、严州等地,才华与名声随之播散于高蹈隐逸之林。

这样优游闲适的日子,戛然而止于洪武二年(1369)的正月。太祖下诏开设史局,广罗天下人才编修《元史》。徐尊生名声在外,被歙县友人时任翰林修撰鲍尚絅举荐,徐尊生虽然一百个不情愿,但皇上派出的使者已然来到县上,诏书也宣读过了,此刻身不由己,况且"郡县敦迫,辞避不可"。徐尊生只得打点行装赴京上任。

三月到京,即授翰林应奉。我们从他写的诗词里面,丝毫感受不到兴奋与激动,甚至不乏怨言与消极的情绪在里面。如《授翰林应奉》一诗:

> 布衣昨日孤寒士,翰苑今朝已授官。
> 幼有文章淹滞久,老无筋力进趋难。
> 追班香案晨簪笔,列坐宫门午赐餐。
> 早晚归休宜引分,免教白发玷金銮。

私下发发牢骚也就罢了,工作还是不能耽误的。纂修的国史有十六人。宋濂给大家作了分工,同时传达了皇上的旨意:"文辞勿致于艰深,事迹务令于明白。"意思就是说,文字要浅显易懂,叙事要通俗明白。

编撰过程中,大家难免有因意见相左而激烈争吵、互不相让的时候。最活跃的莫过于江西新淦人曾鲁,他博闻强记,凡数百年国体、人才、制度和沿革,皆了然于心。徐尊生并没有心情参与这些争论,他自称"白衣太史",专心审阅元十三朝实录,甄别归纳,草创体例,只愿早日完结手头工作,好归去山林,继续过他闲云野鹤般的生活。

一日,徐尊生埋首案头,笔走龙蛇,曾鲁忽然过来问道:"依大年兄之见,蒙古人与汉人相比,民族之优劣如何呢?"

徐尊生略作沉思,不紧不慢道:"民族无所谓优劣,文化只有启蒙先后。蒙古民族若不优秀,怎么会征战天下无敌手、统治中原近百年?"曾鲁不曾想徐尊生会向他抛出这个问题，一时间愣住，急忙道："该是我问你才对呀？"

徐尊生状若未闻，更像是自言自语："打天下易，治天下难。打天下靠拳头，治天下靠人心。蒙古人崇尚"丛林法则"，恃强欺弱，霸凌天下，他们的行为准则与思维方式就是铁蹄扫踏、强权统治。汉人推崇儒家学说，讲究温良恭俭让，以强扶弱，和谐共存，以仁爱之心治理天下，以德化人，四海宾服。可见人心之向背，高下立判。"说到这里，他两眼紧盯着曾鲁，道出了重点："汉人的文化既有根也有脉。俗话说'草蛇灰线，伏脉千里'。写文章需要这样，文心文脉亦然，文化启蒙的群体性也就彰显出来了。"

"佩服、佩服。"曾鲁拱手而起，连声赞道，"仁兄果然高见……"

这一年的七月六日，客居京城的徐尊生迎来了他五十岁的生日。为此，他写下了《七月六日生日有感》：

客中生日近七夕，老子行年当五旬。
梦寐不忘林壑趣，形模难作市朝身。
已甘素发欺凌我，只怕淄尘染污人。
归去秫田秋正熟，新醅烂醉瓮头春。

诗中把自己在京城纂修国史，说是客中过生日，行年正当五十岁。做梦都不忘隐居林壑之乐趣，我的形状和样子(志向性格)，很难适应集市与朝廷生活。如今白发虽已欺上我的头，怕只怕世俗之垢染污人身。此时归乡种植稻粟粮田，还可以赶上收获季节，家家新酿的"瓮头春"美酒，恰好喝醉不愁。

纂修《元史》的工作，至八月癸酉(十一日)终于结束，历时一百八十八天，完成本纪三十七卷，志五十三卷，表六卷，传六十三卷，合计一百五十九卷。卷帙如此浩繁，用时如此短暂，堪称神速。

《元史》编成，呈览皇上，得太祖上谕："其壮而可仕者授之以官，老疾者许其归。"徐尊生时年五十，自然属于可仕之年，其才学为多官推荐欲留任。徐尊生决意以老衰力辞，上允其归，赐银带等物丰厚。由于元朝最后一位皇帝顺帝的资料缺乏，他在位的三十六年史实空缺，未免留有遗憾，需要遣使搜访，总裁官宋濂奏请留之。

眼看到年底，又不能按期回家，沮丧的心情无以言说，只得寄托笔墨，赋诗一首《冬至感怀》：

> 正月辞乡赴帝畿，蹉跎岁晏只堪悲。
> 阳春自是有回日，飘泊何因无返期。
> 暗推造化循环理，遥忆家人镜听词。
> 旦暮不忘林壑念，寸心惟仗老天知。

家乡的风俗"镜听词"，家乡的林壑之美，无时无刻不在萦绕思恋，这样的心境恐怕只有老天爷知道吧。然，徒唤奈何？

徐尊生无奈只得留下，这边史馆因搜访顺帝史料耗时费劲；那边洪武三年（1364）正月，礼部奉命编修《礼书》。礼部官员早闻徐尊生大名，遂与史馆抢夺人才，徐尊生只愿早日回家，看史馆那边搜求艰难，于是被迫加入礼局，完成了一系列的《礼书》编撰工作。

夏七月书成，他等不到进呈，便又奏请回乡，真可谓是归心似箭。朝廷见他归意已决，准允所奏。

国史馆同事，老大哥贝琼，与徐尊生是浙江老乡，平日相交甚深，贝琼多次听徐尊生谈起严子陵，谈起钓台，谈起家乡，所以在送别时，他专门作了《钓台歌送大年著作》一诗相赠：

子陵台下江千尺，山削芙蓉江半出。

子陵已去白云孤，潇洒尚爱如方壶。

山风山月只依旧，何人更钓桐江鲈。

先生读书万山里，前年暂入金陵市。

青溪看月忽思乡，逢人苦说桐江美。

酌我手中酒，浣君身上衣。

桐江秋来鱼正肥，子陵台前君早归。

徐尊生如倦鸟归林，如鱼得水。恢复自由的途中，他一口气写下《归舟杂咏二十首》，其一云：

两年留滞帝王州，长恐归心不自由。

今日始知身属我，秦淮河上发轻舟。

人逢喜事精神爽，轻舟飘荡过横塘。自由身，心情爽，身体轻松，船也轻快，眨眼之间秦淮河已被抛在身后，向着桐江，向着新安江归来，这一回自己不是在做梦，而是真正身心俱归了。

归家后的徐尊生怡然自得，著书立说，有《制诰》二卷、《怀归稿》二十卷、《春秋公羊经传》十四卷、《春秋论》一卷等。光绪《淳安县志》中，也收录他部分诗词和记文，我觉得《龙眼山记》，不失为一篇优秀的散文，文辞优美，叙事生动，兹录于后：

淳安之西梓桐之源，有山曰龙眼，支脉自黄山来，蜿蜒夭矫数百里，至此则却顾蟠伏，若龙之俯首，下饮于溪者。溪水潴而为潭，潭上有石穴二，穴中有石膛，努圆而小，瓤碧光莹，撼之微动，水泠从中出，是为龙眼。盖穴者睚而动者其睛云。天将雨,云气潝然,上薄林木,翕然变化,不可端倪,殆造物故示神功如此。夫山静物也,然其蒸而出云,则有时而动。龙动物也,然其潜而勿用,则有时而静。山静而能动,又肖其形于龙。龙动而能静,又托其似于山,以理以象,所谓动静互根者,非耶?君子之处斯世,亦犹是矣。

梓桐之源龙眼山,说的是明代四朝元老、太子少傅,官至一品的胡拱辰家乡。徐尊生写这篇文章时,距离胡拱辰出生尚有四十来年时间,但他把龙眼山的神奇、造物主的神功,通过神来之笔描述,使我们如临神奇之境,感受到龙的动与静、山川云气的变化,以及君子的处世之道。

徐尊生归家十年左右,又被皇帝召入宫中。据《尊生公本始传》载:"帝思其贤,复召入京,不强以职事,但侍讲论而已。大得上意,左右有不悦者,数譖之,公知其不可久留,又固辞还乡。拂上意,故出为陕西教授。未之任,而卒于道。"我在家谱中,没有查到他的墓志铭,传记中说他"卒于道",也没有提到具体时间,只说他死在赴任途中,死后归葬于徐氏家庙后。

徐尊生还有一个弟弟,名叫同生。洪武十四年(1381),授广西桂林府同知。他还有两个儿子,长子叫昌胤,次子叫昌雄。

洪武三十一年(1398),徐尊生入乡贤祠。乡贤祠在县治文公祠左,成化十二年(1476)重修,至康熙二年(1664),县令赵之鼎、教谕谢鼎元又修之,祀乡贤四十二人,"白衣太史"徐尊生依然在奉祀之列。

徐畈的戏剧人生

徐畈写戏文本是出于无奈，不愿仕进的他眼看着功名无望，又不想碌碌无为，只能混迹于勾栏瓦舍之间，没承想却一炮走红，成为圈内明星。此刻，他正坐于剧场一个不起眼的角落，单待着南戏新剧《杀狗记》的首场演出。

他不想引人注目，心里也未免有些忐忑，剧本好坏是一回事，演出效果又是一回事。他逡速扫视了四周一眼，见座无虚席，观众或嗑瓜子品香茶，或引颈张望，或低声交谈，似乎都在等那一声开场的鼓板。

大幕启开，鼓板声促。

演员(末)上场，调寄《鸳鸯阵》，开嗓唱道：

孙华家富贵，东京住，结义两乔人。诳语谗言，从中搬斗，将孙荣赶逐，投奔无门。风雪里救兄一命，将恩作怨，妻谏反生嗔。施奇计，买王婆黄犬，杀取扮人身。夫回蓦地惊魂，去求免龙卿、子传，托病不应承。再往窑中，试寻兄弟，移尸慨任，方辨疏亲。清官处乔人妄告，贤妻出首，发狗见虚真。重和睦，封章褒美，兄弟感皇恩。

这正是：

两乔人全无仁义，蠢员外不辨亲疏。

孙二郎破窑风雪，杨月真杀狗劝夫。

这是南戏《杀狗记》的第一出。先将故事梗概交代观众，接下来，再依序搬演剧情。

剧中讲述了富家子弟孙华，交友不慎，与市井无赖柳龙卿、胡子传结为好友，在他俩的唆使下将胞弟孙荣赶出家门，寄身破窑。孙华妻子杨月真贤淑有德，为了劝夫悔改，买了王婆家一条黄狗杀之，扮作人尸置于门外，孙华酒醉醺醺夜归来，误以为祸事临门，恐惹人命官司，连忙去央求酒肉朋友柳、胡二人替他消灾，没想到平日称兄道弟的二人，此刻非但不帮忙，还去官府告发他。关键时候胞弟孙荣为他"埋尸"避祸。妻子杨月真出面说出原委，澄清真相，兄弟摒弃前嫌，重归于好。

看戏的人没多少文化不打紧，写戏的人虽无功名，但有才情有文化。新版《淳安县志》有载："徐畋（1330—1398），字仲由，号巢松病叟，淳安徐村人。洪武十四年（1381）秀才，以文章著名于世……又工于戏曲。"

秀才一般是指经过本省各级考试，录取在府、州、县学中的生员，在民间以"秀才"一词通称读书人。按照年龄推算，徐畋五十来岁才考取了秀才。

儒家学派讲究"气节"，从苏武牧羊到民族英雄文天祥，都是读书人心目中的典范，参不参加科考，进不进入仕途，成为衡量士子有无"气节"的标准。那种内心煎熬痛楚难当，局外人难解个中三昧。

读书人不去参加科考，总得找点事情干吧？那时候元杂剧兴盛，出现了像关汉卿、马致远、王实甫、郑光祖、白朴、乔吉等元杂剧大家。这些人中，除了郑光祖在杭州做过小吏，其余人皆未仕进。瓦肆勾栏成为他们发挥才情的最佳去处，戏曲需要这些不愿仕进，却愿意为艺术献身的知识分子。

在这样的社会大环境下，徐畋继踵前辈士人足迹，投身于戏剧艺术，创作南戏作品《杀狗记》。

南戏作者又称"才人"，由于他们本身生活在瓦舍勾栏之中，长期与演员磨合，与观众交流，他们熟悉舞台，精通曲律。

此刻，戏近收尾，鼓板声歇，大幕徐徐合拢。

演出很成功，观众意犹未尽，久久不愿散场。徐畋终于松了一口气，产生了一种成就感。伦理道德、忠孝节义、亲睦为本……有故事有情节，配之南方方音演唱，方音就是地方流行音乐，流行曲调，观众喜欢，耳熟能详，唱词也糅合本地俚语方言，老百姓听着亲切。

《杀狗记》是不是原创不好说，有人说徐畋《杀狗记》改编自萧德祥的《贤达妇杀狗劝夫》，要我说，改编成功也并不容易。想要博取眼球，赢得喝彩，首先要懂观众心理学，或曰"接受美学"。观众看戏之前早就有了预置结构，这种预置结构是由或明或暗的记忆，以及情感积聚而成的，最终去与作品发生碰撞，决定是否接受或接受的程度。

江南的杭州、温州、永嘉等地，富庶繁荣，文化昌盛。勾栏瓦舍遍布市井，流行着一种叫"南戏"的剧种，很受大众喜爱。南戏的角色分生、旦、净、末、丑、外、贴七色，前五个角色较为常见，"外"和"贴"不太常见，"外"是指扮演老年人的角色，"贴"则指贴身的丫鬟，相当于"旦"的副角。

南戏以曲牌连缀为代言，以说唱文学来叙事。与元杂剧不同，南戏任何角色都能唱，既可以独唱、对唱，又可以接唱、合唱，甚至后台用于渲染、烘托气氛的帮腔合唱，形式多样，灵活多变。

《杀狗记》中，狗成为剧中的"戏眼"，随着剧情的发展，买狗、杀狗、冠狗、埋狗，渐次把剧情推向高潮。作为民俗民风之一，"磔狗于门"是防避灾祸、禳御邪气的有效方法，自古有之。面对家门不幸，兄弟反目成仇，妻子杨月真百般规劝，万般无奈，不得已想出这一狠招，且要给狗穿衣戴冠，扮作人形，以此警醒梦中人。

徐畈是个读书人，对于志怪小说并不陌生。《搜神记》中关于给狗穿戴衣冠的记载，兴许给了他创作灵感："……昭帝时昌邑王贺见大白狗，冠'方山冠'而无尾。至熹平中，省内冠狗带绶以为笑乐，有一狗突出，走入司空府门，或见之者，莫不惊怪。"

意思说，汉昭帝时，昌邑王刘贺看见一条大白狗，戴着"方山冠"而没有尾巴。到了汉灵帝熹平年间，宫内之人给狗戴上帽子，系上印绶带，用来开玩笑取乐。其中有一条狗突然跑出朝门，进到司空府里去了。

《杀狗记》第二十五出"月真买狗"戏文中，他巧妙地借杨月真之手，设计了一出"杀狗劝夫"的好戏。

（旦）："若买得来时，就央他杀了，把衣服巾帽将狗穿戴了，扮作人形，放在后门首……员外（孙华）酒后醉回……看见死狗，只道是人，必然去央浼两乔人移尸，他每断不肯来。那时再教他去央浼小叔，他一定肯来，那时辨个亲疏。此计如何？"

（旦）："因风吹火，用力不多。谢得王婆替我把狗杀了，不免将衣帽将他（狗）穿戴则个。"

（贴上）："欲转官人意，多劳主母心。院君，衣帽在此。"

（旦）："就是你与他（狗）穿了"（贴穿介）

……

（旦唱）《锦缠道》："计谋成，杀一狗搬在后门，扮妆似人形。试看来鲜血遍污衣巾，我儿夫必道是人，猛然间魄散魂惊，叫他自猛心省……"

（贴）："我官人，近日来不知怎生，偏向外人亲，每日里同饮同坐同行，把兄弟逐出受贫。娘行劝抵死不听……"

果然不出妻子所料，孙华夜半回家见门口"尸体"，惊恐无措，急匆匆去央求那两个"义赛关张"的柳、胡兄弟,岂知两人听罢,一个借口心疼病发作,一个谎称腰痛去不了,推三阻四,没有一个愿意出头帮忙。

杨月真见丈夫六神无主,劝他去找弟弟孙荣:"叔叔读书人,是亲无怨心,必定肯来。"经过一番曲曲折折的经历,孙荣不计较哥哥薄情寡义,帮孙华处理了尸体,还在柳龙卿、胡子传两个无赖到官府告发的情况下,主动替孙华承担了罪名。直到杨月真上堂说明真相,将柳、胡这两个反复小人,诬告人命,着枷号市曹三个月,满日各杖一百,发边远充军。

这是一出家庭伦理剧。

传统儒学关于文学的四种功能"兴、观、群、怨",戏剧同样适合。"兴"是审美愉悦功能,作为舞台艺术,戏剧综合了文学、音乐、舞蹈等多种元素,寓教于乐;"观"是社会功能,即通过作品了解社会、他人等各种情况;"群"是教育功能,可以聚拢人心,教化团结人;"怨"则是宣泄功能,可以表达不满,批评社会现象。

家和万事兴,妻贤夫祸少。从后面的结局来看,堪称完美。此事经府尹奏报,惊动了皇上,特颁下圣旨:

> 王化以亲睦为本,维风以孝友为先……孙华遥授中牟县尹,以彰其妻劝夫之美。杨氏月真金冠霞帔,封贤德夫人。孙荣被逐不怨,见义必为,克尽事兄之道,特授陈留县尹。

剧中称府、县的长官为"府尹""县尹",可知事件发生在元朝。徐畖生活在元末明初,虽然距离我们六百余年,但《杀狗劝夫》讲述的故事,仿佛就发生在我们身边:兄弟反目,家庭不睦;交友不慎,误入歧途;酒肉朋友,忘恩负义。一幅幅、一帧帧世态人生图,极具现实意义。

有人说,当你身处高位,看到的往往都是浮华春梦,只有当你身处卑微,才有机缘看到世俗的百态真相。我在想,假如徐畹科考入仕,官运亨通,那么中国戏剧史上定然少了一位剧作家,六百多年的南戏舞台还能传唱《杀狗劝夫》这出好戏么?

戏台小天地,天地大戏台。

徐树林先生曾于2008年12月出版了《威坪》一书,当时他送了我一本,扉页上有他的题赠,落款日期是2009年1月10日。我翻阅之际,尚带着油墨的芳香。可惜徐先生作古多年,然《威坪》一书尚在我案头陈放,如今取阅在手,物是人非,感慨不已。书中有一个章节是"戏曲艺文兴",徐先生提到了家乡蜀阜的戏台,说"童年时经常在戏台上疯玩",记得"两边台柱上的楹联是:'一台戏演出炎凉世态,千秋曲唱尽古今人情。'"

品咂再三,暗自赞许。我猜想撰写对联的作者,不一定是个饱学之士,但一定是个饱经沧桑之人。阅尽世相,通透人生,一联便道出真谛:戏如人生,反复无常;人生如戏,轮回搬演。

《杀狗劝夫》一剧,有无在家乡威坪搬演,我不得而知,不过里面确有许多杭州的方言俚语。

如第六出(净白):"杭州老倌说的,还有一丢儿。""哑,破蒸笼不盛气。他是孙大哥家里使唤的,我每吃酒,他来伏侍的。"再如购买中药说是"赎药"。服药嫌苦"放些甜的在里头过药"等,均带有明显的杭州方言特点。

对于戏曲中使用方言俚语,文人雅士一般持反对意见,认为"鄙俚粗俗"。明代后期文学家、戏曲家徐渭、王骥德、凌濛初等,都主张戏剧词曲"本色"化,反对"以时文为南曲"的流弊。这样的雕章琢句,连案头阅读都让人费解,何况场上搬演。

王骥德在《曲律·杂论》中说:"剧戏之行与不行,良有其故。庸下优人,遇文人之作,不惟不晓,亦不易入口。村俗戏本,正与其见识不相上下,又鄙猥之曲,可令不识字人口授而得,故争相演习,以适从其便。"

何谓"本色"?王骥德解释说:"白乐天作诗,必令老妪听之,问曰:'解否?'曰'解'则录之,'不解'则易。作剧戏,亦须令老妪解得,方入众耳,此即本色之说也。"

徐渭认为"本色"就是事物的本质、真性和本来面目,他提倡戏剧创作应该"句句是本色语,无今人时文气"(《南词叙录》)。

徐畈不只会作俚语白话,他还会作典雅的诗词。朱彝尊《静志居诗话》里,录有徐畈所作《满庭芳》一词:

乌沙裹头,清霜篱落,红叶林邱。渊明彭泽辞官后,不事王侯。爱的是青山旧友,善的是绿酒新刍。相迤逗,金尊在手,烂醉菊花秋。

清新典雅,口舌生香。徐畈自己曾说:"吾诗文未足品藻,唯传奇词曲,不多让古人。"这话虽带有自谦的成分,但可以看出他对词曲还是有相当自信的。朱彝尊则云:"诗虽非所长,然也不俗。"

徐畈《杀狗记》与《荆钗记》《白兔记》《拜月亭》并称元明间南戏四大传奇。

徐畈做梦也没想到,自己无意功名,混迹勾栏,游走书会,热衷戏剧,结缘舞台,一不留神写篇戏文,成了元明间四大传奇之一,流传至今。我在想,徐畈身在元朝不参加科考,不入仕为官,尚可以理解,当他入明以后,"征召不赴"就有点让人费解了。唯一的解释是他浸淫已久,真正热爱上戏曲这一职业,迷恋上戏曲,离不开戏曲了。

"看戏无非做戏人",那么写戏的又是什么人呢?噫!自己的人生竟如此充满戏剧性。

另据抄本《传奇汇考标目》载,徐畈尚有《鲠直张志诚》《王文举月夜追情魂》《杵蓝田裴航遇仙》《柳文直元旦贺升平》等,可惜均已失传。

失传的何止徐畋的这些传奇作品。时至今日,戏曲的受众也正在流失。

我曾经就地方剧种列入"非遗"保护项目这个话题,与"非遗"中心负责人闲聊过。我总觉得现在某某"非遗"传承人,靠政府每年几千块钱的补助扶持,实乃不得已之举。

任何事物有生必有灭,这是自然规律。适者生存,不适者淘汰消亡。恰如剧中杨月真所说:"因风吹火,用力不多。"适应趋势方能发展迅猛,否则,如逆水行舟,费力耗时。

戏曲走向衰微,原因是多方面的。农耕时代,人类改造自然的能力所限,只能遵循并适应自然,自身的发展也基本稳定而缓慢,戏曲土壤的社会根基稳固。自从跨入工业文明之后,随着生产力的持续提升,人类的创造力得到空前提高,出现了新的思想、文化和价值体系。对农耕文明为基础的传统文化造成极大冲击。

究其因大略有这样三方面:一是内容与时代脱节,无法唤醒现代人的情感共鸣,那些才子佳人、帝王将相、科考做官、光宗耀祖的题材,恍如隔世,毫无代入感,社会基因不存。二是虚拟的场景和动作无法满足现代人审美需求。舞台的时空限制促使戏曲走向写意化程式,如"水上行船,有桨无船;陆上骑马,有鞭无马"。而影视艺术则把生活的真实发挥到极致,观众身临其境,更具观赏体验感,更符合现代人的审美趣味。三是戏剧唱腔慢悠,节奏拖沓,无法适应高效率、快节奏的现代生活。一旦心理厌倦,观众势必没有耐心观看下去。

面对这些戏曲审美落差,面对自媒体和信息化时代,将何去何从?确是戏曲工作者所面临的挑战。

承上启下余思宽

　　四月中旬一天上午，县文旅局公共文化科小杨给我打电话，说汾口宋京村有村民找到局里，想了解宋京村的相关历史，让我接待一下。我说好的，你让他们过来吧。不一会儿，局里一个实习的小姑娘，带着两个人来我办公室。

　　来人自我介绍姓余，说在杭州开文化传媒公司，想给家乡宋京村做点事情，不知道如何入手。一个私企老板关注家乡的文化建设，对此，我饶有兴趣，且为之点赞：热爱家乡、建设家乡，就应该落实于行动。我们就此话题开启了各式闲聊。我说，文化不是高高在上的存在，而是我们的日常生活，人是文化的主体，离开人一切无从谈起，看人可观其言行，《论语》所谓"听其言而观其行"是也，看知行是否合一。

　　我告诉他一个最佳的切入点，从历史人物着手。拿宋京村来说，始迁祖为余鸿翔（冲霄），此后，宋元有余梦魁、明代有余思宽、余汝楠等历史名人。村里的祠堂、庙宇、牌坊、墓葬等建筑，都是因人而建的，里面有故事、有来历、有传承，关乎家族的记忆，关乎文化的脉络，关乎历史的承载。保护这些历史建筑，其实就是保护我们的家族记忆，保护我们的文化之脉，保护我们的历史根系。

　　十年前，该村的"大夫家庙（小金銮殿）""松林庙"就是由我主持修缮的,因为牵涉太多的精力,耗费许多的心血,所以至今记忆犹新。如今祠堂内搞起了村史展示,这种方式就很有意义。不像有些地方的祠堂,修缮好之后关上门一锁了之。每次验收交付使用时,我都会跟村干部说,祠堂修好后可以作为文化礼堂、村民活动场所或民俗展示馆、农家书屋,总之要合理利用起来;你人不去占领利用,老鼠、蝙蝠、虫子就去占领,这样一来,既辜负了政府出资修缮的初衷,浪费了国家资源,又不利于凝聚民心,构建和谐社会。

这一聊不知不觉近两小时,看着他们似有所获,笑意盈盈告谢离去,我亦觉欣然;转而将目光投向宋京村,聚焦到余思宽身上。我自忖,余氏一族,他是一个承上启下的人物。

余思宽(1389—1433),字仲容,别号闲斋。惟宾公次子,他有一个哥哥叫思恭。查《松林余氏宗谱》,"宪副闲斋公原传"记载:

(公)性英敏正直,博洽多闻,诗文笔札极其精妙。年二十以春秋中永乐戊子亚魁,明年游太学,具疏白父之枉,惟宾公卒于旅邸,与衬南还,居丧读礼,造诣益至。乙未春登陈循榜进士,观户部政,是年授河南道试监察御史,次年实授。初巡历凤阳、涿易等郡,三载考绩,蒙恩进阶文林郎。赠父如其官,母汪氏封太孺人,配毛氏封孺人。两巡按江西时,宁藩初之国,恣耽刚愎,公直疏其跋扈之势以闻,下廷议得实风裁,凛然所至,禁奸别蠹,金称名御史。宣德三年,以九载秩满,课治行第一,超拜广东按察副使。己酉秋,为监试总裁官,所举得人。明年九月,巡行潮州,乃膺疾卒于长乐之官舍。风猷德泽,至今犹脍炙人口,惜天啬其年,位不满德,奈之何哉?葬开化独山。

传记中大略包涵十一层余思宽的信息;一是性格英敏正直;二是考

取永乐戊子(1408)乡试亚魁;三是游太学,替父辩冤;四是父丧扶枢,南归安葬;五是乙未(1415)春中进士;六是授官监察御史;七是巡按江西,上疏宁王事;八是拜官广东按察副使;九是己酉(1429)秋,出任监试总裁官;十是巡行潮州,卒于任上;十一是葬于开化独山。

余思宽二十岁那年,即永乐戊子年,参加乡试得中"亚魁",次年赴京会试未中,故"游太学",索性进入国子监学习,期间替父亲辩冤。父亲名叫余利用,字惟宾,生于元至正丁未(1367),卒于明永乐壬辰(1412)五月十八日,享年四十六岁。父亲四十多岁遭小人谗言,余思宽替父辩冤,最终"幸获免"。父亲因病卒于旅邸(南京崇礼街),余思宽扶枢南归,于是年冬十二月,归葬岩下始祖十三公墓右。

守丧期间,余思宽发奋读书,造诣愈深,三年后,登乙未科进士,那年他二十七岁。我查了永乐乙未科进士榜单,余思宽位列三甲第二名,这科三甲共录取二百五十三人,可见名次相当靠前。

当年录取,当年授"试监察御史","试御史"乃是见习御史的意思。第二年,取消见习授实职,巡按安徽凤阳、河北涿易等郡。三年考满,政绩优异,进阶文林郎。父母、妻子也各有封赠。

下面这句话很关键:"宁藩初之国,恣耽刚愎。""宁藩"是指宁献王朱权,朱权是朱元璋第十七子,于洪武二十四年(1391)封宁王,就藩大宁(内蒙古宁城县)。朱元璋为防外族势力,将许多皇子封在关外,给予重兵。永乐皇帝取得帝位后,为削弱藩王的势力,将许多关外的亲王移藩关内。宁王也于永乐元年(1403),被改封到江西南昌,在其封地"恣耽刚愎",说他沉溺放纵,刚愎自用。余思宽作为监察御史,巡按江西,就把访察的实情上奏朝廷。

我常常感叹淳安籍官员那股子"傻劲儿",余思宽不可能不熟悉《皇明祖训》和《大明律》,里面均明确规定亲王违法,由"嗣君自决"。而且措辞相当严厉："凡风宪官以王小过奏闻,离间亲亲者,斩。风闻王有大过,而无实迹可验,辄以上闻者,其罪亦同。"风宪官就是监察执行法纪的官员,一般指监察御史,不得随便上奏诸王的过失,否则视为离间,有杀头的风险。

据翰林侍读罗万化《明故广东按察司副使闲斋余公墓表》中云:"(宁王)阴怀异志,其强梁刚愎,诚一方民命所不能堪,宦斯士者,孰不深以为虑,公揽辔江右,独慷慨奋激,抗疏以闻。言其礼乐之僭妄,群小之肆毒,坏法乱纪,其渐为篡。是举世所不敢言,而公独言之。"明知不可为而为之。余思宽作为监察御史,充其量乃七品官,看到宁王朱权"恣耽刚愎",欺压百姓,他顾不得身家安危,毅然上疏奏报朝廷。大家都替他捏一把汗,静观事态的发展。无怪乎罗万化感叹说:"非忠义之性本于天植,孰能为国家消乱于未形,弥变于未然者乎?"

余思宽可能不会想到,七十余年后,宁王朱权第四代继承人朱宸濠,于弘治十年(1497)袭封宁王,仍然"恣耽刚愎",甚至变本加厉,蓄养亡命之徒,密谋起兵造反。正德十四年(1519),朱宸濠杀死江西巡抚孙燧、江西按察副使许逵,指斥朝廷,发檄各地,指挥叛军十万,攻略九江,袭取南康。最终被赣南巡抚王阳明俘获,论罪伏诛,封国废除。

余思宽可谓一战成名,这一道奏疏,震动朝野,官声远播,人称"名御史"。宣德三年(1428),以九年任期届满,考绩第一,越级擢升为广东按察副使,官至正四品大员。

之所以说余思宽是一个承上启下的人物,从他身上可以看出家族的世德传承、家国情怀的绵延。

往前推一百年,宋京村,宋元之际有余梦魁,字梧叔,贡生。宋亡,不愿接受异族统治,组织民间力量抗元,兵败后隐居宋京璇坞山中,元初,官府屡次召荐他出仕,均被拒绝,告诫子孙说:"我乃宋朝臣子,死后,只需在我墓碑上刻'宋林处士'四字足矣。"可见他是个有气节的人。

往后再推一百年，明代嘉靖乙卯(1555)，族人余汝楠因排行老八，故称"八大王"。时倭寇大举入犯，浙江总督胡宗宪闻余汝楠勇武过人，檄文到县，聘取汝楠为千总官，授之千兵，宠之冠服，官至正六品武将。余汝楠不负众望，夙夜效力，屡屡杀败倭寇，立下赫赫战功，得到皇帝褒奖，特许恩荣，敕建"小金銮殿"。

思宽有四子：文璁、文琚、文京、文广。

其中文广这一支，迁十四都象山(汾口赤川口)，枝繁叶茂，家族繁盛。该村现有三处省级文物保护单位，"余氏家厅""余四山墓"和"龙门塔"，无论祠堂、墓葬、塔的主人，都指向一个人，此人名字叫余乾贞(字秉智，号四山)，是余思宽的玄孙，正好是第四代人，明隆庆二年(1568)进士，巧得很，文广排行老四，余乾贞排行也是老四，而且也官至监察御史，巡按河南。

回头来看，余氏先祖选择在松林定居，是有一定道理的，优美的地理环境，对家族繁衍传承是有助力的。据翰林侍读曾棨(永乐二年状元)的《松林八景诗序》云："始祖(余鸿翔)爱松林山水之胜，因徙居焉。暇则徜徉烟霞泉石之间，既有以识其雅趣，因撼其最秀者凡八。一曰石间垂象；二曰炉岫遗踪；三曰两涧流清；四曰七峰耸翠；五曰石牛卧渚；六曰地豹环毯；七曰琏坞观梧；八曰棠峰揽秀。"

我前段时间写了一篇文章，标题是《"詹氏墨宝"故事多》。我在披阅"詹氏墨宝"过程中，无意间发现了余思宽的题跋，从中捕捉到许多重要的信息，兹录于后，再行解读：

天地之间有君子之宝，庸人之宝。昆玉、南金、珍珠、锦绮，庸人所宝也。文章、翰墨、遒劲、英华，君子之宝也。若夫发身科第，捷占邓林，又遭夫明良之盛，而光沐徽音妙墨，襃宠优异，且能传之子孙，世济厥美，不谓宝之宝可乎？宝之若阿咸士瑛暨乡贡进士曰士诚，复表著以彰大之，缙绅文士见者多为诗文以扬其芳。予与詹有姻娅之好,一日,登其堂,廼属予言。予尝病世人终日孜孜惟利诱之图,抑孰知转瞬之顷,业田之变,犹齐景公之驷马,石崇、王恺之华丽平泉金谷,果安在哉?龙图公不宝其他,而独以此传之子孙;为子孙者,皆效维海父子,什袭珍传,与乾坤相悠久;清声伟绩,千古高风。而宋孝宗皇帝之笔法珠玑,拔出群类,人人耳其诗,目其笔,皆将欣跃叹美之,抑亦庶使贪黩珍宝者或有省焉。顾不题欤?予深有志推慕此者,特才行拂逮耳。故不辞,述此赞于卷末云。

时宣德元年季冬月上澣之吉,赐进士文林郎河南道监察御史,同邑松林余思宽书。

余思宽认为,天地之间的宝物,分为君子之宝和庸人之宝这两种。所谓庸人之宝,就是昆玉、南金、珍珠、锦绮这类物质的东西;而君子之宝,非文章、翰墨、遒劲、英华这类精神产品莫属。至于(詹骙)出身于科举,状元及第,从此进入官场,遇到了明君盛世,能够聆听皇上的德音,接受恩赐的墨宝,受到皇帝的褒赏荣宠,又能传给子孙后代,使子孙能传承祖先的美德,不亦可称为宝中之宝吗?我亲家侄儿辈士瑛和士诚视之若宝,又撰述使之显扬昭著。缙绅文士看见了无不吟诗作文来赞颂它(墨宝)。

我与詹家有姻亲关系,有一天,我到詹家登门拜访,(亲家)乃嘱咐我写点什么。我曾诟病世人整天忙忙碌碌,只是贪图利益,经不起诱惑,哪知转瞬之间,祸福相生,人生无常,好比齐景公有高车大马无数,死了以后谁也不觉得有什么值得称颂的。石崇和王恺争豪斗富,如今平谷金泉恰好似浮云一般,又在哪里呢?

状元詹骙不以别物为宝,单单以皇上赐诗和这些文士题跋传给子孙。作为子孙,也都效仿祖先,小心珍重加以收藏,与天地一样久长,清声伟绩,千古高风。孝宗皇帝的御笔,字字珠玑,出类拔萃,人们争相吟诵其诗,观赏其书,一边欣然欢跃,一边感叹羡慕,或许可使那些贪玩珍宝的人有所省悟,这难道有什么不对的吗?

我很有志向来推慕这件墨宝,只怕我才情学力不足罢了。故遵嘱,在墨宝卷尾写下这段话。

余思宽题跋中所说的"宝之若阿咸士瑛暨乡贡进士曰士诚",据查《东源詹氏宗谱》,得知士瑛、士诚乃堂兄弟均属詹仪之这一支脉。祖父辈分别是詹原良、詹原善、詹原佑。原良有子允津,原善有子允庆、允贤,原佑有子允能、允福。士瑛名詹资壮,乃詹允福之子;士诚叫詹资信,乃詹允贤之子。此两人属余思宽亲家的侄儿辈,故称"阿咸"。

"詹氏墨宝"中,宋孝宗封赠詹仪之故父詹棫的《詹棫赠朝议大夫、夫人赠安人告身》,后面附有宣德甲寅(1434),詹仪之九世孙詹资信过录张栻的《詹至墓志铭》。

詹资信,字士诚,自号梅坡。永乐十五年(1417)举人,生于洪武庚午(1390)三月十二日,卒于正统元年(1436)四月四日。官承德郎、直隶镇江府通判,娶妻周氏,生一子曰文珊,二女,长适纯峰张行,次适儒洪监察御史濯公之子余昕。

翰林侍读罗万化与余乾贞是同科进士,他还是此榜的状元,受其所托,撰写了《明故广东按察司副使闲斋余公墓表》,内云:"(公)卒于宣德癸丑(1433)九月十六日,享年四十五,葬开化独山。"余思宽葬于开化独山,可能与他母亲有关,其母汪氏,乃开化包山人,宣德三年诰封太孺人。

我在《东源詹氏宗谱》中,还看到余思宽的一篇《梅坡记》,乃受詹资信托付所写,内云:

友人詹士诚家世官族,襟怀磊落,倜傥不羁。总角时负笈游学,惟以读书吟诗尚人,予甚敬之,尝目其为名家千里驹也。性嗜梅,家之阳有胜地焉,培立土壤，不杂以凡花卉，独树于其傍，构书堂为养贞之所，视之迥出尘俗，因号曰梅坡。以书来征予为之记。予方玩索间，客有过而问曰："人禀天地之气以为生，所以具四端，备万善者，知觉虚灵，物无与比，今士诚以梅为之号，子欲记也云何？"予笑曰："草木之生于天地间，殊未有不自春夏生长，秋冬凋零者；惟梅也，其乾坤闭塞，冰雪凝冱，凡草木将根枝僵结之不暇，乃独以雪骨冰魂之姿，预泄东君之信，贞坚特出，不斫繁华，其品类虽与草木同，其禀赋则与草木异。"故古人谓："未论金鼎调羹事，且作百花头上魁。"则梅之异于凡卉也尚矣。士诚读书谈道，居余子之中，已抱鸿鹄之志，白眼看人刚态毅状，洁烈特出，乃卜筑托梅以自兴，岂不以梅为百花之魁？而士诚操节隐然，躏乎余子乎？若四端万善，则性分所固有者，梅其能增损也。夫士诚今日之志如此，会见青台之路黼黻。皇猷所谓"若作和羹，尔惟盐梅"。则今日之百花魁，其效验所著为何如哉？然则士诚以梅自号，其志深且远矣。客退遂书为记以复之。

永乐十二年甲午春月元日

大意说，朋友詹士诚乃官宦世家，胸怀坦荡，不拘小节，平时喜欢读书吟诗，我很敬重他，把他视为名门中的千里马。性格嗜好梅花，园子里别的花不种，只培植梅花，构建书屋于梅树旁，超尘脱俗，自号梅坡。他来信让我给写篇记文，我思虑之间，正好有客人过访看见，问我说："人禀天地之气而生，之所以具备仁、义、礼、智四种德行，以及其他各种善行，因为他们能够知觉万物，感应虚灵，这是物所无法比拟的。现在士诚以梅自号，你这篇记文如何表达呢？"

我笑说道："草木生于天地之间，没有什么不是春夏生长，秋冬而凋零的，大概只有梅花是例外吧。天地闭塞成冬，冰雪覆盖大地，一切草木根枝冻结，自顾不暇，此时，唯有梅花傲雪绽放，独显冰魂之美姿，预报春天的讯息,坚贞特出,不追求繁华,它的种类虽然与草木相同,但其禀赋与草木迥异。"

古人所谓:"调和五味承金鼎,百花未开我先开。"可见,梅花的品格远高于一般的花卉。士诚读书论道,在我们朋友中间,怀抱鸿鹄之志,冷眼看世事,刚态毅状,洁烈独立,选择与梅为邻,托物自兴,不就是视梅花为百花之魁吗?况且士诚的操守与气节,低调隐匿,完全碾压我们这些人吗?

如果仁、义、礼、智这些善行,乃人心所同然,吾性所固有的,以梅(坡)的能力则只会增加罢。士诚今日能有如此志向,可以预见日后定然平步青云,高官显爵。帝王的谋略与教化所说的:"若要调和百味,盐咸、梅酸均是上佳的调品;以国而论亦然,同样需要贤才来治理。"那么,今天的百花之魁、日后的效验又会如何呢?既然士诚以梅自号,可见他的志向深远着哩。客人走后,于是书此记文回复士诚。

永乐十二年(1414),余思宽还没有参加会试,未中进士。我估计此时余家还未与詹家联姻,所以,他在记文中称詹士诚为"友人",且赞赏有加,这是可以解释得通的。

余思宽到广东任职以后,由于疾病死于巡行潮州任上,可谓英年早逝。从始祖冲霄公迁居宋林,至余思宽已逾三百余年,文广传诸余镜,再传仕洪,续至余乾贞(四山),德业家风代不乏人,所谓国法家规、族有宗约,崇本敬祖,教化育人。窃以为,余思宽功莫大焉。

据民国《遂安县志》记载:"夺绣流光坊,旧儒学西,为副使余思宽、知县余乾亨、御史余乾贞建。""龙章褒显坊,旧儒学东,为恩封御史余惟宾、余仕洪建。"前几年,央视直播水下古城狮城,潜水员探摸中发现了这两座牌坊,上面依稀有"明隆庆二年(1568),遂安知县周恪建"的字样。历时已逾四百五十多年,至今依然保存完好。

从儒学西到儒学东,距离不算太远;从余惟宾到余乾贞,却跨越了祖孙五代人。所谓"豸绣",乃古代监察、执法官的补服,因上面绣有獬豸图案而得名。豸绣流光,龙章褒显,祖孙均得到朝廷的奖崇,立牌坊以示表彰,显亲扬名,流芳百世。这正是:

始迁宋林冲霄公,承上启下余思宽。

"诤者"徐鉴

淳安桑梓地，蜀阜人文薮。

若论淳安之文薮，我认为蜀阜是无论如何绕不过去的话题。蜀阜别称锦沙村，一个引人遐思、充满诗情画意的村子。走进村庄，顾望四周，单是看那些亭台楼阁的名字，你就能感觉出内敛而不失雅致的风格：观澜楼、胜概楼、望虹楼、三峡楼、万花草堂、东麓草堂、新安书屋、梓溪精舍、碧桃轩、竹月馆……

不唯如此，它还是徐震、徐贯、徐鉴、徐楚、徐应簧、徐廷杰、徐宪、徐汝圭、徐鹏程的家乡，这个村落单是朝廷敕立的牌坊就达十余座之多，有"青宫少保坊"（徐震），有"勋阶极品坊"（徐贯），有"都宪坊"（徐贯），有"达尊坊"（徐楚），有"进士坊"（徐鉴），有"三代联芳坊"（徐楚、子徐应簧、孙徐鹏程），有"乔子联芳坊"（徐宪、徐汝圭），有"龙门坊"（徐淑）等。

这个美丽的村庄如今已沦为泽国，成为一段封藏的印记，我们也只能从《蜀阜文集》《蜀阜小志》等古籍中去钩沉发幽，追迹探源。

我徒慕其地，不可得而游。
聊以画笔开瀛洲，而今一识韩荆州。

这是明代画家沈石田应工部尚书徐贯所托,为《蜀阜十景歌》所作的配画诗。沈周虽然没有亲临蜀阜,但他对徐贯的家乡满怀向往,犹如笔下的瀛洲,亦诗亦画,亦隐亦真。诗中沈周把徐贯比为韩荆州,这是从李白诗中衍化而来的:"生不用封万户侯,但愿一识韩荆州。"沈周遇到徐贯,好比李白遇到韩荆州。可见他们志趣相投,心气相通,他们纯属精神的契合,灵魂的交流。沈石田未必知道,在蜀阜像这样有趣的灵魂还有许多。

我们今天的主人公叫徐鉴,字克明,号钝斋(新版《淳安县志》误为"纯斋"),淳安蜀阜人(今威坪)。他也是徐贯的从兄。徐鉴父亲叫徐礼,字士恭,号敬斋。生于洪武己巳年(1389)七月十三日,卒于正统丙寅(1446)十月一日,享年五十八岁。徐礼是家中的长子,有个弟弟叫徐震,也就是徐贯的父亲。

母亲王氏,马山王经仲之孙女。据徐鉴《先妣敕封太孺人墓志事实》云:"(母)自幼有淑德,善女红,最为父母钟爱,及笄归先君。"女子十五周岁称"及笄",说王氏及笄那年嫁到徐家,擅长纺织、刺绣、缝纫等针线活,操持家务。

徐鉴的求学之路较为平坦,他的小学老师名叫方宗尚,多年后病逝,其子方敦找到徐鉴,让他给父母写篇墓志铭。徐鉴不能拒绝,就有了这篇《方处士宗尚翁偕孺人钱氏墓志》,徐鉴称方宗尚为处士,可见是一位有德才的隐士,不愿出仕为官。内中说:"垂髫时学于方氏之塾,则公之仪度器识,与夫行事知之颇详,义不容拂。"

长大后又拜师桐江姚先生。我们从他另一篇祭文:《祭太子少保兼吏部尚书谥文敏姚先生文》,提到了自己另一段求学经历。他说:"自正统丁卯(1447)冬,拜先生于馆下受春秋业,循循善诱,纳于绳墨。"

姚先生是指姚夔,桐庐人,正统七年(1442)进士,与商辂是好友,历经英宗、代宗、宪宗三朝,官至一品,谥号"文敏"。徐鉴说"自正统丁卯冬,拜先生于馆下受春秋业"。据我的推算,姚夔这期间应该是回桐庐老家省亲或是丁忧。

当我看到姚夔这个名字时,心生一种亲切感,二十年前我写《商辂传》时就查阅过他的资料,与商辂同朝为官,同为股肱之臣,更是意气相投的挚友。

姚夔不但学问醇厚而精深,为人也正直。商辂曾经评价说他:"器识宏伟,言论侃侃,立朝三十多年,忧国之心,老而弥坚,每当廷议,正色昌言,人皆敬服说。"徐鉴拜他为师算是找对了人,起点就高于旁人。难怪三年后的庚午一科(1450),"乡闱克捷",中了举人。天顺四年(1460),会试再中进士,列二甲第二十八名。

次年,朝廷授徐鉴为南京户科给事中一职。威坪人的性格历来爽直,可谓知无不言,言无不尽,做官但求无愧于心。履职初期就开展调研工作,在此基础上,给皇帝上了一道奏疏,曰《计开》。

他在《计开》奏议中直陈六条:一曰崇圣德,要求皇帝"必先于垂戒,修德于己。君心之正,而天地心亦正,君之气顺,而天地之气亦顺……"并指出"圣明之君莫不有学,学无不至,德无不修"。可谓一腔正气,浑身是胆。二曰重守备,指名道姓抨击"守备太监王敏等严加修省,以谨天戒……"三曰诱直言,条陈广开言路之重要,若是"言辞过激,触犯天威,也宽厚待之",堵塞言路,会导致"奸臣恣肆,生民休戚……前有谗言而不别,后有奸贼而不识"。其赤胆忠心,苍天可鉴!四曰饬群臣,要皇帝知人善任,列举了老衰和残疾之人,并一一指名道姓,说他们不堪任事,徒费朝廷重禄。五曰抚军士,"防奸御侮在于军",一针见血指出"军风不正,克扣军饷,打虐欺辱士兵,使军心不稳。六曰"恤穷民","图治之道在乎安民",他恳切提出:"连遭水旱,免缴赋税,伏愿皇上轸念黎民之苦……以苏民困……"

徐鉴无私无畏,摧枯拉朽,震人耳目。他不去顾及官场潜规则,不去顾及开罪同事臣僚，不去顾及人情世故，不去顾及别人异样的眼神。凡有利于国家社稷，有话尽管直说无妨。

奏疏言辞恳切，一如徐鉴之为人。英宗皇帝是经历过磨难的人，身上颇有故事。"土木堡之变"做了瓦剌的俘虏，回国后又长期居于冷宫，再用武力夺取皇位，改年号为天顺。经事多了，洞悉人性，对人对事自然变得更宽容，能听进不同意见。英宗没有责备徐鉴，反将本下发内阁会议，拿出切实可行的方案。这无疑是对徐鉴的鼓励。

天顺八年正月十六日（1464年2月23日），英宗驾崩，长子朱见深继位，是为宪宗，时年十八岁，改明年为成化元年。

据徐鉴《祭敕封太孺人先妣王氏哀辞》云：

成化改元，朝廷推恩封为太孺人。鉴继擢江右（江西），得便归省者三……去冬，母染微疾，鉴侍汤药。顾谓之曰："此乃老年常事，幸亦安可，汝慎勿忧，汝为国家臣子，当任国家政事。勿以私恩而久稽公义，汝可行。"强之不已，竟承命而往。逾两月而讣音至矣。呜呼哀哉！享寿八十，子男五，孙十有二。

徐鉴母亲王氏，享寿八十岁。有五个儿子，孙子十二个。

从上述文字可推知，徐鉴由户科给事中一职擢升为江西左参议的时间，是在成化初年。

我们在《徐钝斋文集》中，找到了他在江西任上的一些诗词，其中有《赣州驻马》：

一到双溪道路清，解鞍似觉马蹄轻。
试将休戚频频问，尽道讴歌诵圣明。

徐鉴说来到江西双溪这个地方，觉得道路整洁，解鞍下马后觉得人很轻松，马蹄声似乎也轻快许多。我试着询问当地老百姓有啥欢乐和忧愁，都说当今天子圣明。

还有如《庐陵思亲》《泰和江上》等诗。

庐陵是如今的吉安，也是民族英雄文天祥的家乡。

一路浏览翻阅文集，我被其中《经惶恐滩有感》一诗吸引，徐鉴巧借眼前之景，直抒胸臆：

　　路经惶恐忆忠臣，堪叹南朝事变更。

　　急矣巨奸输拙计，挺然一介奋忠贞。

　　乾坤万古凝精爽，滩水终年作泣声。

　　遥想从容歌正气，棱棱节概尚如生。

徐鉴这首诗是他经过惶恐滩所写，惶恐滩是赣江十八滩之一，十八滩可谓滩滩都是鬼门关，号称"十船经过九船翻，一船虽过吓破胆"。十八滩最为险要的，就数惶恐滩。它与黄河三门峡、长江三峡，并称中国三大险滩。

提到"惶恐滩"，我们自然想起文天祥的那首《过零丁洋》："惶恐滩头说惶恐，零丁洋里叹零丁。人生自古谁无死，留取丹心照汗青"。意思说惶恐滩的惨败让我至今依然惶恐，可叹我零丁洋里身陷元虏，自此孤苦无依。自古以来，人终不免一死，倘若能为国尽忠，死后仍可光照千秋，青史留名。

徐鉴是明天顺四年（1460）进士，早在四年前的景泰七年（1456）九月，文天祥被代宗追封谥号为"忠烈"。虽然距离文天祥去世已有一百七十余年，但他的民族气节得到广泛的认同，仍然光照千秋。徐鉴这次经过惶恐滩也不由追忆文天祥这样的忠臣,遥想他在狱中从容所作的正气歌,更是感慨万千,那种稜稜气节如在眼前一般。

徐鉴在江西时间不久,"寻任广东左参议"。

明代布政使下设左、右参议,分守各道,主要分管粮储、屯田、清军、驿传、水利等事。

当时的广东并非经济发达、文化繁荣、令人羡慕的地方,由于天高皇帝远,统治的触角难以抵达,加之海岸线漫长,这里是倭寇海盗盛行的地方。

徐鉴到任后虽在语言、气候、饮食各方面都有些不习惯,但仍坚持走基层,这一点与他兄弟徐贯倒有几分相像。徐鉴刚一上任,便跑了十一府几十个州县,掌握了当地的第一手动态信息。

成化五年(1469)三月,他来到潮汕的南澳岛、长沙尾、牛田洋等地,乔装易服,甚至与海盗有了近距离的接触。

俗话说:"靠山吃山,靠海吃海。"沿海百姓视海为田,以舶为家,生活都与海事有关,据明代章潢《图书编·广东图叙》记载:"广东古百粤之地,盖五岭之外,号为乐土,由雄、连可以向荆、吴,由惠、潮可以制闽越,由高、廉可以控交桂,而形胜亦寓焉。滨海一带,岛夷之国虽时时出没,其志在贸易非盗边也。然诸郡之民,恃山海之利,四体不勤,惟务剽掠,有力则私通番舶,无事则挺身为盗。"百姓把海盗当成了一种职业。

明朝政府实施海禁,对于民间贸易、走私等,处罚力度很大,章潢《图书编》曰:"为倭向导者,官府击其家属,不敢生还,岁岁入寇。是外寇之来皆由内寇纠引之也。"

拿南澳岛来说,宋代以来就是海盗聚众泊船之据点。明朝初年,民间贸易被一刀切掉,引起老百姓不满。南澳岛属于"三不管"地界,且孤悬大海之中,官府担心岛民作乱,将原住民迁往大陆,"遂虚其地,粮因空悬。"

结果南澳岛反而成为海盗的一个巢穴。

徐鉴在一次与渔民的交谈中，大受启发。他自称是收购珍珠的江浙商人，担忧走海路遇到海盗，叹气道："官府怎么就不派兵围剿呢？"渔民笑道："谈何容易。官府在明处，海盗在暗处，官兵一动他便知晓，怕连海盗的影子都见不到，如何剿灭他？"

徐鉴被问一时答不上话。渔民复道："海盗脸上没有刻字，出海劫掠才是盗，回港渔业又是民。你看我是盗是民？"徐鉴听罢一惊，不动声色道："听说海盗头目姓袁？"渔民意味深长地看了一眼徐鉴，道："是叫袁天鼠，你还懂得不少哩。"徐鉴道："怕不是真名吧？"渔民诡异一笑，道："人又不傻，为躲避官府追捕，大小头目都有外号，也是惯常的做法。"

擒贼先擒王。徐鉴内心顿时有了主意，他自言自语道："这些年袁天鼠手上一定有不少的浮财，如若我出银子将其买下，他派人护送我的商船顺利返乡，不是两全其美吗？"停罢，摇摇头道："我一个外乡人，哪里寻得袁天鼠去？"渔民将信将疑，问道："客官果有此意，我倒乐意成全。只是……"徐鉴会意，袖出一锭纹银，递给渔民手中，拱一拱手，语颇诚恳道："不叫你白辛苦，我暂住祥云客栈，届时可领袁天鼠上那里寻我商议。"

两人约好见面时间，各自散归。

徐鉴来的时候只带了几名探子，专为摸清海盗门路而来，此番诱捕袁天鼠完全是临时起意，因为他知道，只要诱惑足够大，身为海盗的袁天鼠自然无法抗拒。徐鉴赌得就是这份胜算。他遣一亲随作速报于潮州知府，调集府衙捕快，埋伏于客栈外围，以防袁天鼠走脱。

一晃到了约定的日期，徐鉴让客栈整备酒席，专待客人上门。

且说那渔民本身也是海盗成员，与袁天鼠还是同村人，岂有不熟的道理。徐鉴前脚刚走，他后脚就乘一小舟，直奔大海深处一艘大船而去，这是袁天鼠的老巢，平日他不在渔村落脚，吃睡通在大船上面，官军若来，他说走就走，官军拿他毫无办法。

待渔民上船见了袁天鼠，告知其原委。袁天鼠喜不自胜，大笑道："正愁着满船的东西如何变现，他倒送上门来了。护他江浙商船返乡，这有何难？"转而狐疑道："不会是官府暗探吧？"渔民拍着胸脯道："外乡人，满口江浙口音，出手好叻大方，住在详云客栈。"袁天鼠不再有疑，决定赴约面谈。

客栈伙计引着袁天鼠一行入内，徐鉴迎上前去延席入座，添酒加菜，推杯换盏起来。袁天鼠起初还有些戒备之心，看徐鉴边饮酒边交谈，神态自若，暗道自己多心。他自恃文韬武略不输于人，席间借助酒兴与徐鉴天文地理，说古论今，想在徐鉴面前卖弄一番。没想到徐鉴有问必答，事事精妙，如数家珍，说得兴起反而诘难于他，一时间大为佩服，连呼"可惜"。

徐鉴问他"可惜什么？"袁天鼠晃着脑袋说："你有这等才学，不去科考做官可惜了！"徐鉴立身而起，冷笑道："可惜的是你，与官府作对，劫掠为盗，误入歧途不自知。"言毕，一掷酒杯，喝道："来人啊，给我拿下。"袁天鼠尚无反应过来，捕快一拥而入，将一干人等尽数绑了送官。

徐鉴兵不血刃，杯酒之间擒获海盗头目，真正大快人心。袁天鼠按律伏诛，其余部众遣散不提。

身为朝廷命官，忠孝自古不能两全。徐鉴的苦衷只有他自己知道。父亲去世二十多年，尸骨一直没有入土，成为他的一块心病。据徐鉴《祭救赠户科给事中先考宁五府君哀辞》中云：

呜呼，父之存日，诸孤煦煦，今焉孙枝繁秀，兄之一子一孙，孤之四男一女，弟钰之子三，銮之子二，钊之子一。况我母亲康强，兄弟俱力同心……自吾父背弃，历今二十五载，而弗克葬者，惑于风水之故，乃诸孤之不孝，实吾父平昔之所虑也。滔天之咎，安可逭（逃）乎？藉我叔父，念此手足，卜地横村，可以安厝。我之兄弟，涓此良辰，启请灵车，执绋介行。孤縻仕途，弗克扶柩，远在千里，含哀莫诉。呜呼痛哉，孤之于父，生不能养，死不得见，葬弗克送。乌用子为哉，不孝之罪安可逃耶？呜呼痛哉！

这篇悼文写于他父亲去世二十五年后，也是他智擒海盗头目袁天鼠的第二年，即成化庚寅年(1470)。

徐鉴泣说："不孝之罪安可逃耶？"我们仿佛听到他那一声撕心裂肺的抢呼："呜呼痛哉！"

为国尽忠却不能为家尽孝。

关于"孝"的话题，历来是儒家人伦观的核心。

孟子认为，世俗所谓的不孝有五种情况："惰其四支，不顾父母之养，一不孝也。"说儿女四体不勤，性情懒惰，不去赡养父母，这是第一种不孝。"博弈好饮酒，不顾父母之养，二不孝也。"儿女酗酒聚赌，不去赡养父母，这是第二种不孝。"好货财，私妻子，不顾父母之养，三不孝也。"儿女贪吝钱财，只顾老婆孩子，不去赡养父母，这是第三种不孝。"从耳目之欲，以为父母戮，四不孝也。"放纵声色享受，使父母感到羞辱，这是第四种不孝。"好勇斗狠，以危父母，五不孝也。"逞勇好斗，连累父母，这是第五种不孝。

是人皆有父母，父母也都会老去，子女如何对待父母，今古同理，无可回避，但具体考量的标准却有宽严的区分。现今生活流行所谓"论心""论迹"之说："百善孝为先，论心不论迹，论迹寒门无孝子。"

徐鉴耿耿于怀的是："生不能养，死不得见，葬弗克送。"父亲死得早，"丙寅之岁(1446)，旅邸倾逝"。因为猝死在钱塘(杭州)，当时没有来得及见上一面，如今间隔二十五年下葬之时，自己又远在广东，不能为父亲送葬，他不能原谅自己，悲痛欲绝。加上他在广东这几年，水土不服，积劳成疾，病体日沉。次年，他致仕归乡，回到了人文渊薮的蜀阜，声名却留在那八荒之外的广东。不久卒于家。

据光绪版《淳安县志》载："广东参议徐鉴墓在县西七十里赤石岭南石坞。"

"良御史"应颎

淳安应氏之寥落,是新安江水库筑坝蓄水,大移民之后才开始的。

翻开《淳安姓氏》一书,一千人以上的大姓有四十九个,应氏不在其中。我只在书的末尾"姓氏人口统计表"中,找到"应氏"一栏,排名六十八位,人口仅五百余人。

这样的落差未免太大。

当年的应氏曾经是那么发达辉煌,老城贺城有所谓"应半城"的说法,佐证了"应氏"为贺城大姓。古代贺城以县前街为中心,分为城东和城西两部分。城西一半多为应姓居住地,这里不乏簪缨世家,我们今天的主人公应颎,便出生在城西"官贤里"的应家大院。

"应氏宗祠"就位于应家堪下,是城内数一数二的大祠堂。每年族中举行祭祖典仪,祠堂是最热闹的地方。父亲应惟善,领着应颎给祖宗祭拜上香,完了就会指着先祖的牌位,告诉他这是任职淳安知县的应氏始祖,名叫应与权,因为孝敬双亲,不愿意入仕;于是,宁宗皇帝特授他为淳安县令,方便他给双亲尽孝。

应惟善不无期许地看着儿子,深情嘱道:"先祖是位好官,勤廉恕,修学校,课农桑,老百姓皆敬之爱之。"应颎似懂非懂地听着,门外小伙伴正招呼他去玩哩。

偌大的祠堂庭院中，小伙伴围绕着旗杆石追逐玩耍，应颙和大家一起，一边嬉闹，一边唱念道："你拍一我拍一，旗杆一立喜报来；你拍二我拍二，来年二试耀门楣；你拍三我拍三……"这便是他儿时关于祭祖与中举的全部记忆。

父亲对儿子督责甚严，绝不容他在功课上偷懒耍滑。在诗书熏染之下，应颙文气充盈，加之年少气盛，步幅大开，老街的青石板路，在他脚下已显得逼仄，他时欲出城，来到新安江畔，想看看外面的世界。极目远眺，群山绵延，唯见山峦深处有一排大雁，渐飞渐远，终隐于天际……

时间来到大明正统十年(1445)，英宗皇帝开科取士。淳安县与应颙同时进京赶考的，还有商家源的商辂，即后来的三元宰相。

我查了乙丑科进士榜单，应颙位列二甲第四十四名，这一科共录取进士一百五十人。此榜的状元便是商辂。

应颙的名次相当出色，合该是应了那句话："我本够优秀，奈何更有优秀人"，他被商辂的状元声誉，隐没在世俗的风评中，似乎也在情理之中。

跻身士大夫行列，初授监察御史。弹劾建言，分道负责，对各省(道)官员进行巡视监督，类似现在中纪委下派地方的纪检官员。发现问题直接向皇帝反映，建言献策。

他监临的第一站是巡按福建，时正统十四年(1449)四月。巡按任期为一年，需要巡遍所有的府县。应颙选择先到福建东北部的宁德县(现在的周宁县)，原因是这里多年不太平。

福建地区是全国重要的产银区，境内分布大大小小银矿几十座。早在宋代就有关于银矿开采和冶炼的记载，宁德县境内的宝丰银场和蕉城区的黄柏银场，被称为"明代六大官办银场之一"。据《明实录》所载，浙、闽两省岁课银两总额，至正统九年(1444)，已超全国的百分之九十。

近年来，银场更是爆发了多起矿工起义，波及浙、闽、赣三省，震动朝野。

巡按御史俗称"按院",是代天子巡狩的钦差大臣,手中直接握有地方官的官帽。大事需要奏报朝廷,小事立马可以裁决。别说县令、知府,就算巡抚大人照样可以与之分庭抗礼。

接待他们的是县里的主簿,应颙从四抬轿子上刚落脚,他的随从倒先开了腔,面对主簿,不无讥讽道:"好大的胆子,你们县太爷怎么自己不来接驾?"

主簿向应颙拱一拱手,回道:"禀按院大人,本县县尊、县丞到山里剿匪去了。"略顿一顿,有些郁闷道:"这两年叶宗留、邓茂七一干贼匪带头作乱,四处劫掠,为害一方;搞得境无宁日,还望大人海涵。"

应颙摆摆手,道:"公务要紧。你且带我到银场看看。" 主簿连连摇头,忙不迭回道:"银场地僻路峭,恐生事变。按院大人暂回公馆歇息,待县尊回来好给大人接风。"

应颙执意欲往银场,主簿只能备马,陪同前往。

一路走走停停,应颙对银场情况也知晓七七八八。

主簿嘴里说的"叶宗留、邓茂七一干贼匪",就是宝丰银场带领矿工起义者。叶宗留是浙江庆元人,曾因私自盗矿被罚充处州(丽水)府皂隶,此人长期习武,凡事爱打抱不平,对自己的境遇早已不满。闲时与处州人叶希八、陈善恭等人密谋,欲图大事。正统九年他纠结数百人,流窜到福建宁德、福安一带银场,伺机行事。

宁德、福安与浙江处州相邻,这里早期留有许多银坑,明代初期,尚允许民间私自开采银矿,只要课税就行。到宣德年间开始,自朝廷设立官局,便严禁老百姓私采,甚至派兵封禁,有了"私煎银矿罪"。特别是浙、闽、赣三省军民,私煎银矿会被处以极刑,全家发配充军,处罚力度十分严苛。

叶宗留早年有开采银矿的经验,知道矿工的需求,也知道他们遭受工头、太监盘剥的苦楚,他组织当地矿工上千人,仗着人多势众,公然喊出了

"听我采取，不听杀人"的口号，不把官军放在眼里。地方官府据实奏报朝廷，明廷派浙、闽两省官军大力搜捕。叶宗留索性一不做二不休，私自铸造武器，据守险要山川，与官军对抗。叶宗留懂得不少的兵法，时不时与官军捉起迷藏，如若官军人多，打不过时，官军"东剿则西走，南搜则北移"。地形有利就主动出击，不利则设伏杀伤官军。兜兜转转三四年间，因剿匪不利而丢官丧命的朝廷官员就有好几个。

到了正统十三年(1448)二月间，这边叶宗留矿工起义没有平息下去，那边邓茂七在沙县陈山寨又领导佃户起义响应。杀县官、劫富户，自称"铲平王"，意欲铲除天下之不平。一时间，尤溪蒋福成带领万余炉丁(打铁工人)和农民声援。形成了一股洪流，在浙、闽大地奔腾咆哮。

正统十四年(1449)二月，明英宗闻报震怒，不禁大动干戈，诏命宁阳侯陈懋为征南将军，保定伯梁瑶、平江伯陈豫为副将军，都督同知范雄、都督签事董兴为左右参将，刑部尚书金濂参赞军务，太监曹吉祥、王瑾、陈梧监军，统率京营和江浙兵四万余人，配备神机铳、炮火器等，入闽征剿。至五月间，明军基本将叶、邓起义平息。叶宗留、邓茂七皆战死，邓茂七压寨夫人廖氏去向不明。余部则由叶希八等人率领，辗转于浙、闽山区，时而剽掠，时而隐遁。

应颙在主簿陪同下，巡视了几处银场，果然山势峻垲，道险而狭，有时还得下马步行。一行人回到县衙，裴县令早已恭候多时。彼此行礼问安过后，县令道："这次进山让林开三这贼脱逃了，只逮住几个喽啰。"一副沮丧的表情。在裴县令看来，这次本是一个绝佳的机会，抓住林贼可以在按院大人面前邀功，待奏到皇上跟前，指不定官升一级哩。

应颙巡按福建，恰好在平乱之际。原来主簿说县尊、县丞进山剿匪，其实剿的不是叶宗留、邓茂七之匪，而是追剿乘乱盗窃银矿的林开三之盗匪。

县令姓裴，正统丁卯年(1447)任宁德知县，也是想要有所作为，自然无可非议。

应颢问道："这林开三毕竟什么来路？"

裴县令回道："林开三乃本县黄埔村人，长期在外流窜作案，此番纠集处州巨盗，对宁德银场进行了一场洗劫，幸亏监军发现及时，银场损失不大，只被他遁走山林。"

应颢听罢，沉吟再三，寻思道，我观宁德银场纠纷盘互，不逞之徒，若居洞穴之间，内可以聚粮粮，下可以设弓弩，官军难扑灭，地方不敢问。这裴知县看来是个实诚的人，倒可以帮他一帮。遂说道："前日林贼未得如愿，终不会甘心。他一个惯犯胆大妄为，绝不会就此罢手。你放出风去，就说明日亲送巡按出境，届时，我调官军预伏，张网以待。"

裴县令拱手相谢道："多谢按院大人援手，裴某遵嘱，这便布置下去。"

次日一早，县公馆门口巡按、县令依次上了绿呢大轿，仪仗摆开，宁德县衙役在前面开道，手擎虎头牌，上书"回避"两字，后面跟着一班随从护卫。只见飘飘扬扬的几面旗帜上书"福建巡按""钦差出巡""宁德县衙"等字样，一路鸣锣开道，招摇过市，出城而去。

且说林开三遣去的探子来报，说县老爷恭送钦差大人已出了城门，今夜是回不到署衙了。林开三果然纠集残余部众，乘着夜色袭取银场，杀了一个回马枪。

此番入我彀中，料你插翅难逃。

但闻一声铳响，四周火把齐明，应颢调集的官军一齐杀出，将一伙盗贼围在银场谷中，弓弩刀剑，一通厮杀下来，检点人数，尚有数十人被擒获。盗贼头目林开三身中乱箭受伤，终未能逃脱。遂用枷锁了，押往县衙大牢候审。

宁德县去除了这块毒瘤，裴知县大为宽心，特设庆功宴诚邀应巡按赏脸，一起商议会审林开三的具体事由。应颢将话题岔开，举杯笑道："来，来，来,今日只管痛饮,酒桌上不议公事。"

"对。"裴知县起身端起酒杯,附和道,"莫谈公事,莫谈公事。不要让那林贼搅了雅兴。"

席散回到公馆歇息。次日一早,应颢开具巡按牌票,用了关防,调阅宁德县卷宗,履行他巡按的职责,开始复核过往案卷的判决,查看是否存在冤屈枉纵现象。应颢有意回避林开三盗案会审,是欲将这场功劳记在裴知县名下。

裴知县经对林开三的审理,意外查获叶希八残部,以及邓茂七那位压寨夫人廖氏的踪迹,与沙县官军联手,一举荡平了陈山寨,廖氏伏诛。

应颢巡按福建,不辱使命,为此"朝廷赐彩段宝钞,进秩从六品"。景泰四年(1453),他又应诏巡按苏松,恰逢水患,应颢组织当地官员士绅,赈济饥民,救活甚众。次年八月,擢升南京大理寺丞。

我在《商文毅公文集》中,看到商辂写的一篇《赠大理丞应文明序》,这篇文章是在应颢巡按福建、苏松之后,朝廷任命他为南京大理寺丞,商辂为他送行时所写,内云:

> 淳安应氏为邑著姓,文明,予同年进士中翘然者,其为御史按闽中,闽中人无老稚贵贱,皆啧啧称道,曰:"良御史,良御史。"至于今犹不释口。盖其心术纯正,外无欲而中有主,弗为赫赫之威而吏无不惧,弗要煦煦之誉而民无不服,其见称于人以此。继复按东吴,吴俗尚势利,多诉讼,文明裁断如流,人咸称快。未几,强者慑,弱者立,方翕然顺令,而文明以功拜南京大理丞,受代日,民遮道欲留,弗可,皆唏嘘而去。其敬慕于人,盖随所至皆然。

应颢字文明。商辂说他是同年进士里面的翘然者,非常出色,令人追慕。作为御史他巡按福建,八闽中人无论老少贵贱,都交口称赞他为好御史。至今谈起他来，仍然如此。大概是因为他心术纯正，外表看去无私无欲，内心却很有主见，虽无那种赫赫的官威，但地方官吏见了能感受那种威严，尽管不去标榜仁爱春风，老百姓无不衷心服膺。知与行合一，人与名相称。后巡按东吴（苏松），吴地民风势利，爱打官司，应颙得心应手，裁决如流，老百姓很满意。去不久，强悍的人懂得敬畏，柔弱的人找到自信。地方安宁和顺、政令畅通。应颙因为政绩突出，官拜南京大理寺丞，告别之日，苏松百姓皆拦阻应颙，不让他离开，一个个掩面哭泣，唏嘘再三。他每到一地，都这样受人尊敬仰慕。

这是商辂对应颙的评价，也是老百姓真实情感的流露。

监察御史虽说权力很大，但官阶不高，是正七品官，大理寺丞则属正六品。朝廷应该是看到了应颙的能力和功绩。

新版《淳安县志》关于应颙的条目，也就三百余字，说他"成化二年（1466），荐升湖广按察司佥事。总兵李雪、巡抚罗篪知颙之才，命治平溪清浪卫。应颙即选调官军，征勦靖州黄强苗寇。事竣，都御史项忠复遣应颙去平荆襄流民之乱，颙恩威并施，功劳尤著，又升福建按察司副使，巡视海道。时漳州贼林辉英乘机聚众下海为乱，颙遣官军赍榜晓谕，林之部众擒辉英以献。既而，龙溪贼钱有定五十余人劫掠蒜岭驿官，应颙又命巡海官军督悉就擒。应颙戎马倥偬，屡建功勋，升布政使司左参政。后以疾归，卒于家"。

从上述履历来看，应颙绝大多数时间都是在参与擒贼、平乱，不是在福建就是在湖广。从他首站巡按福建宁德开始，就展露了卓越的军事才能。也难怪我没有找到其相关著述，就连诗词也极为罕见。一生戎马倥偬，南征北伐，根本无暇静心著述吧。

明代官员存在一个有趣的现象，那就是文官带兵打仗，而且极为普遍。拿淳安籍官员来说，有明一朝如周瑄、徐鉴、项文曜、应颙、方汉、宋旻、吴俌、徐贯、胡拱辰、吴钦、徐楚、吴一杖、方学龙、汪乔年、章可试、吴希哲等。

他们或参与擒贼、捕盗、剿匪等保境安民的武将职能，或参与平乱、抗倭、御外等残酷血腥的战争，但他们的身份始终是一介文官，他们是如何做到"文以经邦，武以定乱"的呢？

我想，战争不但是体力的比拼，更是一场智力的较量。如果自己不亲历战阵，靠误打误撞取得胜利，是绝无可能的。

明代科举制度已经有了预设，朱元璋自己打天下，知道武学的重要性。洪武二年（1369）十月二十五日，左丞相宣国公钦奉圣旨："今后立学设科，分教礼、乐、射、御、书、数，恁每定拟来该学校合行的勾当，教秀才每用心讲究着行。钦此。"于是，各学宫都把这道圣旨刻在石碑上，遵照执行。

各省生员在乡试时，还可以要求加试射箭，若成绩优秀则单独造册，作为加分项。府州县学也在课程设置中，注重学生射艺的培养，即德智体全面发展。以王阳明为例，他从小熟读兵书，更勤练射艺。只是他为人低调，从不张扬，外人不知道而已。平定宁王朱宸濠叛乱后，遭到京军武将的公然挑衅，要与他比试射箭，想让他当众出丑。王阳明胸有成竹，更不多语，只见他弯弓搭箭，三发连射，皆中靶心，一时间四众惊服，赢得满场喝彩。

淳安的汪乔年也是这样。他每每于衙门退归之时，去野外骑马奔跑，练习弓箭和击刺，并常常在风露薹木中夜宿，刻意进行野外生存训练，用以锻炼自己的意志，随时准备报效国家。直到他出任三边总督，带领千军万马之时，平日那些习练且都有了用武之处。

应颋与他们还有些不同，从他官宦生涯监察御史开始，就参与擒贼捕盗，除了在南京任大理寺丞几年外，一直到他致仕归家，始终没有离开过战场，不是去擒贼就是在去平乱的路上，净干些职业武将的活，可谓戎马倥偬一文官。

应颋生卒年不详，我多方搜求《应氏宗谱》不得，只能暂且存疑。

贺城百姓为纪念他，将其列入乡贤祠，朝廷还在贺城应氏居住地"官贤里"，下旨建造"簪缨奕世坊""世英坊""联芳坊"以示表彰。应颢之父惟善封御史，从父惟贤封光禄署丞，其从弟应顼、应颐均为朝廷命官。

　　应颢回乡后，在县南南山下，创建南山书院，回馈家乡。

"三元宰相"商辂

明成化二年(1466)十二月的一天,淳安里商的深洞岭畔,彤云密布,天空纷纷扬扬正下着一场瑞雪。从岭上望去,云气低迷,四野难分,山石树木都不见了痕迹,一片白茫茫的世界。

一位刚过天命之年的老者,葛巾布袍,此刻正端坐在岭畔的"仙居书院"讲经衡文。岭下一声马嘶打破了这里的宁静,随后一阵急促的马蹄声踏雪而来,直奔书院门前,只见从马背上飞跃而下一位官差,高声宣示道:"致仕臣商辂听旨。"

老者听宣,赶紧吩咐弟子排设香案,即于坐间跪伏接旨。传宣官抖开黄包袱,执旨在手,高声宣读道:

> 致仕臣商辂,性资刚直,操履端方。天顺间为奸党所构,罹毁去职,韬光赋闲。先帝已知其枉,朕亦感其忠荩之心,四海仰其文学,内阁资以经纶。旨下之日,着即来京,诏复旧职,辅君行道,谋猷入告。钦此。

老者谢了圣恩,立身起来,当即步出庭院。天空中飞飞扬扬仍飘着雪花,北风吹撩着他的布袍,他浑然未觉,两眼看定庭院中那株红梅,在寒风中正傲雪怒放,显得分外的清艳。他只觉心潮起伏,胸中一段豪气涌将上来，当即口占一绝：

> 玉骨冰肌不染尘，雪霜深处倍精神。
>
> 莫言岁晚无生意，南北枝头总是春。

借眼前怒放的寒梅，寄寓自己的一腔傲岸骨气，诗人对复出山林，充满了信心。这位老者便是历任英宗、代宗、宪宗的三朝重臣——商辂。

商辂(1414—1486)，字弘载，号素庵，淳安里商人。他在科举会考中，连中"三元"(解元、会元、状元)，成为明朝历史上唯一连中"三元"者。金榜题名，这对古代士子来说，好比成仙登天，梦寐以求。商辂三十二岁便一步登天，四年后又跨入了最高权力机关——内阁，掌控着全国的军政要务。

明朝有五位祸国的大太监，他们是王振、曹吉祥、汪直、刘瑾和魏忠贤，与商辂同朝的便有王振、曹吉祥和汪直。

商辂在英宗、代宗、宪宗三朝与这三个大太监同朝共事，历经三大事变，即土木堡之变、夺门之变、鼓妖之变。他每天立于危墙之下，肩负着无比沉重的社会责任，却用自己人格的魅力和感召力，影响着事件的走向，恪守忠君爱民的人生信条。

若是选择一个字来概括，我觉得商辂是"恕"。"恕"是以仁爱之心去待人，不计较别人的过失，能宽恕体恤别人。处世风格如春风拂面，润物无声，即如老百姓口中所说："宰相肚里能撑船。"

土木堡之变

任何历史事件，在看似偶然的背后，都是一种必然。

回顾历史，我们称之为"北方蛮族"的，有匈奴、突厥、契丹、乌桓、鲜卑、女真、瓦剌、蒙古等游牧民族。因为气候变迁、生产力低下、资源匮乏、尚武好斗等因素，他们始终觊觎着中原。自汉武大帝征匈奴开始，到明英宗土木堡之战，一千三百多年来，他们侵扰和劫掠中原从未间断过，据《中国王朝战争年表》统计，这种侵袭与劫掠，平均每十年有二点五次。

土木堡之变看似偶然，因为王振削减马价，赏赐物品价值远超贡品价值，致使以往"薄来厚往"政策没有兑现。也先以此为借口，挑起了战争。国与国之间，没有所谓的长治久安，只有实力的此消彼长。其时正逢也先势头渐旺，野心勃发。在他父亲脱欢统一了蒙古东部地区后，也先于英宗正统四年（1439），成为瓦剌首领，继而又征服了女真，势力延及朝鲜北境。瓦剌的综合国力处在鼎盛时期。

正统十四年（1449）七月十五日。也先兵分四路，一路由兀良哈部袭取辽东，一路派别将进攻甘州，一路由阿剌知院直趋宣府，围赤城。也先亲率一部，旌纛高张，杀奔大同而来。行至猫儿庄，参将吴浩率兵阻挡，战死阵前。西宁侯宋瑛、武进侯朱冕率兵来援，皆力竭而亡。也先势如破竹，兵锋所至，困杨洪于花马池，逼朱谦于瓦子关，败顾兴祖于独石，追石亨于雁门关。短短时间，大同、宣府诸城纷纷失陷。西北边境，烽烟顿起。

英宗时年二十三岁，未经战阵，他问计于王振。王振撺掇英宗道："我国朝天下，自马上得之，太祖太宗均亲征百战，而今陛下春秋鼎盛，何不上法祖宗，御驾亲征，慑服化外，使天威远扬呢？"

王振比英宗大三十多岁，英宗从小就称他为"先生"，愿意听信于他，也有点依赖于他，可以说王振对英宗具有个人支配能力。

英宗被王振说动了，自言道："朕自登基十余载，尚无战阵之功，此番抚军北地，倘若一举荡平寇贼，上可告列祖列宗之先灵，下可垂万古英名于青史。"于是天颜一振，即谕令百官，下诏亲征。

商辂在翰林院，闻旨亲征，惊骇不已，连忙赶到午门执章候谏。不一时,满朝文武三三两两皆聚集午门,谏阻圣驾亲征。商辂忧心忡忡对众官道:"皇上亲征,非比寻常。我等臣子不足惜虑,圣上身系天下安危,乘舆若有不测,则伤及社稷。"

商辂的话音未落,忽闻"嘚嘚"一阵马蹄声疾速而来,众人寻声望去,不是别人,却是王太监。

王振勒着马头,高声问道:"各位官员,你们齐聚午门,意欲何为?"

商辂朗声应道:"我等一意同心,为社稷皇上计虑,谏止圣驾,万不可仓促亲征。"

王振听言颇有冲撞之意,放眼望去,欲待发威,认得是状元郎商辂,便责问道:"亲征之事,自古皆有。商学士岂不闻澶渊之战,真宗亲征契丹的故事?"

商辂当即回驳道:"王公公可知势异时移、古今有别的道理?澶渊之战怎可与眼下相提并论?真宗亲征乃情势所迫,不得已之举,正所谓'抗兵相加,哀者必胜'。且契丹主将萧挞览甫至澶州,即中宋军伏弩身亡,挫他锐力之气。然真宗城下乞和,岁输币帛数以万计以求和宁,春秋耻之。我朝安可效法?而今贼势嚣张,皇上亲征,三营俱行,六师皆动,京师不免空虚,倘有急变,如何抵御?"

王振无语可回,怒羞道:"此乃皇上旨意,谁敢忤逆圣旨,抗命不从!"声色俱厉,说完拨转马头回宫。

不久从宫中传出旨意,晓谕百官:"朕意已决,不得再谏,众官请回。"

七月十七日,英宗统领三营六师五十万人,仓促出征。大军一路西行,出居庸关,次宣府、次鸡鸣山、次阳和,沿途风雨交加,前方败报频传,六军丧气,情绪低落。一路走走停停,至八月十三日驻跸雷家站。瓦剌军偷袭明军断后部队,恭顺侯吴克忠、都督吴克勤率兵回击,陷阵战死。成国公朱勇领兵五万驰援,追击五十多里,到一个名叫鹞儿岭的地方中了也先的埋伏,全军覆没。

消息传来，三营俱惊。兵部尚书邝野、学士曹鼐闻此凶讯，紧忙到行殿面奏英宗，恳请圣驾入关，不可躁进。王振得知，把他两人传到跟前，叱道："尔等腐儒但知守常，安可妄言兵事。"喝令左右，将两人推入草莽之中，罚跪一日。

王振欲偕英宗起驾，门人忽报郭敬在帐外候见。郭敬乃大同镇守太监，是王振的亲信。郭敬在战事之前，就有通敌嫌疑，他岁造箭镞数十瓮，以王振命遣送瓦剌，换取财物。王振将他迎入帐中，待听了郭敬密报，始信也先悍骛无比，不免心惊胆战。仓促之间决定退兵。

时值八月中旬，暑热未消，士卒匆促拔营，连日行军，汗尘蒙甲胄，饥渴添疲乏。日色将晡时分，车驾行至土木堡。

王振检点自己随带辎重，尚有千余辆未至，这些财物是他搜刮来打算送去家乡蔚州的，他不顾几十万大军安危，竟下令宿营等候。

也先乘着夜色迅速包围了土木堡。次日，英宗要出行为时已晚。土木堡地势较高，最要命的是没有水源，士卒挖坑掘井，滴水未见，一个个如同热锅上的蚂蚁，备受煎熬。

也先探知土木堡南面有一条河流，事先在那里设了伏兵，在围困了两天之后，佯装撤退，让出一条通道。王振信以为真，传令移营就水。明军一哄而乱，争相取水。也先看看时机已到，指挥伏兵出击，明军顿时溃败，五十万大军全军覆灭。

英宗被瓦剌军一拥而去，史称"土木堡之变"。

英宗被瓦剌族所俘，京城顿时乱成一锅粥。后宫自不待说，孙太后、钱皇后及妃子贵人，得此噩讯，都哭作一团，惶恐无措，一筹莫展。情急之下，不知是谁提议，可以用金玉珠宝赎回英宗。于是，孙太后、钱皇后及那些妃子贵人，拿出宫中所有，满载了整整八车珍宝细软，送到也先营中。看官，也先挟持着明朝的皇帝,以为奇货可居,岂是轻易放还的?

孙太后哭也哭过,赎金也送过,毫无用处,静下心来忽想起一个人,皇上从前曾多次提到他沉稳历练,能办大事。何不召来问策?乃降下懿旨,宣商辂入宫,垂帘问政。

商辂面奏太后道:"今皇上北狩,朝野不安。臣以为国不可一日无君。太后当以社稷为重,速降懿旨,嗣立皇子为太子,如今太子幼冲,年甫二龄,未能遽理万机,可令郕王辅国,安稳社稷,以慰士庶,则天下幸甚!"

商辂其时已然判明了形势,也先大有"挟天子以令朝廷"的意图,每次叩关攻城,都把英宗拥在前头,守城军士投鼠忌器,不敢十分用强,也不敢施放铳炮。欲想绝了也先的念头,最好的办法就是另立新君,让他无"奇货可居"。这样英宗反倒是安全的。

太后听了商辂这番话,自觉有理,依言降下懿旨:令皇子见深为太子,仍令郕王翼辅,代总国政。即令商辂草诏。诏告天下曰:

迩者寇贼肆虐,生灵涂炭。皇帝惧忧宗社,不遑宁处,躬率六师问罪。师徒不戒,被留虏廷,神器不可一日无主,今特授以册宝,立见深为皇太子,正位东宫,仍令郕王为辅,代总国政,抚安群黎,布告天下,咸使闻之。

郕王登了大位,乃遥尊英宗为太上皇,尊孙太后为上圣皇太后,改明年为景泰元年,史称代宗(景帝)。

景帝坐朝,顾视群臣道:"朕实无一德,谨遵太后之命,奉祀宗社。日后备战御侮,保卫邦家,全仗卿等辅佐。"

商辂率先启奏道:"臣闻'苟欲弭兵,莫如备兵'。当前急务,宜速遣得力官员招募兵勇,充备军力。至于攻战器具,还宜紧督内外局厂,昼夜营造,以供需求。且三军之势,莫重于将。迩者兵部尚书邝野随征忠殁,其职久缺。

臣闻将者，心也；士者，四体百骸也。臣乞选贤能，以当大任。"

景帝对商辂所奏一一嘉纳。只是这兵部尚书一职，一时难有合适人选。因道："邝野既殁，方今之势，不知何人堪担其大任？"

商辂复禀道："此人乃巡抚河南、山西二省的于谦，于侍郎，智能兼备，大有将帅之才。前时上皇有旨，令他回京听用，想必此刻该到京城了。"

景帝见商辂谋划周备，临危不乱，心中大安。接连颁下两道圣旨，令商辂入内阁参与机务；令于谦为兵部尚书，缮修兵甲，固守京城。

当时内阁有两位阁臣。商辂居朝安内，于谦定边攘外，两人尽心辅国，甚相默契。期间强敌压境，侍讲徐珵倡议"放弃京城，迁都南京"被他两人一齐怒怼了回去。

人说"危难之际见忠臣"，此话一点不假，平素巧言令色者易收服人心，博取赞誉。一旦国难来临，关乎身家性命时，则唯恐避之不及。

商辂和于谦救国难，拯民危，危难之时显身手，一切以社稷大业为重。经过近一年的"京师保卫战"，终将也先赶出了关外。

夺门之变

京师保卫战打出了明朝的军威，也先感觉明朝中有"硬茬子"，不好对付，遂引兵退去。瓦剌可汗想与明朝议和，作为和谈的筹码，打算将英宗送回来。

次年八月十五日，英宗被瓦剌族送归回朝，距离他亲征整整一年时间。消息到京，景帝是有顾虑的。商辂主动要求到居庸关迎驾，景帝降旨：令内阁学士商辂、太常少卿许彬、侍郎商毅、御史王文一同前往。

君臣相见，百感交集。英宗亲自扶起商辂，想要张口，但话还未出口，眼眶先一热，垂泪不止，唯有执手叹息。

车驾驶入安定门，景帝出宫迎请。两人在东安门相遇，恍若隔世，一起滚落数行泪珠，景帝先开口道："兄风霜劳顿，这些日子在荒漠塞外备尝艰辛，今幸得无恙归来，弟愿辞位以避……"

英宗摆手阻止道："我弟在患难之中承继帝统，也可谓应天顺人，不要再说推辞的话。"沉默片刻，感慨道，"朕经土木堡一难，对于朝政早已心灰意懒，况朕在北地有言在先，归国后不再正位，若得安居闲地，消遣余生，朕也就心满意足矣。"

为表示尊重上皇意愿，景帝送英宗到"南宫"居住。

"南宫"又叫"黑瓦殿"，位于紫禁城东华门外，原先是建文帝的行宫，因长久无人居住，闲庭草长，别院萤飞，显得异常冷清。景帝名义上为尊崇上皇，派原兵部侍郎王骥，担任南宫守备。其实是让他监视上皇的举动，隔三岔五向他汇报。

这样凄凉没有自由的日子，一待便是七年。英宗的失落感可想而知，这一切统被太监曹吉祥看在眼里，他在等待时机，谋取一场富贵。

景泰八年（1457）元旦过后，景帝举行郊礼，筑坛祭祀天地。回宫后自觉龙体发沉，不思饮食。太医诊了脉，但觉脉息微弱，不觉锁紧了眉头。

此刻，上至三宫六院，下至三公九卿，人人心慌不安，怕龙驭难留，太子尚未敲定。而在外廷有一个人，听说皇上病体沉重，不能理朝，反倒窃喜，心中也在盘算着一场宫廷大变。此人便是武清侯石亨。

却说正月十四，石亨行踪神秘，坐一乘暖轿，径直往曹吉祥宅第而来。也不用门子通报，穿过仪门，直入曹宅内室。曹吉祥忙欲下座来迎，石亨用手按着他，定定看着曹吉祥道："眼下有一场富贵在即，曹公公可不许错过啰。"

曹吉祥会心一笑，以手沾唇，"嘘"了一声。转对石亨道："石公莫急，你我就把它写在手心里，看想的一样不？"

两人摊开手掌,都用墨笔写了"南宫"二字。

曹吉祥喜道:"不谋而合。"石亨点点头,道:"立太子何如请上皇爷复位,事成之后,定是不世大功。"

曹吉祥强按住躁动的心,不无疑虑道:"此事就你我二人,恐不济吧?"石亨道:"事不宜迟,我等去找徐有贞商议。"当晚,石亨和曹吉祥又约了都督张軏,一同来到有贞宅中。

徐有贞见了他们三人,也不寒暄,劈面问道:"尔等是来求富贵的吧?"

三人你看我,我望你,面面相觑,一时竟答不上话。有贞更不多言,领着他们来到后院露台,仰观天象,嘴上自言自语道:"三垣晦暗,此事八九成也。"回头见他三人一脸茫然,遂解说道:"三垣便是紫薇、太薇、天市三垣。紫薇垣俗称天子之宫;太薇垣乃君令之所在;天市垣是主权衡积聚之所。三星清明,国家自然平安,若三星暗昧不明,则国家少不得有一场变乱。"

众人按其所指,果真看到那颗帝星正忽明忽暗的,像是在眨着眼睛。

"那帝星忽明忽暗,主何凶吉?"张軏依然仰头观天。

"明暗不定,自然是凶兆。就像那风前的灯烛,摇晃不已,遇有大风,定然熄灭!"徐有贞语气十分肯定。

三人听罢像打了鸡血一般,兴奋不已。有贞道:"天象已变,事宜速为。皇上十六日设朝之时,便是我等举事之日!"

"好!"众人一起答应,把盏共诀,"事成之后,拜爵封侯,富贵同享。若是事败,祸必杀身,做鬼再见!"

立完誓,三人正欲离去。

"慢。"徐有贞忽想起一事,"上皇那里还得有人预先联络。"沉吟片刻,道:"以愚之见,就以守备王骥为内线。"众人频频点头,都认为徐有贞考虑周详。

次日，恰是正月十五元宵佳节。紫禁城各宫院，俱搭起一座座鳌山，灯彩高悬，火树银花，满目锦簇交辉，好一派歌舞升平气象。

却说英宗在南宫，已与外界断绝交通，今晚听到外面的喧闹声，方知是元宵节了。他信步闲庭，但见天空一片清辉，蟾光如练，映得南宫屋宇像磷火一样，在黑夜里闪烁着点点寒光。

"上皇爷。"值夜的太监正低声唤他。英宗闻声回头，"禀皇爷，守备王骥求见。"

这一夜，王骥求见英宗具体谈了什么，史书并无记载，我们也无从猜测。但有一点可以肯定，王骥把拥戴他复位的事告诉了英宗，并得到了他的默许。

第二天，景帝临朝，大臣们早早聚集午门等候。许久，但见内侍传宣："圣躬不豫，今日免朝。"大臣各自散罢不提。

话分两头。却说石亨、张轨见时机成熟，乘夜深之际，领兵杀入禁宫，石亨、张轨都是战武出身，见有禁军阻挡，即于甬道上厮杀起来。

另一路徐有贞领着一伙死党，正往南宫而来。见宫门紧闭，有贞取过一把铁锤，把宫门擂得山响，始终没见人来开门。徐有贞情急之下，找来一根巨木，悬上绳子，数十人一齐举木撞门，震得天崩地塌一般，竟把宫门右侧一堵墙垣，轰然震坍。众人从那缺口，一拥而入，直奔英宗寝宫。

直到此时，王骥才出现，取出事先准备好的龙袍，给英宗披上，蜂拥着向奉天殿进发。

一路上倒也顺利，不见有谁阻挡。但见甬道上横七竖八躺着数十具禁军、侍卫的尸首。到了乾清宫，早有曹吉祥内应，大开宫门，乘舆一拥而入，直奔奉天殿上，坐登了龙位。

时景泰八年(1457)正月十七日凌晨。

"当当当……"景阳钟声响彻紫禁城，宣召百官上朝，群臣还以为景帝病愈,已然设朝,陆续会集朝房,排班入贺,山呼拜舞:"皇上万岁,万岁,万万岁!"抬头一看龙庭已换了新主。

英宗叙功论赏,进封石亨为忠国公,食禄一千五百石;张𫐄为文安侯,食禄一千二百石;进封徐有贞为武功伯,食禄一千二百石,入内阁办事,并封其三代如爵;曹吉祥世袭锦衣卫,升司礼监太监,总督京城三大营。

接着又连颁三道谕旨,其一是"废景帝为郕王,削皇后杭氏封号";其二是"革除景泰年号,改为天顺元年"。史称"夺门之变"。

夺门之变改变了许多人的命运。

第三道旨意让人寒心,着少保于谦、大学士商辂、都御史萧镃等入狱。一时间,京城愁云惨雾,凄风苦雨,弄得朝中人人自危。

徐有贞、石亨自拥戴上皇复辟,常以功臣自居,眼里一点也容不下与他作对的人。二人心里一合计,首先该除掉的便是商辂和于谦。

当年在朝堂上徐有贞(徐珵)因提议"放弃京城,迁都南京"被商辂痛斥,于谦则建议景帝:"提议南迁者当斩!"徐珵此后久久不得升迁,景帝听到他的名字,就感到厌恶。徐珵便改名徐有贞,别字元玉。果然一路升迁至右副都御史,为正三品要员。

徐有贞如今得了势,便找到都御史萧维桢,让他出头弹劾商辂和于谦。说于谦迎立襄王,别有异图;参商辂"当郕王监国挟私,欲行易储之际,不行谏阻,扰乱纲常"。说在景帝监国期间,借机把自己的儿子立为太子,替换掉英宗的儿子,商辂没有阻止这件事。

英宗览了萧维桢的劾本,有些犹豫,自言自语道:"商辂是朕取的连捷状元,为人宽厚,恪尽职守。于谦虽曰老臣,亦有功于社稷,似应在赦免之列……"

徐有贞急了,忙向侍应在侧的石亨使个眼色,石亨会意,上前奏道:"臣等肝脑涂地,九死一生,迎陛下复立大位,今日若不治于谦、商辂之罪,非但臣等心有不甘,则陛下之事亦难有个说法。"

英宗正感念他二人,不好拂其意,选择了妥协,即批旨拿问。

且说商辂、于谦等被寄了监。

次日,徐有贞亲自上堂问审,提来商辂,诘问道:"郕王监国挟私,你妄言易储,投其所好,扰乱朝纲,结党乱政,如今尚有何说?"

商辂斥责道:"尔等贪图富贵,夺门复位,陷主上于不仁不义之地,方为扰乱朝纲;公堂上布满私人,枉害忠良,方为结党乱政。"

"胡说!"徐有贞暴跳如雷,一拍公案,道:"我们为社稷大业之计,拥戴陛下复位,实乃不世之功,何以说贪图富贵?真正可笑之极。"

商辂正色道:"天位乃陛下所固有,假若景泰不起,群臣表请复位,岂不是名正言顺?何至于夺门为功?'夺'之一字,又何以示后?"

一番话说得徐有贞哑口无言,良久方道:"好。今日嘴硬,看你会有好果子吃。且带去收监。"

徐有贞看着商辂的背影,眉头一皱,想出了一个治他的狠招。俗话说:"三年清知府,十万雪花银。"徐有贞不信,商辂做了七八年的内阁大臣,就算你不索贿,别人托你办事,谋个职务升迁,总有些人情往来吧,一旦把柄在手,再查处他不迟!下令锦衣卫查抄商辂府第。

锦衣官校得令,个个摩拳擦掌,围了商宅大院,翻一个底朝天,却并未查到什么值钱东西。来到正屋,商夫人卢氏、儿子良臣和太夫人解氏都在,见有一门封锁紧闭,那班校尉大喜,以为得赃,令卢氏启门搜查。卢氏凛然道:

"内中皆是御赐之物,岂是可轻易查验的?"

官校厉声道:"我等皆是奉旨而来,查验好去复命!"

不由分说,官校一脚踹开大门,一齐傻了眼,内中果系御赐之物,无非玉带,官服之类,另有黄金五十两,白银百两,也是皇帝为了易储,笼络人心,钦赐给阁臣的,并不曾动用一文。至此,官校不得不暗自叹服。

且说商辂在狱中,不像别的囚犯悲悲戚戚,有时敲瓦片做棋子与自己对弈;有时又吟诗作赋,得一佳句,每每忘情叹赏。牢头摇头不解,自语道:"这位爷好大度,命悬朝夕,尚吟诗弈棋,没见有这样坐监的。"心有不忍,看看四周无人,低声告诉商辂道:"隔壁一位于爷,明日绑赴西市临刑,大人千万保重。"

商辂听罢,悲从中来,只觉喉头一涌,喷出一口鲜血,大吼一声:"天乎昭鉴!天乎昭鉴!"想土木堡之变,于谦舍身忘家,奋勇破贼,挫敌于德胜门,趋虏于倒马关,而今却遭一帮佞臣所陷,将要弃尸西市,天理何在?他心中如焚,即以指当笔,沾着口中鲜血,于狱壁上题诗一首:

一身慷慨正气宽,志士身死魂未亡。

相逢九泉还应笑,好将忠荩诉先皇。

商辂此刻已将生死置之度外。

于谦血溅春秋,西市斩首后,英宗渐渐有些醒悟过来,暗召阁臣高谷来议。高谷见势不可回,乃婉转奏道:"商辂实难得之才,他的为人,陛下素知。其余臣不敢多言。"

"嗯。"英宗点点头,"朕明白了,商辂无罪,宜从宽典。卿暂且退下。"其实英宗并不糊涂,只是受挟于石亨、徐有贞、曹吉祥,不能启用商辂,只得降下一道谕旨,将商辂、萧镃削职为民,着即原籍还家。

商辂致仕归田,淡出官场十年之久,也淡出人们的视线焦点。"达则兼济天下,穷则独善其身"的儒学思想规范着商辂的行为方式,回乡后他创办"仙居书院",教书育人。宪宗即位,一边启用老臣,召回商辂,于是有了本文开头的一幕。一边又听信太监汪直,设置特务机关——"西厂"。

鼓妖之变

"西厂"的设置,说起来有点奇葩,源于宫廷的一场"鼓妖之变"。

宪宗成化十二年(1476),一个寒冷而不寻常的冬夜。是夜,宪宗在昭德宫拥着万贵妃共枕而卧。

这时候,宫外传来一阵急促的脚步声,只见一个宫娥来禀道:"娘娘,外间厂卫差人说有急事禀报皇上。"

万贵妃不耐烦道:"皇上已歇息了,有什么事明日上朝再奏吧。"宫娥正欲退下,宪宗已爬了起来,吩咐宫娥:"更衣。"径自去了。

原来,锦衣卫校尉在入更巡夜时,抓到一个太监装扮的妖人,还以为是个刺客,被校尉合力拿住勘问。此人名叫李子龙,擅长左道秘术,迷惑结识了许多太监,就连管事太监韦舍也是他的忠实信徒,这一次本想去北郭御苑的万岁山游历一番,没承想事发被拿。锦衣校尉深感事态严重,故连夜报知,但凭皇上亲裁。

宪宗惊讶万分,呆了半晌,叫先囚着人犯,来日再审。回到昭德宫,一时睡意全无。想到缉防之事不可等闲视之,以今夜之事看来,厂卫缉事是该加强才是。

"皇上英明。"万贵妃也鼓动道,"皇上何不于锦衣卫、东厂外再置一个西厂?前时,妾向皇上保举的汪太监,虽说年少,但他忠心且伶俐,由他掌管西厂,再多与他一些人,何愁大小事情不报于皇上?这妖人闯宫之事从此要杜绝才好!"

"好!便是这样。"宪宗当即定下来,吩咐道,"先让汪太监筹办起来,明年正月由他总督厂事,官校人员任他选拔。"

成化十三年(1477)正月,西厂正式成立。

却说商辂被诏复入阁,第一桩事便是向宪宗条陈时政八事。首起为勤圣政,依次又为纳谏言、储将才、饬边备、汰冗滥、广积蓄、崇圣道、谨士习诸条。他对于时政鞭辟入里,在荆襄盗贼、湘粤苗瑶之乱、平凉判酋等大事上,调兵遣将,运筹区划。宪宗复得一良臣,甚觉宽慰。

反观那些用利益绑架在一起的关系,终以利益的冲突而解体。

先是徐有贞受英宗重用,当了内阁首辅,曹吉祥派小太监去偷听英宗与徐有贞的私密谈话,第二天曹吉祥故意泄露给英宗,说是徐有贞告诉他的,以致英宗有意疏远徐有贞。接着石亨借御史张鹏弹劾自己,做一个局,反告徐有贞"图擅威权,排斥勋旧"。英宗将徐有贞下了诏狱。

徐有贞倒台,曹吉祥、石亨更是权势倾天,人称"曹石"。曹吉祥几个侄子都在锦衣卫担任要职,门客冒功当官的多达成百上千,两人一会儿相互撕咬对方,当被官员弹劾时,又抱成一团,打击异己。石亨从子石彪图谋镇守大同,以便与石亨里外掌握兵权。石亨私底下还绣织龙袍、雕制龙床,事发被执,以谋反罪伏诛。

石亨的死对曹吉祥本是个预警信号,谁承想曹吉祥同样有一个"坑爹"的干儿子曹钦,竟在家中蓄养兵士,伺机叛乱。一日,他问门客冯益:"历史上有没有宦官子弟做天子的?"冯益说:"有啊,你本家魏武帝曹操不就是嘛。"此话更坚定其谋反之心。

天顺五年(1461)七月,甘州、凉州告急,英宗令怀宁侯孙镗西征。曹吉祥借机发动叛乱,由曹钦拥兵攻入内宫,曹吉祥率禁军接应。事发后落得个满门抄斩的下场。

且说汪直自从当上西厂的厂公,便放手大干起来。四散派遣官校外出侦缉查访,不论王府边镇、南北河道俱布下耳目,京城九门及大街小巷的酒肆茶楼也都有巡视。据说汪直还懂易容术,很有些手段;他亲自带着校尉以布衣粗衫、瓜皮小帽装扮成京郊百姓模样,胯下骑一头跛足驴子,往来穿梭于京畿各地,潜行暗访,见了民间斗鸡骂狗的琐事,都要罗织索引,制造冤狱,弄得各地人心惶惶,朝臣多有非议。汪直正思考着如何堵大臣们的嘴。

一日,官校报上来一件事,说南京镇守太监覃力朋,利用进京返程之机,动用数十艘官船,贩运私盐谋取暴利。到了武城小县,公然射杀了一个盘查船队的典史。

汪直听着,竟"嘿嘿"乐笑了。顾对左右说:"咱家就靠他做个清官!"于是坐厂行牌,传令下去,提究南京镇监覃力朋到案。官校不敢怠慢,速拿了覃力朋到京,投入狱中,剥了衣裳,用铐子扭住,揪着一顿乱打。

覃力朋何敢抵赖,当堂画了押。汪直道:"你自作自受,到了黄泉路上,须怪不得我。"喝令两旁官校,"押入死囚牢里。"随后将审结详情奏报上去。

宪宗批下旨来:"南京镇监覃力朋怙势作威,滥杀朝廷官员,蔑法乱政。旨下依议,着即处决,以正法度。"

自此,宪宗常说汪直办事公正忠心,对他深信不疑。汪直权势威焰日盛一日。锦衣百户韦瑛,投其门下,一口一个"干爹",自愿做儿孙使唤。一时间势利之辈,群起效仿。

一日,韦瑛来见汪直,跪禀道:"兵部尚书项忠,今日出头上了一本,弹劾爹爹……"

"起来吧。"汪直问道,"他都参咱什么?快让人将本按住,留中不发,不与皇上见面。"

"迟了。"韦瑛回道,"项忠的本已到御前,说爹爹矫旨枉法,揽权专政,坏祖宗体制,难听的话还有许多。"

汪直道:"项忠这厮竟敢欺到咱的头上,今日若不将他扳倒,反显得咱没能耐!"韦瑛附和道:"这厮胆儿忒肥,孩儿也让人参他一本,早晚叫他挂冠回籍,留他不得。"

"嗯。便是这样。"汪直道,"你将参本做好我看。"

韦瑛领命,速找了一个科道官,代做一本,弹劾兵部尚书项忠,说他"寻端沽誉,凭臆妄谈,语多谤讪,欲使君臣违和,又使圣上耳目闭塞,形势孤立"。云云。

汪直看了参本,即提笔批道:"项忠狂悖无理,恣意诬枉,着即拿问!"

项忠被拿,举朝上下敢怒不敢言,这个消息传到商辂耳里,不禁拍案大怒道:"乱臣贼子,怙势作威,竟敢如此放肆!身为朝廷辅臣,岂能坐视逆阉专权乱政,扰乱朝纲!"

这一夜,商辂失眠了。

西厂设立是因为鼓妖之变,皇上的初衷是为了宫禁安全,因此给了西厂更大的权限,无论人数、装备还是司法权,都远超东厂和锦衣卫。但权力一旦不受制约,就只会用来陷害异己、残害忠良。皇上被汪直的小忠小信所蒙蔽,放任他的所作所为,弄得今日局面难以收拾。

汪直的西厂设置短短几个月,搞得乌烟瘴气,三品以上京官,汪直说杀便杀,平和圆融的商辂此刻也奋激了,他提笔疾书,毅然上了著名的《罢革西厂疏》,具数汪直罪责:

近日伺察太繁,法令太急,刑网太密,人情疑畏,汹汹不安。内外文武重臣,托之为股肱之臂者也,举皆不安于位;百司庶府之官,资之以建政之事也,举皆不安于职;商贾不安于市,行旅不安于途,士卒不安于伍,庶民不安于业。承平之世,岂宜有此?究其所以,盖缘陛下委听断于汪直一人,而汪直又寄耳目于群小如韦瑛辈。皆自言承密旨,得颛刑杀,擅作威福,贼虐善良……其奸谋足以颠倒是非,其巧佞足以蛊惑人心……望陛下革去西厂,罢汪直以全其身,诛韦瑛以正其罪!

再说宪宗接到商辂的疏本,尚未阅毕,早已怒形于色,嘴里自言自语道:"危言耸听,危言耸听。"但见他将本抛掷于地,厉声道:"用一个内监,怎么竟致危害天下!"

谕令近侍传旨诘责,宣商辂入宫。

商辂接到近侍传宣,并未感到惊讶,只感觉一种潜伏的危机。这种危机有来自汪直的,也有来自朝中明哲保身的大臣们的,他论劾汪直的疏章并未出现应有的响应。他走在甬道上,步履变得愈发沉重起来,此刻,他仿佛置身在一叶扁舟之上,四周则是无边无际的汪洋大水,自己处在孤立无援的境地,这种危机比起汪直弄权,更让他寒心。

"商阁老请在殿中候见。"近侍将商辂引入殿内。

宪宗坐在龙椅上,一开言便有责备之意:"朕今日召先生来,想先生也明白。当初立西厂用汪太监,皆是朕的意思。汪太监纵有小过,也不当罢黜吧?又何至于危害天下!"

"汪直岂止是小过?"商辂见皇上有意回护汪直,凛然回道:"汪直毒捕滥刑,威加缙绅,生杀予夺尽出其手,朝臣无论大小,汪直敢擅逮三品以上京官,前时兵部尚书项忠上本论劾,即下在狱中。南京乃是祖宗根本重地,留守大臣,汪直动辄收捕。即便宫中近侍,汪直也敢随意换置。陛下试想,长此以往,不黜汪直,国家安能不危!"

宪宗见商辂毫无松让之意,颇有些不悦,碍于他是先朝老臣,顾及脸面,乃勉强道:"先生暂且退下,容朕细思。"说毕,宪宗从龙椅上立身而起,抛下商辂,竟自入内去了。

空荡荡的大殿,只留下商辂孤单单一个人,他望着皇上的背影,胸中涌上一股难言的苦涩和悲怆。他已经过了耳顺之年,本也可以像别的大臣一样,对这件棘手的事保持缄默,依旧做他的三朝元老,届时衣锦还乡,享受荣华富贵。但朝廷的命运、社稷的兴衰、辅臣的职责以及忠谏之道,无时不牵挂心头。他迈出殿外的脚步,沉重而艰难,一步又一步……

宪宗被商辂顶撞后，心里顿觉不爽，随后步出内宫，沿着宫苑长廊漫步，两个小太监紧随在后。其时正当春夏之交，天气暖热，长廊尽头有几个太监正偷闲聚在一处，相互打骂嬉闹，全然不知皇上正朝他们走来。宪宗此刻正心烦，见这般嘈杂，不禁皱紧眉头。有个机敏的太监见皇上过来了，赶忙低声招呼同伴：

"圣上来了，圣上来了。"

其中有个叫阿丑的太监，似若未闻，依然自顾叫骂耍闹。宪宗正欲发作，却听先前那个太监又改口提醒道：

"汪太监来了。"

说也奇怪，那个叫阿丑的太监，一听说是汪太监来了，吓得扭头就跑，一溜烟没影了。

宪宗呆呆地站在那里，看着那几个太监跑远了，有一种被愚弄的感觉，他若有所思道："商辂虽说倔了点，所奏之事看来不无道理呀……"

次日，宪宗颁下一道谕令："革去西厂，着汪直回御马监，释兵部尚书项忠出狱，官复原职。"

从煊赫的西厂总管，乍回到冷冷清清的御马监，汪直如何甘心？他已习惯了一呼百诺、威风八面的场面，失去权势的滋味，让他几乎抑郁。他叫人找到一个叫戴缙的御史，为他上本颂德。戴缙为了升迁，竟冒天下之大不韪，具本上奏，说汪直所行，不独可为今日法，且可为万世法。又说罢西厂不当，宜速恢复。云云。

而宪宗自罢西厂后，耳目像被闭塞一样，宫外的事情一概不知，顿觉兴味索然，常有思念汪直之意。原先罢西厂，一为势所迫；二也是杀一杀汪直的气焰。如今有人倡言恢复西厂，正是一个极好的机会。宪宗顺水推舟，准戴缙所奏，下诏重开西厂，仍命汪直总管，距离罢革尚不到一个月。

商辂感到一种从未有过的悲哀向他袭来，尽管不久前，皇上还加升他为太子少保兼谨身殿大学士,赐给冠带金织麒麟服,位极人臣,官至一品,但他并未觉得有太多的荣耀,相反,倒是从中品出了一丝无奈的滋味,眼看着自己斗阉党、建功业、济生民的政治主张,都将付之东流。

他想起了屈原,想起了"我既不难夫离别兮,伤灵修之数化"的感慨,与他眼前的境遇何其相似。皇上如今热衷于西厂,自己不再被皇上信用,他也尽到了臣子应尽的职责,还是古哲先贤说得好:"达则兼济天下,穷则独善其身。"他如今达不能兼济天下,又不愿同流合污,余下的只能是独善其身。昨天的历史似乎又来了一个轮回,自己仿佛正走在古哲先贤的那条老路上……

六月的京师,闷热难当。夜已深,人未眠。商府书房的灯依旧亮着,灯烛下,商辂短袖内衫,在案桌边凝神静思。

"老爷该歇息了。"家人安儿进来轻声唤道。

"研墨。"商辂边吩咐安儿,边摊开稿纸,他搦管吮毫,书写他生平最后一道奏疏——乞致仕疏。

未几,商辂的乞休疏被允准了。临行之际,在朝文武官僚前往都门饯别,兵部尚书项忠、阁臣刘吉上前拉着商辂的手,泣道:"愿大人留言以教。"

商辂仰视都门,感慨良久,缓缓道:"商某别无所能,凡可以安国家,利社稷,身之利害有所不计罢了。诸位立朝,当言则言,当行则行,笔下不可枉杀一人。"

刘吉、项忠深深一拜,齐赞道:"大人真乃一代人豪也。"

商辂上车与众官挥手告别,马车驮载着他那简单的行囊,缓缓驶离都门,向着京郊,渐渐消失在远山峻岭间……

"忍者"胡拱辰

绿树阴阴九里湾,水光山色出尘寰。

黄鹂谷口声偏好,百鸟沙头意自闲。

这是古人描写梓桐慈溪九里潭的诗,水光山色绝美,百鸟闲适悠然。新安江九曲十八弯,蜿蜒百里,峰回路转,到了九里潭,逶迤折出,一东一西流经上源和下源,再汇入新安。如果从高处俯瞰,淳安境内的江流,恰似一条游龙,至九里潭犹如游龙腾跃时的弓背,张弛有度,静则内敛,水映山月;动则湍激,悬崖喷流。

九里潭有两位性格和结局截然不同的历史人物。

陈硕真于唐高宗永徽四年(653),在梓桐慈溪田庄里举兵起义,如悬崖喷流,怒水四溅。虽为女流,但她自称"文佳皇帝",意欲夺取大唐江山。著名史学家翦伯赞先生称之为"中国历史上第一位女皇帝"。

胡拱辰(1416—1508),字共之,号敬所,别号亦拙斋。若追溯起来,拱辰的祖先在宋朝就是官宦之家,到了元代,胡氏一族隐名于乡间,躬耕于南亩,很少抛头露面。一则朝廷录取名额极少;二则士子放弃科考的也不在少数。直至明代正统三年(1438),胡拱辰乡试中举,次年(1439),他起程赴京参加会试,这一科录取人数只有九十九人,胡拱辰三场文试下来,名列三甲第二名，即第四十名，此时他才二十四岁，妥妥的学霸。

放眼明代一朝，淳安有三位官员位尊一品。胡拱辰是其中之一，另外两位分别是商辂、徐贯。算起来胡拱辰是最早进入仕途的，做官时间最久，历任英宗、代宗、宪宗、孝宗四朝，寿限也是最长的。

胡拱辰进仕的时候，三元宰相商辂因会试落榜，又逢父亲仲瑄公病逝，正居家守丧。直到六年后的正统十年（1445），他才取得联捷状元，步入朝堂，逐渐跻身决策层。徐贯则于十八年后的天顺元年（1457），考中进士。

胡拱辰仕途的第一站是黟县令。黟县属徽州六县之一，现在的黟县是网红打卡点，被称为"中国明清古民居博物馆""中国传统文化的缩影"，还拥有西递、宏村这样的世界文化遗产，田园牧歌一般，世人做梦都想去看看。不过当时的黟县还只是穷山恶水，胡拱辰走马上任黟县令的时间是正统六年（1441）。

上任之初，同榜进士倪谦对他有点不舍与怜惜，题诗相赠，《送胡进士拱辰宰黟邑》：

> 凫舄翩翩下九重，青年膺诏宰花封。
> 满城桑柘春风暖，百里弦歌化雨浓。
> 枳棘暂看鸾翙翙，梧桐终听凤雍雍。
> 宦游况是头俱黑，好掬清泉淬剑锋。

倪谦位列一甲第三名，俗称"探花"。他这首七律的首联说，胡拱辰脚登仙履，翩然从九天而下凡尘，年纪轻轻就奉诏主宰黟县。县域内从事农桑者有如春风送暖，因为胡拱辰去了之后，施德政重教化，百姓觉春风化雨一般。

颈联表达的感情较为复杂，枳棘终非鸾凤所栖之地，鸾翔枳棘，也暗喻宦海沉浮，道阻且险。凤栖梧桐，只有梧桐树上才能听到凤凰的和鸣声。诗中既有一种担忧，也有一种大材小用之叹息，他觉得胡拱辰出任黟县令有点屈才，但终究还是会像凤凰一样栖身梧桐枝头的。

尾联透露出积极乐观的情绪，说他第一次宦游在外，作为满头黑发的青壮年，正可以借此机会磨炼心性，捧一汪清泉好淬炼自己的剑锋。对胡拱辰的未来寄予了殷切希望。

我查阅了《黟县志·名宦》，胡拱辰条目云："胡拱辰，字共之，浙江淳安人，登进士第。正统六年知黟县事，廉明仁恕，讼简赋平，常买民地以广学宫，文学政事称重一时。吏畏其威，民怀其德。任三年，升监察御史。邑人立生祠祀之，后升南京工部尚书，清白之操，始终一致。"

如倪谦诗中冀望的一样，胡拱辰终究是凤栖梧桐了。

在写这篇文章之前，我始终找不到切入的点，所以迟迟没有动笔。直到读罢倪谦这首诗，我仿佛明白了胡拱辰为官为人之道，从"鸾翔枳棘"到"凤栖梧桐"，其实就一个"忍"字。如果我们耐心追踪他仕途的脚步，就可以找到无数个与之相关的印证，来为这个"忍"字作注脚。

他在黟县多有政绩，到任后胡拱辰首先想着修建儒学，教化育人。孔庙同文门两侧的东西斋，是祭祀时主祭人斋戒、沐浴的地方。祭祀需要仪式感。胡拱辰去时，看到西斋墙倾屋圮，破败不堪。于是他买下周围老百姓的部分田地，用于修建扩充西斋。又于学前山麓穿井以供祀事，作神主、绘神像、改泮池、作石桥、筑甬道于棂星门之内，剜石于明伦堂，为科贡题名。

"胡公井"在儒学前，作为一县之长，胡拱辰主持祭祀需用洁水，他借相学山南麓的一泓泉眼，开凿了此井。"胡公井"留存至今，清甜甘洌，可供饮用。

方象瑛在《健松斋集》中收录了他《明史分稿残编》的内容，其中有《南京工部尚书赠太子少傅谥庄懿胡拱辰》传记，原文近五百字，像一篇流水账,兹不赘录,我们择其重点叙述。

据方象瑛传记可知,因胡拱辰在黟县三年任期内,政绩突出,正统十年(1445)三月,擢升为福建道御史。他上疏条陈八件政事,皆切中时弊。戊辰(1448)三月,父亲病逝,按例回家丁忧。次年,英宗亲征被瓦刺所俘,史称"土木堡之变",国势危疑。英宗弟弟郕王即位,是为景帝。

景帝派出特使蒋文,来做拱辰的工作,非常时期,让他舍孝尽忠,回京复职。夺情起复这种情况,在文官里面极其罕见,除非是阁老、尚书、侍郎一类大臣,朝廷依赖他们把控大局、辅佐新君,否则,这是有违人伦纲常之举。由此可见,胡拱辰在皇上心目中的位置之重。

胡拱辰面露难色,表示要守丧期满才同意复职。一个是皇帝的特使,反反复复做工作;一个是父亲的孝子,悲悲切切在推辞。如此"起复凡四",才起程来京,在两难之中他还是选择了尽忠。

敌寇当前,对待瓦刺的态度上,拱辰力主一战,他认为消弭战争最好的办法,就是以战止战。故此,他上章请复土木堡之大仇,内则安定宗社、选将保邦、修德弭灾诸务。景帝知拱辰乃实心办事,对其所奏一一嘉纳,并擢升他为贵州左参政。

明代布政使下设左、右参政、参议,分守各道,主要分管粮储、屯田、清军、驿传、水利等事,官至四品。

于是胡拱辰来到贵州。这地方确实考验人,地理环境恶劣不说,打交道的尽是苗、瑶、侗、仡佬族等,语言、习俗、行为方式与汉人多有区别,山高皇帝远,当地人历来不喜欢受约束。时任贵州巡抚王恂,对新来的僚属表现出极大的热情,设家宴款待拱辰。王恂举杯说道:"百蛮之地,少有海鲜,但野味山珍管够。以后大家都是同僚,客套话就不多说,胡大人今日是主角,可要尽兴喝好。"一桌人齐声附和着,推杯换盏起来。

席间胡拱辰最为年轻,三十四五岁,可贵的是他语不轻狂,礼数周全。

王恂暗自赞许。他见大家都已尽兴，便唤人撤了酒肴，摆上茶水瓜果，又是一通海聊，直至夜半方各自散去。

老仆待客人走后，收拾桌子，但见胡拱辰坐的椅子前面被果壳瓜皮勾勒出一对清晰的脚印。老仆是从京城跟主人来贵州的，平时阅人无数，寻思此人不简单。次日，老仆对王恂说了此事，王恂便觉胡拱辰志向远大，自制力超强，隐忍而有定力。

他委任胡拱辰分守威清至永宁二十九卫所。

胡拱辰交割完毕遂沿线考察。一路走来，高山大盘坡百盘，三步回头五步愁，辛苦自不必细说。贵州大小卫所的分布、屯田的状况、兵士的面貌等皆了然于胸。他暗自钦佩太祖的眼光和韬略，这些卫所沿驿道而分布是有道理的，大约每隔六十里为一驿，战时为了军事情报的传递、兵员的运送、物质的调配转运等，可提供有力的保障。

卫所呈线状分布，也是有讲究的。胡拱辰对此有一个直观的感受，他发现这些卫所连接的驿道，无一例外都通往云南方向，湖广通云南，四川通云南，贵州通云南。其中滇黔驿道由"上六卫"把守；湘黔驿道则由"下六卫"守护；川滇驿道则是由"西四卫"守卫；偏桥、镇远、清浪、平溪四卫，主要是保证湖广到贵州的驿道畅通。

他明白了太祖的良苦用心，云南作为西部边境，安定与否牵动着京城，也关乎贵州的安宁。贵阳的威清门是通往威清卫的城门，负责把守贵阳的西大门，领五千户所。而永宁卫远在今天四川的叙永县，这里曾设置军粮厅，保留地方军区性质的永宁卫，虽然在四川，但它隶属于贵州都司管辖。从全国来看，贵州的卫所分布稠密，数量也是最多的，只能说明这里不太平。

一日，他行进在安庄卫通往白水堡的山路上，这里山弯沟险，林深树茂。早就听说仡佬头目沈时保，时常据险作乱，劫掠为患。官军来剿则诈降，官军撤走不悔改。

胡拱辰此番要去会一会他。

沈时保接报省里的守道大人到访，虽说有点意外，却也不显惊慌。他招一招手，领着土司大小头目出寨迎接。见胡大人轻车简从，只带了几个贴身随从，大为宽心。沈时保小跑几步上前拉着胡大人的手，满脸堆笑道："胡大人屈尊驾临，白水堡山开颜水欢唱，龙家山民乐陶陶。"

"龙家？"胡拱辰听罢，心里咯噔一下。龙家的势力他有所耳闻，沈时保说的龙家是指安顺府四周的龙家，一般包括苗族、彝族、仡佬族、布依族和汉族，是一个古老的传说，是老辈人传下来的习惯性称谓。细分起来大致有大头龙家、小头龙家（狗耳龙家）、曾竹龙家、马镫龙家和白龙家等。

这话分明是在暗示胡拱辰，他现在是龙家的地盘和势力范围，匪不是孤立存在的，一旦有事，这十里八乡、一堡一寨，可以一呼百应、八方来援。

胡拱辰不动声色，他不习惯被人这样拽着手，遂抽出手来，顺问道："州府卫所的官员不常来吗？"沈时保回道："坡盘路险，他们不常来。"

转眼间到了寨子里，沈时保吩咐安排酒宴。仡佬族有一个待客之道，就是把客人灌醉，表示主人热情好客。先是有人双手捧着个大牛角，里面斟满酒水，请尊贵客人喝下去，方始入席，分宾主落座。

好家伙，这牛角里面的酒少说有八两，酒量浅的怕是没开席便会先醉倒了。沈时保虽曰土司，却也是朝廷任命的官员。主人豪爽待客，客人怎好拂其美意。酒过三巡，胡拱辰初来乍到，不得不打起精神。正事还没办呢，他欲留一分清醒，遂正襟危坐，不再端杯。俗话说酒桌上面无大小，那些大小头目不由分说，硬拿牛角杯来灌胡大人。拱辰也不生气，端然而坐，任由他们掀开衣领，把酒倾入衣脖。随从看不过去，欲加阻止，拱辰神色自若，用目光示意他们镇定。

乱哄哄闹过一通，沈时保早有醉态，拱辰见时机成熟，遂开言道："沈时保,听说你们龙家势大,但大得过滇之梁王否?太祖皇帝南征北战,戎马一生,不也平定了云南全境?"沈时保耷拉着脑袋,怔怔地盯着胡拱辰,不明白他想说什么。

"说你目光短浅不为过吧?"拱辰续道,"你劫掠一时,作乱一时,但能劫掠一世,作乱一世吗?当今皇上仁慈,不忍生灵涂炭,给你们一个改过自新的机会,若一味执迷不悟,以为官军拿你们没办法,拿着鸡蛋碰石头,岂不是笑话?"沈时保与那些头目,酒顿时惊醒了一半。

"本官执掌贵州二十九个卫所,一卫五千六百人,你们算算有多少人?"胡拱辰给他们时间去思考,"官军若发兵剿你,凭你们区区两三千人,手里那些弓弩土铳,能抵抗数万官军的枪炮吗?"胡拱辰摇摇头笑道:"说实话,真不够本官喝一壶的!"

这番话一出,包括沈时保在内的那些头目,算是被折服了。胡拱辰见收心的效果差不多,适时追问一句:"到时候你们一个个真做了冤魂,哪里买后悔药去?"

沈时保至此方诚惶诚恐,匍匐在地,史载:"(沈)时保股栗口噤,不敢仰视。"

胡拱辰兵不血刃,收服白水堡沈时保,消除境内一大隐患。他上前扶起沈时保,大声吩咐道:"来人,斟满三杯酒,本官回敬诸位土官。"言毕,手擎牛角杯,一气饮下。随后反拉起沈时保的手,一边拍着他手背,一边寓意深长道:"就此别后,望自珍重。"

一旁的随从竟看呆了,他们不知道胡大人有如此海量,平时不见他怎么喝酒,原来是深藏不露呀,连连咋舌。这正是:

饱看黔地多高山,搜尽岩壑见奇峰。

这一下胡拱辰上了当地的热搜，不久整个贵州都知道了他的传奇故事。胡拱辰心如止水，该干吗干吗。通过这次考察，他对卫所编制和屯田等情况基本摸清。卫所作为军队的基本编制，太平时候参加农事耕作，既能解决驻守士兵的吃饭问题，又能发展社会生产。这是明太祖从实战中得出"寓军于民"的经验，定国后在边疆地区都派上了用场。

屯军和农民一样，要缴纳贡赋。"屯田除了以'正粮'作为屯军的口食外，还要缴纳'屯粮'(即屯田种子)，军余所种田土按亩起科，称为'科粮'，此外，还有'子粮'，三项合称为'屯科粮'，其中纳科粮的数量是以该卫所的'样田'为准。"

再好的政策也会存在漏洞，据《明史·食货志》载："自正统后，屯政稍驰，而屯粮犹存三分之二。其所屯田多为内监、军官占夺，法尽坏。"内监、军官占夺，导致军士不堪盘剥，只得逃亡，军官不但不制止，还趁机吃起逃亡士兵的空额。胡拱辰一经查实，绝不姑息，予以严惩，起到杀一儆百的示范效应。

成化元年(1465)，胡拱辰升广西右布政使。此前的天顺元年(1457)，他曾丁母忧回籍三年。

广西右布政使，相当于现在的一省之长，官至从二品，是真正意义上的封疆大吏。这时候任命他为广西省长，确实值得玩味。

因为朝廷将对广西有大动作——平定大藤峡。

大藤峡这个地名我们并不陌生。成化年间大太监汪直就是大藤峡瑶民的后代，在这次战争中被俘，以幼童身份进宫当了太监，后来执掌西厂，祸害忠良。多年后王阳明平定大藤峡的故事也是发生在这里。

大藤峡民虽处深山却不甘寂寞，常年闹腾。自洪武、永乐、宣德、正统年间，大藤峡周边叛乱不断，不是瑶族闹腾，就是僮族、壮族武装起义，地方屡平不息。大藤峡位于广西中部的桂平之西，这里"大山夹江，绵延数百里,山势险峻,中多瑶人"(《明一统志·浔州府》)。黔江两岸悬崖陡壁,滩多浪急,因有大藤如虹,横亘交错于山崖之间,故名大藤峡。

据《明宪宗实录》载:"成化元年冬十月,广西大藤峡蛮贼夜入藤县城官库劫县印。"瑶民叛乱,侵袭沿江的武仙、浔州、藤县、梧州诸城,朝廷不堪其扰,决心发兵征伐。宪宗任命右佥都御史韩雍赞理军务,可节制全部在外部队,前往广西讨平大藤峡起义。

韩雍到了广西境内,少不了要与地方领导商议军务,筹集粮饷。胡拱辰作为一省之长责无旁贷,应分应当,他鼎力支持平乱。顾谓韩雍道:"将军此来,要做好打持久战的准备,这些年,官府悬赏、招抚,该想的办法都想了,成效甚微。蛮贼仗着藤峡天险,屡与官军周旋,官军进剿则遁走,官军退去则劫掠。大藤峡绵延六百余里,合围则战线太长,兵员不足;追击则劳师动众,难觅踪迹。"说到这里忽然顿住,他想看看韩雍有啥表情。

韩雍不解,问道:"那依藩台大人的意思?"

"虚张声势。"胡拱辰吐出四个字。

韩雍追问道:"此话怎讲?"

"你想,"拱辰继道,"蛮贼惯常与官军打交道,你在明面,他在暗处。将军此番不得造点声势出来?显见得好交差复命。蛮贼一旦麻痹,正可以计策图之。"

韩雍大笑道:"没想到藩台大人还懂兵法,韩某佩服,佩服。"随后拱手相谢。

胡拱辰摆摆手,道:"蛮贼世居林壑,野外生存能力极强,他们凭险结寨,攀木缘崖,饥餐野果,渴饮露浆。况箭矢淬毒,中者毙命……"

韩雍是个急脾气,不待拱辰说完,一拍桌子,吼道:"大军压境,不去征剿灭贼,那要我等到何时?"

拱辰听了并未答话,起身给他的茶壶续水,端着茶盅,走到韩雍跟前,问道："将军可知这茶的来历？"韩雍被问，一时摸不着头脑，不知藩台大人这是要提哪壶？

拱辰不紧不慢道："这茶产自大藤峡一带，名曰'六堡茶'，汤色红浓，香气醇厚，平气清心。将军不妨尝尝？"

韩雍接过喝了一口，初觉味苦，继而甘醇，果然可口。拱辰见韩雍已然品出味道，转而宽慰道："蛮贼闹腾了几十年，也不在乎忍他这一时。他见将军偃旗息鼓，必然怠驰。届时出其不意攻其不备，拔他山寨、断他藤峡！"

挨过月余，头目侯大苟由疑惧转为松懈，防备形同虚设。机会来了。韩雍率大军进剿，攀崖攻寨，一鼓荡之。那些瑶兵、苗兵以为天兵降临，溃败而散。此举攻占巢穴三百余座，斩首三千二百余级，俘获蛮贼头目侯大苟。韩雍巡视战场，果然见黔江之上有一大藤如梁，遂下令兵士截断大藤，改名"断藤峡"。

韩雍平定大藤峡有功，反遭到镇守广西少监黄沁的弹劾，罪名是"贪欲纵酒，目中无人"。后来被勒令致仕。黄沁本想找胡拱辰一道参，却怎么也罗织不了罪名，因为拱辰低调内敛，从不居功自傲。

史载："（胡拱辰）成化六年（1470）四月，升四川左布政使，有平寇功。"成化八年（1472）五月，胡拜都察院右副都御史，管南京院事。一般人认为，到了陪都南京挂职不升反降，大约是胡拱辰在此期间，被人弹劾。但胡拱辰懂得隐忍，遂无大碍。成化九年（1473）三月，敕提督操江，兼督巡江事。直到成化二十年（1484）四月，擢升南京工部尚书，达到其官宦生涯的巅峰。

"成化二十二年（1486）三月，南京工部尚书胡拱辰年七十，奏乞致仕。事下吏部覆奏，得旨拱辰历官清慎，不允休致，令悉心治事。"

七十岁还不被允许退休，足见胡拱辰深受倚重。

胡拱辰可不想这么高光，也不想给年轻人挡道，老而致仕，天经地义。

终于在次年,孝宗即位的前几个月,光荣退休。

退休后的拱辰回到家乡淳安,依然清慎自律。这是儒家所说的"慎独",胡拱辰将它贯穿于日常生活。不以位尊而骄奢,不以显赫而霸凌,不以致仕而懈怠,不以俭朴而清苦。

弘治五年(1492)六月,孝宗颁下诰命,胡拱辰进阶资政大夫。弘治十四年(1501)十二月,孝宗得知胡拱辰晚年操持清苦,老状如一,敕令有司每月给米二石,岁拨夫役四名应用。弘治十八年(1505),诏进光禄大夫,且进彩币羊酒问劳。

方象瑛传记载:"正德元年(1506),拱辰寿九十,遣行人王奎存问。三年(1508),卒,贫不能殓,赙助皆出有司。知府孟春以告巡按御史史鉴。鉴闻于朝,赠太子少傅,谥庄懿。"可谓恩荣加身。

胡拱辰退休以后,孝宗、武宗两任皇帝对他的清慎自律高度认可。当一个人独处的时候,周围没有其他人,即便如此也能严格要求自己,遵守道德准则,不做有违道德之事,这叫"慎独",慎独是衡量一个人道德水准的试金石,慎独既是慎始,又是慎终,是慎始如终的追求,是知行合一的魅力。

据光绪《淳安县志》载:"工部尚书谥庄懿胡拱辰墓,在县西普慈坊。朝廷赐祭葬。"

纵观淳安历史人物,胡拱辰、商辂和徐贯三人官至一品,特点鲜明,若每个人用一个字来概括,我觉得胡拱辰为"忍",商辂为"恕",徐贯则为"狠"。

隐忍通常符合老庄哲学,表现为克制力强大,而欲望退舍;隐忍者不刻意为之,却往往能踏罡步斗,暗合天意。其为人处世态度谦和、举止文雅,是典型的"温良恭俭让"。

"恕"是以仁爱之心去待人,不计较别人的过失,能宽恕体恤别人。处世风格如春风拂面,润物无声。

"狠"则容易把自己置于风口浪尖,矛盾焦点,压力山大,动力也更大。行事风格干脆利落,快刀斩乱麻,一点不留余地,不拖泥带水。

胡拱辰无论在朝为官,还是退居乡间,慎始如终,他不愠不火,不急不躁,不卑不亢,不隐不显。一个"忍"字,是破译他一生的密码。

"狠人"徐贯

五百六十三年前,大明王朝的英宗用武力夺取了弟弟景帝的皇位,改景泰八年为天顺元年(1457),史称"夺门之变"。时值正月新春。

商辂走了。他遭人陷害,挂冠回籍,离开京城回到淳安。紫禁城寒气逼人,商辂的心也寒透了,尽管他只有四十四岁,正是施展政治抱负的好春光。

徐贯来了。景泰四年(1453)乡试中举后,丁丑年殿试,再传捷报,位列三甲第五十二名。商辂和徐贯冥冥中完成了使命的交接,像是彼此间的默契,又似上天刻意的安排。

徐贯才二十五岁,寒窗苦读,走出大山,一步跨入紫禁城。他身着鹭鸶裰子的绯袍,行走在京师朝堂之上。行走带风,带着蜀阜人(今威坪镇)的爽直粗犷。他祖上打铁出身,人称"打铁徐"。徐贯够硬,但他硬中带柔,粗中有细。从他任兵部主事时就有所体现。

据翰林院编修,邑人方象瑛《太子太傅工部尚书赠太保谥康懿徐贯传》记载:"徐贯,字原一,淳安人。幼明敏,从姚夔受春秋,登天顺元年进士,授兵部职方司主事。"

兵部有四司:武选司、职方司、车驾司和武库司。核心部门是职方司,负责管理国家的疆域和版图。职权范围从兵员到驻守,从训练到给养,从军情到后勤，从监管到勘正，可以说既高端庞大，又繁杂琐细。大到军事决策参谋、各地卫所巡防检视；小到收捕逃兵、清退老疾，查办冒名顶替者，存恤屯田、安顿新士等。

成化二年(1466)秋，徐贯按例巡察京畿卫所，访得苗千户诸多不法事，他一旦查实便不会放任不管，这乃其骨子里性格使然。碍于千户官阶五品，比自己还大一级，不便明里搜查。侦缉到苗千户别处还置办有一处宅院，豢养一青楼女子，雇佣婢女、管家伺候着，十分宠幸。管家姓侯，平日仗着千户威福，鱼肉欺压百姓，甚至插手兵役，行冒名顶替之事，地方睁只眼闭只眼不愿惹事。徐贯瞅准个机会，借着缉拿侯管家由头，搜查苗千户别院，并无发现赃物。这事算是捅了马蜂窝，都不知该如何收场。

随行人员垂头丧气，只带回几本书簿，翻看之下像是与人往来的账目，列入某月某日收黄米若干石，某月某日收白米若干石。

徐贯丢下账簿，不免有些失望。随从报说，苗千户已让人参了他一本，说徐贯"借巡察之名，行邀誉之实，纵容部属侵入民宅，捕风捉影，罗织罪名，惊扰卫所。"云云。徐贯听罢，原本有些忐忑的心反倒平静了下来，苗千户这么急于跳出来攻讦自己，分明是想要转移视线隐藏什么，正说明此刻他心虚着哩。

徐贯边思虑边拿起账簿，嘴里自言自语道："他家几口人，吃得下这许多黄米白米？"随从答说："便合一处也不过二十余口人，哪吃得了几十万石的黄米白米？"末了又咕哝道："奇怪，里外搜遍怎是没发现存粮的所在。"

徐贯忽觉眼前一亮，"这事有些蹊跷"。当即喝令："带侯管家！"

侯管家被带上堂来，想着徐贯手里没啥证物，自己又有千户撑腰，于是装傻充愣，一问三不知。徐贯呵斥一声："大胆奴才，你难道就不怕王法吗？"侯管家暗吃一惊，又见两边把刑具往公堂上一摆，憋着一口大气再不敢出一口。

徐贯不怒自威,语气放平缓道:"你一个奴才,无非仗势欺人,作恶地方;按大明律法罪不至死,但这几十万石的黄米白米却非同小可,你不说本官也知道,是黄金白银吧?你又何必替人顶缸呢?试问你有几颗脑袋?"

徐贯轻语重锤,绵里蕴刚的一连三问,于侯管家不啻当头一棒,顿时分开八片顶阳骨,魂飞出窍。原来这主啥都知道。他双腿一软,磕头如捣蒜一般,嘴里只呼饶命。防线崩塌,存何侥幸之心?一五一十把藏匿所在以及千户所为,原原本本作了交代。徐贯一边命人起赃,一边亲草奏章,弹劾苗千户种种不法罪行,依律予以严惩。

徐贯扳倒了官大一级的京畿卫千户,可谓一战成名。

"狠人"徐贯一路升迁,由兵部主事升兵部郎中,期间"丁内艰服阙",说他母亲去世,按例回籍服丧,三年期满,补了兵部武库司郎中,尚书白圭欣赏徐贯的才能,又将他调任职方司郎中。成化十一年(1475)擢福建右参议。兵部郎中属五品官阶,福建右参议隶属布政使,官职四品。徐贯分守延平、建宁、汀州、邵武四府,忽已过了两年多。

话说这一日,徐贯刚在署衙坐定,部属匆匆来报,说建宁卫指挥杨晔被锦衣卫下了诏狱,汪公公正欲兴师动众,弄不好会株连大批无辜者。

本来杨晔的案子只是一个刑事案,他位高权重打死了人,被人告发到福建按察副使冯俊,冯俊正欲捉拿他。杨晔逃进京城姐夫董玙家避风头。按说杨晔是四朝老臣杨荣的曾孙,自己又是地方最高军事长官,姐夫董玙官至"中书",想摆平这事似乎不难,董玙找到锦衣百户韦瑛,托他高抬贵手,不要难为他大舅哥。韦瑛满口应承,说让他放宽心候着。

韦瑛收了银两,也答应替人办事,来到厂狱看情况。狱卒说杨晔受不了"琶刑"之苦,招供有许多银两寄放在他叔父杨士伟家里。

韦瑛前脚从厂狱回到宅中,后脚便被干爹汪直唤了去。进入汪宅瞥见干爹气咻恼怒的样子，连忙上前请安。汪直一甩手中的奏本道："瞧瞧！瞧瞧！商阁老这回都劾到咱头上来了，不扳倒他，咱还有什么颜面？"

汪直口中所说的"商阁老"是指商辂。原来英宗复辟，听信谗言，把他削职为民，赋闲十年。宪宗即位，于成化三年（1467）以原职诏复，商辂再入内阁。七年（1471）加太子少保，任吏部尚书，十三年（1477）进升谨身殿大学士。身为内阁首辅，商辂没有明哲保身，面对皇帝信任的西厂头目汪直，毅然上疏抗争。

韦瑛躬身捡起一看，明白干爹如此气恼的缘由。商辂向皇上奏了他们一本，是曰《罢革西厂疏》，里面具数了他们十一大罪状，末了说什么"革去西厂，罢汪直以全其身，诛韦瑛以正其罪"。

韦瑛一激灵，向汪直献计道："孩儿刚从厂狱回来，正有桩现成的案子推在商辂身上。"于是，附在汪直耳细说原委。汪直喜道："好主意，你作速去办。"

韦瑛一石二鸟，用心险恶，他知道杨士伟乃兵部主事，是兵部尚书项忠的人，与商辂都是一个鼻孔出气的。如若让杨士伟出首，把这些钱推在商辂身上，便是他受贿的一个明证，何愁扳不倒他？于是来到杨府，拿话暗示杨士伟道："杨晔供说有些银两暂存贵府，是用于贿赂商阁老的，其实与杨大人并无干系，到时只需杨大人做个证见……"

杨士伟气得一拍案桌："岂有此理！这种丧天理的勾当，杨某实在做不出来。" 韦瑛碰这一鼻子灰，大怒道："给你体面不要，咱倒要看看谁的势大。"转身喝道，"来人呀，将案犯给我拿下！"

一班校尉不由分说，上前锁了杨士伟，径押到厂狱，任意拷打。比及天明，连说话的气都没了。韦瑛犹不解气，他抱着汪公公这样的大腿，撒手成网，屡兴大狱。京城的天空终日灰蒙蒙的，压得人喘不上气。

徐贯隐隐觉得压力山大，汪直的势焰他是知道的，建宁卫指挥杨晔官至三品，说拿下就拿下，且"笸刑"加身；杨士伟也是六品京官，说没气就没气，还搭上一家老小披枷戴锁，届时都将人头落地。

"快去。"徐贯果断吩咐部属，"将杨晔一门户籍尽数焚毁，族人能遣则遣，所属田产悉数充作官田，以作赋税。"部属欲言又止，脚下迟疑不动。徐贯道："你放心，有什么干系都由徐某担着。徐某始终记得恩公商大人教导：'做官但求不欺心、不欺世，笔下不可枉杀一人。'"部属感念，得令离去，妥善处置徐贯交代的事情。

此后，徐贯"外艰归，复除福建参政"。说他父亲去世，归家守丧，三年期满，回到福建担任参政一职，官阶从三品，属副省级干部。

成化十八年（1482），闽地大饥，饿殍枕藉。徐贯分管的"建、延、汀、邵"四府属于"八闽"中的上四府，因之背靠武夷山脉，故山厚泉足，与"福、兴、漳、泉"下四府相比，土地膏腴，粮食要宽裕许多。纵是如此也抵不过灾年，况限于闽地环境，历来山多田少，若按每户拥有田数统计，福建大约只有全国平均田数的三分之一（《中国历代户口、田地、田赋统计》），自古就有"水无涓滴不为用，山到崔嵬尽力耕"之说。人均土地不足，本来粮食供应就紧张，遇到灾害更是糟糕。

作为分管粮储、水利、军务的地方官，徐贯颇有先见之明，他明白饥荒的救济若等到饥荒发生后是万万不行的。所谓未雨绸缪，要靠平时粮仓的积贮，积贮之法也有讲究，以官储预备仓为主导，其他如社仓、义仓等作为备荒的补充，这些措施落实到位，全靠地方官员的重视和防患意识。

身为地方参政的徐贯，深知粮食储备"祟陈籴新"的重要性。头年入仓谓之陈，当年藏者谓之新，把陈米先予支出，而新米入仓，如此流转是为防止粮食发霉变质。丰年谷贱，徐贯加价买入百姓手中余粮，灾年谷贵，又减价卖给老百姓，不至于闹饥荒饿肚子，这是往年的情形。今年灾情特别严重，辖区内出现了不少流民，多有来自外省外府的，身无分文，集聚成群，搞不好酿出变故。

徐贯闻到了空气中弥漫的焦躁和暴戾之气,社仓、义仓早已空空如也,只有官仓里还有余粮,饥饿的流民越聚越多,无声且暗潮涌动。徐贯隐约有些不安,他登高望去,远处依然有人流在朝这边滚动,这种感觉越发强烈,他果断向仓储官下令:"开仓放粮!"

仓储官惊呆半晌,嗫嚅道:"下官不敢,尚未接到藩台大人的公文。"话虽委婉,却是太极云手,意思明白不过:省长大人没有行文下令,他小小一个仓管官员不敢擅自作主。

徐贯狠劲上来,明显不耐烦了,他厉声道:"今日若不开仓放粮,本官先斩你首级以谢灾民,怕是等不到明日藩司的革职公文!"仓储官看徐大人神情果决,绝非戏言,慌忙回应道:"放。放。下官这便放粮。"

徐贯处变不乱,该做主时就做主,若心存私情,畏首畏尾,待上司公文颁到,流民早已变乱失控,不是饿死也必遭哄抢挤压、推搡踩踏而亡。开仓放粮,活命者不计其数,四府民众皆感其德。

弘治元年(1488)二月,有旨下:擢徐贯都察院右副都御史,巡抚辽东。

"狠人"徐贯来到九边之首的辽东。辽东不设府、州、县,代替以都司、卫、所,侧重于军事防御,兼理民政。巡抚均兼右副都御史,官职从二品,是地方最高行政长官。

没有调查就没有发言权。徐贯为了熟悉边务,东起宽甸的鸭绿江畔,西至山海关之无名口,策马行程近千公里,对长城要塞、军民屯田、关隘关防、虏贼犯境、敌我虚实等摸一个门清。边地无小事,巡察问访的弊端都亟待解决,诸如坍毁长城的修葺、屯田数目的清查、私役兵丁为奴等,或多或少隐隐约约指向一个人——参将佟昱。

徐贯首先要拿佟昱开刀,杀一儆百,能起到敲山震虎的作用。出手之前他要找总兵官李杲谈谈,算是投石问路。边塞不比别处,弄不好会引起军士哗变,若有最高军事长官李杲的支持,局面就容易控制。

这一日,徐贯登门造访将军府。李杲闻报慌忙出迎,双手抱拳,嘴上一喋连声道:"怎敢劳动徐大人亲临敝府。"边说边延请入座。

两人虽说官阶相当,但徐贯乃朝廷下派,又推行以文制武、以内制外的政策,兼着"钦差"的身份,握有先斩后奏的权限,风头自然盖过总兵官。

徐贯也不与之客气,直截了当道明来意:"连月来徐某踏遍边关要塞,查访参将佟昱多有不法事,不知将军可有风闻?"

李杲略显尴尬,问道:"徐大人有所不知,佟姓系辽东大姓,其祖先为女真人,后来汉化,在当地根深叶茂。佟姓世代从军,军伍中各级军职都有他们的人,盘根错节,势力庞大,极不好对付。"稍顿又道,"前任巡抚刘潺刘大人,就是被参将佟昱挤兑走的。"

徐贯道:"边境一日不宁,则朝廷一日不安。若任佟昱恣意所为,将军如何面对皇上的谕令?"

面对徐贯不留情面的一问,李杲一时语塞,皇帝的敕令历历在目:"今命尔挂征虏前将军印,充总兵官镇守辽东地方,固守城池,操练军马,遇有贼寇相机剿杀,其副总兵、参将各照地方分守,所统官军悉听节制。"参将违法不就是他这个总兵官失职吗?李杲想到这里不禁冒出一头冷汗。他急切询问道:"徐大人有何差遣尽管吩咐,本官愿闻其详。"

徐贯要的就是这个效果。

且说参将佟昱,是日接到总兵官传宣,召集部众到辽阳议事。佟昱一丝不疑,只带了一小队亲兵护从,鞭马赴会。到了驻地,佟昱只身一人由将军府卫兵引入,其余随从暂去别院歇息。

佟昱大摇大摆入得堂内,但见总兵官李杲和一个文官模样的人坐于堂上,脸色冷峻,不怒自威。佟昱看架势,正有些疑惧,见那文官先开口道:"我乃辽东巡抚徐贯,今巡察访得参将佟昱种种不法勾当。某月某日,查得佟昱分守防区,房寇千余人入境劫掠,剽掠人畜,射伤我官军九人,战马六匹。参将佟昱接警,畏缩不前,拥兵不进。某月某日,又查访佟昱利用威逼抵换、侵渔兼并等手段私占屯田。某月某日,查有私役兵丁作为家奴……"徐贯有理有据,有时间地点,有人证物证。随后喝道:"佟昱,这些可都属实?你可知罪!"

佟昱见他桩桩件件证物齐全,原原本本如同亲历,一时间竟无话可驳。他不愿束手待毙,可眼下之境,只能徒作困兽斗。带来的亲随护从,已被缴械软禁,佟昱分守的防区徐贯早已派人安抚。佟昱自知碰到硬茬,遂低头认罪。徐贯这边飞章奏报不提。

参将之职仅次于总兵、副总兵,负责各区分守,相当于军区司令员。徐贯上任伊始,就把一个官至三品的参将拿下,一时震动九边。自此,但凡听闻徐贯出巡,各防区长官均敬畏有加,无不尽心尽责,贪墨心虚者皆瑟瑟发抖。

方象瑛在徐贯的传记中说:"七年(1491),召工部左侍郎,苏松洊遭水患,命往治。"

不得不说,弘治皇帝看人准、用人狠。他看上的正是徐贯身上那股子狠劲儿,他既能把边境治理得这么好,水灾自然也能治理得当。苏松地区一次又一次遭遇水患,这成了弘治皇帝的心头大患。苏松历来是大明王朝的粮仓,苏松在版图上看上去不大,却承担了全国百分之十以上的赋税,单苏州一府的税粮列全国布政司第一。无论是粮食作物还是经济作物的品种和产量,都是其他地区无法比拟的,故民谚有曰:"苏湖熟,天下足。"苏松从这个意义上说非比寻常。

五十九岁的徐贯乍从塞外边地来到繁华的苏、松二府,还真有些不太适应。但他有自己办事的宗旨:没有调查就没有发言权。这不,刚到署衙就挥毫题下一匾"百闻不如一见",让人挂上,时刻警醒自己。

水情犹如军情。弘治七年三月,徐贯带着北方的风尘,沿江考察起灾情。徐贯打小在新安江畔长大,对水的脾性并不陌生。他时而官服官船,与地方官僚、乡绅一同巡视;时而又布衣粗服搭乘商船、民船,一路走走停停,与河工老伯问询交流。虽然都是亲历亲见,但结论却大相径庭。

徐贯沿途所见触目惊心,苏松一带地势平广,水高一丈,坍塌房屋城垣无数,甚至有溺亡尸首从船身漂浮而过。徐贯来之前曾有过预判,但实际灾情还是远远超出他的预想。他越看心情越沉重。

他一边察看河道水情,一边调查访问。凡能想得到、用得上的招他皆梳理过去,甚至连中医诊疗四法"望、闻、问、切"都派上用场。治水如治病,人体筋脉堵塞则有胀痛感,水系不通则筑埋,两者何其相似乃尔。经过连日巡察走访,基本上把准了苏松水患之脉,整理出一个清晰的思路。这场水灾既是天灾亦是人祸造成的。

所谓"天灾"是自然环境。江南地区东临大海,西抱太湖,东北依靠长江,地势平衍低洼,流沙淤泥抬高河床,其中又以"苏松最为低下",是名副其实的水乡泽国;加上连日降水,雍堵成灾。"人祸"就是人为因素,他想到自己在巡河期间,曾与一位老伯的一段对话。

老伯告诉徐贯:"你看这河岸两边的庄田,豪强霸占滩涂,修坝建圩,垦为良田,只将十之一二报官起科,每亩亦只三升、五升,征之官者不多,长此以往,水道日隘,遇到连日降水或是雨季,岂能不泛滥?"

徐贯追问道:"他田数报官起科,难道官府就不派人核实?"

老伯摇摇头,叹一声道:"官府里有他的人,下面经办者心知肚明,反正吃亏的是官家,经办人少不了得他好处,哪个愿意去作难人?"

徐贯明白了其中的猫腻,想到了一个狠招,他让人张榜公布,贴出告示:"本官连日巡河,查访私筑塍围良田,与各家报官起科数目不符,自今日起,限令三天之内,报官核查,补征三年税粮,逾期一律按无主田产处置。"布告一连贴了三日,过后竟无一家前来认领核实,无论是豪强之户,还是官府那些暗线俱吃了一个哑巴亏,自认倒霉。

既然无人认领,那就一律充公。

人祸解决了天灾更好办。当前急务先解决清淤疏浚工作,加大加快积水的流量、流速,减缓城内居民生活压力。为此,徐贯日夜督战在河堤,数十万河工连续作业,俟年底基本完工告竣。

百姓生活、生产秩序基本恢复正常,按理说徐贯该走了。但他不这样想。要做就做到最好,从根上解决苏松水患。徐贯有个大胆的设想,与其挖掘淤泥,不如开挖运河,将苏松河与周围纵横交错的水系连接起来,彻底畅通水道,做到百病不侵、百年无患。

规划设想固然美好,可是如此浩繁的工程量,钱从哪里来呢?徐贯想到上下一齐抓,上面争取中央财政支持,下面力促地方财政配套,再则,鼓励乡绅捐赠及河工义工。他把治理苏松河的方略上奏皇帝。弘治皇帝嘉赏不已,允准实施。

徐贯历时三年,"役夫二十五万",开挖数条运河,打通了苏松水系,彻底消除水患,同时,还为太湖等河道分流泄洪起到决定性作用。在此基础上,徐贯充分利用苏松肥沃的土地,在高阜之地开河蓄水,在低洼之地开辟圩田,加之原先豪强弃认的大片庄田,一并租于农户耕种,官府收取税粮。一时间,苏松地区鱼米之乡盛景再现,迎来了"弘治中兴"的巅峰时代,朝廷税赋比成化间增加了一百多万石,人口也增加一千多万。

"狠人"徐贯出色完成了治水任务,在中国水利史上书写了一段奇迹,留下了宝贵的经验,直到今天我们仍然因此受益。弘治九年(1496),"迁本部尚书",因他政绩卓著,出任工部尚书,加太子少保。十三年(1500),上疏乞致仕,他主动要求退休养老,加赠太子太傅。驰驿归。十五年(1502)卒,享年七十岁。赠太保,谥康懿。

据《四库全书总目》提要介绍,徐贯有《余力稿》十二卷行于世。内容丰富,有辞、赋、歌、赞、传、跋、书简、祭文和四言古诗、五言古诗、七言古诗、五言绝句、五言律诗、七言绝句、七言律诗等。

"达尊者"徐楚

我研究淳安历史人物时,发现一个有趣的现象,那便是世德家风的影响力,绝不允小觑。比如遂安郭村的詹家、泮塘的毛家世代为宦,子孙多有建树,涓滴细流,绵长不绝,传承达千年之久。"积善之家必有余庆。"淳安蜀阜(今威坪)的徐氏、钱氏也不甘为后,单是南宋至明代,就有进士十三人之多。我们今天的主角名叫徐楚。

徐楚(1499—1589),字世望,号吾溪,淳安蜀阜人。明嘉靖十七年(1538)进士,这一年徐楚四十岁。我查阅了嘉靖十七年戊戌科殿试榜单,徐楚名列二甲第六十六名,名次相当可观。不经意浏览间,我还看到一个熟悉的名字——胡宗宪,就是后来成为浙江总督平息倭患的胡宗宪,他也是这科进士,只是排名比较靠后,位列三甲一百九十名开外。

徐楚初授工部主事,继升工部郎中,嘉靖二十八年(1549),出任辰州知府。为了解徐楚在辰州的情况,我电话联系了湖南沅陵博物馆的代老师,从他那里收集到很多珍贵资料。

据乾隆《辰州府志》卷二十一"郡守下表·知府"栏"嘉靖"段记载可知,徐楚任职辰州的具体时间是嘉靖二十八年至三十二年(1549—1553),共计五年。

另据同治十二年重修的《沅陵县志》记载:"嘉靖二十八年(1549),陶钦夔为分守道,驻辰州,兼摄兵备事。时黔苗变,陷石阡郡,人闻风震恐,钦夔既经昼沅州,即倍道驰之郡,偕知府徐楚,督士卒修筑城池……"

这场"苗变"先从贵州石阡郡而起。石阡属于现在贵州铜仁地区,地处湘西丘陵向云贵高原过渡的梯级大斜坡地带,境内山峦起伏,沟谷纵横,紧邻湖南辰州地界,主要居住着苗族、侗族和土家族等少数民族。

"苗变"在明代是常态,时不时会来上几次,只不过这次闹腾动静有点大,让徐楚给赶上了。很快波及到湘西,土司之间有秘密联络通道,领头的是一个叫龙许保的人,副将叫吴黑苗,也是一个狠角色。苗军一路攻城拔地,冲击州县官衙,俘官夺印,毁狱纵囚,无人能挡。

作为辰州知府,徐楚第一要务是修筑城池,保境安民。当然,他也不忘走访当地官吏和乡绅,了解苗民习俗与动态,熟悉地形、地势、地貌、交通与环境,他深入到最基层,考察了战略要冲辰溪的船溪驿站。我们从他《宿船溪驿和壁间韵》一诗中,大略可知一二:

轻车迢递入沅山,夜色微茫草树间。
二水遥分铜柱界,千峰如渡玉门关。
邮亭蝶梦惊笳鼓,画角鸡声想珮环。
闻说中原多虎豹,群狸安问五溪蛮。

在夜色微茫,草树迷离之间,我轻车简从来到沅山的船溪驿站。"铜柱界"用了一个典故。说的是一千多年前,后晋楚王马希范在酉水河畔与溪州彭士愁的一场战争,彭士愁败北归降。他们在溪州会溪坪竖立铜柱,立下盟誓。马希范向彭士愁设立的底线是:"无扰耕桑,无焚庐舍,无害樵牧,无阻川涂,勿矜激濑飞湍,勿恃悬崖绝壁。"假如彭氏不守底线,则莫怪大军诛伐。既然是盟誓,就不只是单方面的要求,彭士愁也向对方提出诉求:

不许外人乱入诸州四界,劫掠诱骗盗窃。凡是王庭差纲,收买溪货,采伐土产,不准隐瞒占有。凡五姓首领、州县职掌有罪,均由本都申报依法惩罚,不要派遣官军攻伐。

颈联、尾联意思说:我夜宿船溪驿站本想在梦中超然于物外,哪知时常被笳鼓惊醒,在画角鸡声中不禁遥想起故乡的家室。我听说西北的戎狄和东南的倭寇,如虎豹一般觊觎中原,如今五溪苗蛮借机闹腾,我怎么会在意这群偷鸡的狐狸呢?

徐楚说的不在意仅仅是要在气势上藐视敌人,战术上他还是要重视敌人的,如果真不在意五溪蛮,他怎么会夜宿船溪驿站,对兵家必争之地进行实地考察呢?他一边担忧边关的安危,一边思念故乡,家国情怀一肩挑,同时对于平定这场"苗变"充满信心。

诗中徐楚还向我们抛出了一个历史疑问:"二水遥分铜柱界",既然已经有铜柱为证,汉苗就不应该再起争端,如果双方都能守住各自的底线,自然相安无事。可历史似乎又在轮回,铜柱盟誓,只是权力的交割、利益的均衡,而这双方的平衡一旦被打破,盟誓与合约瞬间会变成一纸空文。

历史有其必然的成因,现实更具利害之因果。

明代中叶,外省特别是江西一带有二十余万人,多是"屯垦""从征""宦游"以及从事商贾者,大批移居湘西,特别是沅江"五溪"地区,占当地人口半数之多。人口增加导致土地分配紧张,人口与耕地的矛盾加剧,迁入者多为汉人,势必侵占土著苗民原有的土地。官商勾结,开始以贸易利其财,继而因账债占其地,重利盘剥,巧取豪夺。"客民之侵占日见其多,则苗疆田地日见其少",造成湘西苗众的强烈不满。如此一来,苗民失业,贫难困顿者日益增多。

此外,明代在湘西苗族地区设立卫、所制度,分设巡检司。如辰州府有大喇(保靖司地)、明溪(沅陵县西)、会溪、河溪等巡检司。为加强对"苗蛮"

少数民族的统治和控制，明王朝在湘西、湘南一带，还大肆分封藩王，据统计，有明一代共封藩王十五人之多，掠取财物，挤压了地方土司的生存空间，"侵占田亩，恣意欺凌"等事更是屡有发生。

徐楚鄙视贪官，痛恨欺凌行径，但对朝廷政策不敢妄议，每天面对着生灵涂炭，其内心的焦虑可想而知。他心里清楚，做官如果不投入自己的情感，没有爱民之心，没有切肤之亲，没有体恤之悯，没有灵魂追问，则无疑是官场上的傀儡、公堂上的摆设。他不愿成为这样的傀儡和摆设，他要做就做一个有血有肉、有喜怒哀乐、有情感诉求、有正义彰显、有担当作为的好官。

一般人骤逢乱局心里往往有些不落底，但徐楚在兵部任职达十年之久，对调兵遣将，固险拒守显得从容不迫。守是被迫的不是目的，守只是避其锋芒，是为主动进攻作准备的。在拒守期间他还做了一件事，那便是惩治豪强，严惩欺凌作恶者，并出榜晓谕，对苗民参与叛乱者，分别以善、恶、顺、逆区分对待，以此收服民心。

嘉靖三十一年(1552)三月，徐楚得到密报，苗军首领龙许保、吴黑苗被总兵官沈希仪、参将石邦宪追击，已领兵窜入辰州地界。徐楚预感机会到了，如果此时预先设计伏兵，在叛军所经之处迎头痛击，则胜算颇大。龙酋势必陷入后有追兵，前有埋伏的境地。他立马召集部属商议，兵分两路主动出击，力争一举将龙许保、吴黑苗擒获或者击毙。

平叛的过程是艰巨而惨烈的，辰州地势险要、鸟飞不渡，苗民常年生活在山中，习惯于兽迹鸟道、手攀脚援，官军都是汉人，伏击追踪凶险无比，人人奋勇当先。这个号称"西坡王"的龙许保，终于在沅陵徐楚布下的伏击中身亡，结束了其长达十余年的作乱。

我们在徐楚的《吾溪诗集》中看到了他的那首《征苗奏续》，读罢荡气回肠：

诸将提兵入五溪,军门遥镇楚天西。

关严虎豹旌旗闪,阵掣风云纪律齐。

鸟道凿开天驷下,鸟巢落尽暝猿啼。

捷书飞报承明殿,麟阁勋名取次题。

徐楚一介文人,诗中尽显豪迈之气,军威森列,纪律严明,有如神兵天马,把鸟道凿开,一举荡平匪巢,犹如拨开乌云见天日,诗中洋溢着激励、喜悦、自豪和欣慰。徐楚在辰州知府任期内,政绩卓著,捷报频传,期满后他会去往哪里呢?

我在查阅《蜀阜文集》时,看到一篇徐楚撰写的《徐氏祠堂碑记》,从中捕捉到许多有用的信息,兹录于后:

康懿公尝与兄少参公志营祠事而卒未就。嘉靖癸丑(1553),楚以辰州守考满过家,众谓旧寝甚隘,先志莫承,乃谋拓地宅,偏之茶山,后镇东山,前对桃屏,左右数墩,环奇列秀,地灵祖荫。夫固有所待也。祠之建,经始于是岁孟冬之吉,落成于甲寅季秋之朔。楚适奉命兵备广西,复得便道归,与合族奉先代神主而享祀焉。

康懿公即徐贯,工部尚书加太子太保,官至一品,明弘治十三年(1500),致仕回到蜀阜,与徐楚应是同宗同族。他曾与徐楚的哥哥"少参公"商议重修徐氏宗祠,可惜居家不到两年病逝,修建祠堂的事就此耽搁了。文章开头还说"蜀阜徐氏,三衢沙溪之派,东海偃王之后也……谱始成于七世祖文一府君,太保康懿公续修焉。"可见,徐贯还参与宗谱的修纂,不是同宗作何解释?

嘉靖三十二年(1553),徐楚辰州知府任期考满回到蜀阜家中暂住。这年孟冬（农历十月）开始建造徐氏宗祠，次年甲寅（1554）季秋（农历九月），祠堂修建完工。徐楚恰好"奉命兵备广西"，说他调任广西按察司副使兼兵备道道官，顺道又回了一趟家，并与族人一起上祠堂祭祀祖先。

兵备道并不是常设机构，主管兵备、水利、屯田等事宜，大多临时因事而设。徐楚的本职是按察司副使，属正四品官职，或许这样的任命是吏部官员看到徐楚有这方面的才能。

广西杂居着众多的少数民族，地理环境与辰州也十分相像，徐楚对此并不陌生，处理公务均得心应手。他不孚众望，三年任期考满，复转调山东兵备道。

山东大片土地濒临渤海、黄海，"濒海之地，潮水往来，淤泥常积，碱草丛生"。面对大片抛荒的盐碱地，徐楚深入基层，走访了沿线百姓，询问记录历史上可资借鉴的经验。为此，徐楚耗尽心血绘写了《塞垣图》及《备边六策》，提出了辟荒芜、治碱卤、促农耕、正疆界、兴水利等治理方略。

所谓辟荒芜、治碱卤，具体就是"挑沟筑岸，以抵潮汛"。沟有大、中、小之分。小沟十数丈，中沟百数丈，大沟千数丈，三沟配套，或积注雨潦或引淡水灌溉，洗土去盐，使地表盐分溶入水中下渗或排出，斥卤既尽，渐可种稻。每块地大约2亩，以小沟相间，外围为大沟，改造后的土地连片可达万亩之多。此种方法因挖沟掘土台地，故有个名称，谓之"台田法"，由于效果显著，渐由沿海地区推广到河北、河南等中原一带。真正做到了利国利民，使"碱卤之地，尽成膏腴"。

蜀阜这一脉的《徐氏世谱》共八卷，是由徐楚修纂的，可惜毁于"文革"。前四卷收藏于北京国家图书馆，后四卷珍藏在安徽图书馆，无缘得见，难免遗憾。《淳安县志》里有对徐楚简短的介绍，说他在山东任职期间，"朝中大臣竞相推荐，称他'有文武材，宜节钺重镇'。徐楚秉性刚直，与当时宰相抗礼，仅补云南屯田副使……后调任四川参政。在任上，革除贿礼等陋习，得罪达官显贵,终被免职回家"。

当时的宰相应是严嵩。嘉靖二十一年(1542),严嵩进入内阁,直到嘉靖四十一年(1562),勒令致仕,把持朝政二十年之久,权倾天下,党羽遍布。徐楚抗礼严嵩,无疑是鸡蛋碰石头。明知不可为而为之,实乃威坪人骨子里性格使然。

我在写淳安这些历史人物的时候,常常感慨他们的命运跌宕起伏,如同过山车一般。细思之下,其实与他们的性格息息相关。性格决定命运不是戏言。淳安乡村有句俗语很是形象,叫"腌定的酱,生定的相"。如若改变何其难哉!

话说回来,与其偷奸耍滑,不如率性而为、坦坦荡荡,活出一个真我!前文提到与徐楚同榜的胡宗宪,因依附宰相严嵩,官至一品,权倾朝野,但最终结局并不圆满,因受严嵩案牵累自杀身亡,年仅五十三岁。让人唏嘘叹息!

徐楚罢官回家的时间应在嘉靖四十三年(1564)。

徐楚有一篇《吾溪书院楼阁池亭记》,文中已明确告诉了我们:"予归林之七年,是为隆庆庚午(1570),始于云松房隙地架楼,楼间读书其中,且课诸子讲习。堂曰'怡恩',志赐归田之乐也。楼曰'明月',仿庾公南楼意也。楼之外有门,则以别号'吾溪'为书院名。"

隆庆庚午(1570)往前推算,恰在嘉靖四十三年。徐楚归林之后没有闲着,而是在蜀阜创办"吾溪书院",课宗族子弟读书,致力于家乡的教育事业。期间创作了大量的诗词作品,流传至今的有《吾溪诗集》上、下卷。

蜀阜有蜀溪,蜀溪襟三水。三水者横塘源、始新源、德教源之谓也。三水交汇奔流而下,其势湍急有类峡水,注入新安江。

归家之后的徐楚,眼里的景物皆入诗词,蜀溪襟三水,在诗人眼里又会是怎样一幅画面呢?我们来看他的《峡川映月》:

三峡流来汇一川，月光浮动两婵娟。
亭栖玉宇无尘地，人在冰壶不夜天。
对饮何须更秉烛，凌虚直欲挟飞仙，
徘徊不尽南楼兴，独踞胡床咏未眠。

三水汇归于蜀溪，婵娟映照其中，清辉浮动，水榭亭阁犹如坐落在天际，不染纤尘；人坐其间，皎洁无瑕，仿佛身处不夜天。乘兴对饮无须张灯秉烛，凌空登高好似仙人飞天；南楼玩月徘徊不尽，我浅斟低吟睡意全无。

再如《桃屏晚翠》：

溪上孤峰对草亭，松阴展处翠为屏。
云浮绝壁随舒卷，鹤宿高松几梦醒。
箕踞谁能双眼白，盘桓应共四时青。
掀髯一笑归来晚，风弄笙簧隔水听。

桃屏乃蜀阜十景之一，全称"桃屏爽气"。徐贯曾作文描述："(蜀)溪之旁有山如桃状，秀丽特出，每日色初霁，烟消雾散，爽气逼人，曰桃屏爽气。"我记得西湖十景有一景叫"南屏晚钟"，是说每到傍晚时分，西湖边上净慈寺的钟声敲响，清越悠扬，在湖畔回荡，从而成为一道美丽的风景线。而"桃屏爽气"则是靠气取胜，我不得不佩服古人的智慧，如此全方位调动人体感官，将自然之"声""气"等实境捕捉入画、入景、入文。

这首诗定然是徐楚归家后所写，此时，他的心态已经非常平和，淡然自若，宠辱不惊，闲适悠容。也难怪徐楚能够高寿。

徐楚九十岁那年，朝廷下旨为他建造一座"达尊坊"。"达尊"二字典出《孟子·公孙丑下》，是孟子与景子的一段对话。孟子说："天下有达尊三：爵

一、齿一、德一，天下通尊。"意思是说，天下公认最尊贵的东西有三样，一个是高爵，一个是高龄，一个是高德。徐楚的爵位与同榜同朝的胡宗宪、同族同村的徐贯相比，虽不能算高，但高龄和高德确实名实相符。

提刑官徐廷绶

人生天地间，追本溯清源。

借问经年事，河溪话吏廉。

看过电视剧《大宋提刑官》的人，怕是对提刑官的职责有点误判，他们好像整天都在勘伤验尸，净干些法医的活，其实不然。我们今天的主角徐廷绶，官至万历朝陕西按察使。明代省一级地方官员分为三司，即布政使司、按察使司、都指挥使司。布政使管民政，相当于现代的省长；按察使管刑名，相当于现代的省公安厅长、省法院院长兼省检察院检察长；都指挥使相当于省军区司令。徐廷绶集公、检、法于一身，是名副其实的提刑官。

淳安徐氏一族，有湖溪、蜀阜、河溪、剑溪、凤坡之分。除剑溪、凤坡一脉来自安徽歙县，其余三支均来自三衢。

徐廷绶属于河溪这一支。宋初有先祖在睦州做官，于是选择定居于此。一世祖五府君开始从睦州（建德）迁徙到了淳邑西郭铁井岭。宋钦宗时，六世祖陟公，作《五经解》训诫子孙，人称五经先生。宋末元初，天下纷争，九世祖仁荣公，从西郭迁至六都河溪（河村）。

徐廷绶，字受之，号锦泉。出生于明正德乙亥年（1515），可惜《河溪徐氏宗谱》毁于"文革"，我只从几年前新编的族谱里查到"晔公季子"四个字。

粗略推知他是晔公的第三个儿子。

明嘉靖壬戌(1562)一科,徐廷绶进京参加会试,考中进士。我查了殿试金榜排名,这一科共录取二百九十九人。甚至徐廷绶位于二甲第八十一名。这一年,他四十八岁。

朝廷并未在当年授予他官职,徐廷绶归乡省亲,徐家自然早已接到快马的喜报,不仅传遍河村,甚至整个都邑都在争传。一时间,徐家门槛被踏破了,道贺的、讨赏的、看望新科进士的,前脚送走一拨,后脚又来一拨,人挨人档期满满。

这一日,徐廷绶刚送走了一拨客人,见门口一个官差持了拜帖求见,徐廷绶延请入屋叙话。官差道:"海知县有请进士爷到衙门,有话交代。"徐廷绶素闻知县海瑞的清名,海瑞对徐廷绶也不陌生,他刚到淳安任职的时候,县学教谕赵公辅就多次在他面前提及这个名字,夸他有胸襟,见识不凡,将来必有成就。

徐廷绶记得,前几年海大人亲力亲为,来到河村丈量土地,还是家父做帮手审田形,核粮数,协助丈明归册,海大人一点没有官架子,干起农活驾轻就熟,晚上还在他家借宿。想起这些,徐廷绶不禁对海知县肃然起敬。

廷绶随官差到了淳安县衙,见过海大人。海瑞开门见山道:"恭喜的话就不说了,你是正途出身,将来肯定是要补缺入仕的。我马上就要离开淳安了,海某身无长物,就送你两句话:'尔俸尔禄,民脂民膏。良民易虐,上苍难欺。'权当是临别赠言吧。"

徐廷绶听罢,感慨良久。他见海瑞一袭公服陈旧不堪,已打过多处补丁。论年庚他只比自己大两岁,消瘦的脸庞布满了皱纹,须发已然半白,看去有些苍老,但神情却异常刚毅。海公为什么深受百姓爱戴?那是他心里始终装着老百姓,他是这样说的,也是这样做的,是真正做到知行合一的人。想到这里,徐廷绶对眼前这位海大人充满了敬慕之情。

徐廷绶听说海瑞考绩已满,本当升迁嘉兴府通判,不料鄢懋卿从中作梗,指使巡盐御史袁淳弹劾海瑞"倨傲弗恭,不安分守",使海瑞罢官离开了淳安。

事情的起因是,嘉靖三十九年(1560),鄢懋卿以左副都御史一职总理两浙、两淮盐政,相当于以最高检副检察长身份出京,这在当时确属少见。他一路上敲诈勒索,大肆敛财,所到地方,不堪其扰。可他偏偏以"素性简朴,不喜承迎"标榜自己。有一次途经淳安,海瑞巧妙地用"以子之矛攻子之盾"法,也写一封信说:"仰知台下为国为民,言出由中,非虚设也……"把鄢懋卿一顿冷嘲热讽,挖苦一番。气得鄢懋卿绕道淳安而去,从此记恨海瑞。

海瑞离任的消息像长了翅膀一样,不胫而走,山乡旮旯人尽皆知。时值十二月冬季,淳安的父老乡亲扶老挈幼,有的甚至赶了几十里山路,顶着寒风纷纷前来送行。

徐廷绶目睹了这个壮观的场面,眼泪怎么也收不住。乡亲们淳厚朴实,他们沐海大人之恩,念海大人之德,但凡父母官的一言一行,他们都看在眼里,记在心里。常言道:百姓易感难欺,天道自在人心。做官就应该像海知县这样……

"你是新科进士,不如就代表大家,为海大人写一篇去思碑记吧?这样我们心里也好受些。"人群中有人提议。徐廷绶望去,黑压压一片人头,众人齐声附和:"嗯呐!代表淳安百姓写吧。"

徐廷绶分明感觉到道义在肩,沉甸甸的嘱托,重于高山。

"好,徐某答应你们,一定把百姓的心里话写进去!"

就在海瑞临行前,徐廷绶代表淳安数十万百姓,提笔写下了《海刚峰先生去思碑记》。这篇碑文洋洋洒洒一千余字,如今安放在龙山岛海瑞祠正厅,记文称:

乡士大夫暨耆老辈,属余记之。余雅辱侯教泽,又淳民中被德尤深者,曷敢以不文辞。

……今郡邑以去思碑者林立,求无愧于碑文所载者几何人?若我海侯,殆古之遗爱欤。其永孚民心,去思有以也……侯之政在吾淳者,百代而为范;侯之泽在吾民者,百年而未艾;侯之心在民所未尽谅,众所不及知者,足以表天日、质鬼神而无愧。是故有孚惠德,有孚惠心,不市名而名垂不朽,百姓永受其福,而绎思勿谖……

这通碑文,可以说是海瑞在淳安任上的真实写照。

停过一年,吏部有行文颁到,授徐廷绶为刑部主事。主事在刑部虽说是下级官员,却也官至六品,负责复核各地送部的刑名案件,审理监候的死刑案件和京畿地区待罪以上案件,件件都是人命关天,职责重大。

却说这一日,徐廷绶正在当值,几个同僚在低声议论,一人说:"好一个'海笔架子',刚给他升了官,就把万岁爷给骂了。什么难听拣什么骂,气得万岁爷大吼:'快抓住海瑞,莫叫跑了。'"

另一人接口道:"跑什么跑?海笔架是抬着棺材去的,递奏章前,早遣散了家眷与仆人,期以必死哩。"

这人摇摇头道:"可惜,这回命是不保啰。他一个户部主事,偏要管万岁爷炼丹修仙的事,听说递上去的这道疏有三千余字,字字戳心,内有如'嘉靖,嘉靖,是言家家皆净而无财用也'。"

徐廷绶吃这一惊,认为此事非同小可,急切问道:"海瑞如今人在何处?"

这人道:"这不大枷钉了,押在锦衣卫大牢里。"

徐廷绶道:"海公为人,徐某素知,苟可以正君道,安天下,身之利害有所不计。现如今有什么法子可以申救?"

这人再惊愕道："你想申救?这时候人人避之犹恐不及,你出这个头就不怕受牵累?"

另一人从旁劝道："海瑞是圣上点了名的,内阁那些大臣皆是在一处观望,没人敢出头申救,徐主事你有心也使不上劲儿哪。"

徐廷绶决然道："不求事济,但求心安罢!"

入夜,徐廷绶做了一个决定,明日就去探监。他知道海瑞属于钦犯,弄不好会搭上自己的前程,甚至是生命,即便如此,他也必须去,因为这个决定既是为自己,也是替淳安百姓做出的,一个爱民的好官不能就这么死在自己的眼皮底下,自己不能眼睁睁看着,却没有一点作为,淳安人历来懂得知恩图报。

次日,徐廷绶准备了一些酒菜,分装了两个食盒,专程来到锦衣卫大狱。牢头禁子都是相熟的,上前问道："徐主事今日提审何人?"

徐廷绶道："徐某是来探望海瑞海主事的。"

牢头把徐廷绶拉过一边,提醒道："这是万岁爷钦点的要犯,你何苦来着?不怕受累于你?"

徐廷绶拱一拱手道："海公曾是家乡的父母官,是百姓认定的好官,徐某拜托各位,手下留情,费心照应。"说着,把其中一个食盒交予牢头,"这些酒食给兄弟们分了吧。"

牢头引着徐廷绶往牢房里走,边走边摇头道："没见过这样蹈死不惧的人,昼夜用刑拷问,硬是不吭一声。"

徐廷绶点点头道："不愧是海笔架。"

牢头好奇问道："怎么叫这么奇怪一个名字?"

徐廷绶道："这是海主事做官的原则,不谄媚上司,见上司不跪。你想,旁边两个人跪着,他一个人杵着,这场面,不就是个笔架子吗?"

牢头不解道："这不犯痴吗?上司是好去得罪的吗?"

徐廷绶叹一声道："这般犯痴的忠正谏臣怕是不多见了。"

说着到了牢房门口，落了锁，牢头交代几句退下。

徐廷绶见一个黑影躺着，想必是海公，往前欲扶起，全身血肉模糊，竟没有下手处。廷绶轻声唤道："海公，海公……"

海瑞睁开眼，见到徐廷绶，挣扎着坐了起来。急切道："你作速离开，锦衣卫正奉命搜捕海某的同党，你来看我岂不是自投罗网？"

徐廷绶见海公在廷杖之下，已是体无完肤，还念想别人的安危，真君子也。遂感慨道："廷绶也是七尺身躯，同为朝廷命官，海公不畏死，廷绶独惧之？"

海瑞道："嗯，我已将身后事托付同乡。舍生取义乃臣之职守。皇上无心朝政，日日炼服丹药，师事陶仲文，一味求长生，海某誓死上疏劝谏，唯愿皇上幡然醒悟，则天下何忧不治？万事何忧不理？"

徐廷绶不无忧色道："海公这道《治安疏》振聋发聩，京城里都传遍了，海公说'陛下之误多矣，其大端在于斋醮'，又把陛下比作商纣王，皇上如何不气恼？"徐廷绶口中所说的《治安疏》，后来史家把它称为天下第一疏。

海瑞道："皇上二十余年不理朝政，如此沉疴不用猛药咋行？海某没有顾及别的，愿皇上一振作间而已，一振作则百废俱兴，天下之治与不治，民物之安与不安，皆取决于此。"

徐廷绶望着海瑞专注的神情，话语里全然是朝廷兴衰、天下之治、百姓之安等，一句也没有提及明天自己是生还是死。他从食盒中取出酒菜，斟满一杯酒，双手递给海瑞，道："海公保重，明日徐某再来问安。"

徐廷绶说到做到，不但连日探视，还带去了治疗棒伤的药，有内服和外敷之别，并置办了全新的内衣，帮海瑞换下血衣，敷上膏药。外面仍旧穿原来的脏衣服，以掩人耳目。经过两个多月悉心调理，海瑞已能下地行走。

转眼到了嘉靖四十五年(1566)十二月十四日，嘉靖皇帝在皇极殿驾崩。张居正提议在乾清宫发丧，以此弥补皇上二十多年不视朝的遗憾。裕王朱载垕即位，是谓穆宗，改元隆庆，下诏"释户部主事海瑞于狱中，复职如故"。

隆庆元年(1567)，太监冯保职掌司礼监，兼督东厂事务，气焰嚣张，权势逼人，为了结党营私，排除异己，冯保设计将内阁老臣、首辅高拱，削职为民，遣回原籍。一时宫中人人自危，畏惧冯保。

徐廷绶依然当他的刑部主事，依然性格耿直、依法办事，他看不惯太监弄权，枉害忠良，不买冯保的账。一次，冯保以盗贼名诬陷无辜者十余人，发下刑部复审，本以为象征性过一个场，待刑部拟个罪名，好将一干人等斩决了事。

经过一番细审，徐廷绶发现卷宗内夹杂很多无辜者，依律把他们都释放了，不予治罪。同僚惧怕冯保气焰，劝徐廷绶按冯保旨意行事，徐廷绶凛然正色道："祖宗法在，不可挠也。杀人以媚人，如天理何?!"他作为刑官无畏无私、不惧权势的一腔正气，颇有当年海笔架的风范。

隆庆四年(1570)，徐廷绶出任辰州知府。辰州最早是獠人、濮人居住地，为湘西少数民族居住区。辰州所在地是沅陵，战国时为夜郎都城，梁天监十年(511)，"辟沅陵县置夜郎县"(《沅陵县志》)。我们读李白《闻王昌龄左迁龙标遥有此寄》诗："杨花落尽子规啼，闻道龙标过五溪。我寄愁心与明月，随君直到夜郎西。"这里的夜郎就是指辰州，现在的沅陵一带。

徐廷绶到任的第一件事，便是将王阳明讲学的虎溪精舍，改为虎溪书院，增建讲堂当仁堂6楹，翼以号舍，"教诸士以同仁之学"(《辰州府志》)。

在湖南辰溪县辰阳镇铜湾溪的沅水河岸丹山的崖壁上，有一片丹山摩崖石刻群，其中"碧水丹山"四字的摩崖石刻，就是由徐廷绶题词、何仕遇书写的。石刻高零点七五米，宽二点三米，距离河面十点五米。有"万历元年秋吉，淳安徐廷绶题"。落款为"铜仁何仕遇书"。

我在《辰州府志·卷八》找到徐廷绶写的一首五言律诗,《宿舡溪拟游偏崖不果》:

古驿船溪上,停橇正夕阳。
觅幽怜洞远,搜句引杯长。
窗月窥人瘦,盆兰入梦香。
角声催早发,草树共云黄。

从这首诗题看,是徐廷绶在辰州任上所写。他来到古驿站船溪,恰好是傍晚时分夕阳落山,本打算到对岸山崖一游,因为附近还有丹山、二酉山等名胜,却没能成行,没奈何只能暂且住下,夜宿驿站,当地有民谣曰:"走遍天下路,最难船溪渡。"滩险水急,摆渡不易,晚上舟行更不安全。这里的驿站还是太祖于壬戌年(1382)设置的,面对着驿馆、栓马场、下马石、风雨桥、茶楼等遗迹,"觅幽怜洞远",此洞当指二酉山藏书洞。相传秦始皇焚书坑儒,文化遭遇空前浩劫,这时候,一个叫伏胜的博士官挺身而出,冒着灭族的风险,悄悄抢出二千余卷书简,分装了五车,偷偷运出咸阳城,一路往南奔走,陆车水舟,经洞庭,转沅水,逆西水而送达"鸟飞不渡"的二酉山山洞,将这些经典书籍藏匿洞中。此后,这个山洞成了中华文化薪火传承的圣地。

徐廷绶作为辰州最高长官,朝拜二酉山藏书洞,不失为是对文化的一种尊崇。

另据清黄虞稷《千顷堂书目》藏书中,录有徐廷绶《锦泉集》与《何溪集》。有幸看到了他与朋友的唱和诗,《胡松麓自瑞州以书见寄》:

搔首西风里,怀君思惘然。

江湖千里隔，云树寸心悬。

客泪随猿落，乡书有雁传。

惟应今夜月，相对共遥天。

胡松麓何许人也？我们查阅了相关的资料，得知他名叫胡同文，字子尚，号松麓，建德寿昌人，嘉靖四十四年（1565）进士，历任刑部陕西清吏司主事，江西清吏司员外郎，授奉直大夫，官拜江西参政。

由此可见，胡松麓曾是徐廷绶在刑部的同事，后来外放到瑞州（今江西高安）做官，一个淳安人，一个建德人，走出省市进了京城，视彼此为老乡。两人情谊深厚，不时有书信往来，鸿雁传诗。这首诗应该写于秋冬季节，大意是：收看你的来信，我站在寒风中独自搔首，思念之情油然而生，胸中惘然若失，虽然我们远隔千山万水，但彼此牵挂之心未断；鸿雁带来了乡人的音讯，客居在外的我听到猿啼之声，忍不住伤情流泪，唯有今晚这一轮明月，让我们可以遥相寄思。

此类诗看似寻常，却皆是至性之语。

辰州任上，徐廷绶除了扩建学校，还治理水患，存问孤寡，赈济饥民，颇有政绩。离任辰州是在万历三年（1575），之后出任陕西按察使，掌一省之刑名，官至正三品，是真正意义上的提刑官。

徐廷绶卒于万历戊寅（1578），享年六十四岁。他致仕的具体时间，以及归葬处尚不得而知，暂且存疑，留待日后考证。

倚剑长叹话詹理

记得是一年十月下旬，一年一度的农村历史建筑修缮项目申报工作结束，按惯例我们要到现场进行勘察。一天，我们来到汾口鲁村。祠堂修缮关乎世德家风、族脉族运、祖业祖产，更是积德行善之事，村民热衷支持，干部积极性高。车到村口，该村詹书记早已等候多时，热情陪同我们来到"一中堂"察看。

砖雕门坊，气派彰显。虽然青苔和杂草爬上了屋面和檐口，墙体开裂，粉层剥落，瓦垄倾圮，但遮掩不了它曾经的精致与讲究、繁富与尊荣。

"嘎吱"一声，詹书记落锁推开祠堂大门。眼前的景象出乎想象。说实话，我参与勘察的祠堂不下两百座，像"一中堂"这样如此凄凉、破败的，确不多见。当时我心中冒出了"环堵萧然，不蔽风雨"之感。

此刻，东厢廊墙角一块石质匾额引起了我的注意，上有"世科甲第"四个楷体大字，这分明指向詹理。于是，我与詹书记聊起了詹理，聊起了三十年前发掘他墓葬的往事。詹书记告诉我，村老龄委还有一块石碑，上面文字也与詹理有关。我饶有兴趣，从祠堂出来，径直来看碑石。轻轻拂去碑上尘土，弯腰粗粗辨去，是詹理给祖母余安人（雍）写的墓志铭。由于时间关系，不及细看，我们告谢离别鲁村，又马不停蹄奔赴接下来的站点浪川、姜家。

这年八月中旬，县文联原主席刘志华生病，从杭州转回淳安，我去县中医院探望他。见他形销骨立，斜躺在床上，手里捧着一本书，神情专注地看着，见我叫他，连忙坐起身来给我让座。我鼻子酸酸的，脸上依旧平静，一边坐下一边询问他的病情。他豁达地用几句话带过，话题转到淳安历史人物，告诉我在杭州看病期间，他专门跑到浙江图书馆查阅史料。谈到项文曜、方学龙、詹理……

我与刘主席隔着辈分，却是亦师亦友，对某些问题的看法，我比较犀利，他相对平和，但不妨碍我们达成共识。他对淳安文化事业认真而执着，且饱含一腔热情，几十年来始终如一，这是最让我敬重的地方。巧的是，在聊天过程中，我得知他请的一位护工，是汾口鲁村人，也姓詹，与詹理是同宗同族。

回去之后，我想把刘主席提到的这几个人物整理一下，不妨就从詹理开始吧。电话联系鲁村詹书记，说我至今还惦记着村老龄委那块石碑，希望能拍张照片发给我。詹书记让我找村文化员方碧娟。于是添加微信，接收她传送过来的碑石照片。借此机会向他们表达谢忱。

碑文五百余字，我们择要述之。

詹理祖母余雍，汾口云林人。生于景泰丙子(1456)七月初一日，卒于嘉靖庚寅(1530)八月十二日，享年七十五岁，葬于王村石突上。余雍十五岁嫁到詹家，平日乐善好施，"有贫无给，死无殓者，安人助之，不迮大父(祖父)。"余雍有四子一女。依次为文福、文禄、文禧、文祯。其中文福、文祯先卒；一个女儿叫福详，嫁给吾溪鲍琢。

詹理父亲名文禧，字得庆，号拙斋。据明代监察御史余乾贞所撰《文禧公行状》记载："詹氏祖先乃南阳人(今河南)，五代时有讳至兰者刺睦州，其子承礼留居遂安西原，再传宗乔迁泉塘，又再传廷芝，改今古明家焉……性孝友，读书识大义。"文禧娶吾溪鲍氏为妻，生有五子，依序为珙、理、玲、玢、璜。

詹理在家中排行老二。字燮卿，号松屏，生于正德丙子年（1516）七月十七日。卒于万历壬辰（1592）六月初五日，享年七十七岁。他少而颖异，"未冠即能通五经，综百家"。三十五岁那年，考中嘉靖庚戌（1550）科进士。积官监察御史兼河西学政。

　　他在会试之前，曾经拜蜀阜的徐楚为师。他自号"松屏"，正是与这段求学经历有关。

　　徐楚有一篇文章，记述了詹理别号的由来："昔之颂君子者，必比德于松……予友松屏柱史，盖尝从事于斯，与之论交者今四十年。忆昔登楼见予座右，有独对松屏之句，日三复之，每讲暇则指屏而言曰：'某窃有志而未逮也，请服膺以自名可乎？'予曰：'君子哉！'其为此名也，夫子所谓岁寒后凋者，其不在兹欤？别数载，柱史学益力、养力充，取科第如拾芥，蜚声四达。"

　　詹理拜徐楚为师，余乾贞在《文禧公行状》里，也专门提及："（公）为人质直，淳笃仗义，疏财不惜小费，其治家一以勤俭为本。课诸子耕，独仲子理使习举子业。时淳安徐君楚，以春秋高第，丁内艰，遭之受学。"徐楚考中进士的时间是嘉靖十七年（1538），时年四十岁，他比詹理大十八岁。徐楚中进士后恰逢母亲去世，按例回家丁忧。文禧公就让二儿子詹理师从徐楚习《春秋》。

　　徐楚为官清廉，敢言直谏。詹理考中进士时，徐楚已出任辰州知府。后在四川参政任上，抗礼严嵩，得罪权贵，被免职归乡。詹理性格上与徐楚有相像之处，耿直不阿，刚毅廉明。他最终丢官的原因，与老师徐楚一样，竟也因为严嵩、严世蕃父子。

　　詹理升官的时间和路线，据他自己撰写的《詹夫人方氏圹志》里，明明白白告诉了我们："夫人讳珮金，同里方文恢公之女。归予有妇行。嘉靖庚戌（1550），予举进士，官中书。夫人从宦京师。癸丑（1553）转陕西道监察御史。甲寅(1554)按甘肃，夫人从予便道归省，八月十六日午时卒于家，距生正德乙亥(1515)八月初四日戌时，年四十。子五，滢庠生，泮、沛、汴、淑。庚申(1560)十一月廿二日，卜葬于七都柘川里姜后山，龙形坤山艮向，虚其右二，为予并继室徐氏寿藏。"

由此，詹理的夫人名叫方珮金，是同乡方文恢的女儿。嫁给詹理以后颇守妇道。詹理于嘉靖二十九年举进士，官中书舍人，夫人便跟随至京城照顾。三年后，擢升陕西道监察御史。次年，巡按甘肃，詹理与夫人一起回家省亲，由于旅途劳累，加之本来身体有病，在京城时，方氏就劝丈夫纳了一个吴姓女子为妾，方氏怀小儿子詹淑时，吴氏也有孕在身，可惜哺乳期间就夭折了，吴氏也很贤淑，就用奶水喂养詹淑，日夜照看，视如己出。

方氏到家不久便病故了，葬于七都柘川里姜后山，并在方氏墓葬右边预留出两个墓室，百年之后，詹理和继室吴氏也归葬于此，这与我们三十年前发掘詹理墓葬的情况是一致的。

詹理赴甘肃上任前夕，好友太仆少卿刘学易有《送侍御松屏詹君分按甘肃》长诗相赠：

使君钟岳产非常，少年献赋拟长杨。
俊才壮节逢昌运，绣袍白简生辉光。
天语丁咛代巡狩，风裁卓越严冰霜。
先声陇右稜威动，月白中宵胡走藏。
澄清汉法霜台迥，大雅周官俎豆香。
豺虎尽除功独懋，芝兰多种名逾扬。
谟烈只应京世彦，凤麟不得归祯祥。
雄剑鸣空寒北斗，匡时吾道属当阳。
即今南北暗戎马，况兹水旱民皇皇。

寄命眼前生犹线,枿空无计逐逃亡。

丈夫目击婴怀抱,寸心激烈持刚肠。

向隅多少悲生事,普照尤宜先绝荒。

好将勋业酬君简,属耳关山奏太康。

这首诗是嘉靖三十三年(1554)五月,詹理巡按甘肃,出行之前,刘学易为他壮行赠别。诗中情感复杂,既有对詹理的肯定赞美,又有对他在险恶环境中的担忧,还有对詹理建功立业的信心与期盼。

尽管来到了穷荒之地甘肃,从詹理自作诗《西宁道中》,可以看出他此刻的心境:

湟中四境接穷荒,揽辔西游肃命将。

赤日不磨山积雪,清秋先到草惊霜。

行从问俗方停盖,坐未移时又束装。

自愧菲樗空倚剑,升平何以答明王。

环境虽然险恶,意志不能消磨。不能只是空倚剑无作为,仍希望建立功业,报答圣明的君主。

可事与愿违。詹理巡按甘肃任上时间不长,仅两三年。

新版《淳安县志》,关于詹理的记载非常简单,只有三行文字。说他"会星变,忌者中之,遂落职归,筑'怡老园'读书自适"。詹理为官时间头尾加起来不过六年。

关于詹理被罢官一事,历来众说纷纭,莫衷一是。我查《古明詹氏宗谱》,内有詹理好友赵祖鹏所撰《明故詹母鲍氏墓表》一文,里面说得很清楚:

……予与詹君过从为密，每纵论天下事，君侃侃可敬。时奸臣世藩方窃国柄，蒙蔽操切，胡虏入郊甸，都城昼闭。詹君愤惋痛骂，闻者生气。……癸丑(1553)余再试登第，改庶吉士，业中秘书。詹君时已迁监察御史，巡辇毂、巡甘肃，所在有声。世藩势益炽，时时搏诸不附己者。而御史君乃益侃侃持正。又明年下李太宰默诏狱，幽杀之，傍击敢言者。御史君用是免官，鹏力不能拯，以为恨。鹏，婺人，睦壤相接。君既家食，睦人来京师，余时时邀致，问君启居。知厥尊拙斋公(文禧)之贤，暨母夫人鲍懿行甚悉。岁戊午(1558)秋夕，鹏合乡同年宴于邸，酒酣话旧，共忆御史君，相顾叹息。给谏(谏言、监察官)吴君，时来在坐，犹切齿恨恨。明日疏列世藩之恶于朝，世藩乃杖窜给谏君，谋道杀之。将株连传相徐公阶。余从中绾解，阱竟虚设，乃大憾余。明年己未(1559)秋，御史君母夫人讣闻京师，诸乡同年率莫，嘱余文。而世藩憾余亟，文不及为。明年庚申冬，竟逐余俾奉敕诘戎于楚，未至，复移之蜀，未至，复以星变免余官。辛酉(1561)七月，归舟过睦，将邀君话旧钓台。时郡县多为世藩耳目者，故人韩叔阳方守睦，闭城拒余，冀以邀宠世藩。余为之大笑，遂弗邀君。明年，圣明察世藩奸状，比诸贪饕投畀远裔。于是，奸党稍解散，道路不梗。詹君始敢以书币托中表鲍生文直，持睦节推应龙状，为母夫人乞墓文于余。……余其曷敢辞，遂按状爰勒墓石文曰：夫人姓鲍，世吾溪……

原文有点拗口，允我稍作解读。

赵祖鹏乃金华东阳人，生于正德壬申年(1512)，己酉年(1549)乡试，与詹理同年中举，次年会试未考中进士。两人成为好朋友。他说自己与詹理来往密切，两人一起谈论天下事，詹理总是一腔正气，令人敬佩。当时，严世蕃掌握了国家大权，蒙蔽圣上，办事急躁。导致蒙古俺答汗入侵郊畿，弄得人心惶惶，连白天都紧闭城门。詹理愤惋之下痛骂不已。

嘉靖癸丑年(1553)，我考中进士，改庶吉士，业中秘书。詹理擢升为监察御史，巡按京畿、巡按甘肃，皆有声名。严世蕃权势日炽，经常打击那些不依附自己的人，而詹理不理会这些，仍然持正守节。嘉靖乙卯年(1555)，严世蕃等人构陷罪名，下吏部尚书李默于诏狱，并暗下杀手，杖毙李默。以此敲打那些敢于直言的人。詹御史因此被免官，以我的力量根本无法施以援手，只能引为憾事。

我乃金华人，金华与睦州接壤。詹君闲居在家，睦州人(严州人)来京城，我常常邀请他们到家里招待，顺便打听詹理的起居生活。详细知悉了他父亲拙斋公之贤，以及母亲鲍氏的懿行，甚觉宽慰。

戊午(1558)秋末，我与在京的同乡同年聚集在官邸，饮酒话旧，谈到了詹御史，觉得他丢官冤屈，大家相顾叹息。谏官吴君当时也在座，尤其愤愤不平。第二天，他上疏一道，罗列了严世蕃恶行，奏于朝堂。严世蕃起了杀心，令人一通乱棍将吴谏官打出，还株连到阁老徐阶。我从中斡旋解绾，此陷阱深不可测，严世蕃因此对我失望至极。

明年己未(1559)秋，詹御史母亲讣闻传到京师，诸乡同年一起致奠，大家嘱咐我写篇墓表。而严世蕃恨我急迫，我来不及动笔。次年庚申(1560)冬，(世蕃)竟把我驱逐到楚地，不久，又徙之于蜀地，不久，又以"星变"的借口把我免官。辛酉(1561)七月，我回乡坐船路过睦州(严州)，打算邀请詹君至钓台叙旧。当时郡县多有严世蕃的耳目，就连老朋友严州知府韩叔阳，也拒绝跟我见面。他希图这样能邀宠严世蕃。我大笑不已，遂放弃了邀请詹君的想法。

又过了一年，皇上察觉严世蕃等人的奸状，放逐了几个贪得无厌之人至边远地方，这些奸人才稍有收敛。詹君才敢带着稿酬托母亲家亲戚鲍文直，拿着严州节度推官应龙的书信，请我为母亲鲍夫人写篇墓表。我不敢推辞，于是按应龙提供的内容，勒墓石文曰："夫人姓鲍，世吾溪……"

可见，这篇墓表来之不易，经历曲折。

詹理听说自己被罢官后，没有悲悲戚戚，他叹一声道："人生贵适志耳，吾二亲在堂，承颜昕夕。古人不以三公易者，矧得遂棠棣之欢?续箕裘之业，吾复何求哉?"詹理认为人生贵在适志，自己双亲在堂，朝夕可以侍奉尊长左右，这样的事古人拿三公(太师、太傅、太保)都不换，况且可以得兄弟之欢，续祖宗基业，还有什么可求的呢?我想，这应该是宽慰自己的话，詹理的内心还是想要"报明主"的。

闲暇之时，读书以自娱，教书以育人。我在宗谱里还看到詹理写的一篇《神山塔记》：

塔建非古也。自佛入中国，释氏凭鬼神以昌异教，故人多冀乎其不可必，揣摩乎其不可知，而崇奉之广，梵宇严像绘，累木石为浮图，今皆布满宇内。儒者所不道云。至堪舆家以天地支离，五行八卦，候土验气，而行鬼阴之说，又与佛教相出入。今之儒者慕富贵利达，不异蚩蚩者之干福田利益也，往往信其指画，某山某水当蹲湮处而补泄之。故塔之靭，不惟佛地为然，虽穷乡村落，亦在在有焉。予家古明里面阳背阴，群峰环峭，若戟若城，独东南水口一小阜曰神山者，下峻上夷，如覆釜状。堪舆何子石溪顾谓我曰：此胜地也，特水口巽位稍卑俯耳，更加一塔，昂霄科目，将种种也。诸昆弟入其说，力请于予曰：我先世分处两源，数有闻望，若龙图公大魁天下，尤表表者。今居古明，兄始旷世，克绍前修，顾厚积而薄发，非居使之然欤。遂与之俱蹑其巅而望之，果若覧而隙焉。比归，按舆图，得其麓之产，皆名塔下，乃抚掌大笑，曰：此令图也，天实赞之，是诚在我。即首捐百金为倡。吾族若长若幼，不私其有而响应焉。议谋金同，鸠工命曰，砖取诸陶，灰取诸石，力取诸傭，量所费而盈缩之，不敷，仍各捐值，而益计日而馌，搋方而涂墍，广三丈，崇七级，始于隆庆戊辰十一月丁未，万历甲戌腊日落焉。复穴左土为龛六楹，居僧之守者以司钟鼓。工峻，谓予盍纪颠末。予惟山川毓秀，则贤哲挺生，理或然也。顾前此未有塔，予亦讵有今日。兹有塔矣，而人或不然，谓之何哉。人杰地灵，是在二三子而已矣。《书》曰："佑启我后人，咸以正无缺。"

落款：万历丙子十月吉旦　松屏主人撰

这篇记文，详细叙述了他从质疑释氏"凭鬼神以昌异教"，到半信半疑，跟随风水先生何石溪，到实地勘察，再到"首捐百金为倡"，族中老幼，有钱出钱，有力出力。"广三丈，崇七级"的神山塔，从隆庆戊辰（1568）十一月开工，到万历甲戌（1574）腊日落成竣工。"腊日"即腊八节这天，农历十二月初八。建造神山塔，头尾六年整。

神山塔下，龙川溪畔，从此有了"鸿送秋声来此地，日移塔影过溪东"这一标志性景观。

另一个有标志意义的，是詹理在"詹氏墨宝"中的题跋。这彰显了他的官宦身份，作为一个读书人的荣耀。撰写时间是神山塔落成的第二年。题跋如下：

有宋明元重股肱，制科抡选纲罗弘。

自缘独步陈三策，深沐栽诗逾百朋。

御笔劲道阴鬼哭，奎章绚耀彩云烝。

传家什袭能珍重，分付儿孙谨服膺。

三策曾缘达紫宸，奎章裁赐勒贞珉。

已知摹刻流千载，不负传胪第一人。

隐约若闻神鬼泣，摹挲犹认墨花新。

假饶当日荣金帛，纵善收藏岂足珍。

落款：时隆庆己巳（1569）三月甲子，赐进士前巡按陕西兼提督河西学政、陕西道监察御史、西原后人詹理谨书

"詹氏墨宝"中，淳安籍官员留下墨宝的有：詹仪之、詹骙、詹资信、余思宽、毛一公、毛一瓒、詹理等人，窃以为，单就书法造诣而论，詹理之书，一如其人，筋强力健，敛骨入神，胜出其中多数读书人。

由詹理书法，联想到"一中堂"那块"世科甲第"匾额，朴茂端庄，骨力洞达，却没有留下作者的落款。前段时间，郭村"一本堂"的"王侯世冑"匾额，因为尾款有"苏轼题"三字，引来媒体反复炒作，其实是后仿或假托苏轼名头的。这些都不重要，重要的是这些匾额的历史价值、文化价值、艺术价值以及教化功能。

每一段历史都是独一无二的存在，是中国文化的组成部分，具有鲜明的地域性，培植了一代又一代人，这才是它无可替代的重要原因。

詹理致仕归家才四十岁，正是人生的黄金期，他有理想有抱负，想为国家做点事，尽一份臣子之职，却空有一腔报君心，倚剑长叹徒奈何！

阿寄的荣耀

阿寄死了,那年他八十岁整。

主母颜氏下令全家为阿寄披麻戴孝,开丧受吊,乃延僧众荐亡,诵经修福,勤做佛事。法事办了七七四十九天,只为阿寄亡灵能早日超升。"祭葬之礼,每事从厚。"这场丧事在村里办得很是风光,也很是铺张。

外人难免纳闷:这确是一个仆人的葬礼?

锦沙村(威坪蜀阜村的别称)村民对于阿寄的死莫不惋惜,"合村的人,将阿寄生平行谊,具呈府县,要求旌表,以劝后人。府县又查勘的实,申报上司,具疏奏闻。朝廷旌表其间……"这是冯梦龙小说《醒世恒言》第三十五卷:"徐老仆义愤成家"中,对徐家老仆阿寄死后的描述。

一个仆人死后何得如此荣耀?

阿寄的死牵动着众多人的神经,他的事迹在民间口耳传颂,甚至于《明史》《浙江通志》《严州府志》等正史均为其立传。冯梦龙更是将其改编为小说,收录在《醒世恒言》中,广为流传。

故事发生在淳安锦沙村,时间是明代嘉靖年间。主人公阿寄是徐家的一个仆人,年逾五旬。户主徐公有三个儿子,大儿子叫徐言,二儿子叫徐召,各生一子,三儿子叫徐哲,老婆颜氏,生有二男三女。徐家在锦沙村算是小康之家,置有几十亩地,外加一头牛、一匹马。

阿寄是本村长大的,只因父母丧了,又无力殡殓,故此卖身在徐家。阿寄时年五十多岁,夫妻两口,也生下一个儿子,有十来岁。他为人忠厚谨慎,朝起晏眠,勤劳耕作,徐家得他帮衬,日子本也过得平安和顺。

可是天有不测风云,徐公患病去世,老大徐言掌家。记得徐公临死之时,再三叮嘱兄弟三人,一定要守住这份家业,和和睦睦过日子,不要分家单过,以免生出是非。

这样相安无事过了几年,三兄弟倒也能遵守父亲的遗嘱,共同操持家务,打理生活。岂料祸不单行,福无双至。忽一日,老三徐哲患了伤寒症候,七日暴亡,撇下一个年轻的寡妇和五个未成年子女,撒手而去。

颜氏痛失夫君,伤心欲绝,儿女幼小失怙,无依无靠,一家人哭成一团。孤儿寡母哭归哭,日子还得过下去。这边颜氏心里还在暗自庆幸,尚有两个大伯一起过活,也能帮扶她照顾孩子;那边老大、老二已经开始嫌弃老三家孤儿寡母,必成家庭的拖油瓶,正在盘算着怎么分家哩。

果然,老三死后不出两月,老大、老二计议已定,到次日备些酒肴,请过几个亲邻,又请出颜氏,并两个侄儿。老大先开口说道:"列位高亲在上,徐言有一言相告。"接着是一通冠冕堂皇的理由,说先父原没什么遗产,多亏我兄弟,挣得些小产业,本指望弟兄相守到老,不幸三弟过早离世,弟媳是个妇道人家,不知产业多少。万一消乏了,只道我们有什么私弊,欺负孤儿寡母,反伤了骨肉情义,平添些是非口舌。不如趁现在分开单过为好,家产分作三股,各自领去营运,省得后来争多竞少,特请列位高亲作个见证。

颜氏听说要分家,眼泪止不住簌簌流,口中央求道:"二位伯伯,我是个孤孀妇人,儿女又小,就是没脚蟹一般!如何撑持了门户?昔日公公吩咐莫要分开……"不待颜氏说完,老二徐召一旁帮腔道:"三娘子,天下无有不散的筵席。公公乃过世的人,说的话又不是圣旨,如何作得准?"他看了一眼颜氏,故作怜悯道:"昨日大伯欲把牛马分给你,我想侄儿又小,那个去看养,不如把阿寄一家分与你,阿寄虽说年纪大了点,筋力还健,还能帮扶干点地里的活。"

寡妇见他们兄弟一唱一和,明知是算计好了的,料道拗他不过,一味啼哭道:"马和牛能耕田耙地,你们都分去了,剩下老头一家没人要,白给我增加几口人吃饭,这日子怎么过呀!"亲邻见了分书,也知道不公平,又不肯做冤家,一齐着了花押,劝慰颜氏看开点。

世情看冷暖,人面逐高低。

颜氏只得另立门户,带着一群孩子和阿寄一家凄惶度日。

阿寄看不惯老大、老二的做派,也知道兄弟两人嫌他老了,借故把他推出的意思,心中虽不免失落,但他不至于失态,他偏要争这口气,挣出个事业起来,也不被人耻笑。

他一连考虑了几天,与其守着家里十几亩薄地,不如出门经商,为主母赚点钱回来,帮她持家立业。于是对寡妇说:"三娘,你急急收拾些本钱,待老奴出去做些生意,一年几转,其利岂不胜似马牛数倍!"

颜氏也想不出更好的办法,无奈无助之下,只得寄希望于阿寄,翻箱倒笼将簪钗衣饰拿出来,去典当了十二两银子,作为阿寄行商的本钱。

于阿寄是平生经商第一步,于颜氏则是身家性命的一搏。

不得不承认,阿寄极具商业头脑,经商有天赋。他路上听人说贩漆利钱大,"况又在近处",就直奔产漆地庆云山中去了。这个"庆云山",我推测应该就在威坪洞源村一带,威坪历史上就是"严漆"的产地之一。据《严州图经》载:"(严州)惟蚕桑是务,更忞茶割漆,以要商贾懋迁之利。"可见,茶和漆是淳安人对外贸易的主要特产。北宋末年方腊起义,也是在洞源村的漆园举行誓师大会。从锦沙村到洞源村不远,符合阿寄所说"况又在近处"。

阿寄凭着自己能说会道,灵活应变,在庆云山漆园牙行弄到一批好漆,然后运回锦沙村。锦沙村地理位置得天独厚,历来有"襟三水而带新安江"

之称,距新安江口近在咫尺,仅三里路途,这里是重要的商埠口岸,上通徽州、下达苏杭。阿寄"教脚夫挑出新安江口",考虑杭州离此不远,价格卖不上去,便雇船直奔苏州。一到苏州,货果然变得紧俏,阿寄的漆货,足足赚了一个对合有余。顺道回去再把苏州籼米贩到杭州去卖,又狠赚了一笔银子。

阿寄得心应手,生意越做越有经验,他懂得"货无大小,缺者便贵"的道理。日夜辛苦操劳,四处奔波经营,如此经营一年多,竟替主母赚了一千多两银子,寻思年终该回去置买些田产,做个根本。

颜氏见阿寄不但平安回来,还赚了许多的银子,自然感激不尽。阿寄与寡妇商议,又在村中富户手里,用半价买下一千亩良田和一座庄房,使寡妇有了安家立业的根基。过完年在家休息了一段时间,阿寄又出门经商去了。

《明史·阿寄传》载:"(阿寄)历二十年,积资巨万,为寡妇嫁三女,婚二子,资聘皆千金。又延师教二子,输粟为太学生。自是,寡妇财雄一邑。"

阿寄为主母挣下万贯家财,还帮着主母把三个女儿全部嫁了出去,又为主母的两个儿子聘请了最好的老师,教导他们读书,使他们都进学有了功名。寡妇从此成为当地首富,门庭若市,牛马成群,好不兴头。

临终之前,阿寄对寡妇说:"我已经尽全力报答了您的大恩,将来两个小主人也有了安身的根本,我死后就可以瞑目九泉了。"说完,从枕下拿出两份文书,交给寡妇道:"两位小主人长大成人,将来免不了分家过日子,为了避免日后相互争执,我已经将房屋田产分为两份,让人写在纸上,今天我把它都交给您,希望小主人能世代守住这份家业。"说完气绝而逝。

寡妇一家被阿寄行为所感动,号啕大哭了一场,全家披麻戴孝,厚葬阿寄。老大、老二至此还怂恿侄儿,以为阿寄藏了私房钱,进屋开箱倒笼,搜检一遍,只有几件旧衣服,哪有分文钱钞?

阿寄的故事讲完了，阿寄的孝义不胫而走，义仆之举感天动地，就连《明史》都为其树碑立传。

阿寄能得到社会广泛关注，其实是一个文化现象。

我发现明代社会很是有趣：奇葩而不违合，尴尬且在情理；无奈并非无望，失落不致失态。

明代初年官府颁布禁奴令，朱元璋反对庶民之家蓄奴，反对人身买卖，反对私债准折而压良为贱，不准存养奴婢，违令"存养奴婢者，杖一百，即放从良。"（《唐明律合编·卷十二》）

但这只是对平民百姓而言，对于功臣、勋戚、贵族和官僚蓄奴，有人数的规定与限制。三公家仆不得超二十人，一品官员不超过十二人；英宗时又有调整，规定四品以上十六人，五六品十二人，七品以下递减两人。

所谓理想很丰满，现实很骨感。明代的禁奴令始终处在禁而不止的尴尬状态，早期执行相对严厉些，越到后期越宽松。我们平时看明代世情小说，那些大户人家几乎都有奴婢使唤，如《三言二拍》中，富户家奴婢数量超过官员家的不在少数，阿寄赚钱回来后，主母颜氏家雇工奴婢就达上百人之多。

阿寄为奴，"只因父母丧了，又无力殡殓，故此卖身在徐家"。阿寄所处的时代已经到了嘉靖年间，属于明代中后期。随着商品经济的发展，富户阶层的崛起与需求，法律与实际世情差别加大，奴仆身份界限逐渐模糊，士大夫阶层变得普遍认可，加上统治者的默认，士庶之家蓄奴已较为寻常。

《阿寄传》最早见于田汝成的《田叔禾小集》，该书刊刻于嘉靖四十二年（1563），是"汝成晚年令其子所编"。田汝成在记述阿寄故事时，直言阿寄是"淳安徐氏仆也"，并没有采取隐晦的手法，阿寄临死之时对寡妇也说："老奴马牛之报尽矣……"这就说明了庶民蓄奴，是得到社会主流意识认可，并不犯忌，无需避讳。

如何管理好家仆，主仆关系的处理才是一门学问。我在《蜀皇文集》中看到了"徐氏家规"，内中周备详细，列举了二十条：修世系、重祠宇、志茔墓、谨祭享、遵祖训、尽子道、励臣职、择交游、正名分、敬长上、睦宗族、训子孙、端闺范、务本业、尊美德、禁词讼、戒赌博、屏蠹行、恤仆御、广阴德。

其中"恤仆御"，就作为家规写入宗谱之中。主仆关系实则是一种伦理关系。上下尊卑关系不可紊乱，仆要孝忠于主人，主人则要懂得体恤仆人，仆人也是"天之所覆，地之所载，父母之所生，自天子至于庶人同类也，何忍相为凌侮如禽兽哉?"主张"御仆人之道，严其名分，而宽其衣食，警其惰游，而恤其劳苦。要以孝弟忠信为先"。对于关心爱护奴仆的主子，会得到社会的褒奖。

冯梦龙在"徐老仆义愤成家"篇首，先讲了一个萧颖士与杜亮的故事；看似毫不沾边，其实内蕴乾坤。萧颖士博学多才，笔落缤纷，十九岁便名倾朝野，从小有个贴身服侍的仆人，名叫杜亮，十分尽心。可这萧颖士百般俱好，就有两样毛病：一是恃才傲物；二是性子严急。奴仆稍有差误，便加捶挞。也不分轻重家伙，没头没脑乱打，有时候还要咬上几口方才解气。家中奴仆惧怕，皆四散逃去，最后只剩下杜亮一人，依然尽心服侍，没有怨言。

可这萧颖士是"天生的性儿，使惯的气儿，打溜的手儿"，没有丝毫更改，可怜仆人杜亮，今日一顿拳头，明日一顿棍棒，旧伤未愈又添新疤，不出几年，渐成伤痨症候，卧床不起，竟致呜呼哀哉。如此忠心尽职的一个仆人，得到这样一个下场，让人唏嘘不已。

冯梦龙用心良苦，他把杜亮的遭遇先讲述一遍，再把阿寄的孝义铺陈演义，作个比对，好让读者自己去判断，如何处置主仆关系。

从仆人的角度来说，桀骜不驯、不忠不孝是要受到法律制裁和社会舆论谴责的。对主人效忠、孝义是他们的本分，但像杜亮这样的愚忠，则不值得效仿。

阿寄的所作所为，无疑是仆人中的道德楷模。明代中后期，社会上出现了奴仆欺主的现象，士大夫需要通过树立道德典范来维系奴仆忠于主人的关系。

时间是真相的朋友，奴仆与主子患难见真情。主母颜氏与仆人阿寄的关系，在寡妇另立门户之后的二十余年间，堪称明代社会主仆的典范。颜氏给了阿寄充分的信任，一方面因为颜氏是一个寡妇、女流之辈，缺乏主见，家里还有五个未成年子女需要照顾，不便抛头露面；另一方面，实在是出于无奈，颜氏别说经商的经验，怕连远门都没有迈出去过，她不信赖阿寄又能相信谁呢？

阿寄不负重托，全权打理生意，今天买这明天贩那都是自己拿主意，什么赚钱做什么，灵活得很，他只记得"物缺则贵"的道理，二十余年如一日，辛勤操持这份家业，富甲一方。尤其可贵的是，阿寄恪守主仆礼数，从不以功臣自居，生活上对己十分严苛，到年老衰迈之时，也不曾私吃一些好饮食，私自做件好衣服，赢得了族中老幼的一致敬重。他走到村中，村民见了必然站起，有乘马在途中遇到的，必然跳下来闪在路旁，让阿寄过去再行，就连颜氏母子，也如尊长一般对待他。

这是属于阿寄的荣耀。

阿寄的荣耀不仅仅属于他个人，属于嘉靖年代的锦沙村，属于徐家的寡妇颜氏，这份荣耀历经四百余年，跨山涉水，穿越古今，更属于忠孝、孝义的儒家道统，属于培植它的这片土地。

文化守护神方应时

万历十二年(1584)秋,福建漳州府长泰县正衙,天色未明,秋风萧瑟,阴雨迷蒙,四面八方的乡民纷纷聚拢在此,迎风冒雨,静伫而立。

他们是在等一个人。

只想见一见他并给他送行,表达内心的那份情感。人群越聚越多,远处依稀有人还在往县衙方向赶来。老百姓要送的这个人乃是淳安人氏(遂安十六都人),在长泰当了五年知县的方应时,天明即将离任。

据《长泰县志·长泰令方侯去思碑》记载:"(方应时)行之日,耄倪权马首,遮留不使去,其缙绅先生士泣而祖于境上,归则相与谋肖侯像而祠之。"长泰县城里,老老少少都赶来挽留他们的父母官。在职或是离任的官吏和一些读书人,在方应时必经的道路旁,摆下酒宴替他饯行。回来后都商量着为方应时建生祠以供乡民祭拜。"祖于境上"可谓当时最隆重的饯行仪式。平心而论,这样受人爱戴的父母官不多见了。

今天,我们的主人公在长泰万民的护送下隆重登场了。

方应时,字以中,号养吾,晚更止庵。生于明嘉靖丁酉(1537)九月三十日,郭村银峰村人。其先祖安公于唐朝末年由桐江白云村迁遂之端坡(墩头),恩公择居银峰。

父亲方亨,字嘉会,别号敬斋。据邑人汪乔年写的《廷政公暨奉政大夫敬斋公合传》云："(敬斋)少有大志,因不偶,遂隐林泉,浑朴不烦,咸称长者。娶社墩余大鸿女讳银璧持家。生二子,长志善,次应时……"方应时父亲淹贯经史,孝友天植。万历中敕封文林郎,晋封奉政大夫。

邑人毛一瓒,神宗时官至吏部郎中,他给方应时写过《奉直大夫南京工部营缮清吏司员外郎止庵方公行状》,内云："公生而警颖异凡,弱冠通经术,补郡诸生,累试辄异等。"方应时还曾游学瀛山书院,寻格致之原,求经世之术。每天与"天光云影""源头活水"相伴,使他内心趋于平静,似有所归,觉得在这里找到了人之为人的根本。

明隆庆四年(1570),方应时三十三岁,庚午科乡试在杭州贡院开场。三场文字下来,方应时秋闱摘桂,中了举人。记载中没有方应时再接再厉,赴京参加会试,但明清时代他作为举人,可以直接进入仕途。

万历八年(1580),方应时被授福建漳州府长泰县知县,任期五年。为查找他在长泰的活动轨迹,我电话联系了长泰县文物博物馆,接电话的是位年轻姑娘,听了我的陈述随即告诉我他们馆郑老师的办公室电话,说他参与县志编写。郑老师说方应时是个好官,县志上有记载,拍好后用微信发给我。收到的十几张照片中,有方应时自己写的诗词,也有别人写他的,凡有关于他的记载都拍了来,那份热情令我感动。他告诉我说这是乾隆版《长泰县志》。我在感谢之余忽然心生感慨,这其实是享了方应时的福泽,虽然过去了四百多年,但当地老百姓的感情仍是最朴实的,长泰人民至今还在念着他的好,记着他的恩,我则是沾了他的光。

作为父母官,惩恶扬善,体恤黎民,保一方平安,皆分内之事。除此之外,方应时还特别注重文化的培植和传承。他上任伊始便做了两件事情。一件是重建文昌阁;另一件是力保紫阳书院。

文昌阁位于长泰县城东南一公里处的石岗山上,又称文昌塔。始建于明正德十四年(1519),方应时到长泰时,文昌阁已毁,仅存遗址。他顺应民意,表示"政务之闲,特建崇阁于山椒,爰增峰峦之胜,祀文昌于阁中,假借象纬之精"。为此他捐出自己的俸禄,首倡在石岗山山顶建阁,历时一年有余,八卦形的文昌阁终于落成,恰逢长泰士子六人同科中举,时民众认为"文昌理文绪,进功贤,祷必应,学子也笃信至诚"。

此后,长泰文运昌盛,有了戴昀一家六代七个进士,戴耀祖孙三世尚书。长泰百姓认为文星君有灵应,"文星现,贤才生",由此,文昌阁开始远近闻名。

《长泰县志》有载,方应时离任后,长泰百姓给他建了生祠,"方公祠在石岗山,为知县方应时建"。方应时捐资修建的文昌阁也在石岗山。长泰百姓有心了,方知县虽离任而去,但有他守护文星昌就不愁文运不盛,因为在长泰百姓心目中,方知县就是活着的文昌神。

方应时对当地书院的保护和发展也大有贡献。他初到长泰上任时,就碰到一件棘手的事情。内阁首辅张居正在神宗的支持下,采取了一系列的改革措施,推行"一条鞭法"。但在文化上却实行专制主义,甚至"毁书院,禁讲学",对知识分子的思想进行压制,以图统一社会价值观。

嘉靖、万历年间,王阳明的心学开始流播,读书人追求思想解放,全国各地建书院、兴学校已蔚然成风。士大夫进驻书院讲学,创立自己的学派,拥有大量的"粉丝",对朝政进行品评清议。张居正对此深恶痛绝,他奏请神宗于万历七年(1579)下旨:全国各地巡按御史、提学官切实查访,将各省所有私建的书院,一律改为诸司衙门;书院所立粮田俱查归里甲;各地师徒不得聚集会议,扰害地方。

此令一颁,天下书院纷纷被毁,实乃读书人的一场浩劫。

方应时甫到长泰,屁股没有坐热,就面临着境内紫阳书院的生死宣判。身为七品芝麻官的方应时,此时此刻,面临着一场抉择,是力保紫阳书院还是令毁紫阳书院?如何才能保住紫阳书院?

夜已深，人未眠，油灯照孤影。

方应时独自在县衙陷入了苦思。

张阁老不喜欢阳明学说，他痛恨王学，遂迁怒于书院，欲把天下书院尽毁于一旦，正所谓爱屋及乌，恨屋亦及乌。长泰的紫阳书院乃朱夫子讲论格致之学的圣地，与王学所谓的心性、直觉顿悟观照法是有本质区别的。又念及千里之外的瀛山书院，也是朱熹的过化之地。如若不分青红皂白，尽数毁却，黜先生，逐弟子，非是寒了天下读书人的心，乃是把天下读书人的种子尽皆灭绝。

思虑及此，他找到了症结所在，便以此为楔入的一个点。于是他搦管挥毫，奋笔上疏。他要保住文化流播的圣地，保住薪火传续的道场，保住长泰县的文运文脉。这样的交锋与抗争并不对等，一个是身为内阁大学士的宰相，一个是以举人身份上任的七品芝麻官，官阶差异悬殊，外人看去方应时此举无疑是以卵击石。

但这位淳安籍官员，关键时刻从不认尿。面对着当朝宰相，方应时铁肩担道义，毫不退却。结局紫阳书院竟真的被保住了，躲过了这场劫难，没有遭到灭顶之灾。不能不说是一个奇迹。遂安的瀛山书院也因为他的上疏抗争得以保全，幸免于劫难。

离任长泰知县的方应时去了广东，因为考绩异等，升为肇庆府同知。时万历十二年(1584)秋。

同知乃知府的副职，负责地方盐粮、捕盗、江防、海疆、水利、河工以及清理军籍、抚绥民夷等，是正五品的地方要员。

肇庆属粤西沿海地区，它与广州、高州、雷州、廉州并称粤西五府，海岸线漫长，岛屿和港口众多，也属于民族杂居区，很多边海、岛屿都处于政府监管的盲区。明中叶后，海盗活动伴随着走私浪潮不断冲击着粤海地区，国内外的海盗武装甚至频繁劫掠这片海域，给当地政府和民众带来严重的困扰。

肇庆府不太平。因为从1564年开始,两广总督府移驻肇庆长达一百八十二年。近两百年中,肇庆实际上是两广军事指挥中心。

以李茂、陈德乐为首的海盗武装,盗采珠池,抢掠洋船,"旧态未忘,时为民害"。时人谓之澳党。据《琼州府志·艺文志》记载:"澳党一事,当李、陈二酋结伙铺前,阳听县官招抚,而阴怀异志,动联百艘,称戈吞噬,有司惶盼莫敢问,岌岌乎如痈毒旦夕且溃。"

方应时不信这个邪。当时的知府是王泮,绍兴人氏。他见方应时也是浙江同乡,甚是欣慰,给方应时接了风,便把近年来澳党之患据实告知。末了说:"你来得正好,吏部文书已到,迁我为按察司副使分巡岭西,听说明春新来的知府也是浙江人,叫郑一麟。以后你就要替肇庆百姓多担待一些了。"方应时拱一拱手,回说:"这是我职责所在,王大人不必客气。"

此后,方应时一刻也没闲着,捕盗、江防与海疆都是他同知的管辖范围。方应时岂不知这是一个烫手的山芋,多少年的匪患始终得不到根除,多少任的同知巴不得赶紧调离,他却经常微服出行,走访渔民珠池,了解盗匪踪迹,酝酿捕盗方略。

时间一晃到了万历十六年(1588),方应时觉得时机已成熟,遂向知府郑一麟细说了他的捕盗方略:一为诱捕,如若诱捕不成,则发重兵围剿,务绝此患。郑一麟认为可行,但需征得两广总督刘继文的支持。两人遂到总督府陈明详细的方略。

总督刘继文颇为赞赏,但他有一个顾虑,就是怕那个洋僧人利玛窦与澳党首领李茂有瓜葛,走漏了军情。

利玛窦是意大利的传教士,1578年从葡萄牙里斯本出发,先到印度传教5年,再到葡萄牙人占据的澳门短暂停留,学习汉语。万历十二年(1584),利玛窦获准进入广东肇庆。方应时也是这个时候到肇庆履职的,他们俩不但熟悉，而且还算朋友。说起来，利玛窦离开肇庆也与方应时有关，两人缘分真是不浅哩。

利玛窦初到肇庆，生活的方方面面，包括衣食住行均需要得到官方的认可和支持，所以他常往知府衙门走动，主动与地方官员打交道，套套近乎。为了避免不必要的误会，利玛窦对外自称是天竺僧，那时人们不知道什么叫天主教，认为利玛窦只是个洋和尚，所以总督大人误以为利玛窦与澳党有来往，是澳门葡人派来的间谍，要找个借口把利玛窦送往韶州，然后再采取军事行动。

方应时托人给李茂带去一封信，信中大意说，前几年你受琼州府招抚，在铺前做了一个良民，现在你故态复萌，又聚党盗珠，想必是为生计所迫。但你这样公然与朝廷为敌，我作为肇庆府官员，不擒拿你到案，便是我的失职。我想约你一谈，不知你意下如何？

李茂见信不以为然，以为方应时和其他官员一样，所谓见面就是一个借口，无非是为捞油水谈条件。他便爽快答应见面谈谈。

万历十七年(1589)正月，李茂带着陈德乐等一干人如约而至。方应时摆下酒宴招待李茂等人入席，座间，但见方应时拍案而起，历数李茂等人罪责，并且晓以大义，令其伏法。李茂心知中计，为时已晚，他冷汗透背，精神瞬间崩溃，在方应时面前，终于低头认罪。方应时欲借李茂的项上人头，震慑澳党，以儆效尤。

李茂暂且收监不提。

开春过后，方应时接连收到家中噩耗，父亲于万历己丑年(1589)四月一日去世，母亲于同年五月十二日去世。他飞章朝廷，回籍丁忧，守丧三年。

据毛一瓒《止庵方公行状》载："(万历)丁酉(1597)，擢南缮(工)部员外郎。"这个时间点与万历版《肇庆府志》上的记载基本一致，方应时于万历十七年丁父母忧回籍，二十年(1592)复任肇庆同知，二十四年(1596)

十一月升任南京工部员外郎。

方应时到南京任上后,"委榷龙江瓦屑关关主,告缗龙江,则竹木薪炭,襟会之市,积胥猾侩,或夤缘为奸窟,商贾废职。公至则首涤除之,条八议上之大司空;司空报可,宿弊为之一清……期年政成,且有显陟,然公业倦游,愿遂初服,遂以戊戌(1598)请急归,栖瀛山精舍,招同志讲学论文"。

这里所说的瓦屑关,位于南京狮子山附近。因为船只大批集中,官船、贡船、漕船、渡船、商船往来穿梭,形成各种市场,官府也设关收税,抽分、关、局一应齐备,十余里分司署绵延,工部管辖的抽分厂设瓦屑关、龙江二局,官吏专掌往来船只的税收。瓦屑关专收竹木柴炭税,供内府和各衙门支用。

瓦屑关一带繁华异常,茶楼酒店,客馆林立。有了商机难免鱼龙混杂,滋生了积胥猾侩,扰乱市场,浑水摸鱼,从中渔利。方应时上任后就涤除这些诟秽恶习,专门条陈八项建议给工部尚书,得到长官的支持,宿弊为之一清。

方应时到任一年便卓有成效,眼看着有擢升显要官职的机会,此时的他却萌生退意,仿佛有个声音在召唤着他:"活水漾洄半亩漾,文澜之泽瀛山秀。"培植文化、守护文化是他一生的夙愿。他明白是瀛山书院在召唤他,不能再等了,回吧,回吧。

终于回来了。眼前的景象让他不免有些失望,书院垣颓壁坏,一望草深。痛心之余,他没敢耽搁。瀛山书院是他心中的圣地,当年自己初到长泰,夤夜秉笔上疏,就是为了保住这块圣地,今日岂能让它再度荒废?

第二天他便联络詹氏一族,发出倡议,重整瀛山书院,带头捐田捐资,复使格致有堂,方塘有亭,岁虔祀事,规条以约。他则每天与几个同道者,讲学于瀛山书院,因自号曰止庵,乐其道而自得。

方应时是幸运的，退归瀛山书院的七八年，他既是为文化复兴而活，也是为自己而活。他找回了内心的那份真实，充满了一种喜悦之情，回应了生命中潜藏的那个音符，如空谷传声，幽深而旷远，直达人心扉。正如后人所说："（先生）正而不阿，婉而不迫，能令党同者改容，执礼者动听，是先生大有功于名教也。"（《乡贤录序》）

万历乙巳(1605)三月二十九日，方应时卒，享年六十九岁。

妻子章氏，貂山（姜家章村）人，生于嘉靖戊戌(1538)十月十九日，卒于万历戊午(1618)四月十二日，享年八十一岁。敕封孺人，诰封宜人。有子三，依序是世教、世敏、世效。一个女儿嫁给芹川太学生王任儒。（《银峰方氏宗谱》民国三年版）

方应时去世后，由老二方世敏出任瀛山书院山长，天启间他考订《瀛山书院学规》刊行于世。学规分为格致、立志、慎修、戒傲、安贫、会文等十条，使书院教学更趋规范严谨。四百多年来学规条理清晰，传承有序，可谓方应时培植文化，守护文化的一种延续。

老大方世教出仕为官，由生员援例任云南布政司都事署禄劝州事。禄劝州是少数民族彝族居住地，山高林密，道途陂隘，方世教带头捐资修建，彝民感其德，特立景行碑以记之。

老三世效由增生援例未仕。

先生之风山高水长，守护文化者人必守护之。直至一百多年后的清雍正七年(1729)，邑令王锡年奉圣旨饬查方应时祠墓，勤加巡视防护。

雍正八年(1730)，方应时被荐举入乡贤祠。据周辅（仁和教谕）《乡贤录序》记载："为表彰潜德风励人伦，诏观风整俗使偕封疆大吏，搜罗幽隐事迹之未达于史馆者，列名以上，乃下部科集议，得二十有五人，准入乡贤祠崇祀。其驳回保举不实者七人。夫天下大矣，两浙人物亦不乏矣，乃合宇内仅二十五人，而浙江十一府七十五州县，崇祀者独遂安止庵方膳部一人。

盖崇祀固若是其郑重也。"

当时,全国各地推荐到礼部复议的名单,共有德高望重、学问精醇而低调内敛者二十五人,其中又有七人因与事迹不符被刷掉,放眼浙江全省十一府七十五州县,有资格配享乡贤祠者,只有方应时一个人。

瀛山书院的祭祀活动颇具仪式感。崇祀乡贤的目的是维护师道尊严,维护理学道统,使后学有奋进的动力、有前行的方向、有行为的准则。祭祀仪式中主要有祀位、祭期、陈设、仪注和祭文等,这些都构成了瀛山书院不可或缺的一种礼仪文化。

这便是我们今天看到的,瀛山书院朱文公祠正中,左庑崇祀方先生祠的来由。

瀛山的源头活水成就了一位乡贤——方应时,他有诗碑《得清亭歌》留存于得源亭内,其中有"天光云影留佳句,半亩方塘蓄真趣"句。此时此刻,心中忽然想起了郑阿忠老师发到我微信里的那些照片,其中有方应时在长泰县天柱山写的一首诗《次壁间韵》:

日午云横玉柱峰,寒崖瀑布泻长空。

重重屏嶂薜萝外,隐隐楼台烟雨中。

岩树不妨春草绿,山花疑带满霞红。

谩言仙窟无人到,还有纡回一线通。

这是描写天柱山一线泉的。一线通天,据说非常神奇,泉水从岩石间流出,一线逶迤,终年不绝,万古不涸。

瀛山半亩方塘波澜不兴,却蓄真趣,一主静;天柱山一线泉则飞流直下,气势如虹,一主动。我想,但凡有了源头活水,不论是主静的瀛山半亩方塘,还是主动的天柱山寒崖泉水,都是不会干涸断流的。

从长泰百姓给方应时建立生祠,接受万民供奉,到瀛山书院入乡贤祠,享受天下学子崇祀,方应时已然由人蜕变为神,俨然成为一方文化的守护神。

"吾溪书院"山长徐应簧

男儿欲遂平生志，勤向窗前读六经。

不得不说，赵恒的劝学诗确实能打动人心，他洞察人性，句句敲击心坎，功名利禄谁不喜欢呢？简直太诱惑人了："富家不用买良田，书中自有千钟粟。安居不用架高堂，书中自有黄金屋。"只要你勤奋读书，一旦考取功名，自然就出人头地，想要什么便有什么。读书人"三更灯火五更鸡"，也就顺理成章，不觉得辛苦了。

徐应簧记不清自己熬过了多少个三更灯火、五更鸡叫的日子，父亲六十六岁致仕回家，致力于"吾溪书院"教育，自己是家中的老幺，上面还有五个哥哥，他特别钦服五兄应筹，小小年纪就是学霸一枚，成为"别人家的孩子"。父亲对他自然寄予厚望，在京为官都带在身边，增见闻、广博识，以此历练人生。

应筹虽说才高八斗，但他志不在科考，放浪形骸，萧散简远。结交了号称"明代三才子"之一的徐渭，孤傲自赏，饮酒赋诗。父亲徐楚对此颇感失望，"我本将心向明月，奈何明月照沟渠"。此等境况谁人知晓？遂转寄望于老幺应簧，算是徐家一脉最后的寄托。

明万历十七年(1589)正月，蜀阜村下了一场瑞雪，纷纷扬扬，飞花群舞,山峦树木通披上一身银装。"香雪飞散梅坞芳,龙门列戟东山麓。"徐应簧早已接任"吾溪书院"山长,书院实行"山长负责制",山长具有绝对的权威,他既是书院最高行政长官,也是首席教授和学术带头人;书院崇尚讲学自由,完全开放;教授有独立的学术品德,学生有独立的自学精神。徐应簧要把父亲创办的书院传承下去,不独如此,他还要以举人的身份,参加今春会试,自己已过不惑之年,加之徐氏一族众人期许的目光,让他感到无形的压力,仿佛肩上承载着徐氏家族兴盛的重任。

此刻,书院的学子们都回家过年了,只有呼啸的北风夹杂着雪花穿堂而过。徐应簧站在书院门口,映入眼帘的恰是"龙门列戟东山麓"的景致。"该是个好兆头",他转身掩上门,抖擞精神一头扎进风雪中。

过了年,父亲徐楚年届九十一岁,他乐观豁达,让人把儿子唤至床前,嘱咐道:"己丑春闱在即,元宵过后你捡拾书箱立刻进京,家中事务无需牵挂,青云有路开选场,你好自为之吧。"

徐应簧,字轩卿,号凤谷。《浙江通志》有其生平,记载简明扼要:"(徐应簧)登万历己丑(1589)进士,历升虞衡司郎中,督理三殿大工,裁减耗银八万余。升武昌郡守,时税珰暴虐,应簧执法不阿。甲辰宗孽杀赵中丞,全楚震骚。应簧经画防守,楚赖以宁。升本省驿传臬副,转粮储参政,剔蠹厘弊,清操劲节,龊者见忌,遂谢政归。"

短短百余字,包含了四层意思。一是他己丑年考中进士,在这科进士榜单里,我还看到一个熟悉的名字——董其昌,明代著名的书画家,与徐应簧同榜。二是历升(工部)虞衡司郎中,督理三殿大工。三是升任武昌郡守期间,经历了两件大事,"税珰暴虐"和"宗孽杀赵中丞"。四是升湖广布政使参政,后辞官归田。

徐应簧考取进士是1589年,父亲也在这一年去世,按例服阙三年。"历升虞衡司郎中"之前,他是在大理寺任评事一职。大理评事主要负责断案,属正七品官员。由于在大理寺工作出色，转升工部虞衡司郎中。工部是负责全国工程、国土资源和农林牧渔的中央机构，郎中是该司的长官，正五品官职，徐应簧具体负责"督理三殿大工"。

三殿是指太和殿、中和殿、保和殿。万历二十五年（1597），紫禁城一场大火，烧毁了三个大殿。"大工"即大木工程大修。徐应簧万历十七年（1589）中进士，守丧三年，初授大理评事，再升虞衡司郎中，这个时间点是吻合的，任郎中一职是在三大殿烧毁之后。

紫禁城建筑众多，人员庞杂，夜晚炊火、点蜡、取暖及节庆爆竹、花灯，当然还有雷电，稍有不慎就会引起火灾。紫禁城几乎年年发生火灾，三大殿在四十年前就被大火烧过一次，如今又面临着重建。

据《明史·食货志》记载："三殿工兴，采楠、杉诸木于湖广、四川、贵州，费银九百三十余万两，征诸民间。"可见工程量巨大，不免劳民伤财、兴师动众。

徐应簧作为工程负责人，可谓绞尽脑汁，在保证质量前提下，能省则省，在他的精心督理之下，裁减工程耗银八万余两，这个数目，相当于七万多农民一年的生活费用。吏部考满，政绩突出，升任武昌郡守，官至四品。"税珰暴虐"和"宗孽杀赵中丞"正是发生于这期间。

"税珰暴虐"是说掌管税收的宦官，横征暴敛，引人不满；徐应簧公正执法，不因此偏袒宦官。关键是后面一句："甲辰宗孽杀赵中丞，全楚震骚。"

简短一句话，揭示了大明王朝轰动朝野的一桩奇案。甲辰，即万历三十二年（1604），时任湖广巡抚赵可怀，在公堂之上审理一名案犯，此案犯一言不合，不由分说，抢起枷锁击打赵可怀，致使赵中丞当场死亡。引发"全楚震骚"，说全省百姓因此惊乱生变。

事情的起因是一个世袭武将的子孙叫王守仁的，向万历皇帝上了一道奏折，说先祖在世时曾把大量金银珠宝藏在楚王府中，希望能从楚王朱华奎手中追回那批财宝，哪怕献给国家也心甘情愿。皇上自然高兴，下旨湖广地方办理，清点楚王家产，寻找宝藏归库。楚王朱华奎是藩王的后代，不敢得罪皇上，表示愿意捐献两万两白银，万历见此也就允准了。

岂料楚王同宗的子侄兄弟得知事由，一万个不情愿，认为这钱出得太冤枉，竟然光天化日之下半道劫取官银，犯下惊天大案。

事发地虽不在武昌，但楚王封地在武昌，人犯等亦皆在武昌辖区，作为武昌最高长官，徐应簧不敢怠慢，有责任有义务将人犯缉拿到案，于是撒出捕快，四处张网，一举擒获了以朱蕴钤为首的劫银狂徒。巡抚赵可怀亲自坐堂审理，好上本呈奏给皇上，没想到审理过程中反搭上自己的身家性命。

湖广巡抚乃是封疆大吏，国之重臣，湖广包括现在的湖北、湖南全境，管辖江汉平原和洞庭湖流域广袤的区域，官至从二品。一个囚犯吃了豹子胆不成，竟敢如此胆大妄为？

赵中丞死于公堂之上，被枷锁砸得血肉模糊，令人触目惊心。徐应簧接过这个烫手的山芋，从死囚牢中提出犯人，厉声喝道："大胆狂徒，半道劫取官银，公堂之上公然击杀朝廷命官，气焰嚣张，死有余辜，还不从实招来！"

朱蕴钤至此犹是骄横无比，口里骂骂咧咧道："你是何方鸟人？大爷我姓朱，乃是太祖皇帝嫡系子孙，正宗的皇亲国戚，你一个小小郡守管得着大爷吗？"

徐应簧听罢，吃了一惊，若真是藩王子嗣怕是棘手，太祖《皇明祖训》里面写得明明白白："皇亲国戚有犯，在嗣君自决，除谋逆不赦外，其余所犯，轻者与在京诸亲会议，重者与在外诸王及在京诸亲会议，皆取自上裁。"《大明律》也有相关规定，除非皇帝特许，普通司法部门无权过问藩王违法事宜。

徐应簧神情自若,不卑不亢道:"本官秉公办案,你的身份是真是假,自会水落石出,容本官查实结案!"喝令衙役将人犯暂且寄监。

退归下来,徐应簧一面派人查明朱蕴钤宗室实情,一面将案由据实奏报皇上,末了特别加上一句:"宗室势大,流毒愈大,长此以往,恐养疖成疽,坏大明国体。"候旨再行发落。

且说万历皇帝披阅徐应簧奏疏,不禁震怒道:"逆宗反形大著,祖宗法度,治安国家,既系叛乱,何论宗人!"下令湖广地方严查,按谋反罪严惩。首犯朱蕴钤被处死,从犯及楚王本人皆有处置。地方人心得以安抚,境内局势绥靖。

前前后后,徐应簧在楚地七年,执法严正,万历三十四年(1606),擢升湖广布政使参政,分管粮储。期间,徐应簧写有一篇《梅花诗序》,里面信息量较大,我们摘录后再行解读:

吾五兄海屋公,讳应筹,字寿卿,本还淳蜀阜人也。公少负异质,日诵万言,目数行下。年八岁时,有同年伯国子博士,珠川吴公,悦其颖异,指门前两石鼓属对,曰:"石鼓两轮如日月",即应曰:"铜钱一个像乾坤"。吴公讶然曰:"咄咄异物,逼人乃尔,真为神驹也!"十六岁饩禀,闻见博洽,名冠七学。缘先严参政讳楚公,不洽严太师嵩公意。逢御属太师赋梅花诗百首,太师伪是属参政公。公令吾兄替赋,不一时而诗成。太师呈览,御批曰:"清奇豪放,雄浑绮丽。"御命太师,面续赋十首。太师以实对,诏兄廷试十首。御悦,赐以进士。不受,愿以钦点辞。但好呼朋,嗜酒敖荡,不修边幅。与山阴文长公徐渭结为旧雨交。平时挥金如土,酒间呕血数升,恬不知怪。先严尝戒曰:"博而寡要,劳而罔动,盖以是。"卜其大业弗竟云。噫!吾兄积书万卷有奇,手录所制,诗文暨经史甚富,肉未及寒,不胫而入他人之室,无只字留者,惜哉!幸得梅花诗本,而略志吾兄之苦衷云。

皇明万历丙午(1606)夏五月　参政凤谷徐应簧识

这既是一篇序文,也是一篇悼文。

徐应簧称之五兄的这个人,名叫徐应筹。徐应簧说他这位五兄应筹,打小就是个神童,能一目十行,日诵万言。八岁那一年,就能与人对对子,应答如流。十六岁随父在京城求学,吃着皇粮,学识广博,名动京师学堂,在圈内已经小有名气。

接下来这句话似一枚扣子,可以帮我们解开疑惑:"缘先严参政讳楚公,不洽严太师嵩公意。"这里称父亲为"参政",徐楚任四川参政的时间,按照他宦游踪迹推算是在嘉靖四十年(1561)左右。五兄应筹此时十六七岁,那么他出生时间大致推断是在嘉靖二十四年(1545)左右。

宰相严嵩擅长诗词,特别是青词写得好,嘉靖皇帝此时恰好吩咐严嵩赋梅花诗一百首呈上御览,徐楚此时恰在京候旨,严嵩不喜欢他说话直接,面无表情,不会察言观色服帖人心,总之三观不合,五味不调,咋看咋别扭。遂假借皇上之意,想故意刁难一下徐楚,让他即刻献梅花诗御览。徐楚不明就里,情急之下想到儿子应筹的诗文足以应对,嘱他速速写来。应筹不一会儿就写好了。转由太师严嵩呈上皇帝。嘉靖帝阅后在诗稿上批了八个字:清奇豪放,雄浑绮丽。随后又命严嵩,当面再赋十首。严嵩无奈,只得告知实情。嘉靖帝谕令召应筹入宫,当廷面试十首梅花诗。应筹从容呈上御览,皇上吟罢大悦,遂赐应筹为进士。没想到应筹辞而不受。

应筹这个人喜欢呼朋唤友,放浪不羁,整天嗜酒,不修边幅。与绍兴的徐渭徐文长惺惺相惜,结为知交,平时挥金如土,酒后经常吐血数升,他淡然处之,一点也不为怪。

父亲曾劝诫他:"你学识丰富,但不得要领;花了功夫但收效甚微。大概就是这个状况。"这可能就是应筹不能成就大业的原因吧。哎!吾兄应筹藏书万卷有余,还亲手抄录了许多诗文经史,如今,骨肉未及寒,已经阴阳相隔,可惜,没有留下什么著述。幸好有这本梅花诗稿,可以略微记述吾兄内心的苦衷吧。

看到这里我也不免心生感慨,五兄应筹算是不折不扣的神童,但他的性格因子中有一种特质,放达任性,不愿被束缚、被羁绊,放着现成的进士而不受,他是被皇天所眷顾,还是被时代所捉弄呢?其实这个世界上哪里有绝对的自由呢?神童的结局大多不尽如人意,他们心智并不成熟,生活中无自律、无耐心、无恒心、无容忍、无毅力,他们的情商与智商并不匹配,最终像应筹一样大业无成,昙花一现。所以,大可不必去羡慕"别人家的孩子"。反倒是像应簧这样的,咬定青山不放松,为心中目标持之以恒,方能善始善终。

光绪版《淳安县志》载有应簧的一首诗,曰:"数亩荒田勿疗饥,子孙清白缵前徽。黄金不是传家物,惟有腰间带一围。"在徐应簧眼里,子孙清白的品德重于荒田疗饥,黄金虽好不如科举入仕,腰间系带一围。明代官员是根据品级来系腰带的。

父亲徐楚恐怕没有想到,自己官至参政,儿子应簧同样是参政,不同的是一个是四川参政,一个是湖广参政,致仕归田也都是在参政任上,归家后的应簧"日以吟咏为事",他还邀请了诗友董其昌到蜀阜会晤,董其昌应邀而来,留有《万花草堂》一诗:"路人江皋一径斜,绿杨深处有人家。洲前风渡千帆影,谷口春藏万树花。尘榻可能邀孺子,龙泉聊为报张华。游人兴归浓于酒,却负山阴雪夜槎。"

除了诗词唱和吟咏,他更关心"吾溪书院"的教育。他站在书院门口,想起当年的那场瑞雪,纷纷扬扬,飞花群舞,"香雪飞散梅坞芳,龙门列戟东山麓"。这景致仿佛就像昨天一样清晰,眼下已是仲春时节,其实梅坞并无梅花,龙门却有飞瀑。龙门列戟,万象森然,飞空流瀑,陵谷为润。父亲选择在这里创办书院,是花了一番心思的,有寓意有寄托,希望族中子弟能有出息,希望徐氏家族长盛不衰,历久弥新。美好的环境对人是有助力的,正所谓天时、地利、人和吧。作为"吾溪书院"现任山长,耳闻书院传出的琅琅书声,不由欣慰地笑了。

徐应簧一生著有《岞崿山堂集》《游览吟编稿》《凤谷公诗集》(国家图书馆藏)等,活到了九十岁。

文韬武略方学龙

我在查阅原淳安、遂安书院资料时，发现了一个有趣的现象。淳、遂两县共有书院三十多座，而能凭借个人影响力创办两座书院的只有两人。一个是明代万历九年（1581）任淳安知县的萧元冈，另一个是明代万历十七年（1589）进士方学龙。

据光绪《淳安县志》载："琼林书院，在县东玉带山左，明进士方学龙建。龙山书院，在县东二里，进士方学龙建。""进士坊，在县治东，为进士方学龙立。经魁坊，在县东隅，为方学龙立。"

两座书院，两座牌坊，都因方学龙而建。前者是他为淳安人开坛讲学、传道授业、培植文化的场所；后者是淳安人为他科甲中第，德业有成，光耀闾里的旌表。书院和牌坊，用途不同，动机却高度一致，书院是为文化续脉，传承薪火，牌坊是为文化人树碑立传，激励后学。

新版《淳安县志》对方学龙有简短的记载，便于叙述，我们不妨全文摘录："方学龙（1640年前后在世），字叔允，号望山，淳安人。少聪慧，熟读《春秋》，登明万历十七年（1589）进士。出仕广东顺德知县，兴学校，平赋简讼而严于防御。时海寇猖獗，学龙出奇计诱而歼其魁首，海氛克靖。擢南刑部郎中。时有狱囚计划十五日越狱，暗中勾结奸徒以十五个包子为约，适被狱卒窃其二，越狱犯误为提前至十三夕发动，囚犯皆用利斧斩门大噪。时已下二更鼓，学龙急令巡兵持械挺之，越狱犯悉数被擒。后升守福州，移漳郡，尤多惠政。遂晋福建臬副，饬兵福宁。去后民立祠祀之。淳安在县治东为其建有进士坊、经魁坊，并入乡贤祠。"

最近，电视剧《猎罪图鉴》中的主角画像师很火，剧中他能根据目击者片言只语，或一鳞半爪，精准绘出陌生人的样貌。方学龙资料太少，脑海中方学龙的画像大概是个头中等，面容清癯，天庭前突，眉浓展蹙，眼窝微陷，眼睛深邃而刚毅，属于那种冷静而有主见的人。至于下庭部位嘛，应该是人中长、食禄宽、地阁方，承浆、讼堂无乱纹。

我查康熙《顺德县志》，说方学龙于万历二十年（1592）出任顺德县令。后升任南京刑部广东清吏司主事。我觉得这段记载是可信的。他在顺德县令任上共九年，对广东地界熟，由七品县令升为正六品的刑部主事，符合正常的升迁流程。而郎中属于正五品官阶，是司里的长官，再上去就是侍郎（副部级）、尚书（正部级）了。

方学龙走马上任顺德县令时，广东正是多事之秋。正月，潮州府程乡、平远两县发生地震。九月，广州府番禺连续地震三次，顺德与番禺邻近，震感明显，境内房屋受损不在少数。伴随地震的，便是连年的灾荒，老百姓靠乞讨度日，就连山中蕨根，也刨食过半。年荒谷贵，斗米价值一百六十钱，是平时的三倍之多。方学龙没有迟疑，一面开官仓放粮赈灾，一面采取救饥与兴役相结合的办法，以垦代赈，民得以活者数万计。

所谓"屋漏偏逢连夜雨，船迟又遇打头风"。这边安抚灾民，救济苍生，那边又报海盗犯境。说起顺德海盗，那是天下闻名，朝廷挂号。一百多年前的正统年间，顺德出了一个海盗大王，名叫黄萧养，人称"顺天王"。他是顺德县南八里地的鹤冲堡潘村人。势头旺时拥有战舰两千艘，部众十余万，公然作乱与朝廷对抗。弄得正统、景泰两朝伤透了脑筋。官军联合地方武装,费了九牛二虎之力,才剿灭了此贼。这么多年过去,想不到海盗又死灰复燃,卷土重来。

方学龙虽是一介书生,外表看似文弱,生命内层强健。面对僚属的通报,面对海盗的袭扰,他没有表现出丝毫惊慌。

这伙海盗为首者唤作"浪里飞",乃顺德马岗村小湾堡人,从小任性而为,多有智谋。他在遭到官府水师围剿后,建立了自己的武装,这些年在与官军的周旋中,实力不断提升,武装船队走私贸易,纵横海上,来无影去无踪,人称"浪里飞"。

明代实行海禁,官府把海上贸易一律视为海盗行径。成书于嘉靖年间的《筹海图编·叙寇原》称:"海商原不为盗,而海盗从海商起。""今之海寇,动计数万,皆托言倭奴,而其实出于日本不下数千,其余则皆中国赤子无赖之人而附之耳。"渔民以海为生,禁海绝其生路,故越禁越乱。由于海上走私利润实在诱人,以身犯险者不在少数,"浪里飞"这些年很是吃香,投奔他贩私集团的只多不少。时值春夏之交,眼下"浪里飞"正从安南(越南)等国运送了一船奇楠、麝香、鹿皮等货进港,准备进行走私贸易。

早有眼线报入知县衙门,方学龙却始终按兵不动。他是在等一个时机,一个海上起雾的日子,便于他预设伏兵,生擒"浪里飞"。

这场大雾还真让他等来了。方学龙一边安排官船水师到指定地点待命;一边放出风去,说杭州灵隐寺的监院亲带了贴库人等,来顺德采办奇楠,由宝林寺监院陪护,掌眼看货,因法事上供奉佛菩萨的敬仪,只收上等的好料,价格不论,多多益善。

真是想什么来什么。"浪里飞"正愁这一船货如何变现,特别是这些奇楠,价格金贵,按克论钱,普通百姓一辈子连见都没见过,更别说购买了。如今可好,灵隐寺的活菩萨救苦救难来了。转而又想,哪有这等巧事,莫非有诈?又怕自己多虑,不肯放过眼前财路。思前想后,派出探子扮作香客,前往宝林寺察看虚实。

宝林寺位于顺德太平山西麓，始建于唐代，乃当地著名的宝刹。探子进了山门，果然看到香料铺的伙计在采办房门外恭候，老板在内里验货议价。打听到不是量太少，就是油脂含量太低，不是上等香品而遭拒收。乃悄然退归，据实面禀"浪里飞"。

"浪里飞"听罢，一颗悬着的心落了地。事不宜迟，他疾速派出黄二当家黄有仔，前往宝林寺与灵隐寺大和尚接洽。可人家大和尚不愿意出庙门，非要与大当家的面谈，好做长久的生意。

"浪里飞"海上闯荡多年，并非浪得虚名，他遇事谨慎不冒进。交代黄二当家道："务必转告大和尚，奇楠均为上等，我可以让利三成，还请大和尚移尊潭奥码头，届时船上商谈。"

"浪里飞"寻思，只要不上岸，能奈我何？没想到大和尚竟答应了。双方按约来到潭奥码头，"浪里飞"藏身大雾，朦胧中见两个小沙弥，左右拥着一个大和尚上了船，遂乘一艘雕花小艇，飞也似的驶近。见了面拱手施礼，分宾主落座。

大和尚面目慈善，一口一个施主相称，弄得"浪里飞"竟有些不好意思，赶紧吩咐手下呈上样品，请大和尚过目。大和尚双手合掌，口诵一声"阿弥陀佛"，顺手接过递上的一段奇楠，用袍袖轻轻拂过，遂置于鼻尖处嗅了嗅，一股异香若有若无直冲脑门，颔首赞道："棋韵足。果然是香中之王、木中舍利。"回顾"浪里飞"，意味深长道："施主好福报。俗云'三世因缘始修来，今生得闻棋楠味'，施主望自珍惜。"

"浪里飞"连连摆手道："托大和尚福德，这批奇楠由大和尚点验过秤，咱们银货两清，可好？"

"好！"大和尚立身而起，一把抓住"浪里飞"的手腕，猛喝道："来人呐！"话音未落，"浪里飞"手腕一翻，像条泥鳅一般滑了出去，从大船上一跃而出,跳到雕花小艇上,"嗖"一声蹿出。大和尚紧随其后,还是晚了半步。眼看着他隐没在大雾之中。

正懊恼间,忽听前方传来一阵鼓噪之声,不一会儿,迎面驶来一艘战舰,众水师抬着一具渔网,"浪里飞"被整个罩在里面,犹自挣扎。大和尚脱下僧衣,随官军一起,押着"浪里飞"投入县衙死牢,只待秋后问斩。

原来,"大和尚"乃民团乡绅代表,能操一口南腔北调。方学龙物色很久才选定他,晓之以理、动之以情,许诺万全之策,确保其人身安全。他吃下这颗定心丸,乃扮作灵隐寺大和尚,况且又懂香道,一副气定神闲的模样。方学龙乍一见愣是没认出,大为满意。谁知后来,他立功心切,不等捕快登船,就想拿下这桩头功,故有此失,险些让这"祸根"溜走。

幸亏方学龙考虑周详,一面派"大和尚"上船与"浪里飞"接洽,岸上设伏多名捕快;一面借助大雾的掩护,派遣通晓水性的精兵,乘战舰阻拦"浪里飞"的接应,在外围张网以待,正逢巡海面,见一艘小艇可疑,欲拦截盘诘,"浪里飞"见势不妙,急欲跳海逃遁,不料被一张渔网当头罩下,恰应了"法网恢恢、疏而不漏"这句老话。

方学龙生擒"浪里飞",随后张榜晓喻:"首恶必惩,胁从不问"。海盗群龙无首,本就心如浮萍,见官府宽宥,遂作鸟兽散。方学龙一战成名,从此"海氛克靖"。

万历辛丑年(1601),方学龙擢升南刑部主事,屁股还没坐热,任期内就发生了囚犯越狱这么一档子事。

明代南京的中央机构,都集中在皇城南面,也就是现在光华门内御道街两侧。唯独刑部和都察院设在都城之外。《南京刑部志》曰:"盖古者天子迩德而远刑,抑修刑北郊其制从久远矣。"因为效仿古代天子以德服人,尽可能不用刑。所以,就把公检法这些部门设置在城外,也算是一种"恻隐之心"吧。

刑部和都察院的具体位置，据《洪武京城图志》记载："刑部、都察院在太平门外。""太平堤，在太平门外，国朝新筑，以备玄武湖水，其下曰贯城，以刑部、都察院、五军，断事官在其西，皆执法之司，以天市垣有贯索星，故名焉。"

贯索星主牢狱之灾，名称都是有讲究的。

当时南京刑部大牢关押一批"斩监候"要犯。有人计划于十五日夜晚越狱，犯人在外面的同伙，买通了其中一个狱卒，让他送十五个包子进去，作为越狱的时间暗号。富有戏剧性的一幕发生了，不知情的另一个狱卒，看包子不赖，顺手偷吃了两个，只剩下十三个包子，准备越狱的犯人误认为提前至十三日晚上行动，于是他们手持利斧，鼓噪着破门越狱。当时二更鼓已敲过，我估计正巧轮到方学龙值守，他连忙召集巡兵一起制止，越狱犯全部被擒，成功阻止了一场监狱暴动。

反狱和劫狱都属于暴力行为，按《大明律》惩处非常严厉，可以"就地正法"。

经过这次越狱事件，方学龙开始调阅卷宗，关注刑部、都察院以及各府州县的同类事件，不查不知道，一查吓一跳。各省皆有匪徒邪教，戕官劫狱，层见叠出。其中自有吏胥为害造成的因素，也有监狱条件恶劣，基址狭小，铁笼铁锁，囚犯身处其中，既不能直立，也不能平躺，犯人求生不能、求死不得。因此哪怕反狱劫狱是死罪，他们也毫不畏惧。

于是，他就司法改革和建设，向部里提出许多合理化建议，得到部里长官的高度认可。任期未满，"升守福州，移漳郡，尤多惠政。遂晋福建臬副，饬兵福宁"。他任漳州知府的时间，应在万历三十二年(1604)，据《大明神宗实录》载：万历三十六年(1608)，"升福建漳州府知府方学龙为本省副使分巡福宁兵备"。另据《漳州府志》记载：明万历戊申年，知府方学龙顺应民众请求，在桥西重建观音院，栋宇壮丽，金碧荧煌，此桥成为漳州名胜。这是他离任前最后为漳州百姓做的一件事。次年,闵梦得接任漳州知府一职。

2019年9月,在千岛湖中心湖区一无名岛上,发现一处古墓葬,现场找到"寿藏记"碑石一通,可惜已断为三截。经过拼接,部分文字依稀可辨。落款为:"万历岁在丙辰十月望吉……赐进士第中宪大夫,福建按察司副使奉……方学龙撰"。这是他为一个叫王峰的人撰写的碑文。万历丙辰乃万历四十四年(1616),意思是他除了福建按察司副使这个职务外,还兼任福宁兵备道道官分巡福州府事,属于四品官职。

方学龙生卒年不详待考。光绪《淳安县志》载:"福建副使方学龙墓,在县东三十里掌坪。"

虽然我们不知道方学龙具体的致仕的时间,但至少可以确认的是他从福建按察司副使和福宁兵备道道官任上。从顺德到漳州,再到福州、福宁,无不与大海有关,就连在刑部短短两年时间,也是任广东清吏司主事。宦海生涯,一路追逐海浪海潮,逸兴遄飞涌层涛。

方学龙的宦途虽说不上轰轰烈烈,但也绝不平庸,处理的事务都有点棘手,很体现他作为一个地方官的政治智慧。可谓是:

能力经事见分晓,文韬武略留口碑。

"清朝耳目"毛一鹭

"清朝耳目"——写下这个标题的时候,我不由得五味杂陈,百感交集。"清朝"不是唐、宋、元、明、清的清朝,而是指政治清明、朝野安定。既然朝野清明、安定,还需要"耳目"干什么呢?耳目说好听点,是把民情、民意上达天听,皇帝则顺应民意,出台相应的政策,颁行天下,更好地服务社会。说不好听点,就是监视老百姓的一举一动、一言一行,再打个小报告,说某官心怀不满,或图谋不轨,论罪下狱,以绝后患。

毛一鹭因为这项工作做得出色,得到皇帝表彰、树立牌坊,放眼全国也是屈指可数。

相比只颁发一个奖牌或者证书,立功德牌坊则气派多了;一般在州府或者县衙正街,用青石打造一座牌坊,总高八米有余,四柱三间,三重檐,柱下碑石互抱,时时可供邑人瞻仰。可名垂千古、彪炳千秋、功盖当代,甚至流芳百世。

清朝耳目坊,立在严州府前正街,修建于万历四十四年(1616),由当时严州知府黄卷、同知黄秉石、通州刘美倡议为督府苏松的毛一鹭而建造。牌坊精美无比,额枋、柱头雕刻龙凤、云浪、花卉、瑞兽等图案,明间柱下比别处多了一对石狮子,威武庄严,栩栩如生……

我对着电脑里的这张照片出神。

"清朝耳目"坊照片,拍摄于"文化大革命"期间,正面额书"清朝耳目",下题"癸卯举人甲辰进士广东道监察御史毛一鹭"。背面楷书"奕世恩纶",下题"旌表孝子毛存元"。毛存元是毛一鹭祖父,事亲孝母,明史有载。一座牌坊两种用途,既表彰忠,也表彰孝,忠孝表里,家国天下,毛家三代,光耀州府。这座牌坊确属罕见。

我与这座牌坊的缘分,始于参加的一个会议。

一天,我在办公室接到县委党史研究室副主任程中青的电话,让我参加10月23日在海外海酒店召开的新安文化学术研讨会。事不凑巧,省级文保单位余氏家厅竣工验收也定在这一天,省考古所一行专家要到现场察看,还要对门楼修缮提出具体整改意见。我在电话里向他说明情况,看能不能请假。程主任告诉我,这次研讨会阵容强大,县里邀请了国内外专家学者三十余人,另外从新安江流域整体性考虑,还邀请了建德、桐庐党史办、文保所的同志参与研讨,机会难得,希望我克服困难尽力出席。我被他的诚意打动,答应届时一定与会。

研讨会如期举行,县人大、县政协的领导都到会作了讲话,嘉宾也依序发言。其间我特别留意建德和桐庐两地代表的发言。建德严州文化研究会会长陈利群高度评价了此次研讨会,还介绍了他们严州古城的保护情况,说已在梅城投资几十亿元,用于修缮、恢复古城。我对此饶有兴趣,因会议有规定,每人发言限时十五分钟,陈会长并没有就古城保护展开来谈,我也只是听了一个大概。巧了,中午吃饭我与建德几个嘉宾恰好坐一桌,便忍不住打听起来。陈会长告诉我,最近在严州古城发掘出好几座牌坊,其中就有你们淳安人毛一鹭的"清朝耳目"坊。

文物发掘应该咨询建德文保所,尧志刚所长与我是二十多年的朋友,他因病没能来参加会议。写这篇文章时,我特意电话联系了尧所长,听明原委后他二话没说,马上把手头照片发我,又详细给我介绍了发现和发掘这些牌坊的过程。此次为恢复古城，他们邀请了杭州市考古所的专家对填埋处进行集中清理和发掘，出土牌坊残件一千余件，清朝耳目坊正是其中之一，现在还在拼接复原过程中。

与毛一鹭结缘是在2011年一个星期六的早晨，中洲镇分管文化的副镇长方长建给我打来电话，说徐家村山上有一座古墓被盗了，墓主人好像叫毛一鹭。我听后心里咯噔一下。毛一鹭这个名字不陌生，县志里有载，乃明万历年间进士，汾口毛家人。他的墓怎么会在中洲徐家呢？带着这样的疑问，我立马驱车赶赴中洲。

方镇长早已在徐家村村口等我，寒暄几句我就跟他上了山。方镇长早先是一名文化员，担任乡镇领导职务后，对文化工作热衷不减，尤其对古物、古迹很是上心，所以，对于这方面信息他能够第一时间掌握。

上山道路崎岖难行，山路几不可辨，我们几乎在茅草和灌木丛中穿行着。我边喘气边跟方镇长玩笑说，毛一鹭认魏忠贤为干爹，还替魏忠贤在苏州虎丘立了生祠，他死后选择安葬在这么偏僻的地方，能安心吗？是怕被人掘墓鞭尸吧？方镇长走在前面，他一边用手拨开茅草，用脚踩灌木，一边嘿嘿笑应，艰难行进着。

盗墓现场一片狼藉，盗洞横向掘进，现场碑石无存。凌乱的土堆中，没有发现任何陪葬的陶瓷残片，就连墓砖都没有，唯见几块新鲜的橘皮扔在地上；断定盗墓者离开时间应该不久。我感觉有点奇怪，询问方镇长，你怎么判断是毛一鹭的墓葬呢？他说是听村民讲的。

我很失望，现场遗留的信息量太少，无法做出任何判断，有一种挫败感。此后，毛一鹭三个字便牢牢刻在了脑子里。

回来查阅了资料，毛一鹭生卒年不详，县志里只说是"1630年前后在世"。

那历史上真实的毛一鹭是啥样的？我试图去还原他本来的面貌。

泮塘是毛家一个自然村，唐开元间，始祖罗公从江山棠峰迁遂之泮塘，村名沿袭千余年没有变更。毛一鹭出生在泮塘一个世家。祖父毛存元，字时春，事母至孝。《明史》列传第一百八十四《孝义》卷有载，明代启蒙教育家韩晟亦有"旌表孝子毛存元诗"传世。父亲毛志宸，岁进士，此乃岁贡生的雅称，不是殿试的进士。幼年的毛一鹭兼具家学与家教，与别家孩子比，算是赢在了起跑线上。

毛一鹭，字序卿，号孺初。明万历三十二年(1604)进士，初授松江府推官，并代理华亭、青浦、上海三县诉讼事。司理松江府六年间，他忠于职守、廉洁奉公，理狱循法酌情、体恤民意。首创与热审并行的冷审制度，于寒冬季节宽释罪囚。他重视教育，培养士子，据称，天启二年(1622)，松江府有十四人考中进士，无不得益于毛一鹭的教诲。他还著有《云间谳略》十卷，内容均为记录在松江所断案件判词，是他在松江审理疑案的成功案例，后人对此评价颇高。

毛一鹭在《明史》中无传，何三畏在其《云间志略》中有《郡司理孺初毛公传》，书中对其不吝褒誉之辞，大加赞叹曰："尝读公所著《云间谳略》，似于金科玉律之文素所娴习，一人不轻纵，亦一人不枉，后先平反凡数百条，无不言爻像而事准绳也者。"何三畏曾为绍兴推官，一生断案无数，深知其中三昧。(《云间志略》明刊本原有十卷，现仅存八卷，藏于中国国家图书馆善本部)

毛一鹭断案之神，在同事眼里简直是高不可及。

法制纪实月刊《蓝盾》2014年第11期刊发了《毛一鹭智破典妻争子案》。四百年后的今天重新来审视，仍然有启发和借鉴意义。此案一波三折，疑点重重，作为主审官的毛一鹭，通过微服私访弄清事件原委，判决时既不轻纵一人，也不冤枉一人。

因为毛一鹭政绩特异，擢为广东道监察御史。离任那一天，松江官民操明香,注止水,轵车木雍道,且泣且号,以送公于前途。黄体仁(字长卿,号谷城,徐光启的老师)在《四然斋藏稿》中称其:"春风化雨,波及横舍青矜,士为之勒石颂德,以识不忘。"此时的毛一鹭官声清廉,判案如神,爱民如子,百姓拥戴。

什么时候开始,毛一鹭的心性蒙上了尘土?

人性之善变,在权势和利益面前便赤裸裸展示出来了。从万民争颂、执手相送的清官,到依附阉党、结党营私,充当魏忠贤爪牙,其经历了怎样的心路历程?为何蜕变得如此彻底?

此刻,毛一鹭站在苏州府衙内,想想自己这几年的升迁,不由得感慨万端。从副七品的松江推官,案牍劳形,连干六年,才转任广东道监察御史,不过是正七品。监察御史官不大,简而言之有两件事:弹劾与建言。任期内可以监察百官,可以巡视郡县,可以纠正刑狱,可以整肃朝仪,为皇帝耳目之司,权限不小,责任不轻。严州府前正街的那座清朝耳目坊,不正是皇上对自己任期内表现的最好嘉奖吗?标杆已立,他在众人瞩目中负重前行。

此后巡按贵州,巡按漕运,视学江南,向朝廷提出了一系列的合理化建议。巡按贵州,留给贵州的是百年之安;巡按漕运,疏议六事,皆关乎宫廷消费、百官俸禄、军饷支付、军器护防、民食调剂、河道疏浚;视学江南,选拔才俊,奖掖后进。他凡事必躬亲,日日皆劳心。

从天启年开始,毛一鹭不得不拜在干爹魏忠贤门下,否则不要说升迁,怕连性命都难以保全。当大官才可成大事立大业,这不,短短的五年时间,毛一鹭便从大理寺右寺丞、右少卿,再到右佥都御史,到如今巡抚应天府,驻节吴中(苏州),官至二品,前呼后拥,仪仗威严……

"大人。"僚属的一声轻唤,把毛一鹭的思绪带回现实中,"颜佩韦那五个东林余党,大人打算如何处置?"毛一鹭皱起了眉头,前些日子,刚逮了周顺昌。这个周顺昌放着好好的吏部员外郎不当,非得要纠结一帮东林党人,弹劾干爹魏忠贤,不想押解途中,激起苏州民变,数万人围攻官船,要不是他派兵及时,怕周顺昌早已被劫走,现场抓了带头闹事者,羁押在狱,正等候判决。

自己本想保他们性命,怎奈干爹昨日已有八百里加急递入府中,谕令自己要不留后患。而今置身这个权势场中,许多事不像当初松江府推官任上,依照大明律法,丁是丁卯是卯,件件办成铁案,卷卷经得起推敲,桩桩为人所称道。眼前一切似乎都由不得自己。

他回过头来,看着僚属,吐出一个字:"斩!"语气中没有流露一丝的迟疑。随即吩咐:"研墨。"

毛一鹭在案头坐定,提笔在五人案卷上批朱:"斩!"

史载毛一鹭外貌恂恂,若书生处子,看上去温顺恭谨,像一个文弱书生,儒雅得很。"而综核详比,则卓然如老吏;凝重简要,则俨然如宗公巨卿。"所谓人不可貌相,毛一鹭在官场上却老成持重,办事简明扼要,决不拖泥带水,颇有大将风度。

从儒雅的文人,到阉党的帮凶。他宁可用苏州河水研墨判词,诛杀东林党人。此时此刻,他想到家乡的武强溪了吗?他为何不用武强溪水濯他的冠缨?他想到严州府前"清朝耳目"坊了吗?是流芳百世,还是遗臭万年?

归去来兮,胡以心为形役,抛尸骨于荒山?

如果,如果,没有如果,历史不由如果写就。看似偶发的事件,其中蕴藏着必然的规律,遗憾的是毛一鹭没能参透。

勾想起中州徐家荒山上那座孤冢,连墓碑都没有,无人祭奠,无人扫拜,也无颜提及,连家谱都在刻意回避,生怕辱没了家风,玷污祖宗的门庭,更无法给后人一个交代。阉党的走狗,魏党的帮凶,东林党人的仇敌,这个骂名,不应该成为毛家后人前行的羁绊。

魏忠贤从得势到覆亡,不过短短7年时间,其势焰熏天,可见于明朝诗人陈惊的《天启宫词》一卷，杂咏天启轶事，凡一百首，其中一首描写当时二十四衙，争相给魏忠贤祝寿的场面："奉觞春昼锦如云，白玉阑西曙色分。二十四衙齐跪拜，一声千岁满宫闻。"祝寿的官员绯袍玉带，侵晨就在魏府庭下排队候着，拜寿时高呼"老爷千岁千岁千千岁"，殷訇若雷，场面甚是壮观。

天启年间，魏忠贤一手遮天，官员的升迁调动，都是由这位封为"九千岁"的魏忠贤把持，放在当时的环境下，如此强大的结界，绝非一般人可以障破。像毛一鹭这样的读书人，但凡动了功名利禄之心，似乎也只有阿附魏忠贤一条道可走。

《孟子·告子上》曰："人性之善也，犹水之就下也。人无有不善，水无有不下。今夫水，搏而跃之，可使过额；激而行之，可使在山。是岂水之性哉？其势则然也。人之可使为不善，其性亦犹是也。"

孟子可谓一语中的：人性之向善，犹如水往低处流。人性没有不善良的，水没有不往下流的。如果水受拍打飞溅起来，能使它高过额头；加压迫使它逆行，也能使它流上山岗。这难道不正是水的本性吗？形势迫使它罢了。人是可以迫使自己干违心事的，本性的改变也是如此。至于说有些人不善良，那不能归罪于天生的本质。

我常常在想，我们品评、臧否、陟罚历史人物，到底是为了什么？不正是为了正我们的心性，正我们的言行，正我们的观念吗？学人之长，补己之短。昨日已逝，无须过于纠结，人无完人，何必苛责鞭挞？于古于今皆无补益。

毛一鹭若早知这样的结局，是否会有别样的选择？大明王朝在此后十余年间轰然倾覆，逃不脱命数：个人命运或是王朝命运，概无例外。

天启七年（1627）七月，毛一鹭以疾请告，允之。八月，熹宗之弟朱由检继位，是谓崇祯。

就在本文定稿之际,意外得悉毛家朋友的一则信息,有清光绪十二年(1886)版《重修毛氏宗谱》。翻阅中查到一篇清康熙二十四年(1685),赐进士出身翰林院检讨壬戌会试同考试官方韩写的《琴十三孺初公墓志铭》。内有这样的记载:"丙寅(1626)冬朝廷擢公南京少司马,公连章乞身归,未数月,以天启丁卯(1627)十一月二十一日卒,年五十七。"以此推算,毛一鹭出生时间应是隆庆四年(1570),从而弥补了《淳安县志》关于毛一鹭生卒年不详的缺漏。

大明忠魂汪乔年

"请圣旨!"

上午九点零六分,随着主持人汪志忠一声大喝,仪仗排开,四人鸣锣开道,两位老者手捧圣旨,后面紧随着八名护卫,缓缓向祠堂里走去……

这颇具仪式感的一幕,是汪家桥村每年农历六月初六的"晒圣旨"活动。圣旨保存是个秘密,一年中就这一天露个面,愈加显得神秘。我没有见过这道圣旨,听说政协工委主任余利归有完整的圣旨照片,于是给他打了电话,余主任在乡下,说下午回来发我。

粗略浏览,圣旨为丝绢织品,字体是手写的小楷,工整端庄,用笔略显凝滞。再细观文字内容,终现出一些端倪。

奉天承运,皇帝诏曰:……尔刑部山东清吏司郎中汪乔年,性资敏练,操检端勤;拔自轩庭,试于法署……朕志以怿,兹以覃恩,授尔阶奉政大夫,赐之诰命……使四罪服而群议消,三德成而五教弼,朕将以从欲之治,嘉尔钦哉。

初任刑部陕西司主事。

二任本部河南司署员外郎事主事。

三任本部山东司署郎中事主事。

四任实授今职。

圣旨的主人叫汪乔年，是汾口汪家桥村人，汪氏祠堂就是为纪念他而建造的。圣旨内容并不单一，接下来是敕给汪乔年妻子苏氏的。

制曰：国家重内教，必首壸范。故疏荣于臣，未有不贲及于妻者。矧其艰难早世者乎？尔刑部山东清吏司郎中汪乔年妻，赠安人。苏氏从夫圭窦，力任苦辛，昧爽执勤而无逾阃之动……兹以覃恩，加赠尔为宜人，赐命玄台，扬芬彤管。

可见圣旨颁发之前，苏氏已然去世，属于死后的恩荣，故称"赐命玄台"。汪乔年后又娶了姜氏为妻。

圣旨接着敕封继妻姜氏为安人。内容与诰封苏氏的大同小异，对姜氏支持夫君的工作进行了一番表彰："兹以覃恩，加赠尔为宜人。"落款为"天启六年三月"。

天启是熹宗皇帝的年号，熹宗在位仅七年，是个短命皇帝。这似乎预示着大明王朝的气数已尽，不久也将谢幕历史舞台吧。我在阅读圣旨时发现了一个有趣的现象，在落款的后面有一行白丝编织的篆体文字"万历三十九年　月　日造"。在月和日字的前面分别空出一个字，这是方便颁旨之日临时填写的。

天启皇帝颁旨为什么要用前朝万历时期织就的圣旨呢？合理的解读就是国力衰落，财力不济。府库里能找到将就着用呗，颜面的事已经退居其次了。

古代等级制度森严，命妇之号不得僭越。安人是六品官员夫人的封号，宜人则是五品官员夫人的封号。从中看出汪乔年此时已是五品大员了。

我们把晒圣旨时间往前倒推一百三十年,回到光绪十五年(1889),地点遂安县城狮城,又一场颇具仪式感的祭祀活动,在汪忠烈公祠进行着,主祭人是遂安知县唐济。

"忠烈"二字是乾隆二十一年(1756)皇帝赐给汪乔年的谥号。汪忠烈公祠是道光十五年(1835)知县洪锡光为汪乔年建造的,忠烈祠位于狮城北街章家弄旁,正中悬挂一匾额"天人钦感"。唐济专门给汪公写了一副长联,上联为"报国矢忠忱,综平生律己爱民,十数卷文行长存,共仰真儒品诣";下联为"捐躯昭节烈,荷圣伐易名立传,三百载烝尝弗替,重瞻神宇尊严"。

祭祀活动庄严隆重,人员选派也是有讲究的,汪氏一族龙溪派、岐山派、岁星公本派各选二人主祭,副管也有六人。开祭之日,正副人等务须提前三日到祠,筹办祭事。一年安排春秋两祭,春祭定于三阳月既望后五日,秋祭定于小阳月(十月)既望后五日。春秋开祭之日,各派文武绅士,无论阴晴雨雪,务必逐一到祠堂助祭,不得托故推诿。另有助酒人等,每年分作两班,春祭五十余人办理,秋祭也是五十余人办理。

我们来看看光绪十五年(1889)的这场春祭,时间是三阳月既望后五日,既望是每月十五日,后五日即三月二十日,祭祀活动由遂安知县唐济主持。

唐济亲自宣读祭文,曰:

呜呼!我公降生岳岱,赋性端庄,幼时颖异,壮且刚毅,虞庠早贡,桂籍名扬,及登仕版,视民如伤。青州出守,政事平章,青州白水,盟心何妨,青州士女,谷我难忘;汪不解担,讴颂循良,政行卓异,大任克当;关中督学,有学莫忙;三边总制,有勇知方,帅旗一竖,箪食壶浆,米脂一檄,弓矢始张,誓师慷慨,卒伍启行,筹空帷幄,身殉沙疆,贺帅逗遛,贼转猖狂,有明不祀,国破家亡,愤同武穆,绩续龙骧,被执不屈,一片热肠,颜常山舌,剖以阴囊,居然立信,不愧天详,浩然正气,日月争光,荷蒙圣代赐谥,吾乡忠忱贯日,烈节凌霜,岿然祠宇,千载烝尝,凡我子姓,共荐馨香,凭依在德,电鉴于堂,绳其祖武,百世其昌,仰公志洁,慕公行芳,乃为之歌曰:"狮山苍苍,凤港汤讵,忠烈遗风,山高水长。"尚飨。

祭文不吝褒奖之辞,把汪公比作文天祥一样的人,了解他为人的,都会在心里为他点个赞:汪公忠心鉴日月,热血洒疆场。

"祭忠烈"与"晒圣旨"一样都颇具仪式感。汪乔年离我们远去已近三百八十年了,为什么人们至今依然还在纪念他?

汪乔年(1585—1642),字岁星,汾口汪家桥村人。父亲汪时和,娶余氏为妻,万历十三年(1585)生汪乔年。汪氏始迁祖得谋公于唐朝末年由歙县迁徙遂安丫山(汪家桥)。得谋公有兄弟五人,依序为得均、得谋、得罗、得一、得象。得均公迁开化马金,得谋公迁遂安丫山,得罗公迁遂安岐山(郭村),得一公迁遂安宏山(浪川)沙众,得象公迁安庆太湖。得字辈的共同祖先是越国公汪华的第七个儿子。可见汪乔年是汪华的后裔。

唐济的祭文说汪乔年"幼时颖异,壮且刚毅,虞庠早贡,桂籍名扬"。这与清康熙翰林院编修、邑人方象瑛《汪总督传》中,提到对汪乔年的印象基本一致:"总督与先大父,同庚同学,又同举进士。余儿时犹及见之,丰髯伟貌,有臂力。"方象瑛说的先大父就是他爷爷方逢年。他们于明天启二年(1622)壬戌科殿试同中进士,方逢年为二甲第四名,汪乔年是二甲第六名。

天启六年(1626)三月,熹宗皇帝在颁给汪乔年的圣旨中写得明明白白:"初任刑部陕西司主事。二任本部河南司署员外郎事主事。三任本部山东司署郎中事主事。四任实授今职。"今职就是奉政大夫,属正五品的文官,他的妻子苏氏和姜氏也相应地从安人晋升为宜人。

天启七年(1627),以父丧回籍守孝。其间毛际可的父亲毛志履曾负笈师从于汪乔年。

崇祯二年(1629)起复升任青州知府。他上任时只带了两个仆人,不像其他官员一样,把家属带在身边。作为地方最高行政长官,甫一到任,他就把心系于百姓,不摆官架,不显官威,唯存官箴,搞了一个亲民举动,让人在官署的廊檐下砌了十多个锅灶,方便来打官司的人随到随饿随烧。知府衙门出现了一个奇特景象,这边厢百姓烧饭等候审理,那边厢汪知府断案判词两不误。

不像某些平庸的官员,没有理想抱负,整日无所事事,八卦嘴上谈,琐事心头绕。汪乔年没有一刻清闲,处理积案、疑案迅捷果决,他视民如伤,恻隐之心人皆有,百姓利益大如天,能够当天办理的绝不拖到次日,绝大多数案子当日便可审结,其实就是我们今天政府提倡的"最多跑一次"。故青州百姓有《汪不解担》的民谣称颂他。

汪乔年似乎一直希望自己能走向战场,以身报效国家。他丰髯伟貌,臂力过人,自认为是个带兵之才。每每于休息之时骑马奔跑,习弓箭击刺,并常常在风露槁木中夜宿,用以锻炼自己的意志。

崇祯十四年(1641),因为得到方逢年的推荐,又兼历年朝廷考核,他举天下卓异、治行第一,从陕西右参政擢升陕西右佥都御史,巡抚陕西。从副省级干部一跃为正部级干部,官至正四品。

时天下大乱,李自成农民军横扫河南全境,正欲挥师进逼潼关,汪乔年闻讯鞭马赶赴商州、雒南视察,正巧与三边总督傅宗龙相遇,遂商讨抽拉丁兵、筹集粮饷等事宜。无奈关中丁兵和粮饷早就派完了,一时也想不出好法子,两人叹着气分了手。没过几天汪乔年得报,傅总督在项城败亡。这边还在伤感落泪,那边已经有圣旨颁到,擢升汪乔年为兵部右侍郎,接替傅宗龙,总督三边军务。兵部的檄文一道接一道传来,催他出关与李自成决战。

汪乔年岂能不知,此时出战无异于以卵击石,以肉饲虎。关中精锐已在项城耗尽,士卒疲乏不说,粮饷又接济不上,而贼势正旺,如之奈何?他召集部众说:"为了巩固中原地区民心,就是去喂虎,我也要出战一回!"紧忙收召散亡士兵,调集边防部队,凑起骑、步兵两万余人,号称三万。

崇祯十五年(1642)正月,汪乔年冒着凛冽的寒风,率总兵贺人龙等人兵出潼关。

话说临颍早先被李自成军驻守,平贼将军左良玉攻进去后,把起义军抢劫的东西全部缴获而去,李自成闻讯大怒,放弃开封转而攻打左良玉。左良玉不得已退守郾城,李自成把郾城围得铁桶一般。汪乔年想到了"围魏救赵"之计,他召集部将说:"我们此时赴援郾城,凶多吉少,很难与之争锋,襄城是贼兵的老营,距离郾城百十余里,如果我们调集精锐去攻打襄城,贼兵一定回师来救,则郾城之危可解。郾城解围,我军打击贼兵前军,左将军袭击其背,则可溃敌。"

部将齐声说"好!"

汪乔年挑选精锐骑兵一万人,星夜兼程赶赴襄城,统兵攻入襄城。另派贺人龙、郑嘉栋、牛成虎兵分三路,驻扎在城东四十里地。起义军得报果然来救襄城。没承想李自成兵还未到跟前,三员大将各自都跑了,郾城解围后,左良玉也没赶来救援。

汪乔年仰天长叹道:"这里就是我的坟墓了。"

于是他带领一千多人把守城墙。起义军挖地道装填火药轰城,汪乔年亲率士兵用薪车堵住缺口,手拿长矛刺杀进城敌军,一时起义军竟不得而入。李自成恼羞成怒,下令架起大炮,瞄准汪乔年的帅旗轰击,硝烟过后掩体轰塌。部将护着汪公哀求他回避,汪乔年恼怒地说:"尔辈怕死,吾不怕死也!"他站在城墙上环顾四周,决然道:"头可断,身不可移,吾誓与此城终始矣。"以此提振将士们的信心。

如此攻守反复，坚持了七天七夜，战斗惨烈的时候他甚至一天都没吃上东西。二月十七日，终因寡不敌众，李自成攻入城内，汪乔年手提兵符驱兵开展巷战。

据当时的襄城县令余二闻《汪公忠烈祠碑记》记载，汪公此时"犹手刃二兵，杀三枭贼"，并疾声大呼曰："臣力竭矣。不能杀贼，死固吾分也！北望稽首，拔刀自刎。"起义军一拥而上，俘获了汪乔年，把他押到李自成面前。左右喝令跪下。汪公破口大骂："我乃朝廷大臣，奉命剿汝，恨不获生咬汝肉。吾死当为厉鬼杀汝，以遂我报国之愿。"

李自成下令挖出汪公膝盖骨，汪公犹不屈服，又令割去舌头，敲去牙齿，汪公犹以血喷李自成。李自成大怒，下令将汪公五牛分尸。

呜呼！汪乔年一介书生，却统兵平乱，血洒疆场。他手中有兵符，胸中有丘壑，眼里有韬略，决断有杀伐，但还是败了，败得如此彻底，没有一点转圜余地，甚至连一具全尸都没能留下。

欣慰的是汪乔年没有辱没英名，他不愧是越国公汪华的后裔，保境安民，使民乐居、免受荼毒本就是他的天职。他不但忠君忠社稷，他还忠于黎民百姓。无怪乎襄城百姓也自发募资，在南门外高阜处建祠以纪念他。

淳安人历来有这样一种担当，有这样一种气势，有这样一种傻劲儿。明知不可为而为之。作为指挥官的汪乔年有这种挽狂澜于既倒、扶大厦之将倾的觉悟，但那时的士卒已斗志涣散，当时的情形往往是不从军便从贼，以求吃个饱饭。况且兵员严重不足，区区两万余人去对抗二十万之众的闯王，其结局是可以预见的。

大明王朝二百七十六年的国运，到了崇祯手里便戛然而止。崇祯继位之初，力争做一个中兴之主，铲除了魏忠贤为首的奸臣集团，甚至排斥东厂、锦衣卫等特务机构。面对着国力衰落，他提倡节俭，减膳、撤乐，下了《罪己诏》，不但身体力行，还让皇后也种菜织布，像一个农家妇女。然而就是这般呕心沥血、苦心孤诣，终究没能挽救大明王朝走向覆亡的结局。

这不是崇祯的过错，换其他人当这个皇帝也是如此。个人不可与势相抗，大明王朝的气数已尽。没有李闯王，还有皇太极，就连老天也频频示警，北方旱南方涝，年年歉收，民不聊生，食不果腹，饿殍遍野，天逼民反。

邑人毛际可有《汪总制公逸事状》，里面提道："公有女，余族祖母行也。以疏属，未尝见。顷同避地钱唐(塘)，始详讯之，则亦不能具述……又闻奉旨获丧归葬，数遇寇掠。从吏谓曰：'此死事廉吏汪公枢也，若辈欲尸祝之，则请留。不然，橐中无物可掠也。'寇愕然，罗拜去。"

据此可知，汪乔年有个女儿嫁给了毛际可的爷爷一辈。因为不是直系，平时不常走动，所以一直没有见面。那年为避匪寇一同来到杭州，才有机会见面叙谈。另一个信息是，汪公的尸首奉了圣旨归葬故里，路上多次遇到寇匪抢劫。负责护送灵柩的小吏告诉对方，这是为国捐躯的廉吏汪公的灵柩，你们是否要对汪公主持祭祀仪式？如果是这样就请留下来。寇匪惊愕不已，拜别而去。

毛际可与方象瑛都写过汪乔年行状，比较起来，方象瑛似乎更能看破时局，他在《汪总督传》的末尾曾这样点评："……夫士有幸有不幸，使公生承平时，清操介节，何让海瑞、轩輗。及时事已坏，非人力所能支。出师未捷，身死疆场。悲夫！"

由汪乔年而想起了文天祥，他们的境遇竟如此相似。文天祥是南宋末年抗元的民族英雄，特别是那首《过零丁洋》几乎家喻户晓："辛苦遭逢起一经，干戈寥落四周星。山河破碎风飘絮，身世浮沉雨打萍。惶恐滩头说惶恐，零丁洋里叹零丁。人生自古谁无死？留取丹心照汗青。"

汪乔年和文天祥都有一个共同的信仰：忠君爱国，与社稷苍生共存亡，宁愿站着死，不愿苟且活。

汪乔年是个读书人。把书中的理与日常的行相结合，把书读得通透。

真正的读书人会用生命去践行理，没有犹豫，没有彷徨，没有迟疑。因为他们得天地之正气，抒胸中之怀抱，了平生之夙愿，虽九死其犹未悔！

而现在，读书人似乎越来越多，可明事理的却越来越少；逐功利的越来越多，重道义的越来越少。我的担忧并非毫无道理，汪氏一族也有先见之明，他们在"晒圣旨"活动中加入了成人礼仪式，对族中晚辈进行传统教育，让他们了解祖先的功业、家族的训诫、做人的根本；教育他们忠于国家，热爱家乡，孝悌亲人，把优秀的传统文化融入他们的血液，化作今后行动的力量。

套用一句现代流行语："理想很丰满，现实很骨感。"当理想与现实发生激烈碰撞时，读书人应该怎么办？我们今天的主人公已用自己的生命作了诠释：杀身成仁也好，舍生取义也罢，都是读书人最好的注脚、理想的归宿。汪乔年享年五十七岁。这正是：

一缕忠魂去报国，待留清气满乾坤。

"松凉夏健人"方象瑛

　　方象瑛这个名字《淳安县志》上有载,生卒年不详,生平有简述,约两百余字,形貌未免模糊,只得其大概。近读《健松斋集》,透过那些灵动跳跃的文字,阅过序跋、行述、诗赋、记文,这个人物渐渐清晰明了,鲜活地向我走了过来,仿佛就站在我面前,与我面对着面,甚或调皮地眨了眨眼,带着一丝苦涩与自嘲,但目光依然坦直与坚定。

　　明崇祯五年(1632),遂安狮城方家老宅内,一个婴儿呱呱落地了。按象字辈排序,取名方象瑛,字渭仁,号霞庄。方家在遂安城内地位显赫,家业有成,方家大院处在狮城的中心地带,大院周边的一些建筑,如冢宰坊、方家井、方家弄、方氏宗祠等,无不彰显着方家的特殊身份与地位。

　　方象瑛出生前五年,即崇祯元年(1628),知县陈大伦为方象瑛的爷爷方逢年建造了这座冢宰坊,以表彰这位东阁大学士的辅国功业。

　　方逢年是万历四十四年(1616)的进士。天启二年(1622),选翰林院庶吉士,授编修。天启四年(1624),主持湖广乡试。当他主试湖广期间,魏忠贤方乱政。方逢年发策试诸生,有巨珰大蠹语,且云"宇内岂无人焉?"魏忠贤大怒,有旨降逢年三级外调。御史徐复阳借机弹劾阉党,魏忠贤一不做二不休,索性把方逢年削籍为民。

　　崇祯初年,思宗即位,诏复原官,累官礼部侍郎。崇祯十一年(1638)诏廷臣举边才,方逢年举贤不避亲故,把本县的汪乔年荐了上去。未几,擢礼部尚书,入阁辅政。

方象瑛的爷爷去世那年是清顺治三年(1646),方象瑛才十四岁。他不明白什么叫"反清复明"。爷爷算是一个有气节的人,清兵入关,他一个前朝旧臣,拥戴台州的鲁王朱以海监国,试图与清王朝分庭抗礼。一时间控制了绍兴、宁波、温州、台州等地,意欲攻打杭州,最终朱以海败走舟山出海。方逢年与总兵方国安等为权宜之计,乞降于清。途中跟随清军由浙入闽,方逢年暗中"以蜡丸书通闽,事泄,被诛"。

方逢年的书信内容我们不得而知,但从被杀的结局来看,一定是犯了谋反之罪。想要通谋闽地的抗清人士,光复大明王朝。

方象瑛体质瘦弱,但天资聪颖,九岁能文,十二岁学诗歌,后作《远山净赋》,老师教的一学便会,一点便透,是家族未来的希望。

方象瑛母亲吴氏,淳安云村人,是刑部福建司主事吴觐光的长女,十九岁嫁入方家。在方象瑛的记忆中,母亲性情严肃,亲督耕织,身自操作,勤俭持家。当然,对他这个独子的功课也是督责最严的。

不幸的是,母亲于癸巳(1653)冬病故,年仅四十三岁。

方象瑛记得母亲临终前的话:"吾生平无所苦,独恨未睹汝成名,及见孙耳。"母亲的愿望,一是盼着儿子早日考取功名,二是盼着孙子出生。

方象瑛抹去泪水,暗立誓言:决不负母夙愿。

康熙六年(1667),京师大比,放榜之日,国子监人头攒动,车马云集。进士榜单上,方象瑛三字赫然在目,引得周围无数艳羡的目光。

方象瑛一举成名,从此迈入仕途,结交了一大批名儒贤达、文人名士,如毛先舒、毛奇龄、王丹麓、冯溥、施闰章、严沆、尤侗、沈珩、吴舒凫等人。

方象瑛在《祭余杭严先生文》里,提到了他首次与严沆相见时的情形,那是在康熙十六年(1677),方象瑛在京师候补中书舍人,其间接到严沆的邀请函,一时文人名士齐聚严府:"十月六日,先生集诸名士。舒崇先在坐,问慰曲至。象瑛入,先生降阶执手,且曰:'频年闻君名,今乃得相识,然读君诗文盖已久矣。'当时座客无不惊叹,谓先生之遇两生如此之厚也。"

严沆何许人也?竟降阶执手对待一个后学?

严沆,字子餐,号颢亭,浙江余杭(今杭州)人,顺治十二年(1655)进士,官至户部侍郎,仓场总督。诗文为"西泠十子"之一,著有《严少司农集》《古秋堂集》《皋园诗文集》等。

严沆在朝为官,朝野倚重如泰山北斗。他既有长者之风,又有仁者之爱,喜欢交游,看重仁义。退居以后,更是推心结纳,以弘奖人伦为己任,士苟擅一长,必折节下交,为之延誉。严沆能急人所急,或有死丧穷乏,必倾囊为赠,偶不给,即称贷济之。如此惜才爱才之人,必然受人爱戴。但凡从京师回到故乡的江南士人,谈论京师诸公卿名士,必交口称赞严沆"笃故旧,好奖掖后进,为士类表率"。

方象瑛与严沆虽未谋面,但心中仰慕已久,苦于伏处山陬,不得瞻望风采。此番受邀得到严沆如此礼遇,心存感激自在情理之中。次年,严沆还荐举方象瑛应博学鸿词科试。

整个清朝一共只进行过两次这样的考试。

康熙十七年(1678)的正月,康熙帝称:"自古一代之兴,必有博学鸿儒,振起文运,阐发经史,润色词章,以备顾问著作之选。朕万几余暇,游心文翰,思得博学之士,用资典学……凡有学行兼优,文辞卓越之士,不论已仕未仕,令在京三品以上及科道官员,在外督抚布按,各举所知,朕将亲试录用。"

严沆得知此讯,以手加额曰:"盛典也。吾虽病,敢无以应。"告诉身边的人说,我认识的人里面,才学没有超过方象瑛、叶舒崇两人的。他对方象瑛的人品和才学赞赏有加。其时,叶舒崇已经为政府诸公论荐,按例不得重复荐举,于是他把方象瑛放在荐举名单的首位,其他像宁都的魏禧和秀水的朱彝尊排在其次。

方象瑛果然没有让严沆失望,在康熙十八年(1679)博学鸿词科试中,位列五十鸿儒之一,授翰林院编修,入史馆编修《明史》。

此篇祭文写得情真意切,在文末方象瑛可谓痛心疾首:"然则先生殁,而高山流水不忍复闻,私心诚不容已。先生没而怜才好士之诚不可复见于当世,其为天下恸可胜言哉。"

此外,冯溥也是方象瑛的恩师,帮助他拓宽仕途人脉,对方象瑛后来的诗文创作颇有影响。

冯溥,字易斋,顺治二年(1645)进士。历官编修、吏部侍郎、刑部尚书,拜文华殿大学士,加太子少傅。冯溥与严沆一样爱才惜才,经常在家中的万柳堂召集名士吟诗作赋。康熙十八年冬,冯溥招方象瑛等人于寓宅饮酒,方象瑛作《益都夫子招集酒半王仲昭、胡朏明复出畅饮》:"长安车马纷如簇,载酒呼朋遍辇毂……"

冯溥欣赏方象瑛的才学,既致政归,他请毛奇龄为之编写年谱,特嘱方象瑛为年谱作序。这便是我们在《健松斋集》中看到的《冯易斋先生年谱序》:"先生贻书命象瑛为序,因拜手记于简末,不敢繁辞以失实,是亦先生之志也。"

冯溥也曾为方象瑛《秋琴阁诗》作序,内云:"余每读方子之诗,辄叹其渊雅秀润,谓为王摩诘一流……其诗怨而不怒,哀而不伤。"诚不失为对方象瑛诗词创作的高度评价。

其间,他还完成了母亲的第二个夙愿,接连生了三个儿子。长子方引禩,次子方引祀,最小的叫方引讳。可惜次子方引祀短命,年方十九岁就病故。

方象瑛在其《亡仲子行述》一文中写道:"余为求婚于同学毛子会侯。

毛子赏其文,曰神韵高秀如玉山上行快婿也。"方象瑛与毛际可既是同学又是好友,他比毛际可大一岁,两人同为进士。方象瑛是康熙六年(1667)进士,授内阁中书,在京任职,是个七品官。毛际可是顺治十五年(1658)进士,初在彰德府任推官,也是七品官阶。方象瑛知道毛际可有个女儿叫毛孟,觉得两家门当户对,遂向毛际可提亲,但对儿子方引祀的身体状况有所隐瞒。

方引祀生于康熙元年(1662),从小体弱多病。毛际可对这个快婿的病情并不太知情,他当时在浚仪(开封)任上,女儿也跟随父亲身边。庚申(1680)四月,毛际可遣人来遂安迎接方引祀到浚仪成婚。时康熙十九年,方引祀十九岁,毛孟只有十七岁。

同年五月,方象瑛妻子吴氏病故,方象瑛忍着悲痛,修书一封于毛际可,让他不要把此噩耗告诉儿子。毛际可回复说:"婿病如此,使复闻母讣,是速之也。"方引祀因为赢弱多病,一直待在母亲身边,不像哥哥和弟弟一样,随着父亲到处游历,因此,他对母亲的感情特别深,也特别懂事孝顺。见有家书至,遂心生疑虑,以往,父亲来信都详述母亲病情,现在只说如前。"姑安我乎?"难道是故意要宽我的心吗?于是,每天号恸不食,病体日沉,挨至八月十九日卒。

方象瑛时年四十八岁,同一年里,他既丧妻又丧子,人生之悲苦境况可想而知。如他《行述》中云:"(儿)汴梁之行,意早竣婚事,佳儿佳妇,归慰病人耳。谁谓生离,遂成死别。既哭妇,复哭儿。天之降罚至此,极哉!"

在《告亡室吴孺人文》里,竟呼天抢地,令人潸然泪下:"呜呼!竟死矣。孤灯荧荧,不见汝形也。残更漠漠,不闻汝声也。汝夫号于庭,汝不知也。汝孙啼于侧,汝不闻也。"

方象瑛似乎一夜白了头,人到中年本是春风得意之时,而他则是既丧妻又丧子,悲苦之状可想而知。

亲人离世的打击从更早就开始了。方象瑛二十一岁那年已经失去了母亲，三十九岁又痛失父亲。据方象瑛《先府君行述》记载，父亲去世那晚，他在福建建宁的客舍，半夜里忽然跳起来狂呼乱叫，烦闷异常，痛不欲生。同舍者都惊醒过来，怔怔看着他不敢过问。方象瑛自己也觉得不可思议。这便是所谓的心灵感应吧。

　　第二天，方象瑛鞭马驰归，连续奔走七昼夜，行程一千两百余里到家。"呜呼！恸哉！"方象瑛一头拜倒在父亲的灵柩前，不能自已。

　　父亲方成郏，字稚官。事亲孝友，里中人求贷，无不曲应。辛卯（1651）壬辰（1652）间，岁大饥，方成郏贷粟为粥布施给饥民，使许多人赖以活命。其实方家此时已经开始中落，出入每苦不给。方成郏性情爽直，擅饮。庚戌（1670）六月十六日，从邻居家小酌归来，偶感风寒，越五日卒，享年五十九岁。

　　平时身体无恙的父亲，就这样毫无征兆地走了。

　　"呜呼！恸哉！"

　　连续遭受失去亲人的打击，最是消磨人的意志。上有父母高堂，下有儿孙满堂，是古人所谓四世同堂的天伦之乐。方象瑛只有寄情于诗文，创作了《健松斋集》二十四卷，《健松斋续集》十卷。

　　方象瑛何以健松斋命名文集？据他本人在《重葺健松斋记》一文中所述，健松斋在遂安城内西偏。先君子所营读书处也。先君子仁孝，与物无忤。里中推为长者，性好莳花木。崇祯中，构小园，名之曰勺圃，傍水关枕忠烈桥。中为斋，左为蕉，邻为香风亭，为菊畦达于桑苧圃，右为竹士轩，为秋琴阁，阁虚四窗，远山入座，历历然。斋前穿一池，不受水，益潴之……甲申之变（1644），土寇焚室庐殆尽……先君携家避杭婺。戊子（1648）始归，稍稍完葺。

　　方象瑛接着记述了父亲在顺治甲午（1654），游新安在许氏花圃得到几棵栝子松,回来后种植到池子东面,刚开始不及屋檐,现在看看,已婆娑若车盖矣。它们劲如悬针,皮剥落如龙鳞,所以取唐诗"松凉夏健人"句,用来命名斋号。方象瑛常在其中读书,涛声谡谡,如同置身在深山万壑中一般。

这篇记文信息量较大,我们还得知了他之所以客居杭州的真实情况:"甲寅(1674),闽变,盗起开化、常山,邑将吏弃城遁。余亦踉跄走钱塘。比归,则大兵驻牧三年矣。"

康熙十三年(1674)三月,靖南王耿精忠在福建起兵响应平西王吴三桂反清,浙闽一带持续三年大乱,百姓纷纷避走,即所谓的"闽变"。

方象瑛与毛际可避乱杭州,也算因祸得福,期间开始与毛先舒、王丹麓等人交往。毛先舒为"西泠十子"之首,他的书房名思古堂,他本人喜汲进后学,杭州的文人学子也以此为中心,经常举行沙龙聚会,评诗论文。

方象瑛有《思古堂雅集分韵》《遥和初秋集稚黄思古堂作》两首诗和一篇《思古堂雅集记》来纪念此事。方象瑛经常和毛际可一起到毛先舒的思古堂纵谈诗文,受益良多。作为前辈的毛先舒确实学识渊博,无论经史之源流,学术之同异,诗文之得失,还是四声六韵之通变,均能做到"原原本本,穷极指归"。

毛际可是最了解方象瑛的人,他比方象瑛小一岁,两人从小便是同学,且都是出自世宦之家又是仅间距几十米的邻居。顺治、康熙年间,遂安学子多次在语石山(遂安八景之一)雅集,较文制艺,论学交友,名噪两浙。方象瑛、毛际可是语石雅集的核心人物,友情发展到后来,还结为了儿女亲家,可谓门当户对。

客寓杭城后,毛际可明显感觉到方象瑛诗文风格变化了,他说"余读渭仁诗有三变",即有三个明显的阶段。第一阶段,"弱龄定交语石,习为徐、庾之篇",此时华丽有余而蕴藉不足;第二阶段,康熙时期避乱杭城,"得稚黄诸子相与切劘,敛华就实,骎骎体格日上";第三阶段是他入史馆修《明史》的时候,文风"扬厉敷陈""博大雄奇"。可见,毛先舒以及"西泠十子"影响了方象瑛的诗文创作风格。

康熙二十二年(1683),方象瑛奉命典试四川,沿途夜泊广元县,放舟嘉陵江,渡梓潼江,题驷马桥,眉州谒三苏先生祠,白帝城谒先主庙。正如朱彝尊在《锦官集·序》中所言:"凡山川之扼塞,风土之同异,友朋之离合,抚今吊古,悉见于诗。"他把途中所见所闻,搜集来创作《锦官集》诗二卷,共一百九十首,获得时流的一片赞誉。

方象瑛主持四川乡试期间,传承了严沆、冯溥爱才惜才的精神,尽心取士,"悉心搜录,得士四十二人"。得到了蜀中的广泛赞誉,当时蜀人称叹他:"有英才拔尽之论。"

康熙二十四年(1685),方象瑛因病致仕归家,闭门著述。据查,他对詹仪之家藏的墨宝也有鉴赏有点评,其《詹氏家藏考亭南轩两先生真迹记》,就是在瀛山詹家观赏了朱熹、张栻与詹仪之往来的书信真迹后的感想:

……虚舟先生,讳体仁,讲学瀛山,与考亭、南轩两先生相友善。考亭(朱熹)贻书商订格物致知之旨,往复至再,今载朱子集中。南轩(张栻,字敬夫,号南轩)自蜀中寄书论理学宗旨甚悉。二书装潢成轴,子孙世守,封镵甚密。余尝就而观之。朱子书端劲古质,穆然不使人可喜。敬夫稍秀润,亦不甚作意。夫两先生未尝以书法名也。其深心静气,盎然睟然于楮墨之间,直与钟王颜柳并垂,正犹商周彝鼎,钦其宝不能名其器,非可以工拙论也。向使两先生而亦以书名,则笔墨所存,度不及钟王、颜、柳,何以数百年后睹其遗迹,想见其人,流连感慕而不能已哉。然则道之与义,孰轻孰重,要必有辨之者。

方象瑛距朱熹、张栻已有五百年之久，他凭什么判断朱熹、张栻书信的真伪？他说朱熹的字端然如君子，不容易让人亲近；张栻的字则秀润自然，不刻意追求新奇。他们虽然不像钟、王、颜、柳那样以书法名世，但数百年后人们看了他们的字，如同看到他们的人，心中感慕不已，原因就是道之所存也。

据我所知，詹氏墨宝不止朱熹《春雨帖》、张栻《新祺帖》两人的书信，还有孝宗皇帝赐詹骙诗，以及詹骙的谢表，接下来是元、明、清三朝名人题跋，依次为陈垦、李逊、方瑛、王开、张政、孙继文、章信、陈昌、陈益、万钜夫、吴彦舒、徐薲、何省安、王汝舟、钱溥、冯珏、郑伯举、吴政、王受、范霖、俞汝为、余可才、陆京、姜衡、鲁泉、詹理、林维翰、王业、朱长庚、毛一公、袁愈若、吕光品、林守典、陈学礼、翁元孙三十五人。可能方象瑛去时，这些墨宝尚未装裱成手卷形式，未得亲眼所见吧。以方象瑛的名望和地位完全有资格在上面题跋，但我们今天没有看到，不知何故。

新安江水库形成后，詹氏后裔移民到了江西崇仁。詹氏家藏墨宝已是一个公开的秘密。二十世纪九十年代中期，故宫博物院在一次拍卖会上，用高价拍得部分墨宝。单是朱熹的《春雨帖》就花费三百九十五万元。2002年，故宫博物院又在嘉德拍卖会拍回一批詹氏墨宝，总共花费一千余万元。如今这些墨宝珍藏在故宫博物院，属于国家珍贵文物。

郭村之行，方象瑛除了与詹家后人交往外，他还去拜谒了瀛山书院，为此写下了《谒瀛山书院》一诗：

半亩淳淳俯碧池，当年格致远相资。
座分鹿洞云来处，幽胜鹅湖月到时。
自有水能清客梦，谁言山不感人思？
大观亭下频瞻拜，松竹横窗绿满祠。

方象瑛诗词涉猎范围甚广，单写花的就涉及马兰花、千日红、西番菊、洛阳花、老少年、小青花、蝴蝶花、美人蕉等。此外，他虽善病，却游历甚广，有诗如《晓发桐江》《晚泊富春》《渡钱塘江》《渡黄河》《渡渭水》《晚泊天津》《夜过武城》《望庐山》《谒禹庙》《抵建州》《发叙州》……

毛先舒在《健松斋集》序言里说，方象瑛这个人，平时温然以严，不苟言笑；看他的文章"庄庄乎君子"。其鸿篇巨册，"详瞻典雅"，至于论时务，关心百姓疾苦，"大有救焚拯溺之思"。毛先舒品评方象瑛的诗，稍逊于文，然风格挺挺，佳句妙思时不时流露在笔墨之间，特别推崇他的小品，隽逸远神，"能沉练，不以靡词华色为好"。

《健松斋集》在当时颇为流行，民间争相传抄诵读，吴仪一在其序言里说到，追想丁巳（1677）冬，自己客居扬州，与邓孝威、程穆倩、宗鹤问、姜凝夫、西溟访魏凝叔寓斋，大家纵论当世古文家长短。"予独推遂安方子渭仁之文为至醇。"众人让他说说理由。他告诉大家："为文家不可一日不学，不学则心放而言不能循乎理。甲寅（1674）乙卯（1675）间，方子避寇乔居杭城，予每过之，读书声闻户外。其好学甚而能养其心也。故其为文醇而无杂。"

吴仪一何许人也？钱塘人氏，字舒凫，清初著名戏曲理论家和戏曲活动家，他还是《长生殿》作者洪昇的挚友。吴仪一对《长生殿》有许多重要的点评，得到了洪昇的首肯与赞赏。他另著有《吴山草堂词》十七卷传世。

不独吴仪一推崇方象瑛的古文，同时期的学者沈珩与方象瑛一同应召博学鸿儒科试，授翰林院编修，他对方象瑛的文章也是大加赞赏："渭仁之文，小大巨细，无所不备，吞吐蕴藉，无所不涵……夫解文章之味尤难言矣。解渭仁之味，简而义尽，洁而神腴，二则其至乎！简与洁，古今言文之至难。意尽而义不得尽，色腴而神不得腴，则又简与洁之至难。"（《健松斋集·序》）

好一个"简与洁之至难"。一方面，方象瑛勤读书、广交游，拓宽了他诗文创作的题材；另一方面，由于家庭屡遭变故，命运多舛，他对人生有了更深的体悟，于是变化了气质、剔除了繁缛，是洗尽铅华后的简洁。

从他给文集命名健松斋，取"松凉夏健人"之意，即可窥见其心迹。我非常赞同毛际可评方象瑛的一句话："文章与境遇相关，境不变，则文不益进。"试想一下，方象瑛少年丧母，中年丧父、丧妻、丧子，又流离兵燹，他并未因此沉沦，而是积极进取，考中了进士，又得皇帝临轩亲试，拔居侍从，与修《明史》。后且典试三蜀，踏遍西南数千里，以皇华使节临之，广见闻，励心志。晚年辞官归家，著书立说，放心安心，不与世争。

当年父亲手植的五棵栝子松已然成林，夏日烦闷，案牍劳形，此时置身松荫之下，松风习习，凉爽宜人，松与人伴，人与松随，相看不厌，何其惬意！观庭院之松，松针向上，昂然其精神，皮若龙鳞，遒劲其枝干；送风凉于世间，听涛声于林壑。此亦方象瑛心迹之写照，乃深得诗之三昧，与司空图可谓知音。我想这何尝不是他前世的留痕与今生的品位？

康熙壬午年（1702），方象瑛自觉大限将至，来日无多，他给自己写了《七十自序》一文，回顾自己一生，谈到了家族长辈的寿限，只有"六世祖孝子公寿登七十有三"，其余都没有超过这个寿限。说到自己"生平淡素，无声色货利珍玩博弈之好。自论交四方，日以文章朋友为乐"。并作《七十初度示儿辈》，内有"三竿迟日容高卧，半榻闲身自息机。去住无心应有定，不须惆怅对斜晖"。是那种了悟生死后的从容与淡定。

他享年七十一岁。

"文中三豪"毛际可

在号称"江南毛氏发祥地"的江山,一千多年前的唐朝天宝年间,一条古道上行进着一支队伍,领头人叫毛罗,出发的地方叫棠峰,目的地由南往北,到达遂安十一都的泮塘。

始祖毛罗为何从江山迁徙至泮塘,毛家后人无从得知,我们也无从考证。但从此以后,明、清两代的史志上,出现了毛存元、毛一公、毛一瓒、毛一鹭、毛升芳、毛际可、毛士仪、毛士储、毛览辉、毛绍睿、毛绍准这些响亮的名字,有了"六世同居坊",有了"节孝流芳坊"(毛存元),有了"少司马坊"(毛一鹭),有了"世进士坊"(毛一公、毛一瓒、毛际可),有了"翰林坊"(毛升芳),有了"柱史坊""会魁坊"(毛绍睿),有了"登云坊"(毛诚),有了"祖孙父子兄弟叔侄大夫坊",有了"义门泮塘"这样的名号……

不得不承认,一个家族力量如此强大。毛家人似乎把"忠""孝"两字融入了家族的血液里,出仕则忠,不仕则孝,一代一代,无有例外。千余年来,放眼整个遂安,恐怕只有郭村的詹家可以与之比肩媲美。

郭村詹家有东风可以凭借,扶摇而上当在意料之中。詹安结识了北宋理学大儒谢良佐,其孙詹仪之又与南宋理学大家朱熹、张栻、吕祖谦、陆九渊等友善,如此条件自非等闲可比。

考之毛家一族,没有贵人相助,没有东风可借,凭的是毛家世德相传、门庭清廉、家风浸染、子孙励志。世德家风,它们虽无形无质,却是家族不可或缺的一笔精神财富。毛氏一族,德藻与举业并重,为官与为人兼优。得邑人爱戴,乃顺理成章的事。

今天,我们的主人公毛际可,既是"世进士坊"(毛一公、毛一瓒、毛际可)中的曾孙辈,也是"祖孙父子兄弟叔侄大夫坊"里面的曾祖父辈。

明崇祯六年(1633),也是毛际可堂曾祖父毛一鹭死后第六年,毛际可在狮城安序弄旁的毛氏祖屋安序堂降生了。安序弄位于狮城中心地带,在县委西面。这一带原本都是毛家的产业,新中国成立后,老屋被征用为县委办公场所。周边还有毛氏宗祠、仁贤祠、毛家弄、毛际可故居、毛宅等毛氏族人生活的遗存遗迹。

毛志履给儿子取名际可,字会侯,号鹤舫。

毛志履(1597—1672),字尔旋,别号太素。他平日里乐善好施,孝悌谦恭,常急人所难,乡民借贷之券他不忍留存,私下焚毁;故每到岁末,常不能自给。史载毛志履"性嗜学,积书数千卷,一目能数行"。他曾负笈师从于汪乔年,乔年乃汾口汪家桥村人,历任刑部、工部郎中,青州知府,陕西按察使,这期间,以父丧居家守孝。汪公惊叹其才:"击节称叹,以励其群弟子。"但因为其文"奇肆自姿",乡试主考官"谓其文有疗时之意,而以过奇置之额外。"毛志履从此绝意仕途。死后以子贵,被封文林郎城固县知县。

毛氏一族开始显赫,始于其曾祖父毛一瓒等人。一瓒字献卿,为明壬辰(1592)进士,出任进贤县令,减赋薄徭,与民休息,清廉之声名冠天下,人称"毛进贤"。有子三,毛国典、毛国章、毛国荣。毛志履是国章的儿子。

一瓒兄长毛一公,字震卿,幼年发奋苦读"登先月楼,去其梯,不窥园者三年,遂淹贯经史"。(毛际可《曾伯祖明斋公传》)万历己丑(1589)进士,文名籍甚,授湖广汉阳司理,断案明允。后擢工科给事中,受诏巡视皇城。后因抗疏请皇长子册立,神宗怒削其籍,天启帝即位后,陟南光禄寺少卿。

毛一鹭也是毛际可的堂曾祖父，官位更大，曾任兵部侍郎，因名附阉党，晚年有亏名节。算起来，毛氏一族中，毛一鹭是个例外，故毛际可没有为其写传。

相对于祖父和父亲，毛际可的仕途可谓一帆风顺，"九岁应童子试，邑人颇称之"。他十九岁赴省试，父亲毛志履叹曰："孺子文他日必能荣世。"果不其言，毛际可二十四岁中举人，二十五岁成进士。初授河南彰德府（今河南安阳）推官，廉明不阿，政绩卓著。后调城固（陕西省）知县，毛志履随之就养城固，时常嘱咐毛际可："吾祖作令进贤，不能名一钱，子孙未尝冻馁，汝无为后人计。"时湑河五门堰发洪水，毛际可昼夜筑堵，可使灌溉良田五万余亩。每每回到家中，毛志履依门安慰说："此行良苦，为民牧者，慎无惮一身之劳而贻生民无穷之戚。"再调浚仪（河南开封）知县，益清贫廉洁。康熙十七年（1678），被荐试博学鸿词科，因故未入京赴试。不久告老还乡，闭门著书。

毛际可的才能是多方面的，康熙二十二年（1683），他被聘为《浙江通志》总裁，主持其事。这是我省史上第二部通志。它在原志基础上，更加删润，分类定名，厘然不紊，体制愈趋完备。又主纂《严州府志》。此外，他在诗词、书画方面，亦小有所成。

浙江省博物馆藏有一幅毛际可的《松石图》，为此，我电话咨询了该馆书画部卢佳主任。卢主任很是热心，把藏品照片发给我，还把原始的普查登记表一并发给我。该画纵一百七十四厘米，横八十四厘米。搜集来源注明："余绍宋旧藏。丙寅冬得于京师宝胡堂藏。"

余绍宋生于清光绪九年（1883），1910年毕业于日本东京法政大学，民国元年（1912）任司法部参事。近代著名史学家、鉴赏家、书画家和收藏家。说来有缘，1943年5月，他应聘出任浙江通志馆馆长，重修毛际可编撰的《浙江通志》。由他鉴赏收藏《松石图》，也算意有所属、物有所归吧。

该画落款为"辛酉仲秋为龙章老长兄写"。辛酉年是康熙二十年（1681），毛际可时年四十九岁。《松石图》为纸本墨笔。画面上看似一棵连理松，中间抱夹着两块奇崛的山石。一松昂扬挺立，一松欹斜出画面，松枝虬曲回展在视线中间，松枝末梢处，呈现向上的姿态；松苍石劲，欹正相倚，笔酣墨畅，相得益彰。

毛际可不独通经史，擅书画，他还工诗词古文，与毛先舒、毛奇龄并称"浙中三毛，文中三豪"。这样的名号可不是凭空得来的，我们来看他的《峡源瀑布记》（《安序堂文钞》卷十五，《遂安县志》卷十也有收录），咏物写景，入微传神：

> 凡石之趾，多外拓，而兹石则崭然内敛，故水独能空悬数百尺，如泻檐溜于阶砌间，下复承之以巨石，跳沫溅珠，不可名状。予坐卧其下，见奔者如雷，坠者如石，翔者如鹤，立者如鹭，随风者如云散、如岚合、如炊烟之缕缕而上浮。若日光映射，则有素若练者，灿若锦者，五色陆离，若虹霓之饮于涧者。其灵奇浩瀚之致，顷刻万状，不暇应接。

读之如闻其声，如见其景，如临其境，如感其情。比之韩愈、柳宗元同类记游散文，亦毫不逊色。

毛际可还有词作《浣雪词钞》，题材丰富，既有怀古咏史词，也有纪游山水词，既有咏物写景词，又有闺情酬唱词，寄兴寓情，感时伤怀，有很高的艺术成就。如《蝶恋花·别王丹麓》：

> 马迹车尘何日了，不分啼鹃，只解催归好。杨柳条长飞絮少，离情一夕和春搅。
>
> 北墅高楼芳树杪，愁唱骊歌，酒罢天初晓。片霎征途烟渺渺，回头残月

如灯小。

毛际可友人王晫(字丹麓),入清不仕,志不可夺。一生以绘画、诗词、刻书为乐事。这是诗人作别友人的场景,"马迹车尘何日了",开篇点明了诗人已厌倦羁旅漂泊的生活,杜鹃声声唤人归;"杨柳条长飞絮少",已是暮春时节,离情渐浓,夜不能寐,搅了诗人睡意。下阕旅愁叠加离歌,为了消愁解忧,终夜饮酒到初晓,诗人整顿行装,踏上渺渺征途时,惊回首,残月如灯挂天际。此《蝶恋花》一词,写尽了惜别离愁之情,令人一咏三叹。

无怪乎毛先舒(字稚黄)曾在一次酒后评价毛际可"吾文不及若文,若诗不及吾诗,长短调则雅相颉颃"(《家稚黄五兄传》),洵为酒后真言。

王丹麓清高孤傲,自视极高,曾拒绝了纳兰性德的举荐。纳兰性德虽贵为宰相明珠的儿子,但心仪汉族文化,景慕江南俊颜,与江浙名士多有交往。对于落魄潦倒的遗民、隐士,或倾囊相助,或暗中提携,得到他帮助的人不在少数。

《毛先舒年谱》中,引吴舒凫《王丹麓传》载纳兰性德帮助毛先舒、王晫之事:"(纳兰性德)特致书顾太守岱,称毛稚黄、王丹麓两人文行为西陵第一。时开馆修郡志,毛令其子通谒,遂延入馆,王终不往。"毛先舒接受了纳兰性德的举荐,而王丹麓却拒绝了。

在王丹麓心目中,毛际可是值得信赖的朋友,他曾求毛际可为其父王湛(字澄之,号瑞虹)写传记。我们在《毛际可集》找到了《王瑞虹先生传》:"今年春,丹麓访予旅次,手一编见示,垂涕再拜,求为其尊祖瑞虹先生传……"

《毛际可集》作为"浙江文献集成大家系列"之一,是2006年习近平主席主政浙江时组织编纂的。序言中说:"有人说文化是人类的思想、智慧、信仰、情感和生活的载体、方式和方法,这是将文化作为人们代代相传的生活方式的整体。我们说，文化为群体生活提供规范、方式与环境，文化通过传承为生活进步发挥基础作用，文化会促进或制约经济乃至整个社会的发展。文化的力量，已经深深熔铸在民族的生命力、创造力和凝聚力之中。"

从毛氏家族的延续中，我们已经深深感受到了这种文化的力量。上述"祖孙父子兄弟叔侄大夫坊"，位于城西二十五里处，是为纪念进士诰封甘州同知毛际可、思南府知府毛士仪、冀州知州毛士储、河南都转盐运使司运同知毛览辉、江南道监察御史毛绍睿、裕州知州毛绍准而立的。

一座牌坊，表彰祖孙四代人：毛士仪、毛士储是毛际可的儿子，毛览辉是士仪的儿子、毛际可的孙子，毛绍睿和毛绍准是毛览辉的儿子、毛际可的曾孙。

家族成员个个优异、人人楷模。这便是文化的力量，是世德家风的传承，为官有政绩，为文有文采，为人有风骨。毛际可上承祖训，下传子孙，此"祖孙父子兄弟叔侄大夫坊"，实至名归，放眼州府县邑，也是绝无仅有。

牌坊彰显事功德藻、忠孝仁义，给世人立一个做人的榜样、我行为规范的楷模，足可垂范后世。把文化的力量融入家族的血液之中。但对于贞节烈妇牌坊，我总觉得对女性不公，不够人道。

毛际可有两个儿子、一个女儿。士仪、士储皆有功名，与父亲儿孙共享一座牌坊。女儿也是有故事的人，名叫毛孟，嫁给康熙六年（1667）进士方象瑛之子方引祀。毛孟嫁过去才五天，丈夫暴病而亡，毛孟决定殉夫而去，决然跳楼，垂死复苏，侥幸捡回来一条性命。

众人以为这事就到此为止，楼也跳了，心志已明。谁承想，此女心里早为自己树立了一座牌坊。我们在毛际可为自己女儿写的《亡女吞金记》一文中已见端倪："戊辰春（1688），余为钱塘戴烈妇作传，有'吞金不死'语。亡女在旁读之，微哂曰：'吞金岂能死人乎？'余时颇讶其言。"

毛孟求死之心从未断绝，两年后的庚午冬果有此举，吞食金耳环一对，金戒指两枚，效仿戴烈女死法，又没死成。于是绝食十九日而殁。

呜呼！毛际可有没有想到，他在《安序堂文钞》一书中，关于贞节烈妇的传记、墓志铭、墓表等不下十篇，完全是站在一个卫道者的立场，欣赏那些贞节烈妇，褒奖赞誉之辞充溢于笔端。却不知女儿站在边上，看在眼里，耳濡目染，早已是暗下发愿："恪守妇道，从一而终。"做一个父亲笔下赞许的人物。

我不敢揣度毛际可写《亡女吞金记》时的心情，表面冷静，内心一定翻江倒海，肝肠寸断。因为他别无选择，这是作为一个卫道者的职责。女儿看似被强大的道德舆论所操控、绑架，父亲何尝不是被理学、道德绑架了呢？女儿是一个殉道者，父亲则是一个卫道者，父女俩没有谁是赢家。这里，唯有程朱理学赢了，制度礼教赢了，社会舆论赢了。

毛孟有无单独立一座节烈坊？我不忍心继续考证下去。一次，我来到图书馆三楼文献室查阅资料，不经意看到边上泛黄的一套《浙江通志》，乃光绪二十五年（1899）重刊，民国二十三年（1934）影印本。字体太小，我只是随手翻阅，在严州府遂安县烈女一览，"方引祀妻毛氏"事迹的末尾，还是瞄到了这样一行字："康熙五十九年（1720）具题，奉旨建坊旌表。"

我心中不由一颤，合上书页，静默良久。

文献室空空荡荡，只有我一个人。窗外是一排高挺的银杏树，摇晃的叶片金黄灿灿，不时有黄叶随风飘零尘土。我心思恍惚，在古今之间来回穿梭，反复考量……

毛女吞金殉夫，虽不值得提倡，但她那一缕烈魂，是为追随信仰而飘逝的，也算做到了知行合一，用生命去践行她心目中的贞节。扼腕唏嘘、慨叹之余，我总觉得今天的我们与古人相比似乎缺少一点什么，待人接物也好，为人处世也罢，繁文缛节的揖拜少一些无妨，但真诚和执着却不能少，世故和油滑则不能多。否则，心中无信仰，眼里无追求，行为无准则，得过且过着，是否更显可悲呢？

"三毛"中毛际可年龄最小，享年七十六岁，比大毛(先舒，杭州人)多活了八年。二毛(奇龄，萧山人)不仅学问大，还因人施教，能文的授文，能诗的授诗，能画的授画。"扬州八怪"的金农和陈撰，都是他的弟子。奇龄活了九十多岁，可谓长寿者。

毛际可一生著述繁多，但他始终认为修身、立德是为文的前提，夫世之真能为文者，必循乎道德之途，泽以诗书之气，其持心必静，其宅心必虚，其取益必广，未有如执事所云而可以称文人者。

毛际可文名盛于官名，盛于画名，为文之道他能解得其中三昧，故能称"文中三豪"。除《安序堂文钞》之外，他还有《会侯先生文钞》《松皋诗选》《浣雪词钞》《松皋文集》《鹤舫文钞》《春秋三传考异》《黔游日记》等传世。

"天下第一廉吏"徐士讷

孩儿立志出乡关，学不成名誓不还。

埋骨何须桑梓地，人生无处不青山。

这是毛泽东1910年走出家乡韶山时，写给父亲的一首诗。诗很直白，说自己已经立下雄心壮志誓要走出家门，如果没有成就，发誓绝不提前回到家乡。死后何必要在故乡的土地上埋葬自己的尸骨，在大丈夫眼里，处处青山皆可视为埋骨之地。没有儿女情长，唯有英雄气概。

好一个"人生无处不青山"。正如我们的主人公徐士讷的人生。

我在写明代进士蜀阜人徐楚、徐应簧父子时，查阅民国版《蜀阜文献新集》，不经意间看到徐士讷的诗作，其中一首题为《放生池》：

江湖何浩荡，虽放亦无多。

以此蓄鳞甲，无重施网罗。

生生如不息，在在有天和。

叹息人间事，忘机更若何？

吟咏之间，似有同感，觉得这是一个有心之人，推己及人、及物，怀揣悲天悯人之情。放生池一般在寺庙中可以看到，信徒把鱼、鳖等放入池中，就等于行了一次善。但在徐士讷看来，把捕捞到的生物放到人为的池水中，表面看似是善举，其实无异于是网罗禁锢它们，万物生生不息，与自然和谐共处，人们何必多此一举，如若忘记这些机巧之心不是更好吗？

能说出这番透彻的言语，想必徐士讷是个有境界的人。于是，我把视线从蜀阜转向了黄金里，开始关注徐士讷。

黄金里是威坪一个村，千岛湖形成后大部分沦为泽国。这里是徐士讷的出生地，虽不能与蜀阜并肩，却也"环奇列秀，地灵祖荫"，有丹青画不尽的自然山水。徐士讷后来以诗词的形式，赋得金里十景：湖溪烟树、云水晨钟、铜井回澜、徐坂春耕、金盘贮月、风岫凌云、肥潭钓石、寺坞樵歌、西山积雪、奎楼夜读。

其中《西山积雪》的颈联这样描述："天际万山无鸟雀，溪头孤艇有渔竿。"西山积雪，山石树木都不见了踪迹，就连鸟雀也不知躲藏到何处去了，唯有溪头寒水边的孤舟和渔竿。这分明是一幅"独钓寒江图"。有如此雅兴的一定是参透世事，看破红尘的归隐者。

此时的徐士讷不是归隐，而是在西山"云水庵"苦读。

据光绪版《淳安县志》记载："西山，在县西北六十里，远瞻嵬嶷，由湖头而上，鸟道险仄，及颠乃复迤平。晴霄烟霭，彻见百余里。山腰为云水庵，徐士讷读书其中。"

位于西山半山腰的"云水庵"，徐士讷在其中寒窗数载，饱读诗书，他如同羽翼长成的雏鹰，时刻准备翱翔于天际。"依稀刷羽入青云，展翅排空极目遥。"这不失为他内心的独白：雏鹰长大整刷羽毛，以便奋飞入青云，展翅高升在遥远的天际。长空傲然，气势如虹，符合他此刻的心境。

我查阅了《五经徐氏宗谱》《永丰徐氏宗谱》(敦仁堂本)、《塘坪徐氏支谱》(敦伦堂残本)、《厚屏福派徐氏宗谱》(凤仪堂本)，均未见关于徐士讷的记载。新版《淳安县志》有载："徐士讷(1680年前后在世),字恂若,淳安威坪黄金里人。康熙十五年(1676)举进士,授河南嵩县知县……"

查丙辰科殿试榜单,徐士讷排在三甲第六十九名。

他上任河南嵩县知县的时间是康熙二十五年(1686),从考中进士到任职的十年是一段空白期,我们不得而知。

嵩县乃河南嵩山起脉处,是黄河、长江、淮河三大水系的分水岭,更是北宋理学名家二程(程颢、程颐)的故里。徐士讷身穿家乡七都的葛麻粗服,带着两个仆人走马上任。

离县城不远,天色已向晚。徐士讷一路走走停停,看看山川,访访农户,悠闲自在。仆人有些着急,催促道:"老爷,此地山更高林更密,与黄金里差不多少,没啥看头,抓紧上路赶回县衙吧。"徐士讷手捋胡须,慢悠悠道:"不急,今晚在此暂借一宿,观民风可知教化也。"

仆人寻得一处农舍,叩开门扉道:"这是我家老爷,天黑误道,想借你家宝地暂住一晚。"老农望一望他们,爽快应道:"中。你们想住便住,也不用唬人。"引着徐士讷一行进入院内,自言自语道:"这黑黑瘦瘦的,眼瞅着不像老爷,倒像是老汉哩。"

徐士讷掏出烟袋,装上烟丝点着,递给老农,笑说道:"穿了官服是老爷,脱了官服是老汉。"就着石凳落座,顺便问道:"看你这院墙上挂着许多禽兽皮毛,应该是个猎户吧?"老农接过烟袋猛吸两口,道:"听口音,外乡人吧?"忽叹一声道:"嵩县杂税多如毛,像那啥火耗费、滴珠费、制扇伞费、修公署费、考试试纸费,还有那册费、解费,五花八门……"说着,把烟杆递回给徐士讷,反问道:"你听说过用虎、豹、鹿、狐皮来征税的吗?"

徐士讷边装烟丝边摇头,道:"闻所未闻。"

老农接口道:"是吧?县上年年索派这些皮子,交不上便足抵相等银两缴纳。俺家拿不出许多银子,只得遣小儿钻密林,跨险壑冒死猎取。造孽啊。"

徐士讷听罢,呼地一下从石凳上立身而起,怒道:"这不是要老百姓的命吗?从今日起统统取消!"

徐士讷说到做到,上任伊始,首先拿这些无名杂税开刀,只要不合理的摊派一律革除。嵩县百姓都在争传,这新来的徐老爷定是上天派来的清官,是来救民于水火的。

"为官一任,造福一方。"这句话用在徐士讷身上恰如其分。察访民情,了解民生,解决疑难,化解纠纷,他心中始终装着百姓,故而赢得百姓拥戴。

据《嵩县县志》记载:"康熙二十七年,知县徐士讷,教谕李滋建两程子专祠三楹,规模草创。"嵩县是理学家程颢、程颐的故乡,徐士讷尊崇文化,仰慕两程兄弟,在原址基础上,修复程颢、程颐祠堂三间。顺带把邵康节(邵雍)祠也一并修复了。"邵子祠"在县北辛店,堂后为皇极书屋,左右为"天根""月窟"二轩。康熙二十六年(1687),钦颁御书"学达性天"匾额,苦于祠堂破败,一直无处悬挂,徐士讷增修周垣,卷棚和大门各三间,藻绘有加,弘丽一新,维护师道尊严。

文化无小事,教化有栋梁。徐士讷自幼熟读圣贤书,他深知文化的重要性,他心中始终有"以天下为己任"的情怀,做官就是为百姓谋福祉。为此,他构思了一个兴学的计划,利用两程的影响力,着手兴建伊川书院。

伊川书院位于嵩县鸣皋镇,它的前身就是"伊皋书院",据今尚保存在河南嵩县程村的碑刻记载:元丰五年(1082),太尉文彦博鉴于程颐"著书立言,名重天下,从游之徒,归门甚众",就在洛阳鸣皋镇的一个小村庄拨了一块土地,专门为他修建了一座"伊皋书院",让他在此讲学近二十年。元延祐二年(1315),据《敕赐伊川书院碑》记,始改为伊川书院。

伊川书院历经一年修缮,建制如旧,中为先师殿,左为九贤祠,右为二贤祠。前为戟门、棂星门，后为便厅、神厨、斋室，俱三间。院之东北隅，有楼曰"稽古阁"。

徐士讷舍得在文化保护上花钱，自己生活倒十分简朴，一日三餐粗茶淡饭。闲时自己开垦菜园子，种上时蔬瓜果，浇水、施肥、锄草、松土，活成了一个典型种地老汉。收获的季节，自己吃不完还赠送给僚属和邻居。写到这里，我不由想起《菜根谭》里那句话："嚼得菜根香，则百事可做。"从徐士讷身上可以得到印证。他带头在书院讲学，以自己人格的魅力改变着嵩县官场和百姓的风气，所讲的道理和他的为人一样，知行合一，令人信服。

常人与圣贤其实只有一步之遥，那便是"持戒守敬"。也许有人会问，徐士讷是作秀还是犯傻？我说非也。徐士讷除了天生性格因素之外，还可能有点"道德洁癖"。

徐士讷在嵩县任职三年，乡党和而争讼息，政治清明，百姓安宁。有旨"擢知济宁州"，升他为山东济宁知州，临行之日，嵩县百姓千般不舍、万般挽留，沿途送别百里之遥，感人肺腑。百姓自发把他的事迹编成歌谣，刻在石碑上，立于道口，并建造生祠以示怀念。

康熙二十八年(1689)，徐士讷来到山东济宁府，甫一上任便遇到了黄河山东段水灾。济宁古称任城，京杭大运河穿境而过，长达两百余公里，济宁河道纵横交错，除了运河，尚有洸河、府河、越河、任城河等，南北通衢，樯橹林立，客商往来，百物聚集。

黄河本不流经济宁，但架不住曹县、单县堤溃引发，漫灌进入运河，加上这一年六月中旬，连次大雨，山水陡发，各河盈溢。济宁面临着严峻考验。徐士讷爱民如子，茶饭不思，日夜在各河道巡察指挥，抢险加固。他喉咙嘶哑，眼睛充血，仍然奔忙不歇。水灾伴着饥荒在全城蔓延，市民的恐慌情绪也开始蔓延。

济宁城没了生气,街面无行人,烟囱不冒烟,许多人家已经好几天揭不开锅,无力自救。空气中弥漫着窒息和绝望。徐士讷要给大家带去希望,他首先想到是亲捐俸禄以倡赈,榜样的力量是无穷的,那些家有余粮的高门大户也开始积极响应,纷纷解囊赈济饥民。此外,徐士讷还果断开官仓放粮,知府怕担干系,欲行阻止,徐士讷瞪着一双血红的眼睛,嘶哑着嗓音问道:"仓谷重乎?人命重乎?"

据《济宁府志》记载:"民得以活者十余万人。"

徐士讷此举,是从他写《放生池》一诗就可以预见到的,这样心怀悲天悯人之情,定是个有大爱之人。

黄灾不减,运灾继续。济宁之南有牛头河,纳南旺诸水,下经鱼台,注于八闸,康熙年间常有溃堤发生,诸闸淤塞为患,加之南乡是济宁低洼地,首当其冲。徐士讷经过一段时间调查摸排,决定亲自督理疏浚河道。

时间紧、任务重,徐士讷在现场日夜督工,河工还有轮换休息,他一个五品知州,吃喝拉撒睡都在工地,僚属见他倦容满面,浑身上下汗渍斑斑,都劝他回去好好梳洗休整一番。徐士讷望着疏通的河道,欣慰道:"再有月余河道全程告竣,到那时再歇不迟。"僚属心里嘀咕,老爷这是不要命的节奏啊。

就在"工程已达十之七"时,徐士讷倒在了疏浚河道的工地上,再也没有起来,他是过度劳累而猝死的。时间定格在康熙二十八年(1689)九月,距离他到济宁上任尚不满一年。

这个淳安籍官员,把自己的英年献给了齐鲁大地。济宁下辖曲阜,这里是至圣先师孔子的故乡,徐士讷用生命践行了圣人的教诲,无愧于读书人的称号。"读书人"三字与我们似乎暌违已久,但这三字在古代分量不轻,几乎是明事理的觉悟者、敢任事的先驱者之指代。济宁百姓听说他们的父母官死于任上,感念徐大人的功德,从四面八方自发赶来送行,这是孔子所谓的"甘棠之爱"。

鲍楹有一首诗为《题徐敏庵嵩斋治略》，可谓对徐士讷在嵩县和济宁任上的真实写照：

> 公禀山川秀，卓荦为人杰。
> 文章撼江涛，经术亦敏决。
> 初秉伊川符，布衣跨寒岁。
> 辟土招流亡，功多劳亦竭。
> 气凌中岳高，名傍西台列。
> 任城一驱马，东路冰霜洌。
> 开河接禹艰，赈米效梁哲。
> 志广业未终，中道哀鸿咽。
> 皇皇桢干臣，春秋时祀设。

鲍楹，字觉庭，浙江余杭人。康熙三十五年（1696）举人，曾任淳安县学训导，擅书法，尤精于诗。在任时曾专门采集淳安县之诗，计得作者三十九人，编为《清溪诗集》，他用自己的俸禄刊刻流传，得到朱彝尊高度赞扬。

鲍楹用诗的形式，对徐士讷在嵩县以及济宁的政绩，作了高度评价，"皇皇桢干臣，春秋时祀设"，像徐士讷这样的栋梁之臣，嵩县和济宁百姓，每年春秋两季会设坛祭祀他，传颂他的清廉之声。

工部尚书汤斌，乃河南人氏，操行高尚，得到康熙皇帝器重。康熙曾告诫他说："为外官者以爱养百姓，惩贪奖廉为最重要，务使德胜于才，始可称贵。"上述三点，徐士讷都一一做到了。汤斌本人也从政廉洁，当他听说徐士讷的事迹后，不禁由衷赞他道："冰清玉洁，实心爱民，第一廉吏也。"

徐士讷著有《亦种堂诗集》五卷。人称其诗"有笔力，不事摹拟"。诗集封面有"淳安徐敏庵著"的字样，"敏庵"或为徐士讷的号，其生年待考。

埋骨何须桑梓地，人生无处不青山。

徐士讷终其一生，为这句诗作了完美的注脚。

"通经者"方楘如

　　话说康熙壬午(1702)，杭城八月，秋试在即。但见九陌上轮蹄往来，六街内儒冠相瞩。

　　全省的儒林俊彦会聚杭城，共赴这三年一度的乡试大比。此时，紧临贡院的青云街上出现了一道奇景，一个考生模样的人，手提一盏灯笼，上书"新科解元方"的字样，大摇大摆从闹市走过，引得一众考生纷纷驻足，侧目而视。

　　消息很快传到主考官耳朵里，贡院里一时议论纷纷，都说这是一个淳安籍考生，名叫方楘如，料其必摘取今科解元，连灯笼都已预先定制好了。主考官一拍案桌，立身而起，沉声道："真是岂有此理！尚未开考，连老夫也不知道今科解元是谁，竟有这般傲气的秀才，取他何用！"放榜之日，方楘如果然名落孙山。主考官有意要杀他狂妄之气，找一个借口不予录取，以示训诫。

　　方楘如，字若文，又字文辀，号朴山，人称朴山先生。淳安赋溪人。他自幼早慧，受业于萧山西河先生毛奇龄。

　　方姓乃淳安第一大姓，约占县城人口的十分之一。赋溪方氏来自沙堤。据方楘如自己所写的《先兄若远暨嫂吴氏墓志铭》里有这样的记述："先兄讳楘如，若远其字。先恕斋府君之冢子也。系方氏得姓于雷，其望在河南，西汉之季有纮者,始迁歙东乡,今淳安即析歙东乡置也。纮孙储,封黟县侯。侯之十二世孙隆,当宋元嘉时,实里今淳安沙堤,官至太守。由沙堤徙赋溪者林也,于隆为二十八世孙。历宋元明,其族更隐更显……封其父者讳尚恂府君,起家万历癸丑进士,累官至湖广按察使副使,吾曾祖也。"

父亲方士颖,字伯阳,号恕斋。顺治末诸生。工诗词,著有《恕斋偶存》。方士颖有四个儿子,依次为棻如、棠如、楘如、茉如。方楘如排行老三,两个哥哥和一个弟弟都先于他亡故。为此,楘如均为他们写了墓志铭,收录在《集虚斋学古文》一书中。

光阴易逝,有了三年前杭城贡院青云街的教训,方楘如的傲气有所收敛,但他角逐科场、赛试经纶的志向并无一丝懈息。社会的主流意识依然是学而优则仕,读书人似乎别无选择,除了"学成文武艺,货与帝王家",努力推销自己,谋个一官半职,一旦平步青云,既可以济世经邦,实现理想抱负,又可以给家族增添无限荣耀,夫复何求?

康熙乙酉(1705)秋闱,方楘如苦等了三年,终于迎来了久违的乡试。乡试一共考三场,八月初九是第一场,十二日是第二场,十五日考第三场。按数额录取的为正榜,数额之外录取的为副榜,正榜第一名称解元,第二名称亚元,第三、第四、第五名称经魁。全省参加乡试的士子有万人之多,而录取的人数才八十人上下,可谓僧多粥少,激烈程度是可想而知的。

方楘如定了定神走进贡院,先过天开文运牌坊,入正门,为仪门,为龙门。点名领卷入场,依例搜检衣服器具,以防夹带。待考生按号就位,随即关闭栅栏落锁。但听三声炮响过后,贡院大门、龙门同时由监临官加封上锁,考试才算正式开始。

三场文字考毕,方楘如信心满满步出贡院,站定,伸了伸腰,回头瞥了天开文运牌坊一眼,顿觉亲切。考试紧张是难免的,好在自己对"四书""五经"及论、诏、诰、表、判已了然于胸。即便是时务策五道,也在心中推演过无数回,上书的治政抚民方略、除弊兴革对策,并非空泛的论谈,是皆可推行实施的。

安心等放榜。他这样宽慰自己。

杭城的九月初五,恰是丹桂飘香的季节,贡院外早已人潮涌动,上万名考生挨挨挤挤,皆欲争睹此科龙虎榜单。"中了!中了!"人群中不时有人兴奋地高呼。落榜的考生迟迟不愿离去,生怕看花了眼,漏了自己的名姓。

"恭喜!恭喜!"方桀如人未到贡院,同学、同乡纷纷向他报喜来了。"走,看看去。"方桀如挤进人群,抬眼望去,果然高中浙江乡试龙虎榜第二名,人称亚魁。接下来便是"鹿鸣宴"。新科举人换上官府发放的顶戴衣帽,依序向主考官、同考官、监临、学政以及内外帘官行谢恩礼,跳"魁星舞"。人生得意,莫过如此。

康熙四十五年(1706),会试在京如期举行,各省举人"公车北上"。大约有六千余人参加会试。方桀如顺利进入殿试,殿试由皇帝亲自主持。皇帝对会试录取的贡士亲自策问,以定甲第。凡黄榜上有名者,一律称为进士,人称"天子门生"。

黄榜放出,方桀如考中进士,依例是要授官赴任的。但不知何故,直到康熙五十三年(1714)六月,才授其顺天丰润(今河北)知县。

丰润县名的由来,据说因为它北枕燕山,南为平川,傍泥河,环浭水(还乡河),取润泽丰美之意。号称"幽燕之门户,辽海之襟喉,神京之肘腋"。方桀如在丰润当了三年的知县,最终却以"烧锅失察"而丢了官。

烧锅即酿酒。康熙初年,北方烧酒产量增加很快,烧锅遍及多省,史载"且通邑大都,车载烧酒贩卖者,正不可计数"。康熙帝为了节约粮食,培育国力,屡次下令严禁烧锅,目的就是控制烧酒的生产规模。

丰润自古就有酿酒的传统,早在春秋战国时期,此地就隶属于燕地,燕赵多慷慨悲壮之士,侠士不可无酒壮行。清代丰润县的"浭酒"闻名于世。据《丰润县志》记载："涀酒以还乡河水酿之，所以独异者……为燕酒第一。"也是上有政策，下有对策。上面三令五申严禁烧锅，下面却屡禁屡犯。康熙帝为了以儆效尤，不得不对失察之地方官予以重处。

方桼如为之丢官回乡。

因"烧锅失察"丢官的地方官应不在少数。

纵观康熙一朝，严禁烧锅政策基本贯穿始终，康熙二十八年（1689），颁布上谕："近闻山海关外盛京等处，至今无雨，尚未播种，万一不收，转运维艰，朕心深为忧虑……闻彼处蒸造烧酒、偷采人参之人，将米粮靡费颇多，着遣部院堂官一员，往奉天，会同将军、副都统、侍郎等，将此等靡费米粮之处，严加禁止。"（《清圣祖实录》卷一四一）随后，康熙三十年（1691）、三十二年（1693）又两次下令，严禁直隶顺、永、保、河四府烧锅酿酒。康熙三十七年（1698），更于湖广、江西、陕西等九省颁布命令，禁止烧锅。

康熙三十九年（1700），面对米价居高不下，康熙谕户部云："今闻直隶各省雨泽以时，秋成大熟。当此丰收之时，正当以饥馑为念。诚恐岁稔谷贱，小民罔知爱惜，粒米狼戾，以致家无储蓄，一遇岁歉，遂至忧离。著该督抚严饬地方有司，劝谕民间撙节烦费，加意积贮，务使盖藏有余，闾阎充裕。"（《清圣祖实录》卷二〇〇）

康熙五十四年（1715）二月，康熙特召直隶巡抚赵弘燮，强调严禁烧锅。赵弘燮奉旨查禁，抓获违禁烧锅者十九人，予以重处。

方桼如丢官是在康熙五十六年（1717）的七月，虽说皇帝没有直接下红头文件，或是口头交代相关人员严禁烧锅，但作为地方官应该具备基本的敏感，吃透圣意。从方桼如留存的《丰润杂诗》来看，其中一首是这样写的：

风卷边沙十丈尘，但论食物也关人。

墙头一遇椒花雨,瓮底应空曲米春。

果撷苹婆分古寺,饭抄云子饷比邻。

新水旱李原无欠,只是飘飘愧此身。

可见他对丰润、对涋酒是倾注了感情的。因此动了恻隐之心,担心老百姓瓮底空没有曲米春酒喝,结果丢了自己的饭碗和乌纱帽。

方粲如"烧锅失察"那年四十五岁。从此他开启了另一段人生,讲学论文,教书育人。足迹踏遍了敷文书院、蕺山书院、紫阳书院,忙得不亦乐乎。官场上少了一个丰润知县,文学史上却多了一个古文学家。

莘莘学子,济济门下。他奖掖后进,必以端心术、植品行为本,故出其门者卒成伟器,不乏高徒,如杭世骏、梁文庄、孙虚船、陈兆仑等人。

敷文书院坐落在杭州凤凰山北万松岭上,明弘治年间称万松书院,至康熙皇帝亲题"浙水敷文"四字,遂改称敷文书院。方粲如曾在《贺严母朱太君五十生日序》里开头说:"往傲居会城(杭州),诸生时来说经,铿铿然。"弟子就《诗经》《易经》中不解之处,向老师提问。方粲如一一予以解疑释惑。杭世骏(大宗)、梁文庄(诗正)、陈兆仑(星斋)等皆为杭州人,是方粲如主讲敷文书院时的弟子,他们在课后还时常找先生讲经,后来一个个皆取得了功名,有的学识名望甚至超过方粲如。

蕺山书院在绍兴,方粲如在《张母李太君八秩序》一文的开头说:"吾来蕺山,为诸生商略文笔……"主讲蕺山书院时,也有一大批追随者。他潜心于濂(濂溪周敦颐)、洛(洛阳程颢、程颐)、关(关中张载)、闽(福建朱熹)之理学。凡有弟子提问,他口授指画,有问必答,兼之身躯伟岸,仪表堂堂,颇有大家风范。时人以为欧阳修再世,把他与桐城方舟、方苞并称"三方"。

方舟、方苞是亲兄弟,出生于江苏六合留稼村。

方舟大方苞四岁,字百川,兄弟二人都是早慧的才子。方舟喜欢结交朋友,尤其是志同道合者,如桐城戴名世、宿松朱世文、怀宁刘捷等皆友善。可惜天妒英才,方舟三十七岁就谢世了,方苞通过哥哥的关系与这些好友交往,以此也结识了方槃如。

方苞,字凤九,一字灵皋,晚年号望溪。他与方槃如同为康熙丙戌(1706)科进士。在文学上主张"义法"说,即"道""文"统一。他在《史记评语》里说:"义即《易》之所谓言有物也,法即《易》之所谓言有序也。以义为经,而法纬之,然后成体之文。"被称为桐城派散文理论的奠基人。

作为古文学家的方槃如,其文学主张又是如何的呢?他在《龚硕果文序》里是这样说的:"原经义之设,以通经有文采者为中格,不得如明经墨义,麄解章句而已。然范史谓:'汉氏之东,章句渐疏,而多以浮华相尚,盖儒者之风衰焉。'"

方槃如对"通经者"的要求是:"观物必造其质,记事必提其要,表术里原,擘画终始。"这里的"质"和"要"应指事物的本质和事物的规律。掌握事物的本质和规律,就可以对事物的来龙去脉,表里之精粗做出翔实的判断与表述,而非"麄解章句而已"。

方槃如擅长古文,学问根底深厚,一次偶然机会他读到戴震的文章,连说几个"好"字,心中大为折服,叹说道:"老夫不如也。"弟子不解其意,问道:"老师何出此言?我看戴震文章尚有文辞不通处哩。"方槃如就弟子所指一一道明出处,某词某句出于某经某史,用于此处妙意何在。弟子深服老师的渊博,惊叹不已。论年龄方槃如大戴震五十多岁,可谓忘年之交,论学问两人惺惺相惜,恨不能促膝长谈。

乾隆丙辰(1736)有人荐举方槃如参加博学鸿词科试。从方槃如的书信中,我们可以看出推荐他的这个人是兵部王侍郎(士俊),在《奉王少司马》信中说到,端午前一日,某再拜奉启大人阁下。前闻荐牍,猥及枯椿,愧不敢当。肃笺展谢,粗道鄙趋。正在封缄,拟付儿子行笈,会有以邸钞寄者已为部议摘斥，犹尚以前过也。立身一败，虽拔山力莫能助。这里所指的"前过"也就是"烧锅失察"，他在丰润知县任上没有将先帝圣意贯彻落实，遭到吏部的异议，不得参加博学鸿词科试。

方楘如的这个过失，在丰润百姓看来，却是一件善举，人们至今还在怀念着他。丰润学者刘天昌在其《丰润旧事》一书中，有一篇讲"方知县舍官保浭酒"的文章，他认为"酒是文人的兴奋剂，酒是文人的解忧散，酒是文人的忘情水，酒是文人的豪迈丸"。我觉得最后一句拟改为"酒是文人的豪迈曲"较妥，曲既可是词牌用于弹唱，酒曲亦是酿酒不可或缺的原料，更是燃烧激情的添加剂。丰润人对浭酒的感情尤其深厚，在那样一种高压环境下，其他州府县邑的酿酒烧锅，停的停，关的关，毁的毁，唯有丰润的浭酒烧锅，依然轻烟袅袅，酒曲飘香，因此保住了浭酒的千年传承。

次年，皇上下诏纂修"三礼"，急需这方面人才。好友方苞向朝廷推荐了方楘如。方楘如在给方苞的信中说："檄取某赴京，充三礼经馆纂修者。持捧惭惶……"接着说"有不能应者二，有不敢应者二"。列举四条理由予以推辞。

乾隆丁丑(1757)，皇帝南巡江南，时方楘如年已八十六岁，受召于常州无锡县上，乾隆帝温语慰劳，并赐纻丝素里一袭，世皆荣之。

从常州归家时，已是戊寅(1758)之春，方楘如身体大渐，竟一病不起。他自觉时日不多了。弟子闻讯后纷纷到床前探视，看到先生昏昏沉沉，已是气息奄奄。弟子们无不黯然神伤。有两个弟子离床较远，正自嘀咕着，其中一个说道："近来有人出了一个上联，我苦思几日，始终对不出下联。"另一个弟子问："是什么句子？"

"你听好了。"弟子压低了声音说，"水如碧玉山如黛。"

正在弥留之际的方楘如，此刻猛然睁开了眼睛，弟子们赶紧围拢过来，想听听老师有何交代。只见先生艰难地张了张嘴巴，奋力说道："云想衣裳花想容。"言毕，气绝而逝。享年八十七岁。

好一个"云想衣裳花想容"，方楘如弥留之际，仅存的那一缕神志，他想的是学问，想的是弟子们的困惑，想的是绝句妙对，想的是给自己的生命，画上一个美丽的句号。

方楘如绝想不到，他去世前用尽气力吐出的这七个字，竟然馨香如芳，成了楹联妙对，两百多年后会出现在毛泽东的案头，并且亲笔作了圈点。

张贻玖先生的《毛泽东读诗》一书中，曾把这首楹联作为探妙来解析。张先生曾在中南海毛泽东图书管理小组工作，搜集整理了毛泽东读古典诗词的亲笔记录，他说："毛泽东对这几则都加了圈点，还在天头上画着圈记。"楹联注释说："方朴山，生平事迹不详。"

《淳安县志》有方楘如的条目，但没有具体的生卒年，只说："方楘如（1740年前后在世）。"我们知道他的卒年和享年，就可以推断出他的生年，即生于康熙壬子年（1672），从而弥补了县志关于方楘如生卒年的缺漏。

方楘如有个儿子叫方超然，字苏台。雍正十三年乙卯（1735）拔贡，曾任两浙盐运司库大使。方楘如的大哥二十九岁那年就去世了，嫂子吴氏无儿无女，也一直没有改嫁，遂认超然为子。

另据方楘如《继室徐氏墓志铭》记载："余既娶于吴而夭，继室以徐氏，年二十二归余，又三十五年而卒，雍正辛亥七月五日也。春秋盖五十六矣。"徐氏乃徐林鸿之女。徐林鸿字宝名，浙江海宁人，康熙十八年（1679）举博学鸿儒科，工诗词、擅绘画、精鉴赏，博学多通，常与吴农详、王嗣槐、吴任臣、毛奇龄、陈维崧同聚于大学士冯溥家，时人称为"佳山堂六子"。著有《两闲草堂诗文集》四十卷。方楘如曾有《书外舅徐宝名先生诗后》记之。

方楘如仕途生涯短暂，长期的乡居生活，使他对民间的疾苦有了切肤的感受，在他现存的诗篇里也有所反映。如《卖炭谣》：

岁云暮,多朔风。愁杀人,卖炭翁。食粟数升,烧炭一斛。卖炭一斛,未饱实腹。亦知糊口四方难,差胜饥来束手看。炭值难增祝飞雪,雪深又若人踪灭。闭门谁问价高低,踏雪肩回徒泣血。翁泣血,儿号寒。语儿勿围炉,忍此衣裳单。雪消明日天逾冷,炭在行装好重整。

方棨如文章朴茂古奥,阐发性理,不够通俗,但这一首《卖炭谣》,却浅显易懂,字字句句,饱含恻隐之心。方棨如同情卖炭翁的贫困境遇,更了解他们内心的矛盾:"炭值难增祝飞雪,雪深又若人踪灭。"饥寒交迫之下,他却盼望天降大雪,好使自己的炭能卖个好价钱。读之令人潸然泪下。

光绪三年(1877),中丞梅公奏请方棨如入乡贤祠。其名字收录进《中国文学家大辞典》。著作有《周易通义》十四卷、《尚书通义》十四卷、《毛诗通义》十四卷、《集虚斋学古文》十二卷、《离骚经解》一卷、《五经说疑》、《四书大全》、《诗集》、《家塾晚课》、《读札记》、《朴山存稿》、《朴山续稿》等,参与编纂《会侯先生文钞》。

政商翘楚王文典

万事秋摇落,离乱起弦歌。

提到民国,我们总不免想起军阀割据、民不聊生的画面;想起你方唱罢我登台,城头变幻大王旗的剧目;想起社会剧烈动荡、激烈变革的场景;想起一系列政权体制、新旧制度、文化思潮的冲击;想起四万万同胞都将面临不同的人生抉择。

民国社会堪称奇葩,但同时也创造奇迹,各种思潮的猛烈碰撞,撕裂开一个巨大的空间,给救世者提供了一个伸展手脚的理想场所,他们各亮其招,各显其能,各遂其愿。从政的、从商的、从军的、从文的、从艺的……奇才辈出,令人目不暇接。

我们今天的主人翁王文典,便脱颖于这个离乱的社会,他既是政界的明星,又是商界的领袖。面对着"中国之命运"这道终极命题,他又是如何抉择的呢?

王文典(1882—1950),淳安浪川乡芹川村人。父亲王启畴,乃浙西名士。据芹川《江左王氏宗谱》载:"王启畴,字俊臣,芹川人,邑诸生,通经史,旁涉岐黄家言,尤善祝由科。因本邑风气闭塞,移住武林,俾子弟得文化上利益。长子文典,次子诚斋,已蜚声商界。晚年归居里门,好行其德,凡地方慈善事,知无不为。综计概捐款项不下千金。人有急难,恤之唯恐不及。卒之日,里党咸为叹惋。段执政,特褒'闾里矜式'额。"

王文典是家中的长子,他还有一个弟弟叫王诚斋。为了儿子今后的文化教育,王启畴决定移住武林(杭州),他的两个儿子都很有出息,蜚声商界。他自己晚年归居乡里,乐善好施。

我在宗谱里没有查到王启畴的生卒年,但从这段记载来看,大致可以推知他的卒年,即段祺瑞临时执政时期,民国十三年(1924)十月至民国十五年(1926)四月之间。段祺瑞政府褒奖王启畴的匾额"闾里矜式",意思是,王启畴的善举可以作为乡里的示范和楷模,值得大家敬重和取法。

王文典出生于芹川村,又名维清、扬清。父亲在杭州经商,开设了"王恒生""泰亨"商行,以经营茶叶为主,他把芹川作为茶叶收购基地,辐射四邻八乡。由于茶叶品种多、品相好,包装佳,远销上海外滩的公司,商行的生意很是红火。

芹溪虽窄,水路悠悠,汇入新安江后,一路往东奔流钱塘江。到了王文典开蒙的年龄,王启畴举家移居到了杭州。在经过了几年私塾教育的洗礼后,王文典被送到杭州"东文学堂"接受新式教育。

所谓"东文学堂",就是用日语进行教育的各式日语学校。甲午战争后,国人发出了"废科举、兴学堂、改旧学、倡新学"的呼声,效仿日本教育改革,随后在国内出现了一批"东文学堂"。杭州的"东文学堂"就是在这样的背景下设立的。王文典在"东文学堂"受到极大的触动,经历了一次心理转折。日本明治政府学习西方文明,引进先进技术,发展现代教育,工业化水平得到长足发展,国力得到极大提升。岛国迅速崛起的可怕之处,便是发动侵略战争,肆意掠夺他国资源。清政府软弱可欺,腐朽入骨,中国之命运何去何从?救国之路在哪里?王文典向自己发出了拷问,每当这时他总是热血沸腾,跃跃欲试,想要重振眼前这支离破败的山河。

心动不如行动。王文典不等毕业，就去鼓捣丝绸机械，研究发明新式织机，他要走实业救国的道路，振兴民族工业，挽救民族危机。前路漫漫，道阻且长。新式织机研发成功，新的染法也有起色，但在腐败的清政权统治下，如何去实现实业救国呢?王文典陷入了迷茫之中。

此时，浙路风潮愈演愈烈。1905年7月，浙江商办铁路公司成立，要求废除1898年盛宣怀签订的出卖江浙路权的中英"苏杭甬草约"。浙路风潮是以拒借外债、保护路权为直接目的，而绅商的做法是维护民族尊严。清政府害怕洋人，对于浙商维护国家利权的正当请求，以"外交首重大信，订约权在朝廷"为借口，不予支持。于是，一场声势浩大的拒款保路斗争，在浙江大地迅速蔓延。

王文典早年投身资产阶级民主革命，是同盟会会员，他敏锐地从这场保路危机中看到了曙光，猛然醒悟在反动的政权统治下，实业救国这条道是行不通的。于是发出了"浙路浙款浙人办"的呐喊声，积极投身到运动中来。宣统二年(1910)，发起浙路拒款公会。他在绅商之间发布消息，广造舆论，不但自己慷慨解囊，还发动绅商捐款，一时社会各个阶层人士踊跃购买路股，从公职人员到贩夫走卒，从厨子、僧人到妓女、乞丐，皆纷纷响应。民气之感奋，大有燎原之势。

民心所向，大势所趋。王文典感受到民众的力量，认识到革命的必要性。浙路风潮很快波及周边，江浙沪连成一片，互为声势，再从赣闽到两湖、到四川，成为辛亥革命的直接导火索。

提到1911年的辛亥革命，耳熟能详的是"黄花岗起义"和"武昌起义"，很少有人去关注"南京之战"。10月10日武昌起义后，江浙沪先后宣布独立，但南京尚为清政权控制，并且驻有重兵，始终威胁着来之不易的胜利果实。革命党人几次策划南京守军起义，均以失败告终。最终决定武力夺取南京。

南京守军有徐绍桢的新军第九镇、江南提督张勋的江防军、赵会鹏的江宁巡防军和王有宏的新防军共二万余人。由于武昌起义是由新军发起的，所以，两江总督张人骏觉得新军不牢靠，下令他们从南京城内，移驻三十多公里的秣陵关，每个士兵只补充子弹五百发。不仅如此，张人骏还让张勋密切监视他们的动向。然张勋另有所图，欲暗中谋刺徐绍桢。11月8日，徐绍桢决心联络革命党人，临阵倒戈，宣布起义。

徐绍桢兵分三路，向南京城发起了进攻，直到弹药用尽，也未能攻入城内，只得退往镇江。此时，革命党人经过紧急协商，任命徐绍桢为总司令，组织了浙江军、江苏军、淞沪军、镇江军和徐绍桢的新九镇新军，总共三万余人，联合一起攻取南京。战斗残酷而激烈，虽然联军兵力占优势，但守军工事坚固，易守难攻，从11月24日总攻开始，到30日止，依然无法攻入城中，联军伤亡惨重。

王文典在军中前线指挥部，他向浙江军司令朱瑞建议，组织两支敢死队，并毛遂自荐担任第一敢死队队长，选择朝阳门作为破城目标，期以必死。

南京城内，不见了昔日"桨声灯影、十里秦淮"的美景，此刻，唯有枪鸣炮轰、十里沙场的血腥。年末的天气异常寒冷，就连河水也封冻结冰，没了以往的生机与活力。

风萧萧兮秦淮寒，壮士此去兮能复还？

没有人能回答，也没有人去考虑。敢死队员都是自愿加入，他们只有赴死的义务，没有贪生的权利；只有陷阵的果决，没有犹疑的盘桓。

12月1日黎明，敢死队在王文典的率领下，终于攻入城内。清军一见城破，士气发生了动摇，有的举枪缴械，有的负隅顽抗。张人骏等乘乱弃城而逃。次日，联军占领南京城。

王文典在这场战役中表现神勇，他身先士卒，视死如归，极大地鼓舞了士兵的斗志,对攻城拔寨起到关键作用。南京又称石头城,历史上乃兵家必争之地,具有得天独厚的地理位置,气度不凡的风水佳境,被视为汉民族的复兴之地。南京之战一举扭转了革命军的形势,给清朝政府致命一击,南京从此以后成为革命中心,为中华民国在南京建立临时政府奠定了基础。

1912年1月1日,孙中山在南京宣誓就职,他推翻了专制的封建王朝,建立民主共和制度,孙中山出任中华民国临时大总统。

民国成立,百废待兴。孙中山要做的第一件事,便是到辛亥革命的滥觞之地浙江去巡行。这些年,孙中山为躲避清政府的追捕,辗转在日本、东南亚以及美国等地活动。孙中山作为政治家,他的目光始终关注着中国大地的一举一动,之前,他联系王文典组织议和会议,赞赏王文典实业救国的理想,并为之付出的努力,此番巡行江浙也希望有王文典陪同。他专程来上海与王文典会面。

交谈中,孙中山告诉王文典说:"能开发其生产力则富,不能开发其生产力则贫。从前为清政府所制,欲开发而不能,今日共和告成,措施自由,产业勃兴,盖可预卜。"王文典非常赞同孙中山的观点,要革命、要民主、要共和,要实业勃兴。

政治上王文典追随孙中山,主张共和,反对帝制。1915年,袁世凯复辟帝制他通电反对,发行了《人权报》《女权月刊》以及《共和新报》,为共和体制大声疾呼。1917年7月,张勋复辟,王文典愤而南下,以示抗议。

王文典是资产阶级革命的先驱者、实业救国的推动者、民族工商业的践行者、国货维持的倡导者,他是一个有良知的爱国者。革命成功以后,他把主要精力投入到民族工商业的振兴,是近代中国商界领袖。为寻访王文典故居,我曾多次造访芹川,沿着芹溪溯流而上,只为那一眼的瞻仰,聊表心中那一份敬意。

从外观看去，王文典故居与一般民居相比并无特别之处。它坐落在芹溪的东岸，两层砖木结构，硬山顶，马头墙，内有一个百来平方米的庭院，虽说墙体斑驳显得沧桑，却不觉得潦倒。进得屋内，迎面是敞开式客厅，堂前悬挂一副木制楹联："瑟好琴耽澹俗情，竹苞松茂怀同气。"语出《幼学琼林》。客厅两侧是厢房，据王文典族裔介绍，王文典就出生于南侧厢房内。

王文典出生于1882年，这一年是清光绪八年，美国颁布排华法案，王文典就在这个中国人倍感屈辱的年代降生了。我们不难理解为什么三十多年后，王文典每次出洋各国，一律穿着中山装，他是为了显示中国人的尊严；中国工人赴美不准登岸，王文典一到美国便自称工人，为的是提高中国工人的国际地位。

1912年，他在上海与蔡元培一起，发起世界语学校，建议教育部凡大学均添设世界语一科；同年4月，创刊发行《社会世界》杂志，其中半用世界语，普及教育知识。他还创办了南洋女子大学，高度重视教育科学与文化事业的发展。

王文典身体力行，匡时济世，一生效力于振兴民族工商业，创办多家民族企业。历任国货维持会会长、上海商会会董、粤汉铁路维持会会长、京师总商会会长、天津总商会常委、天津卷烟业同业商会主席、天津国货展览会审查长等职。1925年，他出任全国商会联合会副会长，全国国货提倡总会会长。

作为商界翘楚，王文典始终内敛低调，不但自己生活俭朴，还在社会上提倡生活节俭，反对奢靡之风，他曾在当时的《世界日报》上发表宣言："何妨将鱼翅及白兰地等洋酒之费，一律节省？""所省之款量助慈善事业，诚一举而数善备焉。"他在宣言中还说"又纸烟一项，即以京师一区论，每月消耗计五、六万元，损人神经，耗人血液，殊为无益之消耗品，寻常人类能知之,兹不多赘,并请勿吸。"宣言发表时间是1927年5月17日,有趣的是在这个月的3日,他刚刚被推举为京师纸烟行公会会长,此外,他还有另一身份,天津南洋烟草公司北方总经理。

从小走出芹川的王文典,此后走向杭州、上海、天津、北京,走向国际大舞台,到他六十寿辰时,首先想起的仍然是故乡芹川,特意寄回寿照一册到芹川家中。可惜他没有机会再回老家看看,1950年,他在天津去世,享年六十八岁。

王文典弟弟早年也留学日本,学习商学,回国后随哥哥从商,他们兄弟俩都曾在南洋烟草公司任高层要职。

在王文典孙子辈中有王次炤和王次恒两兄弟,在中国音乐界,有不小成就,哥哥王次炤曾是中央音乐学院院长;弟弟王次恒曾是中央民族乐团副团长,我国首席笛子演奏家。他曾多次代表中国出访奥地利、法国、德国、美国等国家和地区,在国际社会获得了高度的赞誉。

王次炤曾写有一篇题为《家史》的文章,里面谈到了自己的祖父:"我出生在杭州,父亲的祖籍是遂安,后因修建新安江水库并至淳安。在淳安的县志里有我大祖父和祖父的记载,县志头条便是我大祖父王文典的条目,其中记载了他早年参加辛亥革命的事迹,当年革命军解放南京时,大祖父当过敢死队队长。祖父王诚斋早年也留学日本,学习商学。回国后随大祖父从商……亲戚告诉我,淳安县政府修建了我们祖辈的故居,把它列入重要的文物标志向游客开放。"

从王次炤这段叙述看,他们应该是王诚斋的孙子,所以称王文典为大祖父。

山川景物与气运相终始。《芹川八景记》有云:"深山大泽蕴龙蛇",人杰地灵,相因并著。芹溪算不上大泽,但它清冽甘甜,哺育了一代又一代芹川儿女。世德家风,子孙绍续,它无形无质,又无时无刻不在影响着子孙后代,是不可或缺的精神财富。

我想,王文典最终是要归于大泽、遨游天际的。这正是:

政商两翘楚,芹溪蔚人文。

折戟沉沙邵瑞彭

提起邵瑞彭三个字,我眼前总会浮现出"铁马照山河,寒衣伴楚歌"抑或"书香涤月影,墨韵荡秋思"这类诗句。邵瑞彭是那种文可惊世骇俗、侠则豪气干云的儒侠形象,有那种腹有诗书气自华、率性不拘任我行的放达不羁。

时光穿梭回到1923年10月7日,北京的大街小巷,报童沿街奔走,叫卖声不绝于耳:"号外,号外。曹锟贿选总统,五千大洋收买议员。""号外,号外。曹锟贿选总统,有图有真相……"

尖锐的叫卖声,刺激着无数市民的神经。几乎是在同一天,全国各大城市报刊的头版头条都刊发了这条消息,并附有一张五千两银票的照片为证。顿时,社会舆论一片大哗,讨伐之声,一浪盖过一浪。

此时的曹锟身在保定军营,大选胜出的他,正准备10月10日赴京就任大总统一职。得知消息后恼羞成怒,命令手下严查泄密者。很快,打听到了是国会议员、淳安人邵瑞彭捅给报馆的。

邵瑞彭何许人也?他出生于清光绪戊子年(1888)的淳安查林村。一名寿籛,字次公,又字次珊,别署梧丘,室名次室、榆庐、铁砚山房、小黄昏馆等。他五岁读经,七岁能诗,十五岁中秀才,十六岁补廪生。父亲邵秀亭于咸丰十八年(1858)岁贡,曾任瑞安县教谕。

光绪三十四年(1908),二十岁的邵瑞彭在浙江省立优级师范学堂就读,鲁迅曾在这里当了一年多的授课老师。邵瑞彭在读书期间加入了光复会、同盟会,出任同盟会浙江支部秘书。宣统元年(1909),柳亚子在苏州创办南社,邵瑞彭闻讯加入,成为社员之一。他从省立优级师范学堂毕业后,恰逢辛亥革命,于是积极参与了光复浙江的军事行动。

　　1912年12月,中华民国国会成立,邵瑞彭被浙江选区推选为国会众议员,出席国会非常会议,追求民主与法治,开始在政治舞台崭露头角。三年后袁世凯复辟,自称皇帝,建元"洪宪"。对于袁氏的倒行逆施,邵瑞彭深恶痛绝,厌恶与之同流,宁愿回到岳父家,做台鼎小学的教员,也不愿意为袁世凯帮腔抬轿。

　　民国政府闹剧不断,你方唱罢我登台。袁世凯的帝制才施行不到三个月,便销声匿迹了。次年6月,黎元洪继任大总统,又召开国会,邵瑞彭应请再度北上,遂寄希望于黎总统,然而府院争权,张勋以调停之名,率兵进驻北京,拥戴溥仪复辟,搞得又是一地鸡毛。邵瑞彭心灰意冷,他渴望政治上有所作为,却每次都不得志。

　　1921年4月,孙中山先生号召国会议员到广州商议国事,邵瑞彭响应号召南下广州,5月5日,出席国会非常会议,选举孙中山为非常大总统。结果又遭到了桂、滇军阀的极力诋毁。邵瑞彭心力交瘁,憔悴不堪,他北还京津,接受北京大学的聘请,担任哲学教授一职,同时应清史馆赵尔巽之邀,协修《清史稿·儒林文苑传》,闲时也为京津报刊写写稿,开始他亦政亦文的生活状态。

　　1923年,直系军阀首领曹锟谋任总统,私底下秘遣内务总长高凌霨、议长吴景濂替他出面收买国会议员。凡众参两院议员,只要选他曹锟的,每人五千大洋银票一张,开始紧锣密鼓进行贿选活动。议长吴景濂代表曹锟,私下找到邵瑞彭,递给他一张支票,告诉他这是曹锟的意思,只要他投曹锟一票,便可以兑现这五千现大洋。

这乃曹锟的精明之处。他怕提前给这些议员们钱,却没得到选票,银子岂不是打了水漂?所以,他要议员们凭选票结果兑现大洋。议员也有自己的小心思,天平一头是大洋,一头是人性,此刻,天平开始出现倾斜,五千大洋沉甸甸胜出,把人性和良知搁在了半空中。有的议员甚至讨价还价,想在曹锟手下再谋个一官半职。

邵瑞彭见议长吴景濂甘愿当说客,便不动声色,佯装明白,顺手将银票袖入长衫藏好。回到住所思忖该如何处置。他脑子里灵光一闪,想起一个人——《京报》的创始人,浙江老乡加好友邵飘萍。邵飘萍为人正直,有"铁肩辣手,快笔如刀"之称,特别是他提出的"欲改造现实之社会,宜先明现实社会中事物之真相"的新闻主张,邵瑞彭深表赞同。

事不宜迟,他怀揣五千大洋的银票,跑到天津照相馆翻拍制版,随信一起火速寄给邵飘萍及各大报馆。邵飘萍不但将曹锟贿选照片公布天下,还配发了《驱逐议员败类》一文,责问:"国民何罪,而须承认此种代表?国家何罪,而须供养此类议员?"于是,出现了本文开头号外之声不绝、舆论一时哗然的场景。

曹锟顺利当选,说明超过三分之二的议员被成功收买,这也成为当时最大的一桩政治丑闻。参、众两院的议员共有八百四十一人,而真正敢于站出来揭露真相的是凤毛麟角。

不独如此,邵瑞彭还向北京地方监察厅举报高凌霨、吴景濂、王毓芝等人行贿,控告曹锟的十余项罪名,诸如:"破坏制宪、收买议员""骚扰京师、谄戴洪宪""勾结军警、驱逐元首""遥制中枢、连结疆吏""多方搜括、筹集选费""不自敛抑、妄希尊位"等。

正义有时会迟到,却永远不会缺席。文化的力量一旦彰显,豪侠气概便油然而生,柔弱的书生意志也会变得无比坚强。

"贿选门"事件后,曹党的追杀令充满血腥味,也充满铜臭味。人性的考量在利益面前显得那么脆弱,北京再也没有邵瑞彭的容身之地,10月14日,他只得南下上海避难。此时,柳亚子、叶楚伧、邵力子、陈望道等八人发起成立新南社,召开第一次会议。邵瑞彭本身就是旧南社社友,他的到来受到与会者的热烈欢迎。三天后,他返回严州(梅城)、淳安时,淳遂旅严同乡会、石峡师范讲习所等,分别举行欢迎大会,民众与学生打着"揭发五千贿选,先生万里归来"的横幅夹道欢迎。邵瑞彭发表即兴演讲,怒斥曹锟不耻罪行,倡言民主总是会付出代价,贿选的总统不能代表民意,终将是不会久长的。淳安之行给了邵瑞彭莫大的鼓舞,他不是一个人在战斗,民主与法治才是众望所归,是时代潮流的趋势,是谁也阻挡不了的。

　　果然不出邵瑞彭所料,一年之后,1924年10月23日,冯玉祥发动"北京政变",曹锟被冯部幽禁,结束了他大总统的美梦。冯玉祥请段祺瑞出山,任中华民国临时政府执政(国家元首)。段祺瑞聘邵瑞彭为善后会议议员和参政院参政。次年,邵瑞彭再度返京,出席善后会议。

　　之后的一系列事情,彻底改变了他从政的热情。官场的扯皮和黑暗,让他意志消沉,萌生了弃政从文的决心。果断拒绝了当局任命他为教育总长一职,坚辞不就。但接受了北京大学、民国大学教授的工作。1931年5月,又应河南大学之聘,担任国文系主任,定居开封,直至病逝。

　　正是他"弃政从文"这个决定,让民国历史上出现了一个开宗立派的词学大师。邵瑞彭的学术成就是多方面的,除了词学之外,他在朴学、齐诗、书法、古历算学、目录学等方面皆有很深的造诣。此外,他与鲁迅、胡适、张元济、章士钊、章太炎、蔡元培、范文澜、许宝蘅、许寿裳、姚从吾、柳亚子、王蕴章、陈去病、叶恭绰、郑孝胥、谢无量、杨杏佛等贤侪俊彦也多有来往和交集。

　　我查阅了《鲁迅日记》,在1924年3月16日载:"寄邵次公以《域外小说集》一本。"1924年12月8日载有："晚子佩招饮于宣南春,与季市同往,座中有冯稷家、邵次公、潘企莘、董秋芳及朱、吴两君。"

淳安博物馆藏有邵瑞彭的书法真迹,前几年,我在编撰《淳安馆藏文物精品集》一书时,亲自给藏品拍摄照片,当邵瑞彭书法徐徐展开时,我眼前一亮。他的书法别具一格,离尘脱俗。可以看出瘦金体、褚体甚至玉版十三行的影子,却又不属于任何字体流派。

直到后来我看到他《赠冯冶吾肖吾二生》一诗,才明白他的字为何如此灵动:

我生六龄爱纸笔,九岁能作浯溪碑。
十三心折《洛神赋》,无那出手近灵飞。
当初旁薄蛟鼍走,长乃侧媚成委迤。
弱冠著文日千万,挥斥一气神不罢。
死蛇无意黄鲁直,墨猪悔作苏灵芝。
中间涉猎及篆隶,欲以书法副文辞。
戈铤杂出喜宝子,北碑间取文公肥。
艺舟自幼轻慎伯,腕鬼终靳逢羲之。
迄今三十无一是,恨不投笔焚墨池。

诗中所涉及的《浯溪碑》、《洛神赋》、《灵飞经》、石鼓文、黄庭坚、苏灵芝、《爨宝子碑》、《郑文公碑》,以及包世臣、王羲之,无一不是书法名碑或是书法名家,其涉猎之广、用功之勤,超出我们的想象。但他依然对自己不满意,说三十年过去了仍然一无是处。

邵瑞彭眼界之高,远超常人。他曾在回复赵元礼(字幼梅)赠诗中,评论自己:"遇事旷放,米盐之计,不复撄心;贫富之界,不曾挂口;浮萍泛梗，自适其天，虫唏禽唱，宁求声应？"他只为自己内心的真实，是活出本真之人。

河南大学校长许心武先生对邵瑞彭敬重有加，校方还单独给他租了一处宅院，地点在北财神庙街。在这里他完成了《泰誓决疑》《尚书决疑》《地幂古义》《齐诗钤》《元明曲萃》等开山之作。国文系学生在他的影响下，诗词创作热情不减，出现了许多好诗文，邵瑞彭奖掖提携后进，在刊刻词集《山禽馀响》时，也把学生的作品合编进去，甚至将学生习作编印为《夷门乐府》出版，并亲自为之作序。学生们感受到老师春风化雨般的风范，备受鼓励。

邵瑞彭词作意蕴情深，得传统之精髓，抒自家之胸臆，是那种无意于佳乃佳的境界，使得他圈粉无数。如《蝶恋花》一词：

十二楼前生碧草。珠箔当门，团扇迎风小。赵瑟秦筝弹未了，洞房一夜乌啼晓。

忍把千金酬一笑？毕竟相思，不似相逢好。锦字无凭南雁杳，美人家在长干道。

春草、团扇、清风，即景、即物、即事。词中借思妇的视角和口吻，来抒发情感。门前的青草绿了，我轻启门帘，手执团扇漫不经意扇着，清风拂面，我等着你归来。一曲未终，筝音犹在，春宵苦短。乌啼晨晓，你的影子似乎越来越模糊，你可曾记得当时为博我一笑而一掷千金？相思，相思，想你肝肠寸断，抵不过那一次的相逢，尺素虽传却杳无踪迹，你可知长干道上有人在等候着你？为何多情是女子？为何沉湎在往时？你不辞镜中朱颜瘦，你孤独相思为哪般？那个心上人他还会如你一般在苦苦等候吗？但愿，但愿，他能从某个路口翩然而至。

再如《虞美人》词：

相思似债原难了，莫怨佳期少。涕痕弹入玉笙风，生怕有人等我梦魂中。

珍珠密字言犹在，不信华年改。天涯容得几多愁，只有黄河如泪背人流。

这类爱情诗词，总是这般缠绵悱恻、凄婉动人。

邵瑞彭的情感状态我们不得而知，但从上述诗词里面多少能够窥见一斑。他描写女性的情愫细致入微，把握女性哀怨心理精准贴切，这恐怕与他长期奔波游宦，与家人聚少离多的生活状况有关。

1936年1月，河南大学学生的《救国先锋》报创刊，邵瑞彭仿佛看到了年轻时的自己，他心情激动，慷慨出资捐助。次年12月2日，他在开封寓所怅然离世，享年五十岁。

他去世后，章士钊曾有《西江月·追忆邵次公》一词，悼念哀挽于他，词云：

一世才华无两，半生潦倒堪嗟。文章稗贩到君疑，总是名心害你。

未见人前卖老，却从词里寻痴。东京故事系人思，欲问齐诗那里。

章士钊所说的"齐诗"，属于《诗经》的另一学派，创始人辕固，是西汉齐地人（山东北部）。司马迁在《史记》中说："言《诗》，于鲁则申培公，于齐则辕固生，于燕则韩太傅……"齐诗学派喜引谶纬，以阴阳灾异推论时政。

曾任四川省图书馆馆长，北京大学、四川大学、华西大学教授的蒙文通，对邵瑞彭作过这样的评价："纯就齐学而言，惟淳安邵次公洞晓六历，于阴阳三五之故,穷源竟流,若示诸掌,自一行一人而外,魏晋及今,无与伦比,此固今世齐学一大师……是以齐学言,则邵氏《齐诗铨》之作,其深合于齐学家法,固优于廖师也。"(《井研廖季平师与近代今文学》)蒙先生认为邵瑞彭的成就甚至超过他的老师廖平。

"朱自清先生在其《读书笔记》中,称邵瑞彭《扬荷集》中令词"境界苍老,像诗中的宋诗","寓刚健于婀娜,前所少有"。钱仲联先生在《近百年词坛点将录》中将之比为"地空星小霸王周通"。在《南社吟坛点将录》中将之比为"天威星双鞭呼延灼",并称赞其《扬荷》词卷,含咀清真。厥品高华,藻采缤纷。《绮罗香》阕,金井招魂。仙云堕影,宫粉雕痕。一纸讨曹,声振九阍"。

面对这些外界的赞誉,邵瑞彭非但不会沾沾自喜,反而觉得是小看了他。河南大学同事卢前与邵瑞彭朝夕相处,也最是了解他的人。卢先生曾说:"次公是不甘心做文学家的,你要称他为词人,他一定觉得你小看了他。"(卢前《柴室小品·记邵次公》)这颇令人费解。我想这才是他最真实的想法,因为在他心里还是希望建功立业的,诗词只是退而求其次的副业,政治上无所作为已然成为他的遗憾和伤痛,既然选择了从文,就把文人做到极致,把政治抱负深藏于心底。我们在他少数怀古诗中,可以找到这份情怀。如《木兰花慢·邺城怀古》:

渡黄河北去,鞭不起,古漳流。想万里风烟,三更灯火,残霸中州。封侯壮心在否?听西陵歌舞使人愁。高树闲栖乌鹊,空阶长卧貔貅。

平畴,落日下荒邱,怅慷看吴钩。问倾泪移盘,沉沙折戟,谁记恩仇?回头,汉家宫阙,剩鸳鸯瓦冷雉媒秋。欲换南来王粲,为君重赋《登楼》。

邺城是六朝古都,北临漳河,南邻安阳,自古以来这里便烽烟四起,是兵家必争之地。东汉末年(204),曹操北渡黄河,攻占黎阳,进而围困邺城,数月后的一个深夜曹操攻占邺都，此后封侯定基于此，残霸中原。曹操死后，遗命诸妾、歌女每月十五到铜雀台上，面对西陵葬处歌舞一番，耳听衰音令人愁，到如今只剩乌鹊闲栖高树，貔貅长卧空阶。

眼前平野无际，落日照着荒凉的土丘，看一遍手中的吴钩总是心潮澎湃、慷慨激昂。曹操挟持汉献帝，运走仙人承露盘，就连铜盘上的仙人也流下眼泪，辞别汉宫。沉沙折戟，多少兴亡事，谁记恩仇？看看汉王朝的宫阙，只剩下宫殿上的鸳鸯瓦与雄媒，在深秋中显得清冷无比。此刻，唯有王粲的《登楼赋》，才暗合我忧愍世道，怀念故乡的心境。

词句中发兴亡之感、家国之痛，大有追昔抚今，壮志难酬之意。这种意境比较符合邵瑞彭的真实心态。

试想，一个追求民主法治、力图救国救民、自诩革命志士、梦想力挽狂澜的人，怎么会满足只做一个词人？从文是他理想破灭后，迫于现状的无奈选择。如今他只能通过怀古来抒发自己深藏已久的情怀。这正是：

折戟沉沙堪悲壮，好将《扬荷》续清音。

后　记

　　余昌顺和鲍艺敏，以各自的方式，为我们深入了解淳安这片土地以及土地上生生不息的人民，提供了新颖的视角。

　　余昌顺行走在淳安大地上，步履坚实，丈量着一座座山、一条条源、一个个村庄。他的脚印，随着大地的起伏向前延伸，包罗万象的世界涌动着进入敞开的胸襟，于是便有了一部书的斑斓与跌宕。读完《一个人的淳安地理》，你会看到，作者的足迹，与大地山河难舍难分，经冬复历春，花开花又落，淳安一方水土，因他执着的行走，于文学修辞中，得以重塑。

　　鲍艺敏溯游在淳安自唐以降的岁月长河中，目光盘桓在历史的幽微之处。他一一注视了三十二张面孔后，心中仿佛诸神充满，他想起大儒朱熹对"文献"二字的注释：文，典籍也；献，贤也。淳安自古乃"文献名邦"，名人辈出，这三十二张面孔，便是淳安先贤的优秀代表。披阅《淳安历史的32张面孔》，你会发现，作者对淳安先贤的长久凝视，使时光深处漫漶的淳安历史，逐渐清晰起来，且有了质感，有了生气，有了风云激荡。

　　《一个人的淳安地理》，说的是"一方水土"，《淳安历史的32张面孔》，写的是"一方人物"。两部作品联袂而至，是淳安人文地理的双玉合璧。

　　现在，两部作品一并付梓了，可喜可贺。对作者来说，书好比孩子，十月怀胎，一朝落地，遂了心愿。于我们而言，极力促成书的出版发行，为满足人民群众过上美好生活的新期待,提供丰富的精神食粮,做了一件很有意义的事情。我们将继续努力。发挥政协文史工作的独特作用,为淳安"文献名邦"建设,一以贯之,聊尽绵薄,是我们肩上的一份责任,一种使命。

淳安政协文史和教文卫体委员会
2022年10月12日